柳鸣九 主编

雨 果 文 集

（最新修订版）

第二卷　小说卷

Han d'Islande

冰岛的凶汉

〔法国〕维克多·雨果 著　陈筱卿 译

译林出版社

序
(1833年)

《冰岛的凶汉》是一位年轻人，一位很年轻的人写的一本书。

在读它的时候，大家感觉到，于1821年激情满怀地写这本书的那个十八岁的孩子还没有任何关于事物的经验，关于人的经验，关于思想的经验，然而他在努力地猜测这一切。

在任何具有思想性的作品中，无论是戏剧、诗歌还是小说，总包括三个组成部分：作者所感觉到的东西，作者所观察到的东西，作者所推测到的东西。

特别是在小说中，要使之成为一部好小说，就必须具有许多感觉到的东西、许多观察到的东西，而且所推测到的东西必须合乎逻辑简单明了，并且与所观察到的和所感觉到的东西相关联。

把这一原则运用到《冰岛的凶汉》上去，则很容易看出该书的最大的缺陷。在《冰岛的凶汉》中，只有一件事感觉到了，那就是年轻男子的爱；只有一件事被观察到了，那就是年轻姑娘的爱。而其他一切则是推测的，也就是说，是杜撰的。因为少年人没有经历过，所以既无经验，又无阅历，只有根据想象去猜测。因此，《冰岛的凶汉》即使值得归类，也只能算作一部幻想小说。

当青年时期过去了的时候，当开始思考的时候，当人们感到需要做点儿别的，而不是写些滑稽故事去吓唬老太婆和小孩子的时候，当人们在走进生活时磨去了青年人的棱角的时候，人们便会承认，对艺术的任何杜撰、创造和推测，其基础应该是研究、观察、思考、学识、估计、比较、认真的思索，对每个事物根据其特性进行的仔细的连续的构思，对自己本身的自觉的批评。而根据这些新的条件所产生的启迪非但不失去什么，反而在其中获得更大的余地，汲取更大的力量。这时候，诗人便完全知道他要去向何方。他年轻时候的全部飘忽不定的幻想可以说是得以凝聚，形成了思想。人生的这第二阶段对于艺术家来说，通常是出伟大成果的阶段。尽管他还年轻，但已经成熟。这是宝贵的阶段，是中天位置，是中午那炽热而光芒四射的时刻，是最少阴影而最多光线的时刻。

有一些至尊的艺术家虽近暮年，但终生屹立在这个巅峰之上。他们是最崇高的天才。莎士比亚和米开朗琪罗在他们的某些作品中留下了青年时代的印迹，但却没有一部作品留有老年的痕迹。

让我们回到现在出了新版的这部小说。尽管它情节断断续续，急促跳跃，人物死板，手法笨拙，故事的发展很不流畅，充满天真的幻想，各种色调重复叠印，影响美观，文笔生硬、粗糙、刺眼，没有变化，平铺直叙，作者在写这本书时几乎不知不觉地无所不用其极，但是，这本书却相当不错地反映了作者写作它的那个生活时代，以及一个少年的灵魂、想象和心灵的特殊状态。该少年正值他的初恋；他摒弃了庸俗的生活，去追求伟大的如诗如画的生活；脑子里充满了使你在你的心目中变得伟大的英雄幻想；他在个别方面已经是个大人，但在许多方面仍旧是个孩子；他十一岁时，读过迪克雷－迪米尼尔的著作，十三岁时，读过奥古斯特·拉封丹的作品，十六岁时，读过莎士比亚的大作，这是天才而神速的进步，使人在文学爱好上，突然间从无知到动情，从动情到升华。

据我们看，正是因为这部首先是天真的作品的小说，比较忠实地反映了写作它的那个时代，所以我们才于 1833 年重新出版了 1822 年的那个原版。

此外，尽管作者在文坛上没占一席之地，但是，他接受了所有无论大小作家的共同法则，亦即看到自己的早期作品因后来的作品而身价倍增，并且听见人们在说，他远没有获得其早期作品所预示的成就，却并未对一种也许是明智的有根有据的批评给予一些若说出来可能引起怀疑的反驳，所以他认为应该干脆把他的早期作品依原样重新刊印，以便使读者能够就他做出判断，看看他从《冰岛的凶汉》到《巴黎圣母院》是进步了还是倒退了。

1833年5月于巴黎

1

"我不去分辨那会是什么魔鬼，"柯尔努国王说，
"我们必须等待，
因为那个方面我们一点儿消息也没有。"

——H将军：《魔鬼的反叛》

"您见过他吗？谁见过他？"
"我没见过他。"
"那谁见过？"
"我不知道。"

——斯特恩：《特里斯唐·尚迪》

"尼尔斯乡邻，这就是爱情的结局，可怜的古特·斯特森要是一心帮着我们的老伙计、她父亲修船补网，也就不会像只被海水冲上岸的海星，躺在那块大黑石上了。愿捕鱼神乌苏夫能让她父亲节哀才是。"

"您看见的躺在她身边的那个漂亮年轻人、她的未婚夫吉尔·斯塔特，"一个尖而颤的声音在说，"要是不同古特相好，不去该死的雷拉斯矿捞钱，一心摇那只吊在他家茅屋黑梁上他弟弟的摇篮，也就不会躺在那儿了。"

"奥丽大娘，"被前面那人招呼的尼尔斯乡邻插言道，"您人老记性差了。吉尔从来就没有弟弟，正因为如此，可怜的斯塔特寡妇才更加痛苦悲伤哩，因为她那破屋现在完全空荡荡的了。如果她想仰望苍天，聊以自慰的话，看到的只不过是她那破屋顶，上

面吊着她孩子的摇篮，但孩子已长成了大小伙子，而且也死了。”

“可怜的母亲！”奥丽大娘又说，“这完全是那年轻人的错，干吗要去雷拉斯当矿工呀？”

“确实，我看这些该死的矿井用点儿铜板就换去我们一条人命，”尼尔斯说，“您说是不，布罗尔老伙计？”

“矿工都是疯子，”渔夫又说，“为了活命，鱼儿就不该离开水，人就不该钻到地下去。”

“但是，”人群中有个年轻人问，“要是吉尔·斯塔特为了得到他的未婚妻不得不去矿上干活呢？”

“绝不能为了根本不值得的、幸福不了的爱而拿性命去冒险，”奥丽插言道，“吉尔确实替他的古特挣回了一张漂亮的喜床。”

“这年轻女子，”另一个好奇者问道，“是因为这年轻男子的死而绝望投海的吗？”

“这是谁说的？”一名士兵刚挤了进来，高声大气地嚷道，“这个年轻女子我很熟，确实是一名年轻矿工的未婚妻。那矿工最近在雷拉斯附近的斯托瓦格鲁勃地下坑道里被砸死了。但这年轻女子也是我的一位伙伴的情人，前天，她想偷偷混进孟哥尔摩堡，好与她的情郎庆贺她未婚夫的死，但她坐的小船撞上了暗礁，她便淹死了。”

突然响起一片嘈杂声。只听见老太婆们嚷道：“不可能，兵大爷。”年轻人却一声不吭，而尼尔斯乡邻则狡黠地冲着渔夫布罗尔重复了后者的那句警句：“这就是爱情的结局！”

那军人正要冲着反驳他的老太婆们大发火，他已经称呼她们“奎拉戈特洞穴的老巫婆”了，而她们也已忍受不了如此严重的侮辱。只听见一个尖厉威严的声音在喊：“好了，好了，饶舌的娘儿们！”争吵便平息下去。一片静寂，仿佛一只雄鸡突然啼唱，止住了母鸡的咕咕乱叫。

在叙述以下情景之前，也许有必要先把故事发生的地点描述一番。读者想必已经猜到，故事发生在一个阴森可怕的建筑物内，这类建筑物是因公众的怜悯和社会的远见而建来收容无名尸的，是大部分生前痛苦无着的死者的最后归宿，是无动于衷的好奇者、阴郁或好心的旁观者趋之若鹜之地。而且，还常有一些哭哭啼啼的亲戚朋友，他们经受了长久的悲痛欲绝之后，怀着一丝痛苦的希望赶来此地。在离我们很遥远的那个时代，在那个我带读者去的还不很开化的地方，人们还根本没有想到像我国的那些金玉其表、败絮其中的城市那样，把这种停尸场建成不祥却优美之建筑，雅致的丧仪之所。屋顶有一冢形天窗，但阳光并不能透过它沿着精雕细刻的拱顶，射在一些人们像是要让死者有点儿舒适生活的床台上。台上还雕有枕头，便于死者安睡。如果看守的屋门微微启开，他那看厌了丑陋裸尸的眼睛，就像今天这样，已没有兴趣去注意一些漂亮家具和快乐的孩子们了。这儿，死亡奇丑无比，可怕之极，而且，人们还根本没有想过替这些瘦骨伶仃的尸体饰以绒球和缎带。

我们的那些交谈者待的那个大厅很宽敞，但很阴暗，使它更显得宽阔。阳光只能从朝向特隆赫姆港的方形矮门透进来。另外，天花板上草草地开了一个天窗，漏进来一点儿白中带暗的光线，而且随着季节的变幻，还飘进点儿雨水、冰雹或雪花来，落在正下方躺着的尸体上。大厅被一道齐肘高的铁栏杆前后隔断。公众通过方形门可进到前厅，可以看到后厅里一溜排整齐地摆放着六个长形黑花岗岩石板。看守及其助手住在大厅的最里头，背靠大海，从一个个侧门可进到每个石床旁。矿工及其未婚妻占了两张花岗岩石床；年轻女子的四肢血管上满是蓝紫色大斑点，表明尸体在腐烂。吉尔面部严厉阴郁，但尸体已严重残缺，无法判断他生前是否真的像奥丽大娘说的那么英俊。

我们如实地反映的那番对话，就是在沉默的人群中，在这两具面目全非的尸体前进行的。

一个又瘦又老的高个子男人，搂抱着双臂，垂着头，坐在大厅最暗的角落里的一张破凳上，似乎对谈话漠不关心，但后来，他突然站起身来喊道："好了，好了，饶舌的娘儿们！"说着便走过来抓住那个士兵的胳膊。

众人便不吭声了。士兵扭头一看，突然放声大笑，因为打断谈话者是一个怪模怪样的人，面庞苍白消瘦，头发稀疏脏乱，指甲很长，穿着一身鹿皮服装，不能不让人发笑。然而，怔了片刻的女人堆中却响起了窃窃私语声："他是斯普拉德盖斯特[①]的看守。""是那个恶毒的守尸人！""是魔鬼斯皮亚古德瑞！""是那个该死的巫师……"

"好了，饶舌的娘儿们，好了，如果今天是巫魔夜会日，你们就赶快去拿扫帚吧，不然它们全都自己飞跑了。别打扰托尔神[②]的这个可敬的后代了。"

然后，斯皮亚古德瑞竭力装出笑脸，对士兵说：

"我的勇士，您刚才说这个贱女人……"

"老怪物！"奥丽嘟囔道，"是的，在他眼里，我们都是'贱女人'，因为我的身子落在他的魔爪之下，只能给他带来三十个阿斯卡林，而一个男人的烂尸体他却可收四十个。"

"安静，老太婆们！"斯皮亚古德瑞又嚷道，"这些魔鬼的女儿真的就像她们的大锅，一烧热，就必然要响起来。请您告诉我，我勇敢的武士，您的伙伴，这个古特的情郎，想必就是因为失去她而绝望地自杀了吧？……"

这时候，压抑已久的愤怒爆发了。"你们听见这异教徒，这老家伙说的话了吗？"许多尖厉的声音七嘴八舌地嚷叫开来。"他想多死一个人，因为可以给他带来四十个阿斯卡林。"

---

① 特隆赫姆港的停尸所的名字。

② 是日耳曼神，主雷、雨、丰收，也是战神，勇斗巨人和蛇神。

“我正等着呢，”斯普拉德盖斯特的看守又说，“我们的那位受圣郝斯庇斯赐福的明主克里斯蒂安五世国王不是也宣称是所有矿工的保护人，以便他们死后，他用他们孱弱的尸体来充实王室的宝库吗？”

“斯皮亚古德瑞乡邻，”渔民布罗尔反驳道，“拿王室宝库与您停尸所的保险箱相比，拿国王同您相提并论，这倒是在大大地为国王增光哩。”

“乡邻？！”布罗尔如此放肆，大大地激怒了看守，“您的乡邻？！不如叫我您的房东，因为保不准哪一天，亲爱的船上公民，我会把我那六张石床中的一张借给您躺七八天的。再说，”他笑嘻嘻地又说，“如果说我谈到那个士兵的死的话，那只不过是想看到自杀能在这些女人惯于激起的巨大而悲惨的情欲中长盛不衰。”

“好啊！看守尸体的大僵尸看守，”军人说，“你笑嘻嘻的想干吗？您那笑容活像吊死鬼那最后的一声笑。”

“妙极了，我的勇士！”斯皮亚古德瑞回答，“我一向认为，用马刀和伶牙战胜魔鬼的近卫骑兵图恩的头盔下深藏着的智慧，要多于写了冰岛史的戴主教冠的伊斯莱夫和描绘了我们大教堂的戴方帽的舒宁教授。”

“这样吧，如果你相信我的话，老皮囊，你就把你停尸所的收入留下，去卑尔根的总督古玩处出卖自身，我以贝尔费戈尔发誓，人家会按金价收购稀有动物的。你说吧，你想让我干什么？”

“当人们抬来的尸体是水里找到的时，我们就不得不把一半的钱分给渔民。所以我想求您，近卫骑兵图恩卓越的继承人，让您那倒霉的伙伴别投水自尽，而是选择别的死法。怎么死对他来说都无关紧要，而且，如果因失去古特而使他走上这条绝路的话，他是不愿坑害好心接受其尸体的不幸的基督徒的。”

“这您就弄错了，我仁慈而好客的看守，我的伙伴将绝不高兴受到您那六张床的诱人客栈的接待。您相信不，他已经同另一个瓦尔基丽[1]好上了，不再去想另一个死鬼了。我以我的胡须打赌，他早就厌倦您的古特了。”

闻听此言，斯皮亚古德瑞那暂时按捺住的怒火复又更加猛烈无比地向倒霉的士兵倾泻下来。

“怎么，可怜的怪物，”老太婆们嚷叫起来，“您就这样把我们给忘了，那您现在就去爱这帮无赖吧！”

青年们仍旧默不做声；有几个年轻姑娘甚至不由自主地觉得这坏家伙看上去还挺不错。

“啊！啊！”士兵说，“难道是在排练巫魔夜会？要是贝尔则布特[2]不得不每周听一次这种合唱，那他可就遭大罪了！”

如果不是正在这时候，大家的注意力完全被外面传来的声响所吸引，真不知道这场新的风暴会怎么止息下去。嘈杂声越来越大，一会儿，一群半裸着身子的小孩，围着一副担架喊着跑着唧唧喳喳地进了斯普拉德盖斯特。担架是遮盖着的，由两个人抬着。

“从哪儿来的？”看守问两个抬担架的。

“乌尔什塔尔海滩。”

“奥格利匹格拉普！”斯皮亚古德瑞在喊。

一扇侧门开了。一个穿着皮衣的拉普兰[3]矮个儿男人走了出来，招呼两个抬担架的人跟他走。斯皮亚古德瑞跟着去了；众好奇者还没来得及猜出担架上那长长的躯体是男还是女，门就又关上了。

众人仍在纷纷猜测，只见斯皮亚古德瑞及其助手抬着一具男尸出现在后厅，把尸体放在一张花岗岩石床上。

“我好久没有摸过这么漂亮的衣服了，”奥格利匹格拉普说着，摇了摇头，踮起脚尖，把一件漂亮的上尉军装挂在了尸体上方。尸体头部已面目全非，四肢沾满了血。看守用一只破桶给它冲了

---

① 北欧神话中的战争女神。

② 《新约》中的群魔头领。

③ 拉普兰系斯堪的纳维亚半岛北部地区名。

好几遍。

“圣贝尔则布特保佑！”士兵嚷道，“他是我们团的一名军官。喏，会是波拉尔上尉……因死了叔叔而痛不欲生？唔！他可以继承遗产呀。是兰德梅尔男爵？他昨天赌钱把自己的地给输了，但他明天可以赢回对手的城堡的呀。是他的狗淹死了的那个洛瑞上尉，还是老婆偷人的财务官斯滕克？不过，我还真看不出会因为这些原因去自杀。”

人越聚越多。正在这时候，一个路经港口的年轻男子看见聚集了这么多人，便翻身下马，把缰绳递到跟着的仆人手中，走进斯普拉德盖斯特停尸所。他穿了一身旅行便装，身佩一把佩剑，披着一件宽大的绿大氅；一根黑羽毛用钻石扣结在帽子上，垂及他那张高贵的面庞，在被栗色长发遮挡着的高额头上晃来晃去；靴子和马刺沾满了泥，说明他是打老远来的。

当他进来的时候，一个矮壮男人，像他一样披着一件大氅，手上戴着一副大手套，正回答士兵说：

“谁告诉您他是自杀的？我敢保证，此人不会自杀，就像你们大教堂的屋顶不会自己着火一样。”

宛如双端榫孔斧一砍两道伤一样，这句话伤了两个人。

“我们的教堂！”尼尔斯说，“我们现在已替它镀了铜了。据说，是那个可恶的凶汉放的火，好让矿工有活干。您看到躺在这儿的这个吉尔·斯塔特就是一名矿工，是他保护的人。”

“真见鬼！”士兵也嚷叫起来，“竟敢冲我这个孟哥尔摩守军的第二火炮手说那人不是自杀的！”

“那人是被人杀死的。”矮个儿男人冷冰冰地说。

“你们听他那口气！去吧，你那双灰色的小眼睛同你那双大夏天还戴着手套的手一样，被遮挡住了。”

矮男人眼睛一闪亮。

“当兵的！求求你的主保圣人保佑你，别让这双手哪一天在你脸上留下印记。”

“哦！咱们外面去！”火冒三丈的士兵吼道。然后，他突然停下，说：“不，在死人面前绝不可谈决斗。”

矮个儿男人嘟囔了几句外国话，便离去了。

有一个声音在说：“他是在乌尔什塔尔海滩发现的。”

“乌尔什塔尔海滩？”士兵说，“狄斯波尔森上尉从哥本哈根来，今天早上应该在那儿下船的。”

“狄斯波尔森上尉还没到孟哥尔摩。”另一个声音在说。

“听说冰岛凶汉最近常在这一带海滩游荡。”第四个人说。

“这么说，此人可能就是上尉，”士兵说，“如果凶手是凶汉的话。因为大家都知道，那个冰岛人杀人的方法很凶狠，被他杀死的人看上去都像是自杀。”

“这个凶汉是个什么样人？”有人在问。

“是个巨人。”有个人回答。

“是个侏儒。”另一个人回答。

“谁都没见过他？”一个声音在问。

“第一次见到他的人也就是最后一次见到他的人。”

“嘘！”奥丽老太婆说，“听说只有三个人同他讲过话。一个就是被天主弃绝的那个斯皮亚古德瑞，一个是寡妇斯塔特，还有一个……活着就受罪、死得也惨的……就是你们看见躺在这儿的可怜的吉尔。嘘！”

“嘘！”四处传来一片嘘声。

“现在，”士兵突然嚷道，“我相信那确是狄斯波尔森上尉了。我认出了那条钢链，那是我们的囚犯老舒玛赫在他离去时送给他的礼物。”

饰有黑羽毛的年轻男子赶忙追问道：“您肯定他是狄斯波尔森上尉？”

“我以圣贝尔则布特的功德保证！”士兵说。

年轻男子突然走了出去。

“弄条船，去孟哥尔摩。”他对他的仆人说。

“可是少爷，那将军呢？……”

“你把马牵他那儿去。我明天再去。我难道不能做自己的主吗？好了，天要黑了，我有急事，快弄条船。”

仆人遵命而行，然后，一直目送自己的年轻主人离开海岸。

2

我将坐在您的身边，听您讲点儿有趣的故事，以消磨时间。

——马图林:《伯特伦》

读者已经知道，我们是在特隆赫姆。该城尽管不是总督官邸所在地，但却是挪威的四大城市之一。在故事发生的1699年那个时期，挪威王国还与丹麦联合在一起，由总督统辖，总督府设在卑尔根；该城更靠南边，比特隆赫姆城更大，更美，尽管著名的海军上将特隆普给他起了个不雅的别名。

从以特隆赫姆城命名的海湾进去，可见该城的一番美景。尽管船只并非任何季节都能顺畅地进港，但该港很宽阔，很像一条长长的运河，右边为丹麦和挪威的船只，左边是外国船只，这是根据敕令划分的。尽头便是该城，坐落在一片耕种有方的平原上，大教堂的高高尖顶远远地便可望见。斯皮亚古德瑞振振有词地引证的舒宁教授的那本书描绘说，该教堂在遭受数次大火焚烧之前，在它的主塔尖上饰有主教派的十字架，是特隆赫姆城路德派主教辖区教堂的显著标志。据此可以断定，该教堂是哥特式建筑中最美的建筑之一。城市上方，微蓝的远处，可见科拉山脉白色细长的山峦，状如古王冠的尖尖花饰。

港口中间，海岸炮射程所及之处，一处海浪拍击的岩堆上，矗立着孤零零的孟哥尔摩要塞。这是座阴森的监狱，正关押着一名久享荣华又一落千丈的著名囚犯。

舒玛赫出身卑微，曾饱受国王宠幸，后从丹麦－挪威联合王国首相宝座上跌落，坐到叛徒席上，被押上断头台，幸免于死后，被投进联合王国最边端的一座单人地牢之中。没等他大骂其亲信们忘恩负义，他就被他们给推翻了。他能因为看到为了往上爬而为自己高高搭起的阶梯折断去悲天悯人吗？

在丹麦创立了贵族阶层的这个人，从自己的流放地看到他造就的那些大人物正在分享他自己的那些殊荣。他的死敌阿勒菲尔德伯爵继任了他的首相职位；阿伦斯多夫将军以大元帅的身份执掌了军权；斯波利森主教担起了大学督察之职。没有仰仗他而升官的他的唯一的敌人是尤利克·腓特烈·盖尔登留，国王腓特烈三世的私生子，挪威总督，是这帮人中地位最高者。

饰黑羽毛的年轻人的船慢慢地划向的正是那阴森的孟哥尔摩要塞。夕阳迅速沉到孤零零的要塞的背后，被遮挡着的落日只剩下天边的一抹余晖，东边远远的拉尔森山丘上的那个农夫，可以看见孟哥尔摩那最高主塔上的哨兵的模糊身影在自己身边的欧石楠丛中游来荡去。

3

如果我能使她明白我眼睛的话语；如果我的眼睛在表达柔情的时候，她不再用那……怎么说呢？用那愚蠢，用那无动于衷的表情看我，总之，如果她在我面前垂下眼帘，我就成功了。

——科察比：《沃尔芬根的阿代拉伊德》

啊，我的心受到的伤害太大了！……一个没有道德的男人……他竟敢看她！他的目光玷污了她的纯洁。克洛迪亚！我一想到这个便怒不可遏。

——莱辛

“安德烈，去告诉一下，过半小时吹熄灯号。让索尔西换杜克内斯的岗，守大狼牙闸门；玛尔第维尤斯去大塔楼平台站岗。让大家注意监视施莱斯威格雄狮主塔那边。别忘了七点放炮，让人把码头铁链绞起。不行，狄斯波尔森上尉还没回来。得点亮灯塔，再看看瓦尔德霍格的灯塔是否按照今天的命令点亮了。千万别忘了给上尉准备好清凉饮料。对了，我还忘了，记住，得关第二火枪手托利克·贝尔法斯特两天禁闭，他一整天都没出勤。”

孟哥尔摩守军驻扎在控制要塞第一道门的矮塔里；中士在那熏得乌黑的拱顶下这么吩咐着。

他吩咐的那些士兵离开了赌桌或下了床，去执行他的命令；随后，又安静了下来。

此时，交替的有节奏的划桨声从外面传来。“狄斯波尔森上尉总算回来了！”中士打开朝向海湾的栅栏小窗说。

的确有一条小船划到铁门下面。

“是谁呀？”中士扯着嗓子喊问。

“开开门！”对方回答，“平安无事。”

“不许进来。您有通行证吗？”

“有。”

“我得查验一下。您要是撒谎，我以我的主保圣人的功德起誓，我就让您尝尝海湾里的水。”

然后，他关上小窗，扭过头来补充道：

“还不是上尉！”

铁门后面亮起了灯；生锈的门闩吱呀在响；门闩抬起，门开了，中士在检查来人递给他的证件。

“进吧，”他说，“等一等，”他又突然说，“把您帽子上的扣儿留在外边。国家监狱是不许戴首饰进来的。条文规定，只有国王及其王室成员、总督及其家庭成员、主教和守军长官例外。您没有这些身份吧？”

年轻人没有回答，只是把禁带的帽扣儿摘下，作为船资扔给了载他来的渔民。后者生怕他反悔，赶紧把船划走，离施主远远的。

中士一边嘟嘟囔囔，抱怨掌玺公署滥发通行证，一边把沉重的门闩上好，沉重的皮靴慢腾腾地踏在哨兵们的转梯上，笃笃地响。而那个年轻人则把大氅往肩上一搭，迅速地穿过矮塔楼那黑漆漆的拱顶，再穿过长长的操练场和炮库。有几门今天可在哥本哈根博物馆里看到的拆卸了的轻型旧长炮堆放在炮库里。一名哨兵喝令他离开。他来到了狼牙大闸门前；闸门打开，查验证件。然后，他跟着一名士兵，像这类地方的常客似的，大大方方地斜穿过圈着环形大院的四个方形院子中的一个。环形大院中间屹立着那个巨大的圆岩，主塔就在上面。主塔称作施莱斯威格雄狮堡，因为侏儒王若尔夫从前曾把他的兄弟施莱斯威格公爵、雄狮约特赫姆关在里面。

我们并不打算在此把孟哥尔摩主塔描绘一番，尤其是因为读者一旦被关进一座国家监狱，也许会害怕无法“穿过花园逃走”。这种担心是错误的，因为施莱斯威格雄狮堡是用来关押有地位的犯人的，所以除了为他们提供舒适的起居条件之外，还让他们能在一个很大的荒芜园子里散步。园子里,监狱高墙周围的岩石中间，以及高墙和巨塔围着的地上，长着丛丛冬青、几株老紫杉、几棵黑松。

年轻人来到圆岩脚下，拾级而上。石级凿得粗糙，弯弯曲曲地通向围墙塔楼中的一座塔楼下。该塔楼下部开了一个暗道门，作为主塔的入口。来到这儿，他便使劲吹起狼牙大闸门守卫给他的一支铜号。“开吧！开吧！”里面有一个人在喊，“准是那个该死的上尉！”

暗道门开了；年轻人看见灯光昏暗的哥特式大厅里面，有一个年轻军官大大咧咧地躺在一堆大氅和驯鹿皮上，身边有一盏三嘴灯，是我们祖先常吊在天花板的玫瑰花饰上的那种灯，眼下却放在地上。他的衣服高级华丽，甚至过分考究，与大厅的光秃秃的家具的粗糙反差很大。他两手捧着一本书，朝新来者半侧过身来。

“是上尉吗？您好，上尉！您想不到您让一个根本不高兴认识您的人等了多久。不过，我们马上就要认识了，是吧？请先接受我对您回到这可敬的城堡表示的衷心恭贺和慰问。只要我还待在这儿，我就会像钉在主塔门上作为稻草人用的猫头鹰那样的快活。而当我将回哥本哈根去参加我妹妹的婚礼的时候，假使一百个女人中有四个能认出我来，那才叫见鬼哩！告诉我，男式齐膝紧身外衣下摆仍旧时兴粉红色饰带结吗？那个法国女人斯居德丽小姐的几本新小说翻译出来了吗？我拿着的正是《克列丽》；我想，在哥本哈根，大家仍在读它。我现在与那么多美人儿隔山隔水，只有以它解解饥渴了……因为，尽管我们的年轻女囚——您知道我说的是谁——眼睛很美，但从未向我送过秋波。啊！要是没有我父亲的命令！……我得把心里话说给您听听。上尉，我父亲，您可别说出去，命令我……您明白不？在舒玛赫的女儿身边……但我白费心劳神了，她是一尊漂亮的雕像，不是女人，成天哭哭啼啼的，从来不看我一眼。”

年轻人一直未能打断军官的絮叨，这时突然惊讶地嚷道：

“什么！您说什么？命令您引诱那个不幸的舒玛赫的女儿！……”

“就算是引诱吧！如果现在哥本哈根的人称这为引诱的话。但我看连魔鬼也引诱不了她。前天，我值勤，我特意为她放了一粒直接从巴黎捎给我的法国鲜草莓。您猜怎么着？她连看也没看一眼，尽管我从她房间穿过三四次，还把新马刺弄得当当响。那马刺的轮比伦巴第的杜卡托[①]还大。是最新式样，对吧？”

“上帝呀！上帝！”年轻人敲着额头说，“我真没有想到！”

“是吧？”军官误会了年轻人的意思，接着又说，“对我不屑一顾！这真不可思议，但却是事实。”

年轻人非常激动，迈着大步踱来踱去。

“您喝点儿什么吗，狄斯波尔森上尉？”军官高声喊问。

年轻人这才醒悟。

“我根本不是狄斯波尔森上尉。”

“什么！”军官坐了起来，厉声说，“您到底是什么人，都这么晚了，竟敢闯到这儿来？”

年轻人打开了自己的证件。

“我要见格里芬菲尔德伯爵……就是说，您的犯人。”

“伯爵！伯爵！”军官满脸不高兴地嘟囔，“不过，这证件倒是符合规定的，确实是掌玺副大臣格鲁蒙德·德·克努德的签名。‘证件持有者可随时随地探访所有的皇家监狱。’格鲁蒙德·德·克努

① 威尼斯古金币名。

德是特隆赫姆的司令官勒万·德·克努德老将军的昆仲，告诉您吧，我未来的妹夫还是这位老将军带大的。”

“谢谢您把您家的详情告诉了我，中尉。您不觉得跟我说的已经够多了吗？”

“这无礼的家伙言之有理。”中尉咬着嘴唇琢磨，“喂，守门的！塔楼上的守门的！把这个陌生人带去见舒玛赫。您别生气，我得把您那一根灯芯的三嘴灯夺下来。我很喜欢研究这件想必是异教徒西奥德或挨刀的哈瓦尔时代的玩意儿。再说，现如今，在天花板上只吊水晶吊灯了。”

说罢之后，当年轻人及其带路人穿过主塔荒园时，中尉这个追逐时髦的人又沉迷到女骑手克列丽和独眼荷拉修斯的风流艳事中去了。

4

本沃利奥：“那罗密欧会跑什么鬼地方去了？他昨晚都没有回家。”

梅尔库蒂奥：“他没有回他父亲那儿；我问过他的仆人了。”

——莎士比亚：《罗密欧与朱丽叶》

与此同时，一个男的和两匹马已经进了特隆赫姆州州长的官府大院。骑手气呼呼地摇摇头，下了马，正准备把两匹马牵到马厩去，突然感到有人攥住胳膊，冲他喊道：

“怎么！就您自个儿，波埃尔！您主人呢？您主人在哪儿？”

说话的是勒万·德·克努德。他从窗户里看见了年轻的仆人及一匹空马，便疾步下楼，眼睛比问话更焦虑地盯着那仆人。

“大人，”波埃尔深鞠一躬说，“我的主人已不在特隆赫姆了。”

“什么？他一直在这里来着？都不看望一下他的将军，不拥抱一下他的老朋友，就又走了！什么时候走的？”

“他今晚到的，今晚就又走了。”

“今晚！今晚！那在哪儿停留的？又去了哪儿？”

“他在斯普拉德盖斯特下马，登船去了孟哥尔摩。”

“啊！我还以为他远在天边哩。他去那城堡干什么？他到斯普拉德盖斯特干什么去了？真是一个游侠骑士！这我也有点儿错，我为什么把他培养成这个样子？我本想让他不受身份拘束，能够自由自在的。”

“所以他根本不受礼仪的约束。”波埃尔说。

“是的，不过他却受到其任性的左右。算了，他想必会回来的。您去洗洗吧，波埃尔。”将军的脸上流露出关切的表情，“告诉我，波埃尔，你们是不是在四处奔波呀？”

“将军，我们是直接从卑尔根来的。我的主人忧心忡忡。”

“忧心忡忡？他同他父亲之间发生什么事了？那桩婚事他不称心？”

“这我不知道。不过，听说是尊贵的殿下强逼的？”

“强逼的！您是说，波埃尔，总督强迫他！既然是强迫的，那奥尔齐涅一定是拒绝这门亲事了？”

“这我不知道，大人。他好像挺忧伤。”

“忧伤！您知道他父亲怎么对待他了？”

“第一次，是在卑尔根附近的军营里。尊贵的殿下说：‘我不常见到您，儿子。’我的主人回答说：‘如果您注意到这一点了，父亲大人，我觉得很好。’然后，他便向尊贵的殿下详述了他去北方的一些情况。接着，尊贵的殿下就说：‘很好。’第二天，我的主人从府里回来后说：‘他们要我结婚，但我必须先见一见我的义父勒万将军。’于是，我备好马，我们就来这儿了。”

“是真的吗？我的好波埃尔，”将军哽咽地说，“他叫我义父了？”

“是的，大人。”

“如果这门亲事违了他的心愿，我就该遭殃了，因为我宁可失去国王的恩宠也不愿伤他的心。可那是两个王国的首相的千金呀！……对了，波埃尔，奥尔齐涅知道不知道他未来的岳母阿勒菲尔德伯爵夫人昨天便微服来到这儿了？知道不知道伯爵也要来这儿？”

“这我不清楚，将军。”

“哦！”州长自言自语地说，“是的，他知道，要不然他怎么一到就又走了呢？”

说到此，将军向波埃尔慈爱地点点头，又向持枪致敬的哨兵还了礼，便焦虑不安地回到他刚刚焦急地从里面出来的官邸里去。

5

> 我刚跪下……我开始向上帝奉上我的灵魂，这时候，在我身后，紧靠着我，有个人也跪了下来……不一会儿，我便听见一声深沉的叹息，然后，此人贴近我的耳朵，说出了一个名字……不是女圣人的名字，而是我的名字。总之，是该离开的时候了：弥撒已经结束；我颤抖着抬起了头……我扭过头去……我认出了他。
>
> ——莱辛

> 仿佛所有的情欲都曾刺激过他的心灵，尔后又把他的心给抛弃了；他所剩下的只有一个憔悴的男人认识了人的那种凄惨和深邃的目光，一眼就能看出每件事的结局。
>
> ——席勒：《幻象》

守门士兵领着陌生人爬上螺旋形楼梯和走过施莱斯威格主塔的一间间高大的大厅之后，终于来到陌生人要找的那人住的房间门口，打开了门。这时，传到年轻人耳朵里的第一句话还是那句问话："是狄斯波尔森上尉了吧？"

问话的是个老者，背对着门坐着，双肘撑在一张工作台上，双手支着额头。他穿着一件黑呢长袍，房间一头，床的上方，可见一枚破了的盾形纹章，周围挂着折断了的大象骑士团和丹布罗格骑士团的勋章链，一顶伯爵冠倒挂在纹章下面，一只十字架形的象征法律之手的两个残片补全了整个这一套奇异装饰。老者就是舒玛赫。

“不，大人。”守门士兵回答完后便对陌生人说：“他就是囚犯。”

然后，他便关上门，走了出来，只听见老者用尖声在说：“如果不是上尉，我就谁也不见。”

陌生人闻言，站在了门旁，而囚犯以为只剩自己一人了——因为他始终没有扭过头来——又陷入了沉思。

突然，他吼道：

“上尉准是抛弃我，背叛我了！人呀……人就像阿拉伯人当成钻石的一块冰，珍藏在背囊里，等他再找的时候，连点儿水也看不见了。”

“我可不是那种人。”陌生人说。

舒玛赫猛地站起来，说：

“谁在屋里？谁在偷听？是那个盖尔登留派来的什么无耻爪牙？”

“别说总督的坏话，伯爵大人。”

“伯爵大人！您是想讨好才这么称呼我的吗？那您就白费心思了，我已没权没势了。”

“同您说话的人认识您时您并非有权有势，但并不因此而不是您的朋友。”

“那是他还期待我点儿什么，人们对落难之人的怀念总是以尚存的希望加以衡量的。”

“那该抱怨的就该是我了，尊贵的伯爵，因为我想起了您，可您却忘掉了我。我是奥尔齐涅。”

老者的眼里闪过一道快乐的光芒，而且，他无法压抑的一个微笑微微绽开了他的白胡须，宛如阳光刺破了云彩。

“奥尔齐涅！欢迎您，旅行者奥尔齐涅。祝您还记得我这个囚犯的旅行者幸福无比。”

“可是，”奥尔齐涅问，“您难道忘记我了吗？”

“我是把您给忘了，”舒玛赫说着，脸上又起了阴云，“如同人们忘记给我们带来凉爽但已刮过的微风一样，然而，当它没变成吹得我们人仰马翻的飓风的时候，我们则是幸福的。”

“格里芬菲尔德伯爵，”年轻人又说，“您难道没有指望我会回来？”

“老舒玛赫没指望您回来，但是这儿有一位姑娘，今天提醒我，到 5 月 8 日，您已经有一年没露面了。”

奥尔齐涅猛一激灵。

“啊，上帝！是您的艾苔尔吗，尊贵的伯爵？”

“那还会是谁？”

“大人，您女儿竟有心在数我离开的时日！哦！我度过了多么痛苦的日子啊！我走遍了整个挪威，从克利斯蒂安尼亚到瓦尔德胡斯，但是，我的路途始终在把我引向特隆赫姆。”

“在您享有自由的时候，年轻人，好生利用它吧。不过，请您告诉我，您究竟是谁？奥尔齐涅，我很想知道您到底是何许人也，因为我的一个死敌的儿子也叫奥尔齐涅。”

“伯爵大人，也许这个死敌对您比您对他更加仁慈。”

“您是在回避我的问题。不过，您可以保守您的秘密，我也许会明白我将是饮鸩止渴。”

“伯爵！”奥尔齐涅气愤地喊，但随即又用责备而怜悯的口吻喊了一声，“伯爵！”

“难道我非要相信您不可？”舒玛赫回答，“您在我面前总是替那个无情无义的盖尔登留辩护。”

“总督刚刚下令，将让您在施莱斯威格雄狮堡整个主塔内自由行动，不受监视。”年轻人严肃地打断他说，“这是我在卑尔根打听到的消息，您很快就能接到敕令。”

“这是我一直不敢希望的恩典，我想我只是同您一人聊过我的愿望。再说，随着我的年纪越来越大，他们把我的脚镣换成轻些的了，等我衰老残疾之时，他们想必会对我说：‘您自由了。’”

老者说罢，苦涩地一笑，然后，又继续说道：

“而您，年轻人，您仍旧满脑子的独立狂想？”

“如果我没有这些狂想，就到不了这儿了。”

“您是怎么到特隆赫姆的？”

“喏！骑马呗。”

“您怎么来的孟哥尔摩？”

“乘船。”

“可怜的疯子！自以为是自由的，又是骑马又是乘船。那不是你的四肢在执行你的意志，而是动物，是物质，你竟把这个称作意志！”

“我强迫一些人服从我。”

“在某些人身上取得让其服从的权力，也就是给其他一些人支配您的权力。只有离群索居才有独立。”

“您不喜欢人类，尊贵的伯爵？”

老者凄苦地笑了笑说：

“我为世人而哭，而且嘲笑安慰我的人。如果您还不懂这一点，那您将会明白的，不幸使人多疑，正如得意使人忘恩负义一样。听着，既然您从卑尔根来，那就告诉我狄斯波尔森上尉交什么好运了。他一定是遇到什么喜事了，才会把我给忘了。”

奥尔齐涅变得阴郁、尴尬了。

“您问狄斯波尔森吗，伯爵大人？我今天赶来就是要同您谈他的事的。我知道他深得您的信任。”

“您知道？”犯人焦虑地打断他，“您搞错了。世上没人深得我的信任的。的确，狄斯波尔森手里拿着我的文件，甚至是一些很重要的文件。他是为我去的哥本哈根，去晋见国王。我甚至承认，我对他比对其他任何人都更信赖，因为在我有权有势之时，我从未帮过他什么忙。”

“喏，尊贵的伯爵，我今天见到过他。”

“您的不安已说明了一切：他背叛我了。”

“他死了。”

“死了！”

犯人抱住双臂，垂下头，随后又抬眼望着年轻人：

“可我还对您说他有什么喜事哩！”

然后，他移目墙壁，上面挂有他被摧毁了的昔日荣华的标记。他挥挥手，仿佛在让目睹他在竭力压制痛苦的人离去。

“我可怜的并不是他，他死了，只不过是少了个人而已。也不是我，因为我有什么可失去的？而是我的女儿，我苦命的女儿！我将成为那个卑鄙阴谋的牺牲品；但如果她没了父亲，将怎么活呢？”

他猛地转身对着奥尔齐涅。

“他是怎么死的？您在哪儿见到他的？”

“我在斯普拉德盖斯特见到他的，大家都不知道他是自杀还是他杀。”

“现在，这倒是个要害。如果是他杀，我知道凶手来自何方，那么，全都完了。他是要来给我送那些人策划反对我的阴谋的证据的。这些证据本可以解救我，而让他们完蛋的。他们抢先一步，把证据给毁了！苦命的艾苔尔！”

“伯爵大人，”奥尔齐涅边致礼边说，“我明天会告诉您他是不是被杀害的。”

舒玛赫没有吱声，只是望着奥尔齐涅走出去，目光中透着比平静待死更加可怕的那种绝望的静默。

奥尔齐涅来到犯人那寂寥的过厅，不知该往哪边走。天色已晚，厅内很黑。他随手打开一扇门，来到一条宽大的走廊，只有飞快地穿过苍白的云层的月亮透进一抹光来。朦胧的月光不时地落在又窄又高的彩绘玻璃上，仿佛在对面墙壁上画出一长串鬼影，在长长的走廊里忽隐忽现的。年轻人慢慢地画了个十字，朝着走廊顶端的一道泛红的弱光走去。

一扇门微微开着；一位姑娘跪在哥特式小祈祷室的简陋的祭坛

前，低声朗诵着圣母连祷文；这种祷告质朴而崇高，向“七苦圣母”飞升而去的灵魂要求她的也只是祈祷罢了。

这位姑娘戴着黑纱，披着白纱罗，仿佛想让人一见便可看出她一直是在凄苦和无辜之中打发时日的。即使在此刻这端庄的姿态中，她浑身上下也透着一种独特的气质。她黑眸黑发，属北方罕见的美人儿。她抬头望着拱顶，目光好像神采奕奕，并没因祈祷而黯淡。总之，她宛如塞浦路斯海岸或梯布尔乡村的玉女，披着俄西安梦幻般的轻纱，跪在木十字架和耶稣的石头祭坛前面。

奥尔齐涅浑身一颤，几乎昏厥，因为他认出了那个在祈祷的姑娘。

她在为父亲祈祷，在为倒台的强人祈祷，在为被遗弃的老囚徒祈祷，她高声地背诵着拯救圣诗。

她还在为另一个人祈祷，但奥尔齐涅没有听见她为之而祈祷的那人的名字。他没有听见，因为她并没有说出来，她只是在诵读那首妻子等待丈夫、盼着心上人归来的感恩圣诗。

奥尔齐涅退回到走廊里，他不愿打断这位正与上苍沟通的玉女。祈祷是件极秘密的事，他的心不由自主地充满了莫名的而且是不敬的一种陶醉。

小祈祷室的门轻轻地关上了。不一会儿，一位浑身素白的女子提着灯在黑暗中向他这边走过来。他站住了，因为他正感受到一种平生从未有过的最激烈的冲动。他背靠着暗黑的墙壁，浑身发软，四肢关节在发颤，他一动不动，只听见心脏激烈的跳动声。

姑娘走过时，听见触到一件大氅的窸窣声和急促的喘息声。

“上帝！”她喊了一声。

奥尔齐涅冲上前去，一条胳膊扶着她，另一只手想去拿油灯，但没来得及。她已脱手，油灯灭了。

“是我呀。”他柔声说。

“是奥尔齐涅！”姑娘听出来了，因为她已有一年没有听见的这个声音始终萦绕在她的耳际。

移过的月光照亮了她那张俊美快乐的面庞。她随即挣脱年轻人的手臂，腼腆心慌地说：

“是奥尔齐涅公子？”

“正是，艾苔尔伯爵小姐。”

“您为什么称呼我伯爵小姐？”

“您为什么称呼我公子？”

姑娘不吭声，只是微笑；年轻男子也不说话，只是叹息。姑娘首先打破沉寂，问：

“您是怎么来这儿的？”

“如果我的到来使您难过，请您宽恕。我是来找令尊伯爵大人说事的。”

“这么说，”艾苔尔声音哽咽了，“您只是为我父亲而来。”

年轻人低下头去，因为他觉得她这话很不公平。

“您想必早就，”姑娘埋怨地继续说，“您想必早就到特隆赫姆了？这么久没来这座古堡，您可能觉得并不长。”

奥尔齐涅被深深地刺伤，没有回答。

“我对此无所谓，”女囚声音因痛苦和愤怒而颤抖，但又傲气地补充道，“但愿，奥尔齐涅公子，您没有听见我的祈祷？”

“伯爵小姐，”年轻人终于回答了，“我听见了。”

“啊！奥尔齐涅公子，这么偷听是不礼貌的。”

“我并没去偷听，尊敬的伯爵小姐，”奥尔齐涅有气无力地说，“我只是听见了。”

“我刚才在为父亲祈祷，”姑娘凝视着他说，仿佛在等着他对这句极简单的话做一个回答。

奥尔齐涅闷声不响。

“我也在为……”姑娘继续不安地说，好像想看一看马上要说出的话会产生什么效果似的，“我也在为与您同名的一个人祈祷，在为总督盖尔登留伯爵的公子祈祷。因为必须为大家祈祷，甚至为迫害自己的人祈祷。”

姑娘满脸绯红，因为她想到自己是在撒谎。但她很生那年轻人的气，她以为她在祈祷时说出了他的名字，其实她只是在心里默默地为他祷告而已。

“奥尔齐涅·盖尔登留是很不幸的，尊贵的女士，如果您把他也列在迫害您的人之中的话。但他很幸福，能在您的祈祷中占有一席之地。”

“哦！不，”艾苔尔因年轻人那冷漠的态度而慌乱、害怕了，“不，我没有为他祈祷。我不知道自己都干了些什么，以及现在在干些什么。至于总督的公子，我憎恨他，我不认识他。别用这种严厉的目光看我。难道我冒犯您了吗？您正在某位像您一样自由和幸福的美丽而高贵的女子身边逍遥自在，难道就不能原谅点儿一个可怜的女囚吗？！”

“我？伯爵小姐！”奥尔齐涅嚷叫道。

艾苔尔泪水直流；年轻人扑倒在她的面前。

“您不是对我说，”姑娘哭中带笑地继续说，“您觉得离开的时间不长吗？”

“谁？我？伯爵小姐！”

“别这么叫我，”姑娘轻声地说，“对任何人，特别对您来说，我已不再是伯爵小姐了。”

年轻人忽地站起来，禁不住把姑娘紧搂在怀里，欣喜得浑身发颤。

“好了，我崇拜的艾苔尔，叫我奥尔齐涅吧。跟我说……”他用热辣辣的目光盯着姑娘的泪眼，“跟我说，你爱我，好吗？”

姑娘说的他没有听见，因为他欣喜若狂，忘情地亲吻了她，压住了她的回答。这第一个恩宠，这神圣的一吻，在上帝看来，足以让有情人终成眷属了。

他俩一言不发地呆着，因为他俩正处在那种庄严的时刻，那是世间极其罕见、极其短暂的时刻，灵魂似乎在享受着某种上天的欢悦。这种时刻难以言传，是两个灵魂在用只有它们自己才能听得懂的言语在交谈，而人世间的一切皆万籁俱寂，只有这两个非物质的灵魂为世间的生活和另一个世界的永恒而神秘地合二为一了。

艾苔尔慢慢地从奥尔齐涅的手臂中抽出身来；月光下，二人如痴如醉地对视着。年轻人火热的目光中透着一种英气和雄狮般的勇猛，而姑娘那朦胧的眼神中显出一种纯洁，一种天使般的羞怯，在一个玉女的心中，与爱情的各种各样的欢乐交织在一起。

"刚才，在这条走廊里，"姑娘终于开口了，"您在躲着吧，我的奥尔齐涅？"

"我没有躲您，我就像个苦命的瞎子，长年累月地看不见，突然见到光明，暂时地避一避阳光而已。"

"您比喻的倒像我，因为，在您不在的时候，我没有别的幸福，只有陪伴我那苦命的父亲。我成天在安慰他，"她低下头去补充说，"和盼望您。我给父亲读《埃达》[①]中的寓言，而当我听见他在怀疑世人时，我便给他读《福音书》，让他至少别怀疑上苍。然后，我便同他谈到您，他便不说话了。这证明他喜欢您。只是在我毫无用处地整晚都在老远看着路上到来的旅行者，看着港口上靠岸的船只时，他便苦笑着摇头，而我则哭泣起来。我觉得，这座到目前为止消磨了我一生的监狱，变得可憎可怕了，但是，我父亲在您出现之前，一直在让我过得充实。他仍旧待在这儿，但您已经不在了，我想得到我未曾享受过的自由。"

在姑娘的眼里，在她那天真无邪的柔情中，在她那欲言又止的温柔缱绻中，有着一种人类语言所不能表达的魅力。奥尔齐涅

① 《埃达》为冰岛的两个诗集的名称，分《大埃达》和《小埃达》。

满怀着弃绝尘世、升进理想世界的人的那种梦幻般的快乐在听着她诉说。

“可我，”他说，“我现在不想要这没有与您共享的自由了。”

“什么，奥尔齐涅！”艾苔尔急切地问，“您不再离开我们了？”

这一问使年轻人想起了他忘记了的所有一切。

“我的艾苔尔，我今晚必须离开您。我明天再来看您，而且，明天还要离开您，直到我回来后，就再也不离开您了。”

“唉！”姑娘痛楚地打断他说，“还得走！”

“我再说一遍，亲爱的艾苔尔，我很快就会回来，把您从这座监狱里救出去，否则我同您一起把牢底坐穿。”

“同您一起坐牢！”姑娘轻声说，“啊！别哄我了，我能奢望这种幸福吗？”

“你需要我发什么誓？你要我怎么样呢？”奥尔齐涅大声说，“告诉我，我的艾苔尔，难道你不是我的妻子吗？”

奥尔齐涅为爱情所激动，紧紧地把她搂在怀里。

“我属于你。”她声音极低地喃喃道。

这两颗高贵、纯洁的心就这样情不自禁地贴在一起了，变得更加高贵、更加纯洁。

正在这时候，他俩身边响起了一阵哈哈大笑声。一个身披大氅的人露出遮挡着的提灯；灯光一下子照到艾苔尔那张惊恐慌乱的面庞和奥尔齐涅那惊讶而自豪的面孔上。

“勇敢些！我的漂亮的一对！勇敢些！可我觉得，你们在温柔乡里走的时间并不长，没有经过爱情河的港汊河湾，大概是抄了近道，如此迅速地便到达了亲吻的村庄。”

读者们想必认出了那个崇拜斯居德丽小姐的中尉。午夜钟响，这对情侣并未听见，而中尉却放下正在阅读的《克列丽》，来主塔夜巡。在经过东头走廊顶端时，他听见了几句话，并看见月光下有两个鬼影似的东西在晃动。于是，天生好奇并胆大的他，便把提灯藏于大氅下面，踮着脚尖靠近两个“鬼影”，猛然大笑一声，两个情侣便很不情愿地从痴迷中惊醒过来。

艾苔尔猛地一扭身，离开奥尔齐涅，但随即便像出于本能似的又回到他的身边，而且，为了寻求他的保护，便把热辣辣的脸埋在年轻人的胸前。

年轻人像高傲的国王似的抬起头来。

“刚才吓着你的人，”他说，“让你伤心的人，是要遭报应的，我的艾苔尔！”

“是呀，真的，”中尉说，“我要是因为笨拙而吓着温柔的曼达娜[1]，是要倒霉的！”

“中尉大人，”奥尔齐涅高傲地说，“我劝您闭上嘴。”

“傲慢的大人，”中尉反击道，“我劝您闭上嘴。”

“您听见没有？”奥尔齐涅声若雷鸣，“您闭上嘴，我便饶了您。”

“Tibi tua[2]，”中尉回答道，“您还是劝劝自己吧。您闭上嘴，我便饶了您。”

“住嘴！”奥尔齐涅一声怒吼，震得彩绘玻璃直颤，然后，他扶着浑身发抖的姑娘坐在走廊里的一张旧扶手椅里，便抓住军官的胳膊用力地推搡。

“哦，乡巴佬，”中尉又好气又好笑地说，“您没发现您拼命拉扯的这件紧身短上衣是用阿宾顿最漂亮的丝绒做的吗？”

奥尔齐涅定睛看着他。

“中尉，我有耐心，我的剑可没有耐心。”

“我听见了，勇敢的情郎，”中尉嘲讽地笑着说，“您是想让我成全您。但您知道我是谁吗？不，不，对不起，正如漂亮的烈昂德尔[3]所说：‘王子对王子，牧童对牧童。’”

---

① 古波斯王朝的一位王后。

② 拉丁文，意为：“您这是在替我说哩。”

③ 17世纪法国作家莫里哀的戏剧中的人物。

"要是这么说的话，也就是说'懦夫对懦夫'！"奥尔齐涅又说，"那我就根本没有同您较量的殊荣了。"

"我极尊贵的牧童，您要是穿上军装的话，我将怒不可遏。"

"我既没有饰带，也没有流苏，但我有佩剑。"

骄傲的年轻人把大氅往后一抖，戴上帽子，握住剑柄。这时，艾荅尔被这迫在眉睫的危险惊醒，赶忙扑上去抓住他的手臂，靠在他的胸前，既是惊恐又是哀求地大叫一声。

"您做得很明智，美丽的小姐，如果您不想让这个小青年因为大胆而受到惩罚的话。"中尉听见奥尔齐涅的威胁，严阵以待，但并未冲动地说，"因为西鲁斯[①]眼看就要同冈比斯[②]打起来了。但愿我把这个奴仆比作冈比斯没有过分抬举他。"

"看在老天的分儿上，奥尔齐涅公子，"艾荅尔说，"别让我成为这样一个不幸的缘由和见证吧！"然后，她抬起头来望着他又说，"奥尔齐涅，我求求你了！"

奥尔齐涅慢慢地将已拔出一半的剑推回剑鞘。这时，中尉吼道："确实，骑士……我不知道您是不是骑士，之所以送您这个头衔，是因为您看上去像个骑士……我和您，我们只顾争强斗胜，却没有顾及礼仪风雅。这位小姐说得对，我觉得您有资格同我进行像这次这样的较量，是不该让女士们目睹的，尽管……请迷人的小姐原谅，这种较量可能是因她们而起的。因此，我们只能在此谈一谈'duellum remotum'[③]，您作为被冒犯者，如果您愿意指定日子、地点和兵器，我那托莱德[④]利剑或梅里达[⑤]匕首将听从您那阿斯克雷特铁匠铺打制的铡刀或在斯帕博湖浸泡过的猎刀的

① 古波斯王朝数位成员的姓名。

② 古波斯王朝的两位君主名。

③ 拉丁文，意为"延期决斗"。

④ 西班牙城市名，以打制冷兵器而闻名。

⑤ 西班牙古城名，保存有许多古罗马遗迹。

吩咐。”

中尉向奥尔齐涅建议的“延期决斗”在北方甚为流行。学者们认为决斗习俗就是源自那儿。最勇敢的绅士可以建议和接受“延期决斗”，可以延期数月，有时数年，而在此期间，对手之间不得在言语和行动上涉及引起决斗的缘由。譬如，因爱情引起的，则两个情敌不得去见他们的情人，以便保持事态的原状。在这一点上，大家都以骑士的忠诚为保证。犹如在古代骑士比武中一样，如果裁判认为比赛规则受到破坏，便把裁判棒扔进竞技场，武士们必须立即住手，但直到疑团消释之前，战胜者的剑始终逼着战败者的喉咙。

“好吧！骑士，”奥尔齐涅思考片刻后说，“过一个月，一个使者将告诉您地点。”

“好的，”中尉回答，“这样就可以使我有时间参加我妹妹的婚礼了。您将会知道，您将有幸同一位高贵大人、挪威总督的公子、奥尔齐涅·盖尔登留男爵的未来大舅子交锋了。正如阿尔达迈纳所说，借这一风光的婚姻，他将成为丹斯吉阿德伯爵、大象骑士团上校和骑士，而我这个联合王国首相之子无疑将被提升为上尉的。”

“好极了，好极了，阿勒菲尔德中尉，”奥尔齐涅耐着性子说，“您还不是上尉，总督的儿子也不是上校，但剑仍旧是剑。”

“乡巴佬总归是乡巴佬，不管怎么抬举也不行。”中尉咬牙切齿地说。

“骑士，”奥尔齐涅继续说，“您知道决斗的规矩。您别再进这个主塔，而且要对此事一声不吭。”

“要说一声不吭，您就放心好了，我会像缪斯·瑟尔沃一样，炭火烧手也不吭一声。我同守军的其他看守，谁也不再进这主塔，因为我刚接到命令，今后不再监视舒玛赫了。我本该今晚将此命令传达给他的，要不是晚上我花了老半天在试穿克拉科夫产的新皮靴，我都传达完了。您别说出去，我看这个命令很欠考虑……您要不要我把新皮靴让您瞧瞧？”

他俩谈话时，艾苔尔见他们已消了气，而且也不懂“延期决斗”是怎么回事，便贴着奥尔齐涅的耳朵说了声“明天见”，便离去了。

“阿勒菲尔德中尉，我想请您帮我从要塞出去。”

“愿意效劳，”军官说，“尽管有点儿晚了，或者不如说，太早了。不过，您怎么才能找到一条船呢？”

“那是我的事。”奥尔齐涅说。

于是，二人一边友好地交谈着，一边穿过园子、环形大院和方形院子。奥尔齐涅由巡夜军官领着，没有遇到麻烦。他们经过狼牙大闸门、炮库、操练场，到了矮塔楼下。听见中尉的声音，有人把门给打开了。

“再见，阿勒菲尔德中尉！”奥尔齐涅说。

“再见，”军官回答，“我敢说您是个正直的对手，尽管我不知道您是谁，也不知道您将带去参加我们决斗的您的伙伴是否有资格当主持人，或者只不过是些无足轻重的旁观者。”

他俩握手告别，铁门重新关上，中尉哼着吕利[①]的曲子，转身回去欣赏他的波兰靴子和法国小说。

奥尔齐涅独自站在门口，脱去衣服，用大氅裹好，用佩剑的皮带系在头上，开始在夜幕中，朝着斯普拉德盖斯特方向的海岸边游去，那是他始终几乎深信必然会到达的彼岸，不论是死是活。

白天的劳累已使他精疲力竭，所以他费了很大的劲儿才游到岸边。他匆匆穿好衣服，朝着斯普拉德盖斯特走去。停尸所宛如一个黑漆漆的庞然大物，立于港口广场上，因为月亮早已完全被遮住了。

他走近那幢建筑物，仿佛听见有人在说话，天窗里还透出一

---

① 出生于意大利的法国作曲家（1632—1687）。

道微弱的亮光。他很惊讶，便拼命敲那方形门。声音没了，亮光也不见了。他又敲门，亮光又出现了，只见一个黑糊糊的东西从天窗出来，蜷缩在建筑物那平坦的屋顶上。奥尔齐涅又用剑柄敲了一次门，并且喊道：

“开门，国王陛下有令！快开门，总督大人有令！”

门终于徐徐地打开了，出现在奥尔齐涅眼前的是斯皮亚古德瑞那张苍白瘦削的脸。后者衣冠不整，眼露惊恐，头发竖直，两手是血，手里提着一盏灯，灯光阴气逼人，颤颤巍巍的，但他那瘦长的身子更清楚地显出在发抖。

6

比洛：绝不！

昂吉罗：什么，我以为你要做个好人哩。该死的！你要是说个不字……

比洛：昂吉罗，我以对上帝的爱发誓……

昂吉罗：别去阻止你阻挡不了的事。

比洛：啊！如果魔鬼揪住了你的一根头发，你就把整个头给了他。我真可怜！

——莱辛：《埃米莉亚·加洛蒂》

饰有黑羽毛的年轻旅行者从斯普拉德盖斯特出去之后一小时光景，天完全黑了，人也都散尽了。奥格利匹格拉普把停尸所的大门关好，他师傅斯皮亚古德瑞则为停放在那儿的尸体洒了最后一次水。然后，二人回到自己那极其简陋的房间。奥格利匹格拉普睡在他那张小破床上，宛如一具让他看守的尸体，而可敬的斯皮亚古德瑞则在一张放满旧书、干枯植物和剔过骨头的石桌前坐下，埋头认真研究起来。这种研究尽管真的是无可指责的，但没少给他在百姓中招来“巫术”、“魔法”的罪名，这是那个时代科学所独享的可恼的待遇。

他潜心思索了好几个小时了，终于准备丢下书本上床。他最后读的是托莫德斯·托尔菲斯的那凶险的一段：

当一个人点亮灯时，灯尚未灭，死神便已来到他身边。

“但愿这位知识渊博的人别生气，”他在轻轻地自言自语，“今晚，我这儿就不会这样。”

他拿过灯来正要吹灭。

“斯皮亚古德瑞！”存放尸体的大厅里传来一声喊。

老看守浑身筛糠。他倒不是像其他任何人处在他的情况之下那样，以为斯普拉德盖斯特的凄楚房客在造看守的反。他学识较深，不至于被这类想象中的恐怖吓住。他之所以着实害怕，是因为他太熟悉喊他的那个声音。

“斯皮亚古德瑞！”那声音又猛喊了一遍，“难道非要我去扯着你的耳朵你才听得见吗？”

“愿圣郝斯庇斯可怜可怜我吧，不是可怜我的灵魂，而是我的身子，”吓坏了的老头说道。然后，他因恐惧而既慌忙又不敢迈步地向着第二个侧门走去。他打开了门。读者们没忘记这道门是通向停尸大厅的。

这时，他提着的灯映出一个极其可怕的画面。一边是斯皮亚古德瑞那瘦长微驼的身子；另一边是五短身材、又粗又壮的人，从头到脚披着沾满血迹的各种兽皮，站在吉尔·斯塔特的尸体脚前。吉尔的尸体同姑娘和上尉的尸体构成了这画面的背景。这三个无言的人，躺在黑暗之中，是不用害怕地看到开始交谈的两个活人的唯一的见证人。

灯光映照出的矮人的面部轮廓透着一种极大的野蛮。他的胡须又红又密；头上戴着一顶驼鹿皮便帽，遮住了额头，露出的头发也是红棕色的；他的嘴很阔，唇很厚，牙齿又白又尖又稀疏；一只鹰钩鼻，灰蓝色的眼睛极其活泛，乜斜着斯皮亚古德瑞，透着老虎般的凶残和猴子般的狡黠。这个怪人带着一把大刀、一把无鞘匕首，以及一柄石刃斧，他就倚在斧头的长柄上。他的手上戴着两只青狐皮大手套。

“这老鬼让我等了这么久。”他自言自语地说完，便像林中猛兽似的咆哮起来。

斯皮亚古德瑞脸色如能变得苍白，准保被吓得煞白。

“你知道不，”矮人直截了当地冲他说，“我是从乌尔什塔尔海滩来的，你这么磨磨蹭蹭的，难道是想把你的草铺换成这样的一张石床？”

斯皮亚古德瑞抖得更加厉害，仅存的两颗牙在咯咯地碰响。

“对不起，师傅，”他把腰躬得与矮人一般高地说，“我睡得太死。”

“你要不要我让你知道如何睡得更死？”

斯皮亚古德瑞吓得做了个鬼脸，这倒是比他快活时的怪相可能更讨喜些。

“喂，怎么回事？”矮人继续说，“你怎么了？我来你不高兴？”

“啊，我的师傅大人，”老看守回答，“肯定再没有比见到阁下更使我感到莫大幸福的事了。”

他竭力使吓坏了的脸上露出笑来；那样子除了死人谁见了都会觉得好笑的。

“你个没尾巴的老狐狸，本阁下命你交出吉尔·斯塔特的衣服。”

说出这个名字时，矮人的那愤怒、嘲讽的脸色变得阴沉忧郁了。

“哦！师傅，请原谅，衣服不在我手里了，”斯皮亚古德瑞说，“大人知道，我们不得不把矿工的遗物上交王室金库，因为国王作为他们天生的监护人，有权继承。”

矮人转身对着尸体，抱住双臂，用低沉的声音说：

“他做得对。这帮悲惨的矿工就像绒鸭[①]，人们为它们筑巢，然后取其绒毛。”

然后，他用双臂抬起尸体，紧紧地搂抱着，发出怜爱和痛苦的狂叫，宛如抚爱自己的小宝宝的熊发出的叫声。在这种断断续

① 产绒毛的鸭。挪威农民为它们筑巢，然后捉住它们，拔它们的毛。

续的喊叫中，不时地还夹杂着一些斯皮亚古德瑞听不懂的奇怪的行话。

他把尸体重新放在石床上，转身冲着看守。

“该死的巫师，你知道那个不幸被不爱吉尔的姑娘看中的灾星叫什么名字吗？”

他说着便用脚踢踢古特·斯特森冰冷的尸体。

斯皮亚古德瑞摇了摇头。

“那好！我以吾祖英戈尔夫的斧头发誓，我要把穿这种军装的人赶尽杀绝。”他说着指指军官的衣服，“我要报复的那个人也将在此之列。我要焚烧整个林子，为的是把里面的那棵有毒的树木烧掉。自吉尔死的那天起，我就这么发过誓，而且我已经为他找到一个伴侣，会使他死后感到快乐……哦，吉尔！你就这么躺着，软弱无力，没了生气了？你可是能游得过海豹的人，能跑得过羚羊的人，能打死柯尔山上的熊罴的人呀。你就这么一动不动了？你可是一天工夫就能从奥克尔跑到斯米亚森湖，跑遍特隆赫姆地区的人呀！你可是能像松鼠爬橡树一般攀登多伏尔－费尔德山峰的人呀！你就这么一声不响了，吉尔？你可是站在孔斯贝格山巅的暴风骤雨中大声歌唱，声胜雷鸣的人呀！哦，吉尔！难道我为你而填了法罗岛的矿井全是白费劲儿了？难道我烧了特隆赫姆大教堂也是白费心思了？我的所有一切辛劳全属枉然，冰岛之子这个种族、毁灭者英戈尔夫的后裔，在你的身上将无法续其香火了。你将不能继承我的石斧了，而我要继承你的头骨，今后要用它来喝海水和人血了。”

说到这儿，他抓住死者的头。

“斯皮亚古德瑞，”他说，“帮我一下。”

他脱去手套，露出一双大手，指甲又长又硬，而且好像兽爪一般的弯曲着。

斯皮亚古德瑞见他准备用刀砍下尸体的头，吓得禁不住大叫起来：

“公正的上帝！师傅！这是死人呀！”

“怎么，”矮人平静地反诘道，“你是想让这把刀在这儿的一个活人身上磨一磨？”

“哦！请您高抬贵手，开开恩吧……阁下怎能糟践死人呢？……开开恩吧……大老爷，您老不会愿意……”

“你闭不闭嘴？我难道需要你说这么多好听的才相信你敬畏我的刀吗，你这活骷髅？”

“看在圣瓦德玛的分儿上，看在圣乌苏夫的分儿上，看在圣郝斯庇斯的分儿上，饶过一个死者吧！……”

“帮我一把。别对魔鬼提圣人。”

“大老爷，”斯皮亚古德瑞继续苦苦哀求着，“看在您那英明盖世的祖先圣英戈尔夫的分儿上！……”

“毁灭者英戈尔夫同我一样，是个被天主弃绝的人。”

“看在老天的分儿上，”老头拜倒在地上说，“我正是想让您免遭天主的弃绝。”

矮人已忍无可忍了。他那灰暗的眼睛像炭火般闪亮。

“帮我一把！”他挥着刀又说了一遍。

这句话犹如雄狮发出的声音，假如它会说话的话。看守浑身发抖，吓得半死，坐在了黑石上，双手托住吉尔那颗冰冷潮湿的头，而矮人则用匕首和刀，极其灵巧地割下它来。

割下之后，他看了片刻那血淋淋的头颅，说了几句他那奇怪的行话。然后，他把它递给斯皮亚古德瑞，让他剔肉洗净，并猛吼着说：

“可我死后，就没有福分让一个英戈尔夫之魂的继承人用我的头颅去喝人血和海水了。”

他阴郁地胡思乱想之后继续说道：

“风暴连接风暴，雪崩引发雪崩，而我则是我这个种族最后的一个。为什么吉尔没有像我一样的仇恨所有人模狗样的东西？是哪个与英戈尔夫英灵为敌的魔鬼把他引到那些该死的矿井中去寻找那么一点点金子的？”

斯皮亚古德瑞把吉尔的头盖骨交给他，打断了他的话：

“阁下说得对。斯诺里·斯图拉松[①]说过：‘金子的获得常常要付出极高的代价的。’”

“你让我想起一件事，”矮人说，“我得责成你去办。这是一只铁盒子，是我在这个军官身上发现的。你也看到了，你没有他的任何遗物。这只盒子关得严严的，大概藏着金子，这是人眼里唯一宝贵的东西。你把它交给托克特利村的斯塔特寡妇，算作对她儿子的抚养费。”

于是，他从驯鹿皮背囊中取出一个很小的铁盒子。斯皮亚古德瑞接过来，欠了欠身。

“绝对要照我的命令去办，”矮人冲他投去犀利的目光说，“别忘了，两个冤家总要碰头的。我看你虽贪婪，但更胆小，你得对这个盒子负责。”

“哦！师傅，我用灵魂担保……”

“不！用你的骨头和肉担保。”

这时候，斯普拉德盖斯特的大门被重重地敲了一下。矮人一惊，斯皮亚古德瑞站立不稳，用手遮住灯光。

“怎么回事？”矮人气哼哼地喊，“你这个老不死的，要是听见末日审判的号声，你会抖成什么德行？”

又传来一声更重的敲门声。

“准是急着进来的死鬼。”矮人说。

“不，师傅，”斯皮亚古德瑞喃喃道，“过了半夜就不送死人来了。”

---

① 冰岛的权贵和诗人(1179—1241)，曾写过一部分《埃达》。

“不管死人还是活人，都是在撵我……听着，斯皮亚古德瑞，识相点儿，别说出去。否则，我以英戈尔夫的精灵和吉尔的头盖骨发誓，你将去你那死尸客栈检阅孟哥尔摩全队的官兵。”

矮人把吉尔的头盖骨拴在腰带上，戴好手套，像岩羚羊般灵巧地踏着斯皮亚古德瑞的肩膀，蹿出天窗，不见了。

第三记敲门声震撼了斯普拉德盖斯特；外面的声音在以国王和总督的名义喝令开门。于是，老看守怀着可称之为“回忆”和“希望”的两种不同的忐忑心情，向方形门走去，把它打开。

7

现世的幸福所导致的那种快乐，她因通过崎岖而痛苦的道路去追求而筋疲力尽，而且从未能得到过。

——《圣奥古斯丹忏悔录》

特隆赫姆州州长离开波埃尔回到办公室，坐进一张宽大的扶手椅里，为了散散心，便命令他的一个秘书向他汇报呈送到州政府来的申请书。

秘书鞠躬之后开始汇报：

“第一份，尊敬的学者安格利维尤斯要求接替不能胜任的教会图书馆馆长、尊敬的学者佛克斯梯普。申请者并不知道谁可能接替那个无能的学者，他只是陈述说，他，安格利维尤斯学者，长期供职图书馆……”

“把这个怪人打发回主教那儿去。”将军打断秘书的话。

“第二份，监狱神甫亚大纳西·孟德尔教士要求，在总督之子、丹布罗格骑士团骑士、托尔维克男爵奥尔齐涅·盖尔登留与联合王国首相阿勒菲尔德伯爵之女、高贵的乌尔丽克女士喜结秦晋之好之际，赦免十二名悔罪的囚犯。”

“以后再议。”将军说，“我很同情他们。”

“第三份，挪威臣民、拉丁诗人佛斯特·普鲁登·戴斯特隆比代斯请求为这对高贵的新人写贺喜诗。”

“啊！啊！这个正直的人大概挺老了，因为1674年，也是他准备替当时的格里芬菲尔德伯爵舒玛赫与荷尔斯泰因－奥古斯丁堡的路易丝－查洛特公主拟议中的婚礼写贺喜诗的，但婚礼并未举行……我担心，”州长悄悄地补充道，“佛斯特·普鲁登成了专为破裂婚姻写诗的诗人。这事先放一放，请往下说。说起这个诗人，我们倒要打听一下，看看特隆赫姆医院有没有空床位。”

“第四份，古德布兰夏尔、法罗群岛、颂德摩尔、胡布法罗、雷拉斯、孔斯贝格等地的矿工要求免除王室监护税。”

“这帮矿工爱闹事。甚至据说，他们已经对长期不理会他们的要求开始怨声载道了。把这份要求留下，好好研究一下。”

“第五份，渔民布罗尔根据奥代尔斯莱希特法[1]，声称他仍要赎回自己的祖产。”

“第六份，纳斯、勒维格、英达尔、斯孔根、斯托德、斯帕博以及特隆赫姆北部的其他村镇的居民代表，要求悬赏据说是出生于冰岛的克利普斯塔杜尔的强盗、凶犯和纵火犯——凶汉——的人头。特隆赫姆的刽子手尼戈尔·奥路基克斯反对这一要求，声称凶汉归他所有。斯普拉德盖斯特的看守、尸体应该归其所有的本尼纽斯·斯皮亚古德瑞支持这个要求。”

“这个强盗很危险，”将军说，“尤其是在我们担心矿工闹事的当儿。那就把他的头悬赏一个王室埃居吧。”

“第七份，本尼纽斯·斯皮亚古德瑞，医生、考古学家、雕刻家、矿物学家、博物学家、法学家、化学家、力学家、物理学家、天文学家、神学家、文法学家……”

“喂，”将军打断他说，“是不是与斯普拉德盖斯特看守同一个斯皮亚古德瑞？”

“正是他，阁下。”秘书回答，“……特隆赫姆王城里名叫斯普拉德盖斯特的建筑物的为陛下效劳的看守陈述……是他，本尼纽斯·斯皮亚古德瑞发现，称之为固定星宿的星星并非由称之为太

---

[1] 这是一种奇特的法律，规定挪威农民实行长子继承权。任何一个不得不变卖祖产的人可以阻止买主转卖这份产业，他只需每隔十年向当局宣称他想赎回即可。

阳的星球照亮的;还有，奥丁的真实姓名是弗利格，弗利道夫之子;还有，海蚯蚓以沙为食;还有，居民的嘈杂声使鱼儿远离挪威海岸，因此随着人口的增加，生存手段在减少；还有，奥特松海湾以前称作林菲奥尔德，红胡子奥滕往里面投矛之后才改称奥特松海湾的;还有，由于他的建议和指导，才把装饰在特隆赫姆大广场上的旧的弗雷亚雕像改成正义女神雕像的，而且，还有，雕像脚下的狮子才得以改变为代表罪恶的魔鬼的……”

“啊！饶了我们吧，别提他的卓越贡献了。喂，他到底要求什么？”

秘书翻过去好几页，继续念道：

“卑微的陈情者认为，作为对其就科学和文学做出了这么多有益的工作的报偿，可以请求阁下将男尸和女尸的税费提高十个阿斯卡林，死者对此会更加满意，因为这证明人们在抬高他们的身价。”

这时候，办公室的门开了，掌门官大声通报：“尊贵的阿勒菲尔德伯爵夫人到。”

话音刚落，走进来一位高个儿女子，头戴一顶小小的伯爵夫人冠，身穿一条华贵的白鼬皮镶边、缀有金流苏的大红缎裙。她握了握将军伸过来的手后，便走过去在他的扶手椅旁坐了下来。

伯爵夫人约莫五十来岁。年龄可说是并未加深她脸上那因高傲和野心的焦虑而早已很深的皱纹。她朝老州长投去她那傲慢的目光和虚假的笑。

“喏，将军大人，您的学生让您久等了。他本该在日落之前就到这儿的。”

“伯爵夫人，他假如不是一到就去孟哥尔摩，就早已在这儿了。”

“什么，去孟哥尔摩！他该不是去找舒玛赫吧？”

“有这个可能。”

“托尔维克男爵拜访的第一个人竟然是舒玛赫！”

“为什么不可以，伯爵夫人？舒玛赫很不幸。”

“怎么，将军！总督之子竟与这个钦犯搅在一起！”

“尊贵的夫人，腓特烈·盖尔登留把他儿子托付给我时，请求我像教育我自己的孩子一样的教育他。我想过，结识舒玛赫对奥尔齐涅不无裨益，因为他有朝一日肯定也要成为一位强有力的人。因此，在总督的授权之下，我请我兄弟格鲁蒙德·德·克努德办了一张出入所有监狱的通行证，交给了奥尔齐涅……他用上了。”

“尊贵的将军，奥尔齐涅男爵是从何时开始结识这位不无裨益的人的？”

“有一年多了，伯爵夫人。他似乎挺喜欢与舒玛赫交往的，因为为了去他那儿，他在特隆赫姆待了不短的一段时间了，只是在我的特意鼓动之下，他才于去年很不情愿地去挪威看看的。”

“舒玛赫知不知道安慰他的这个人是他的一个最大的仇人的儿子呢？”

“他知道他是个朋友，这对他同对我们一样，就足够了。”

“可是您，将军大人，”伯爵夫人目光犀利地看了他一眼说，“您在容忍，甚至促成这种联系的时候，知不知道舒玛赫有个女儿？”

“我知道，尊贵的伯爵夫人。”

“那您不觉得这种情况对您的学生有所妨碍吗？”

“勒万·德·克努德的学生、腓特烈·盖尔登留的儿子是正直的人。奥尔齐涅知道自己与舒玛赫的女儿之间有障碍，若无合法目的，他是不会去勾引一个女孩，特别是一个不幸之人的女儿的。”

尊贵的阿勒菲尔德伯爵夫人脸色红一阵，白一阵的。她扭过头去，企图避开老人冷静的目光，仿佛在避开一个指控者的目光。

“总之，”她嗫嚅着，“将军，这种联系，请恕我直言，我觉得是蹊跷而欠考虑的。据说北方的矿工和百姓威胁要造反，而舒玛赫的名字被牵扯进这件事里去了。”

“尊贵的夫人，我真想不到您会说出这种话来！”州长大声说道，“到目前为止，舒玛赫一直在老老实实地忍受自己的痛苦。这个传闻无疑是没有根据的。”

此时，门开了，掌门官通报，首相大人的一个使者求见尊贵的伯爵夫人。

伯爵夫人连忙站起，向州长告别；州长继续审阅申请书，而她则急忙来到州府右翼她下榻的房间，命人让信使前来。

她被侍女们簇拥着，在一张豪华的沙发上坐了不大一会儿，使者便进来了。伯爵夫人一见使者，便露出厌恶的表情来，但马上便甜甜地一笑,遮掩过去了。使者的外表乍看上去并不令人讨厌。他个头不算高，体态丰腴，不像个信使。但是，当你仔细瞧瞧时，便会觉得他的面容开朗得到了无耻的程度，而他那快活的目光透着某种歹毒和凶险。他冲伯爵夫人深深地鞠了一躬，交给她一个用丝线捆着的信件。

“尊贵的夫人，”他说，“请允许我向您呈上您卓绝的夫君、我尊敬的主人大人送来的一件宝贵信件。”

“他本人是不是不来了？他怎么让您当信使了？”伯爵夫人问。

“出于一些重要考虑，大人推迟了行期，这封信就是告诉您原因的，伯爵夫人。至于我，我不得不遵照我尊贵的主人之命，享有同您单独晤谈的极大荣幸。”

伯爵夫人脸色发白，声音颤抖着嚷道：

“我！同您穆斯孟德晤谈？”

“如果这使尊贵的夫人有所不快的话，她的这个没资格的仆人将会绝望的。”

“使我不快！当然不会，”伯爵夫人强颜欢笑地说，“但这谈话有必要吗？”

使者一躬到地。

“绝对必要！卓绝的伯爵夫人肯于从我手里接过去的那封信应该写着正式命令。”

看见高傲的阿勒菲尔德伯爵夫人在一个对她如此敬重的仆人面前面色发白，浑身哆嗦，真是蹊跷的事。她慢腾腾地拆开信件，读了起来；然后，她又读了一遍，才有气无力地对女侍们说：

"去吧，让我同他单独谈谈。"

"请尊贵的夫人原谅我的放肆，"使者屈膝说，"和我似乎引起的她的不快。"

"恰恰相反，请相信，"伯爵夫人勉强地笑着回答，"我非常高兴见到您。"

女侍们退了下去。

"艾尔菲格，你难道忘了，你以前对我俩单独晤谈并不反感的呀？"

信使开始同尊贵的伯爵夫人谈了起来，边说边露出魔鬼般的笑声来，宛如条约期满时，魔鬼去取给了它的那个灵魂时发出的笑声。

高贵的夫人屈辱地垂下了头。

"我哪会忘记呢！"她喃喃地说。

"可怜的蠢女子，你何必为没人看见的事脸红呢？"

"人没看见的事，上帝看见了。"

"上帝！弱女子呀！你不配欺骗自己的丈夫，因为他没有你那么轻信。"

"您蔑视我的悔恨，真太不地道了，穆斯孟德。"

"好啊！艾尔菲格，你要是真悔恨的话，又为什么每天旧习不改，自己打自己的嘴巴呢？"

阿勒菲尔德伯爵夫人双手捂住脸；使者继续说道：

"艾尔菲格，必须做出选择，要么真的悔恨，不再犯罪，要么犯罪，别再悔恨。学我的样儿，选择后者，这是最好的办法，起码也是最快活的办法。"

"但愿您来世别再说这样的话。"伯爵夫人低声说。

“行了，亲爱的，别说笑话了。或者，如果你相信有来世的话，也想一想你下地狱的传票已不可挽回地下达了。在世上再悔恨几年又有什么用呢？来世是不会缩短的。”

于是，穆斯孟德便坐到伯爵夫人的身旁，双手搂住她的脖子。

“艾尔菲格，”他说，“起码应在思想上尽量保持你二十年前的样子。”

倒霉的伯爵夫人成了其同伙的奴隶，只好勉为其难地回应他那令人厌恶的亲昵。在这两个互相蔑视、互相憎恶的人的偷情之中，有着某种连这两个腐朽灵魂都觉得太恶心的东西。那种不合法的亲热曾经使他俩快活，然而，我不知是什么可怕的默契迫使他俩继续这种勾当，可现在，这种奸情却使他俩受到折磨。这就是奸情的奇特而公正的变化！他俩的罪孽变成了他们的酷刑。

伯爵夫人为了缩短这奸情之苦，挣脱了她那可恶的情人的双臂，终于问他，她丈夫让他捎了什么口信来没有。

“阿勒菲尔德看到自己的权力因奥尔齐涅·盖尔登留和我们的女儿的婚姻而加强……”穆斯孟德说。

“我们的女儿！”高傲的伯爵夫人大声说着，凝视着穆斯孟德的目光复又流露出傲然和轻蔑来。

“是呀，”信使冷冷地说，“我想，乌尔丽克至少可以像属于他一样的也属于我。我刚才的意思是，如果舒玛赫没同时被彻底打倒，那这桩婚事不会完全令你丈夫满意的。这个老宠臣在监狱中几乎还同在其府中一样的让人胆寒。他在宫里有一些名不见经传的朋友，他们也许是正因为名不见经传而更加强大有力。国王一个月前听说首相与荷尔斯泰因－蒲伦公爵的谈判不顺利，便不耐烦地大声说道：‘格里芬菲尔德一个人在谈判中顶他们所有的人。’一个名叫狄斯波尔森的阴谋家，从孟哥尔摩来到哥本哈根，获准秘密晋见国王好几次。事后，国王派人去首相府查问舒玛赫的贵族证书和财产证书都存放在哪里。还不清楚舒玛赫有什么要求。不过，对于一个钦犯来说，即使他只要求自由，那也就等于是要求掌权。必须置他于死地，而且要让他死得合理合法，也就是说，要给他罗织个罪名，这我们正在做……艾尔菲格，你丈夫正在北部省份微服私访，他将亲自了解到我们在矿工中的活动结果。我们想以舒玛赫的名义在矿工中挑起一场骚乱，然后再毫不费力地把它镇压下去。我们担心的是，丢失了好几份有关这一计划的重要文件，而且完全有理由相信，它们就在狄斯波尔森手里。我们知道他已从哥本哈根动身去了孟哥尔摩，给舒玛赫带去他的身份证明、各种证书，也许还有那些可能会毁了我们或至少会使我们受到牵连的文件，所以我们在科拉山口埋伏了几名亲信，准备夺下他的文件之后，把他除掉。但是，如果果真像大家说的那样，狄斯波尔森从卑尔根走海路，那我们在那边用的心思就白费了……可是，我来的时候，听见有人在传，一个名叫狄斯波尔森的上尉被杀死了……看看再说吧……这期间，我们在寻找一个人称'冰岛凶汉'的江洋大盗，想让他来领着矿工造反。你呢，亲爱的，你这儿有什么消息可告诉我的吗？孟哥尔摩的那只美丽的小鸟是不是已被捉进笼子里去了？老首相的女儿是不是终于成了我们的 falcofulvus[①]、我们的儿子弗烈德里克的猎物了？"

伯爵夫人又傲慢起来，大声地说：

"我们的儿子！"

"就是。他该有多大了？二十四岁。我们相识已经二十六年了，艾尔菲格。"

"上帝知道。"伯爵夫人大声嚷着，"我的弗烈德里克是首相的合法继承人。"

"如果上帝知道这个的话，"使者笑哈哈地回答，"魔鬼可是不知道的。再说，你的弗烈德里克只不过是个没头脑的人，不配当

① 拉丁文，意为"隼"、"鹰"。

我的儿子，而且，我们也犯不着为这点儿小事怄气。他只适合去勾引姑娘。他总该成功了吧？”

“据我所知，还没有。”

“艾尔菲格，在我们的事里，你得想法多出点儿力才是。你是看到的，伯爵和我都挺卖力的。我明天就回你丈夫那儿去。而你，求求你了，别只是为我们的罪孽祈祷，就像意大利人在杀人时祈祷圣母玛丽亚那样……阿勒菲尔德也必须想着给我以比现在更多的犒赏。我的命运同你们的连在一起，我虽是你的情人，可却仍是你丈夫的仆人，而且，我几乎是个父亲了，可却只不过是个管家、家庭教师、教书匠，我对此很反感。”

这时，午夜的钟声响了，一个女侍走进来提醒伯爵夫人，根据府里规矩，午夜一到，全部熄灯。伯爵夫人很高兴结束一场艰难的谈话，便把女侍们唤了进来。

“请尊贵的伯爵夫人准许我，”穆斯孟德边退下去边说，“明天再来拜见请安。”

8

一定是你把他给杀了。你眼露杀机，神态险恶凶残。

——莎士比亚:《仲夏夜之梦》

“说真的，老头，”奥尔齐涅对斯皮亚古德瑞说，“我开始相信是住在这个建筑物里的尸体在负责开门了。”

“对不起，大人，”看守耳朵里仍回响着国王和总督的名字，一再不痛不痒地道着歉，“我……我睡得太死。”

“这么说，您的这些人倒好像没睡觉，因为我刚才清清楚楚地听见在谈话的一定是它们了。”

斯皮亚古德瑞慌了神。

“您……陌生的大人，您听见了？……”

“哎！上帝，是的，但那又有何妨？我不是来这儿管您的闲事的，而是要您帮我办事的。咱们里面说。”

斯皮亚古德瑞本不太想把来人领到吉尔的尸体旁，但这最后的几句话让他放心了点儿，再说，他能抗拒吗？

他让年轻人进来之后，把门关上。

“本尼纽斯·斯皮亚古德瑞，”他说，“愿就有关人文科学的一切问题为您效劳。不过，如果您像您夜间来访时说明的那样，以为是在同一名巫师说话，那您就错了。Ne famam credas[①]。我不过是个做学问的人……陌生的大人，咱们去我的实验室吧。”

“不，”奥尔齐涅说，“我们必须待在这些尸体旁边。”

---

① 拉丁文，意为：“我不相信谣言。”

"尸体旁边！"斯皮亚古德瑞又开始颤抖不已地大声说道，"可是，大人，您不能看它们的。"

"怎么，我怎么就不能看看，那些尸体放在那儿不就是为了让人看的吗？！我再说一遍，就其中的一个，我有话要问您。您的职责是解答我的问题。您乖乖地回答我，老头，否则我就来硬的了。"

斯皮亚古德瑞很敬畏刀剑；他看见奥尔齐涅身边的剑在闪光。

"Nihil non arrogat armis。[①]"他嗫嚅着说，然后，在钥匙串里找到那把钥匙，打开齐肘高的栅栏门，领着陌生人进了大厅的后半部。

"把上尉的衣服拿给我看看。"来人说。

这时候，一线灯光落在了吉尔·斯塔特那血淋淋的头上。

"公正的上帝！"奥尔齐涅喊道，"多么可耻的亵渎啊！"

"伟大的圣郝斯庇斯，可怜可怜我！"老看守低声在说。

"老头，"奥尔齐涅以威胁的口吻继续说，"您是不是觉得离入土还早，便敢践踏人们对他的敬意，您这个遭报应的家伙，您难道不怕活人要告诉您人们欠死者些什么吗？"

"哦！"可怜的看守大声说，"饶了我吧，那不是我干的！您要是知道……"他没往下说，因为他想起了矮人要他"识相点儿，别说出去"那句话来。

"您看没看见有人从天窗出去？"他有气无力地问。

"看见了。是你的同谋？"

"不，是那个罪人，唯一的罪人！我以地狱的一切惩罚发誓，我以上天的一切恩泽发誓，我甚至以这个被无耻地亵渎的尸体发誓！……"他已伏在奥尔齐涅面前的石床上了。

不管斯皮亚古德瑞有多么可憎，但在他的绝望之中，在他的争辩之中，透着一种真切。年轻人信服了。

---

① 拉丁文，意为："动刀动枪的可不好。"

“老头，”他说，“起来，如果你根本没有践踏死者，那你也不必玷辱你这把年纪了。”

看守直起身来。奥尔齐涅继续说：

“那罪人是什么人？”

“哦！别吭声，尊贵的年轻老爷，您不知道自己在说谁。别吭声！”

斯皮亚古德瑞在心里念叨：“识相点儿，别说出去。”

奥尔齐涅又冷冷地问：

“那罪人是什么人？我要知道。”

“看在上苍的分儿上，老爷！别这么说，别吭声，否则……”

“害怕不会让我沉默不语，而会让你开口。”

“原谅我，饶恕我，我的年轻主人！”愁苦的斯皮亚古德瑞说，“我不能说呀。”

“你能说，因为我要你说。你把那个亵渎者的名字说出来！”

斯皮亚古德瑞还在想法支吾。

“好吧！尊贵的主人，亵渎这具尸体的就是杀死这个军官的凶手。”

“这个军官难道是被谋杀的？”奥尔齐涅问，因为这句话正好把他引到他来此的目的。

“当然是的，老爷。”

“是谁？是谁？”

“看在您母亲生您时祈祷的圣母的分儿上，别追问这人的姓名了，我年轻的主人，别逼我说出它来。”

“老头，我本来就非常想知道这个名字，您吞吞吐吐的，这就更增加了我的好奇。我命令您告诉我这个凶手的名字。”

“那好，”斯皮亚古德瑞说，“看看这个不幸的人身上被又长又锋利的指甲抓的那一道道深痕吧。这些伤痕就告诉您凶手是谁了。”

于是，老头便让奥尔齐涅查看那赤裸、洗净的尸体上的又长又深的抓痕。

“怎么？”奥尔齐涅说，“难道是什么野兽？”

“不，我年轻的老爷。”

“那除非是魔鬼……”

“嘘！当心，别猜得太准了。您难道从没听说过，”看守低声继续说道，“一个人，或者一个人面妖魔？他的指甲同毁了我们的阿斯塔罗特或者将要毁了我们的昂蒂克里斯特[①]的一样长。”

“说明白点儿。”

“《启示录》中说，不幸啊！……”

“我问您的是凶手的名字。”

“凶手……名字？……老爷，可怜可怜我吧，可怜可怜您自己吧。”

“即使没有重要原因让我逼您说出那人的名字来，您那第二个祈求也不会让我可怜您的。别再吞吞吐吐的了……”

“好吧，既然您非要这样，年轻人，”斯皮亚古德瑞抬起头来高声说道，“这个杀人凶手，这个亵渎者，就是冰岛凶汉。”

奥尔齐涅并不是不知道这个可怕的名字。

“什么！”他说，“凶汉！那个十恶不赦的强盗！”

“别叫他强盗，因为他始终一个人生活着。”

“那么，老家伙，您怎么认识他的？是什么共同罪恶使你们走到一起的？”

“哦！尊贵的主人，请别相信表面现象。难道蛇在里面藏着，就能说橡树干有毒吗？”

“少废话！无赖只拿同谋当朋友。”

“我不是他朋友，更不是他的同谋。如果我发的誓没有说服您的话，老爷，那就求求您注意一下，再过二十四小时，人们来抬

① 传说中的迫害基督的怪兽名。

吉尔·斯塔特的尸体时，这可恶的亵渎会让我受到亵渎罪的酷刑，把我就这么推进含冤者从未经受过的最可怕的忧愁之中。”

可怜的看守的这番出于个人利益的考虑比他的哀告声在奥尔齐涅身上更起作用；他对矮人的亵渎进行虽然无用但却感人的抗拒时，大部分原因可能也是出于这番考虑。奥尔齐涅好像思索了片刻，而斯皮亚古德瑞则想从他的脸上看出这沉思是带来宁静还是风暴。

终于，他以严厉但平静的口吻说：

“老头，您要说实话。您在这个军官身上发现一些文件了吗？”

“我以名誉担保，一份也没有。”

“您知道不知道冰岛凶汉是否拿去了？”

“我以圣郝斯庇斯发誓，这我不知道。”

“您不知道？您知道那个冰岛凶汉藏在哪儿吗？”

“他从不躲藏，他总是游来荡去的。”

“好吧，那他的巢穴究竟在哪儿呢？”

“这个异教徒，”老人声音低低地说，“巢穴多的是，同赫特伦岛的礁石，同天狼星的光芒一样多。”

“我再次提醒您，”奥尔齐涅打断他说，“说得明确些。我来给您做个样子，您听着。您在同一个您硬说并非是其同谋的强盗暗中勾结。如果您认识他的话，那您就该知道他现在躲在哪里——别插嘴——如果您不是他的同谋，您就干脆带我去寻他。”

斯皮亚古德瑞不禁吓得直打哆嗦。

“您，尊贵的老爷，您，上帝！这么年轻，风华正茂，竟然去寻、去惹这个魔鬼附身的人！四臂英吉奥德大战巨人尼克托姆时，他至少还有四只胳膊哩……”

“那好，”奥尔齐涅含着笑说，“要是非四只胳膊不可的话，我不是有您这个向导吗？”

“我？做您的向导？您怎么可以这样取笑一个自己都快需要向导的可怜老头呢？”

“听着，”奥尔齐涅又说，“您别想耍我。我很想相信您是无辜的，但这个亵渎行为将使您面临亵渎罪的惩罚，您不能在此久留了。您必须逃走。我可以保护您，但条件是您得把我带到强盗的老巢。您若当我的向导，我就是您的保护人。我再说一句，如果我找到冰岛凶汉，不管他是死是活，我都将把他弄回这儿来。您将可以证明您的清白，而且我保证让您恢复工作。喏，您暂且把这些王室埃居拿去，比您一年挣的都多。”

奥尔齐涅最后才把钱袋拿出来。他在开导老头时，看到了正确的逻辑规律所要的那种变化。不过，这番话确实较有说服力，使斯皮亚古德瑞浮想联翩。他开始拿钱了。

“尊贵的主人，您说得对，”随后，他抬起他那一直犹豫的眼睛看着奥尔齐涅说，“如果我跟您去，我只是有一天会遭到可怕的凶汉的报复；但若是留下来，我明天就会落到刽子手奥路基克斯的手中……亵渎罪要受什么刑罚呢？管它呢……在这两种情况之下，我可怜的性命都难保。但是，瑟蒙德·西格弗松，也就是‘圣贤’说得对，inter duo pericula oequalia, minus imminens eligendum est[①]，我跟您去……是的，老爷，我将当您的向导。但请您别忘了，我曾尽我所能劝您改变您的冒险计划来着。”

“好了，”奥尔齐涅说，“您就是我的向导了，老头。”他意味深长地看着看守又说，“我就仰仗您的耿耿忠心了。”

“啊！主人，”看守回答，“斯皮亚古德瑞的信义如同您方才如此慷慨地送我的金子一般的纯净。”

“这样就好，因为要不然我就让您知道我带在身边的铁器并不比我的金子的成色差……您认为冰岛凶汉会在什么地方？”

“嗯，由于特隆赫姆南边满是根据首相的什么目的而征调的军队，凶汉大概朝瓦尔德霍格山洞方向或者斯米亚森湖方向去了。

---

① 拉丁文，意为：“处于两种相同的危险之中，必须选择不是迫在眉睫的危险。”

我们从斯孔根走。”

“您什么时候能跟我走？”

“天已亮了，等白天过去，夜幕降临，关好斯普拉德盖斯特的大门，您可怜的仆人就开始为您履行向导职责。他为此而将不去照看他的死者们了。我们将想出个办法来把这矿工的残尸藏起来，以掩人耳目。”

“今晚我去哪儿找您？”

“如果主人认为合适的话，就去特隆赫姆大广场的正义女神雕像旁。那从前是弗雷亚雕像，它无疑会以它的阴影来保护我的，以报答我，因为我让人在它脚下雕了个栩栩如生的魔鬼像。”

要是奥尔齐涅不打断他的话，斯皮亚古德瑞也许就要喋喋不休地重复他呈送州长的申请书中的那些事由了。

“够了，老头，就这么谈妥了。”

“谈妥了。”看守重复一遍。

他刚这么说，只听见一阵闷响声，仿佛就在他俩的头顶上。看守浑身一颤。

“什么声音？”

“这里除您以外还有其他活人吗？”奥尔齐涅也很惊讶地问。

“您这一问，我想起我的助手奥格利匹格拉普来了，”斯皮亚古德瑞这么一想，心里踏实了，“肯定是他，他睡觉不老实。按恩格利姆主教的说法，一个拉普兰男人睡觉的动静比得上一个熬夜的女人发出的声响。”

他俩边这么说着，边走近斯普拉德盖斯特的大门。斯皮亚古德瑞轻轻地打开它。

“再见，年轻的老爷，”他对奥尔齐涅说，“愿上苍赐给您欢乐。晚上见。如果您经过圣郝斯庇斯十字架，麻烦您为您悲惨的仆人本尼纽斯·斯皮亚古德瑞祈祷一下。”

说完，他匆忙关好大门，既是怕被人发现，也是怕晨风吹灭他的灯。他回到吉尔的尸体旁，轻轻地把死者的头弄转过去，免得让人看见伤痕。

一定是有许多的缘由才使胆小怕事的看守接受陌生人的冒险建议的。促使他做出胆大包天的决定的原因有：①害怕眼前的奥尔齐涅；②害怕刽子手奥路基克斯；③对冰岛凶汉的旧仇，因为畏惧凶汉，所以连他自己都不敢承认对凶汉心怀仇恨；④对科学的热爱，而旅行对其科学会极其有益的；⑤对自己的机灵充满信心，相信能躲过凶汉的视线；⑥对某种金属的利欲熏心：那年轻的冒险家的钱袋里不乏这种金属，而且，从上尉身上偷走、本应交给斯塔特寡妇的那只铁盒里似乎也装满了这种金属，现在很有可能这位使者将非找到这个铁盒不可。

最后还有一个理由，那就是希望迟早要回到就要放弃的这个职位，不管这个希望有没有根据。再说，那个强盗杀了这个旅行者或者这个旅行者杀了那个强盗，与他又有何相干？想到这一点，他不禁大声说道：

“这对我来说都能得到一具尸体。”

又传来一声闷响，倒霉的看守又是一颤。

“这根本不像是奥格利匹格拉普的鼾声，”他心想，“这声音是从外面传来的。”

然后，稍加考虑之后，他又想：我真幼稚，给吓成这样，这想必是港口的狗睡醒了在叫。

于是，他便把吉尔那不成形的四肢摆好，然后，关上所有的门，来到他那张破床上舒展一下，以消除这就要过去的一夜的疲劳，为将要来临的一夜养精蓄锐。

9

法蒂克在他的牺牲品身上刺断了他的利刃剑：利刃剑和武士都有这同样的一个归宿。他所选作牺牲品的兽类现在就是他的猎物；骆驼、鸵鸟、野母牛和野公牛，全都在他那凶猛的利剑之下倒下去……他的利刃剑每时每刻地溅出新的鲜血，仿佛时间像客人一样，从远方而来，向他讨要牺牲品……

——阿拉伯诗人阿布塔伊伯

朱丽叶："啊！你以为我们还能重相见吗？"

罗密欧："我深信不疑，而所有这一切艰难困苦都将变作我俩日后的温馨的谈资。"

——莎士比亚：《罗密欧与朱丽叶》

孟哥尔摩城堡的信号灯刚刚熄灭；进入特隆赫姆海湾的水手远远看见信号灯那地方有站岗的士兵的头盔在闪亮，宛如初升太阳下的一颗活动的星星一般。这时，舒玛赫在女儿的搀扶下，像往常一样下到围着监狱的环形园子中来。他俩一夜都心潮起伏：老人是因为失眠，而姑娘则在做着一些甜蜜的梦。他俩默默地散了好一会儿步，老囚犯目光阴郁而严厉地注视着美丽的姑娘说：

"艾苔尔，您满脸绯红又独自在笑，您挺高兴的，因为您在为往昔而脸红，在为未来而微笑。"

艾苔尔的脸更加红了，而且止住了笑。

"父亲大人，"她窘迫慌忙地说，"我把《埃达》拿来了。"

“好的，读吧，闺女。”舒玛赫说着，重又陷入沉思。

这时，阴郁的囚徒坐在一棵黑松遮阴的一块黑黝黝的岩石上，听着女儿那柔和的声音，但却没听见她在念些什么，仿佛一个干渴的远游者高兴地谛听他汲取生命的泉水的淙淙声。

艾苔尔在给他读牧羊女阿兰加的故事。阿兰加一直拒绝着一位国王的求爱，直到他证明自己是个勇士为止。国王雷格纳尔·罗德布洛格直到打败克利普斯塔杜尔的强盗、“毁灭者”英戈尔夫，班师回朝之后，才得到了牧羊女。

突然间，脚步声和树叶的飒飒声打断了读书声，使舒玛赫从沉思中惊醒过来。阿勒菲尔德中尉从他俩坐着的岩石后头走出来。艾苔尔见是那个总是打扰她的人，便垂下头去。军官则大声说道：

“我发誓，美丽的小姐，您那迷人的嘴里刚刚说过‘毁灭者’英戈尔夫的名字。我听见了，而且我猜想，您是谈到他的子孙冰岛凶汉时才追溯到他的。小姐们都非常喜欢谈论强盗。在这一方面，英戈尔夫及其子孙倒是有一些特别有趣又特别可怕的故事可讲的。‘毁灭者’只有一个儿子，是同巫婆托尔卡生的；他儿子也只有一个儿子，也是跟一个巫婆生的。四个世纪以来，这条根系总是单传独枝地这么延续着，给冰岛带来了灾难。英戈尔夫的恶魔般的精神就是通过这么世代单传，完整圆满地传到今天的这个臭名昭著的冰岛凶汉身上，想必他刚才有幸占据了小姐那纯洁无瑕的思想。”

军官打住片刻。艾苔尔尴尬地沉默着；舒玛赫因为厌烦也一声不吭。军官见他们虽然不准备回答，但却在听，便继续说道：

“克利普斯塔杜尔的这个强盗没有其他癖好，只是仇恨世人，他也不关心别的什么，只想着害人。”

“他有理智。”老者突然打断他说。

“他始终离群索居。”中尉说。

“他很幸福。”舒玛赫说。

中尉被两次打断，感到很高兴，因为这似乎是继续交谈的一种默契。

“但愿密特拉神保佑我们免遭这类明智和幸福的人之害！”中尉大声说道，“但愿给挪威送来冰岛最后一个恶魔的恶风不得好死。我说‘恶风’是不对的，因为大家都认为，我们是多亏了一位主教才有幸拥有这个克利普斯塔杜尔的魔王的。根据传说，有几个冰岛农夫在贝塞斯特德山上抓住了还是个孩子的凶汉，想把他杀了，就像阿斯提亚格[1]杀死幼狮那样。但斯卡霍特的主教反对，并把这头小熊保护起来，希望把魔鬼变成一名基督徒。好心的主教用尽了办法想启迪这个恶魔的才智，但他忘了巴比伦的花房里，毒芹是根本就变不成百合花的。因此，这个小凶汉回报他的是，在一个美丽的夜晚，烧了主教的宅第，抱上一根树干，借着火光越海逃跑了。据当地的纺纱婆们说，这个冰岛人就这样来到了挪威，借助他受到的教育，今天恶性膨胀，发展到了顶峰。从此之后，法罗群岛的矿井被填平了，有三百号矿工被砸死在里面；戈林的悬岩在夜间被推下来，砸在下面的村子上；哈弗·布罗恩桥在行人通过时从岩上坍塌下去；特隆赫姆大教堂被焚毁；每逢暴风雨夜，海岸线上的信号灯全都熄灭了；在斯帕博湖或斯米亚森湖里，在瓦尔德霍格和瑞拉斯洞穴中，在多弗尔·费尔德山谷，桩桩件件的罪恶和凶杀，证明这个再生阿里曼[2]在特隆赫姆大肆活动。老太婆们声称他每干一件坏事就长一根胡子，这样看来，他的胡子大概同最德高望重的亚述僧侣的胡子一样浓密。但美丽的小姐将会知道，州长曾不止一次地试图阻止这胡子的奇特生长。”

舒玛赫又打破了沉默。

“可为了抓住此人所做的一切努力不是全白费了吗？”他目光

---

① 古米提亚王朝的最后一个国王。

② 古波斯死神和地狱魔鬼的首领，代表着黑暗和邪恶。

中透着得意，脸上挂着嘲笑地说，“我真应祝贺首相哩。”

“到目前为止，凶汉同绰号柯莱斯的荷拉修斯[1]一样，很难抓到。老兵或年轻自卫队员、农夫或山民，不是被杀，就是见他就逃。他是个魔鬼，人们既躲不掉又抓不着。寻找他的人最好的结局是找不到他。”

中尉亲热地在艾苔尔身边坐下；姑娘往父亲身边靠过去。他继续说道：

“和蔼的小姐也许对我所知道的有关这个怪人的一切奇事感到吃惊。我之所以收集这些奇怪的传说，并不是没有目的的。我觉得，而且如蒙美丽的小姐赞同我将三生有幸，凶汉的冒险经过可以写成一本有趣的书，类似斯居德丽小姐的杰作《阿尔达迈纳》或《克列丽》。我只读了六卷《克列丽》，但我已觉得那是本杰作了。不过，必须把气氛写得缓和些，把传说修饰一番，把那些粗野的名字给改一改。这样一来，特隆赫姆就变成了杜尔提尼亚侬，在我的魔棒之下，这里的森林就变成了美妙的树丛，条条小溪穿绕其间，比我们的那些可鄙的激流要有诗意得多。我们的那些又黑又深的山洞将变成美丽的洞穴，铺满了金色的石子和湛蓝的贝壳。在其中的一个洞穴中，将住着一位著名的魔法师，图勒的汗纽斯……因为您也知道，‘冰岛凶汉’这个名字不悦耳……这个巨人……您会觉得，如果这样的一部著作，其主人公不是巨人就太荒谬了……这个巨人是战神……‘毁灭者’英戈尔夫不够刺激……和女巫忒奥娜的嫡传后代……您不觉得托尔卡这个名字改得挺好吗？她是库米亚[2]的西卜拉[3]的女儿。汗纽斯被图勒的大主教抚养成人之后，终于逃出了主教府，乘着双龙战车……只有才智匮乏的人才会保留那个粗俗的树干传说……来到了杜尔提尼亚侬的天空之下，被

① 古罗马传说中的独眼英雄。

② 意大利的古城名，是大希腊的第一座城市。

③ 传说中的女预言家名，最有名的是库米亚的女预言家。

这片美丽的土地迷住了，便把它变成了他的住地和犯罪的场所。要把凶汉的强盗行径写得轻松愉快并非易事。可以插上一些构思奇巧的爱情故事，以减少恐怖气氛。有一天，牧羊女阿尔西朴领着她的小羊羔在一个香桃木和橄榄树林里吃草，被巨人发现了，巨人立即为她的美目所倾倒。但阿尔西朴恋着驻扎在村里的自卫队军官、英俊的黎西达斯。巨人对该军官的幸福妒火中烧，而军官则因巨人死气白赖地追着姑娘而怒不可遏。可爱的小姐，您可以想到，这样的构思会给汗纽斯的冒险经历增添多少风采。我敢拿我这双克拉科夫产的靴子同一双冰鞋打赌，这样的一个主题要是由斯居德丽小姐来写，将使哥本哈根的所有女士为之倾倒。”

这个地名使舒玛赫从不顾中尉方才那夸夸其谈而陷入的阴郁沉思中惊醒过来。

“哥本哈根？”他突然说道，“军官大人，哥本哈根出了什么新鲜事？”

“我敢保证，就我所知，没有什么，”中尉回答，“就是国王已恩准了此时正让两个王国忙乎的那桩婚事。”

“什么？”舒玛赫又说，“哪桩婚事？”

这时，又来了一个人，打断了中尉已到嘴边的回答。

三人都抬眼望去。舒玛赫那黯然的面孔亮堂了；中尉轻佻的脸上露出严肃的表情；艾苔尔那张在军官喋喋不休时苍白而慌乱的甜美面庞有了生气，绽开笑容。艾苔尔深深地透了口气，仿佛一个难以承受的重负从她的心头搬开了。她悄悄地含着凄楚的笑迎着新来的人——是奥尔齐涅。

老人、少女和军官面对奥尔齐涅，态度各异。因为他们每个人都同他分别共有一个秘密，因此相互间显得十分尴尬。奥尔齐涅回到古堡来，舒玛赫和艾苔尔都不感到惊奇，因为他俩在盼着他，但中尉却很惊讶。而中尉的在场也使奥尔齐涅感到惊奇，如果没有决斗规则定下的保密使他放心的话，他很可能担心中尉无意中会泄露昨晚的事。他看见中尉若无其事地坐在两个囚犯的身边，惊讶得什么似的。

这四个人聚在一起什么也无法谈，原因正是在于他们分别开来则有许多话要说。因此，除了心照不宣和难堪的眼神之外，迎接奥尔齐涅的就是绝对的沉默。

中尉哈哈大笑。

“我以国王大氅的下摆打赌，亲爱的新来者，这种沉默很像古罗马人布勒纽斯来到时高卢元老院的议员们所保持的沉默……说真的，我已经记不清议员们和将军谁是古罗马人谁是高卢人了。这无关紧要！既然您来了，那就帮我告诉一下这位可敬的老人有什么新鲜事。要不是您突然闯进来，我正想告诉他此刻正让米提亚人和波斯人操心的那桩了不起的婚事哩。”

“哪桩婚事？”奥尔齐涅和舒玛赫同时发问。

“陌生大人，瞧您这身衣服式样，”中尉拍着手大声说，“我已经觉出您是从另一个世界来的了。您这么一问，我更相信我猜得没错了。您想必是昨天乘着一辆两只狮身鹰翼兽拉的神车，抵达尼德尔岸边的吧？否则您跑遍挪威不会没听说总督的公子与首相的千金的这桩闻名遐迩的婚事的。”

舒玛赫扭头望着中尉。

“什么！奥尔齐涅·盖尔登留要娶乌尔丽克·阿勒菲尔德？”

“正是，”中尉回答，“而且，在法国式样的裙撑送到哥本哈根来之前，这事就将办妥了。”

“腓特烈之子大概二十二岁光景，因为当我听说他出生时，我已经在哥本哈根的要塞关了一年了。他年纪轻轻就结婚，”舒玛赫苦笑着继续说，“在失宠之时，至少就不会被指责曾觊觎红衣主教的桂冠了。”

往日的宠臣这是在比说自己的不幸，中尉并不明白。

“当然不会。”中尉纵声大笑地说，“奥尔齐涅将接受伯爵封号、大象骑士团项链和上校饰带，这与红衣主教的红色方帽毫不搭界的。”

“那就好。”舒玛赫回答说。然后，稍停片刻，他仿佛看见复仇在望似的摇摇头补充说：“也许过不了几天，有人会把他那高贵的项链变成铁枷，会把他的伯爵冠在他头上砸烂，会用上校饰带抽他的嘴巴。”

奥尔齐涅抓住老人的手。

“为您的仇恨着想，大人，在没弄清这对您的仇人是不是个幸福之前，别诅咒他的幸福吧。”

“对！不过，”中尉说，“老大人的诅咒跟托尔维克男爵有什么关系？”

“中尉！”奥尔齐涅大声说，“那关系可比您想的要大得多……也许……”他停了片刻继续说，“您说的那桩了不起的婚事没您认为的那么必办无疑。”

“你待着去吧，”中尉嘲讽地鞠了一躬又说，“国王、总督和首相为了这桩婚事真的是全准备好了。他们希望、他们愿意这桩婚事。不过，既然陌生大人不喜欢它，那首相、总督和国王又算得了什么呢？”

“您说得也许有理。”奥尔齐涅神情严肃地说。

“哦！毫无疑问！”中尉仰头大笑，“这太有趣了。我真想让托尔维克男爵来这儿听听一位深谙世事的占卜者在决定他的命运。我博学的先知，相信我，您胡子不多，当不了真正的巫师。”

“中尉大人，”奥尔齐涅冷冷地回答道，“我想奥尔齐涅·盖尔登留是不会娶一个他不爱的女人的。”

“哎！哎！这真是至理名言。那谁告诉您，绿大氅大人，男爵不爱乌尔丽克·阿勒菲尔德的？”

“那对不起，请您说说，是谁告诉您他爱她的呢？”

说到此，中尉像往常那样，因谈得起劲儿而不由自主地去证实一个他并没把握的事。

“谁告诉我他爱她的？这句话问得有意思。我对您的预言很恼火。谁都清楚，这桩婚事既是出于门当户对，也是出于爱情。”

“至少我不清楚。”奥尔齐涅口气严厉地说。

“就算您不清楚，那又能怎样！您阻挡不了总督的公子爱上首相的千金。”

“爱上？”

“爱得发疯！”

“那他真的是疯了才会爱上她的。”

“喂！别忘了您是在谈论谁，是在跟谁谈话。难道总督伯爵的公子没有征询您这个乡巴佬就不能爱上一位女士吗？”

中尉边说边站起身来。艾苔尔见奥尔齐涅两眼冒火，赶忙扑到他面前。

“哦！”她说，“求求您，冷静点儿，别听他胡说。总督的儿子爱上首相的女儿关我们什么事？”

这只温馨的手贴在年轻人的心口上，平息了风暴。他低头痴情地望着他的艾苔尔，不再去听中尉说话了。中尉又快活起来，大声说道：

“小姐以无尽的风情扮演萨宾[①]的女人们在其父亲与丈夫间充当的角色。我说话没有掂量。我忘了，”他冲着奥尔齐涅继续说道，“我俩之间有着一种兄弟般的联系，我俩不能再互相寻衅了……骑士，把手伸给我。您得承认，您也忘了您是在同总督之子的内兄阿勒菲尔德中尉谈论总督之子。”

一直在冷眼旁观或者不耐烦地看着的舒玛赫一听这个名字，立即从石座上跳起，猛吼一声。

“阿勒菲尔德！站在我面前的是阿勒菲尔德家的一员！毒蛇！

---

① 意大利古民族。

我怎么竟没有从他儿子身上认出他那可恶的老子！让我在牢里安静点儿吧，我并未被判处忍受见到您的酷刑。我就差看见盖尔登留的儿子待在阿勒菲尔德身旁了，正如他刚才竟敢希冀的那样！……叛徒！懦夫！他们干吗不亲自来观赏我疯狂愤怒的眼泪？恶种！可恶的家族！阿勒菲尔德的小子，你滚吧！”

中尉先是被这突如其来的怒骂给怔住了，很快便怒气冲冲地说：

“住嘴！老疯子！你还不快给我停止念你的魔咒。”

“滚开，滚开！”老人继续说，“为你和要与你家结亲的可鄙的盖尔登留家族带去我的诅咒吧。”

“妈的，”军官愤怒地吼道，“你加倍地侮辱了我！”

奥尔齐涅拉住了气得发疯的中尉。

“即使有仇也别伤害老人，中尉。我俩已经决定决斗了，犯人的冒犯由我来还您个公道。”

“好，”中尉说，“您欠了两份债，决斗将是你死我活的，因为我要为我妹夫及我自己报仇。您注意，您既是答应同我决斗，也是答应同奥尔齐涅·盖尔登留决斗。”

“阿勒菲尔德中尉，”奥尔齐涅回答，“您激情满怀地维护不在场的人，这证明您侠肝义胆。您难道就不能同样满怀热情地怜惜一个不幸的老人吗？因为厄运使之理所当然地变得过激了。”

阿勒菲尔德是那种吃软不吃硬的人。他握住奥尔齐涅的手，走近舒玛赫。舒玛赫因过于激动已筋疲力尽，又坐在了岩石上，泣不成声的艾苔尔搂住父亲。

“舒玛赫大人，”军官说，“您倚老卖老，您要不是找到一个保护人，我也许就要逞一时的血气之勇了。我今早最后一次到您牢房中来，是要告诉您总督的特别命令：您可在城堡中自由行动，不受监视。接受一个仇人嘴里说出的这个好消息吧。”

“您去吧！”老囚徒声音沉闷地说。

中尉鞠了一躬后走了，心里因得到了奥尔齐涅的赞许目光而很满意。

舒玛赫抱住双臂，垂着头，沉思冥想了片刻。他突然抬起头来望着默默地站在他面前的奥尔齐涅。

“怎么样？”

“伯爵大人，狄斯波尔森被杀害了。”

老人的头又垂在胸前。奥尔齐涅继续说道：

“凶手是一个有名的强盗，冰岛凶汉。”

“冰岛凶汉！”舒玛赫说。

“冰岛凶汉！”艾苔尔重复道。

“他搜走了上尉的衣物。”奥尔齐涅继续说。

“这么说，”老人说，“您一点儿也没听说一只封有格里芬菲尔德纹章的铁盒子？”

“没有，大人。”

舒玛赫头垂在手上。

“我将替您找回来，伯爵大人，相信我吧。凶杀是昨天上午的事。凶汉向北方逃窜了。我有一名向导，知道他的巢穴，我也经常踏遍特隆赫姆山区。我会抓住那个强盗的。”

艾苔尔面色苍白。舒玛赫站起身来，眼里有着一种快乐的光芒，仿佛他仍相信世人中美德依旧。

“尊贵的奥尔齐涅，”他说，“再见了。”

然后，他抬起一只手向着上天，消失在荆棘丛后。

奥尔齐涅转过身来，看见艾苔尔坐在满是苔藓的褐色岩石上，面色苍白，宛如黑色基座上的一尊石膏塑像。

“公正的上帝，我的艾苔尔！”他冲到她的身旁，双手扶住她说，“您怎么啦？”

“哦！”姑娘浑身颤抖，以几乎听不见的声音说，“哦！如果您对我不说是有点儿爱，而是有点儿怜悯的话，公子，如果您昨天对我说的并不完全是在欺骗我的话，如果您屈尊来到这座监狱不是为了置我于死地的话，奥尔齐涅公子，我的奥尔齐涅，看在上苍的分儿上，看在天使的分儿上，放弃您那荒诞计划吧！奥尔齐涅，我最亲爱的奥尔齐涅！”她泪如雨下，头倚在年轻人的怀里继续说，“您就为我做出这一牺牲吧。别去追踪那个强盗、那个你想战败的恶魔了。你这么做有什么益处，奥尔齐涅？告诉我，有什么益处能比你昨天称作爱妻的不幸女子的利益更可宝贵的？”

她已泣不成声，没再说下去，两只胳膊紧紧地搂住奥尔齐涅的脖子，哀求的目光注视着他的双眼。

“我崇拜的艾苔尔，您这样惊慌是没有道理的。上帝支持善良的愿望，我冒险寻求的利益正是您的利益。那只铁盒子里装着……”

艾苔尔打断了他。

“我的利益！除了你的生命我还有其他什么利益？万一你有个三长两短，奥尔齐涅，你叫我怎么活？”

“你为什么想到我会死呢，艾苔尔？”

“啊！你不了解那个凶汉，那个万恶的强盗。你知道你追踪的是什么样的妖魔吗？你知道他在号令所有的魔鬼吗？知道他能把山掀倒，压垮城市吗？知道他的脚能踏垮地下洞穴吗？知道他吹口气能吹灭山崖上的信号灯吗？奥尔齐涅，你以为凭着你那两条雪白的臂膀和无力的剑就能抵抗得了那个得到恶魔相助的巨人吗？”

“那您的祈祷呢，艾苔尔？还有我为您而战的念头呢？你就放心吧，我的艾苔尔，人们向你过分地夸大那个强盗的力量和能耐了。他同我们一样也是个人，他能让人死，自己也会死的。”

“你是不想听我的了？我的话对你什么也不顶？你倒是说说看，你走了，你去历尽风险，为了不知什么世俗目的，拿属于我的你的性命去同一个魔鬼相拼，那我怎么办呀？”

说到这儿，中尉叙述的故事又浮现在艾苔尔的脑海里，而且因为她的全部的爱和怕，显得更加吓人。她因抽泣而断断续续地说道：

“我向你保证，我亲爱的奥尔齐涅，那些对你说他只不过是个人的人，都是在骗你。你应该相信我，别相信他们，奥尔齐涅，你知道我是不会骗你的。人们千百次地想战胜他，可他却摧毁整营整营的人。我只盼着有别的人来告诉你这些，那你就相信了，也就不去了。”

如果奥尔齐涅没有破釜沉舟，可怜的艾苔尔的这番恳求一定能动摇他那冒险的决心。舒玛赫昨晚绝望中吐露的那番话又萦绕在他的耳朵里，使他坚定了决心。

“我可以告诉您说，亲爱的艾苔尔，即使我不去，我也要执行我的计划。但即使为了让您放心，我也永远不会欺骗您。我再说一遍，我不该在您的眼泪和您的利益之间摇来摆去。这关系到您的命运、您的幸福、也许还有您的生命，您的生命，我的艾苔尔。”

他立即把她轻轻地拥在怀里。

“这一切对我都有什么用？”已成了泪人的她又说，“我的朋友，我的奥尔齐涅，我的欢乐，你知道你是我的全部欢乐吗？别因为一些微不足道、无足轻重的不幸而给我带来一个可怕的、确定无疑的不幸。我的命运、我的生命对我又能怎样呢？”

“艾苔尔，这也关系到您父亲的生命。”

她挣脱了他的拥抱。

“我父亲的？”她面色苍白地低声重复着。

“是的，艾苔尔。那个强盗想必是被格里芬菲尔德的仇家收买了。他手头掌握了一些文件，若夺不回来，那您父亲受到极大憎恨的生命就要遭到危害。我愿拼着性命去夺回它们。”

艾苔尔面色苍白，沉默无言地呆了好一阵。她的泪已流干，鼓起的胸脯呼吸困难。她用黯然冷漠的眼光看着地上，宛如死囚在斧头举在他的头上时看着地面的那目光。

“关系到我父亲！”她喃喃道。

然后，她慢慢地扭脸望着奥尔齐涅。

“你做的不会有用的，不过，你去做吧。”

奥尔齐涅将她拉到怀里。

“哦！尊贵的姑娘，让你的心贴着我的心跳动吧。慷慨的朋友！我很快就会回来的。放心，你将属于我；我要成为救你父亲的人，以便有资格做他的儿子。我的艾苔尔，我亲爱的艾苔尔！”

谁能够说得出感到被另一颗高贵的心所理解的一颗心里所发生的一切？如果爱情把这两颗相同的心灵用一根摧不毁的纽带联结在一起，有谁能够描绘出它们那无法描述的欢乐？这就仿佛是，人们在一个短暂的时刻，感受到人生所有的幸福和光荣，而且这个生命因慷慨牺牲的魅力而更加的美好。

“啊，我的奥尔齐涅，去吧。如果你回不来了，那无望的痛苦要杀了我的。我将苦苦地等着你回来。”

他俩站起身来，奥尔齐涅挽起艾苔尔的手臂，手握住她那只可爱的手。他们静静地穿过朦胧园子的蜿蜒小径，恋恋不舍地来到作为出口的塔楼门前，艾苔尔从怀里掏出一把小金剪，剪下一绺乌黑秀发。

“拿去，奥尔齐涅。愿它陪伴着你，愿它比我更幸福。”

奥尔齐涅虔诚恭敬地把她心上人的这件礼物紧紧地贴在嘴上。

她继续说道：

“奥尔齐涅，想着我，我将为你祈祷。我的祈祷在上帝面前也许就像你的剑在恶魔面前一样的坚强有力。”

奥尔齐涅向这位天使鞠了一躬。他心里涌满了万缕情思，就是嘴里说不出来。他俩心贴着心地呆了片刻。奥尔齐涅在离开她，也许是永远离开她的当儿，心中凄楚而陶醉地享受着搂抱着他的艾苔尔的幸福。最后，他在温情的姑娘那黯然的额头上印了一个纯洁的长吻，便毅然决然地走进螺旋形楼梯的黑漆漆的拱顶下面。不一会儿，只听见凄楚而温馨的一声：“别了！”

10

你不会认为她不幸的，因为她周围的一切都说明她很幸福。她戴着金项链，穿着大红裙子。出门时，众多的仆人在她经过时都躬身致敬，温顺的侍从则在她脚下铺上地毯。但是人们在她那十分宝贵的隐居所里却根本见不着她。她可以在那儿哭泣而丈夫却听不见……我就是这个不幸的女人，一位可敬的男人、一位高贵的伯爵的妻子，一个其微笑像刀扎我心似的孩子的母亲。

——马图林:《伯特伦》

你是知道的，一位母亲的心，是一颗永远痛苦的心。

——亚历山大·苏梅

阿勒菲尔德伯爵夫人刚刚度过一个不眠之夜，白天也迷迷糊糊的。她半躺在沙发上，回想着不洁的欢乐所留下的苦涩，回想着在毫无幸福的欢乐和无可慰藉的痛苦中耗尽生命的罪恶。她想到穆斯孟德。从前，她心存罪恶的幻想，把他想象得如此迷人，而现在，她已看透了他，透过他的肉体看清了他的灵魂，所以觉得他是那么的可憎。可悲的女人在哭泣，并不是因为受到欺骗，而是因为再也无法受人欺骗了。她并不是因为悔恨，而是因为遗憾而哭泣。因此，她的眼泪并不能使她得到安慰。正在这时，房门开了，她匆忙擦干眼泪，因被撞见而怒气冲冲地扭过身来，因为她已吩咐过不要打扰她。一见是穆斯孟德，她的怒气变成了恐惧，但看见自己的儿子弗烈德里克陪着他来，也就不害怕了。

“母亲！”中尉大声说，“您怎么来这儿了？我还以为您在卑尔根哩。我们的那些美丽的女士们是不是又时兴踏青了？”

伯爵夫人热情地拥抱了弗烈德里克，但后者像所有宠坏了的孩子一样，反应却很冷淡。这也许是对这位不幸女人的最痛心疾首的惩罚。弗烈德里克是她的宝贝儿子，是这个世界上她无私爱着的唯一的人，因为在一个堕落的女人身上，即使她已不像个妻子，但仍留着某种母爱。

“我的儿子，我看见了，您一得知我在特隆赫姆，便立即赶来看我。”

“哦！上帝，不是的。我在要塞厌烦得很，便跑到城里来，碰上了穆斯孟德，他便领我来了。”

可怜的母亲深深地叹了口气。

“对了，母亲，”弗烈德里克继续说，“我很高兴见到您。您对我说说，哥本哈根仍旧时兴紧身外套下摆上系粉红饰带结吗？您想到为我带一瓶那种茹旺斯油吗？可以增白皮肤的。您没有忘记给我带最新的翻译小说，还有我要您带给我的配火红上衣的纯金饰带吧？还有那种现在大家用来插在卷发下面托着卷发的小梳子，还有……”

可怜的女人除了她在这世上唯一的爱之外，什么也没带给自己的儿子。

“我亲爱的儿子，我病了，很难受，没法考虑您的喜好。”

“您生病了，母亲？那现在感觉好些了吗？……对了，我那群诺曼底狗好吗？我敢打赌，全都忘了每晚用玫瑰香水替我的长尾猴洗洗了。您看着吧，我回去时，我那只比尔保鹦鹉准定死了……我不在家，谁都不管我的宠物。”

“至少您母亲思量您，我的儿子。”母亲哽咽着说。

即使此时正是毁灭天使把罪恶灵魂打下十八层地狱的严重时刻，他也会对此时此刻伯爵夫人正在承受痛苦的心表示怜悯的。

穆斯孟德在屋角窃笑。

“弗烈德里克公子，”他说，“我看得出，钢剑是不想在铁炉中生锈的。您不打算在孟哥尔摩的塔楼里失去哥本哈根沙龙里的良好传统。但是，请您告诉我，这种茹旺斯油、那些粉红饰带结和那些小梳子有什么用？如果孟哥尔摩塔楼里的那座唯一的女性堡垒攻克不破，那您这些围城的玩意儿又有何用？”

“说实在的，她是攻克不破的！”弗烈德里克笑嘻嘻地说，“的确，如果说我失败了，那察克将军也会失败的。不过，一座没有缺口、戒备森严的要塞又如何能攻得下来呢？那姑娘用修女头巾裹得严严实实，只露个脖子，长袖把胳膊遮得一丝不露，只有脸和手证明她不像毛里塔尼亚皇帝那么黑，叫我如何下手呢？我亲爱的老师，您也会束手无策的。相信我吧，只要‘羞怯’严防着，要塞是拿不下来的。”

“这话不假！”穆斯孟德说，“不过，如果不只是用些‘小小殷勤’去封锁，而是用‘爱情’去冲击，那‘羞怯’不就举手投降了吗？”

“枉费心机，亲爱的。‘爱情’确已潜入要塞，但却充当了‘羞怯’的援军。”

“啊，弗烈德里克公子，这倒新鲜。‘爱情’在您一边……”

“穆斯孟德，谁告诉您‘爱情’在我一边了？”

“那在谁的一边？”穆斯孟德和伯爵夫人异口同声地嚷道。伯爵夫人一直在静静地听着，但中尉的话刚刚使她想起了奥尔齐涅。

弗烈德里克正要回答，并已准备把昨晚那夜间对话添油加醋地描绘一番，突然想到决斗规则禁止张扬，便敛起笑容，一脸尴尬。

“真的，”他说，“我不知在谁那一边……也许是在一个什么乡巴佬那边……什么仆人那边……”

“是守军士兵吧？”穆斯孟德哈哈大笑地说。

“怎么，儿子！”伯爵夫人也嚷道，“您肯定她爱上了一个农民、一个仆人？……您要真能肯定就太好了！”

“哎！毫无疑问，我能肯定。他不是守军士兵，”中尉神情不悦地补充说，“但我对我说的满有把握，因此我求您，母亲，缩短我在那该死的城堡里的非常无用的流放吧。”

伯爵夫人得知姑娘的堕落，脸上绽开了笑容。奥尔齐涅·盖尔登留急着去孟哥尔摩，在她的脑子里引起了完全不同的猜想。她把这一功劳算在了自己儿子的身上。

“弗烈德里克，一会儿详详细细地把艾苔尔·舒玛赫的爱情故事说给我们听听。这我并不惊讶，粗人的女儿只配爱一个乡巴佬。您暂时别诅咒那座城堡，是它昨天使您荣幸地看见某个人物主动想方设法要结识您吗？”

“什么！母亲，”中尉睁大了眼睛问，“什么人物？”

“别开玩笑了，儿子。昨天没有人去拜访您？您看，我消息很灵通。”

“真的，比我灵通，母亲。如果我昨天除了看见那些古老塔楼檐下的怪兽面饰之外，还见过其他面孔，那才叫见鬼了哩！”

“怎么，弗烈德里克，您没见到任何人？”

“谁也没见到，母亲，真的！”

弗烈德里克忽略了他那古堡的决斗对手，但却遵守着决斗的保密规则，再说，那乡巴佬也能算个人物？

“什么！”母亲说，“总督的儿子昨晚没去孟哥尔摩？”

中尉纵声大笑。

“总督的儿子！真是的，母亲，您不是在说梦话就是在说笑话。”

“都不是，儿子。那昨天是谁在值勤？”

“是我，母亲。”

“那您压根儿就没见到奥尔齐涅男爵？”

“没有。”中尉又说。

“好好想想，儿子，他可能匿名潜入，您又从未见过他，因为您是在哥本哈根长大的，而他是在特隆赫姆养大的。您好好想想，大家都说他很任性，思想很活。儿子，您肯定谁都没有看见？”

弗烈德里克迟疑片刻。

“是的，”他大声说，“谁都没有看见！别的事我不能说。”

“这么说，”伯爵夫人又说，“男爵想必是没有去孟哥尔摩。”

穆斯孟德起先同弗烈德里克一样惊奇，一字不漏地注意听着。这时，他打断伯爵夫人。

“尊贵的夫人，请允许我插一句……弗烈德里克公子，请告诉我，舒玛赫的女儿爱上的那个仆人叫什么名字？”

他又把问题重复了一遍，因为弗烈德里克有一阵变得若有所思的，没有听见他的问话。

“我不知道……或者说是……是的，我不知道。”

“公子，那您怎么知道她爱一个仆人呢？”

“我这么说了吗？一个仆人？是呀！是的，一个仆人。”

中尉的处境越来越尴尬。这番审问，由此产生的联想、缄口不言的义务，使他乱了方寸，真怕控制不住自己。

“说真的，穆斯孟德大人，还有您，我尊贵的母亲，如果审问的癖好成了时髦，那你们两人就互相问着玩去吧。可我，再没什么可告诉你们的了。”

他突然打开门，不见了，让屋里的两人陷入了猜想臆断的深渊。他疾步走到院子里，因为他听见穆斯孟德在喊他回来。

他骑上马，奔向港口，想乘船回孟哥尔摩，想着也许还能在那儿见到那个陌生人，是他使最轻佻的首都中的头脑最肤浅的一个人深刻思索起来。

“假如真的是奥尔齐涅·盖尔登留，”他琢磨，“那么，我可怜的乌尔丽克……不，不可能有那么傻的人，放着权可倾国的首相的富有千金不要，却偏偏去爱一个钦犯的穷闺女。不管怎么说，舒玛赫的女儿可能只是他的一个嗜好，这并不能阻止他在有了妻子的时候，同时再拥有一个情人，而且这是挺高雅的事。不，那不是奥尔齐涅。总督的儿子不会穿一身破紧身衣的，还戴着那根风吹雨淋、没有扣环的旧羽毛饰！还有那都可以做帐篷用了的大氅！而且，头发乱蓬蓬的，既没有梳子也没有发卷！那双铁马刺的靴子，沾满了泥土灰尘！真的不可能是他。托尔维克男爵是丹布罗格骑士团骑士，而那个陌生人什么荣誉勋章都没有戴。如果我是丹布罗格骑士团骑士的话，我觉得我会戴着勋章链睡觉的。哦，不！他连《克列丽》都不了解。不，他不是总督的儿子。”

11

当经历使人开了眼，如果人仍能保持心灵的热情的话，如果他对时间有所犹豫但却不被它所压垮的话，他就永不会去诅咒被颂扬的那些美德，其第一个劝诫总是让人牺牲自己。

——斯塔埃尔夫人:《论德意志》

“喂！怎么回事？您，波埃尔！谁让您上来的？”

“大人忘了，是您刚命我上来的呀？”

“是吗？”将军说，“噢！那是让您把这个文件夹给我。”

波埃尔把文件夹拿给州长；其实，他只要伸一伸手，自己就可以拿着的。

将军又机械地把文件夹放了回去，并未打开，然后，心不在焉地翻了几份文件。

“波埃尔，我本想问您来着……几点了？”

“早晨六点。”仆人回答将军。其实将军眼皮子底下就有一只钟。

“我本想告诉您，波埃尔……州公署里有什么新情况？”

将军继续在看文件，心事重重地在每一份上写上几个字。

“没有，大人，只是我在等我尊贵的主人，看得出将军也很为他担心。”

将军从他那张大办公桌后站起身来，满脸不悦地瞅着波埃尔。

“您眼力太差，波埃尔。我会担心奥尔齐涅！我知道他没来的原因，我才不等他哩。”

勒万·德·克努德将军非常看重自己的威望，如果一个属下猜着了他的心事，而认为奥尔齐涅未经他允许就擅自行动，那他就以为自己的权威受到损害了。

“波埃尔，”他继续说，“您去吧。”

仆人退了下去。

“的确，”州长独自一人时大声说，“奥尔齐涅太不像话，也太过分了。他倒是一不做二不休了。竟让我彻夜未眠，焦虑不安！竟让勒万将军去受首相夫人的挖苦，还受一个仆人的猜疑！他这么做只是让一个老夙敌得以享受本应属于一个老朋友的优先拥抱。奥尔齐涅呀！奥尔齐涅！任性会扼杀自由。让他回来，让他现在就到，如果我不像火药遇到火似的迎接他，那才叫见鬼哩！竟让特隆赫姆州州长去受一个首相夫人的讽刺，去受一个仆人的猜疑！让他回来！”

将军继续在签署文件，但并未细看，因为他情绪很坏，心事重重。

“将军！尊贵的父亲！”一个熟悉的声音在大声说。

奥尔齐涅紧紧地搂住老人；后者也高兴不已，不禁兴奋地喊了一声。

“奥尔齐涅，我的好奥尔齐涅！真的！我真舒心呀！……”他说了一半，突然想起了什么，“我很高兴，男爵公子，您知道控制自己的感情。您好像很高兴又见到我。您来到这儿都二十四小时了，却硬是不露面，想必是在自己刻苦自己。”

“父亲，您常对我说，一个不幸的仇人应该优先于一个幸福的朋友。我从孟哥尔摩来。”

“毫无疑问，”将军说，“当仇人的不幸迫在眉睫的时候。但舒玛赫的前途……”

“比任何时候都危险重重。尊贵的将军，一个卑鄙的阴谋正在被策划来对付这个落难之人。生就是他朋友的一些人也想毁了他。一个生就是他的仇人的人反倒想帮助他。”

将军的脸色渐渐地完全温和了，他打断奥尔齐涅说：

“好，亲爱的奥尔齐涅。可你在说些什么呀？舒玛赫是在我的保护之下。什么人反对他？什么阴谋？”

奥尔齐涅可能很难清楚地回答这一问题。他对就要为之去冒生命危险的那个人的处境，只有一些很模糊的了解和很没把握的推测。很多人将会觉得他这么干太蠢了，但年轻人做事是凭本能而非算计，认为正确的就做。再说，在这个谨慎就是冷酷、明智就是嘲讽的世界上，有谁否认慷慨就是愚蠢呢？在这个一切都是有限的世界上，一切都是相对的，而如果在人的背后有上帝存在的话，那美德就会是一个很大的荒唐。奥尔齐涅正值相信别人和被人相信的年岁。他是因信任而去冒生命危险的。将军也赞同禁不起冷静推敲的理由。

“什么阴谋？什么人？我的好父亲……再过几天，我便能弄个水落石出了，到那时，您就会知道我将了解的一切。我今晚还要走。”

“怎么！”老人嚷道，“你又只给我几个小时的时间！那你去哪儿呀？为什么要走呀，我亲爱的儿子？”

“您有时曾允许我，尊贵的父亲，悄悄地干一种值得称道的事。”

“是的，我的奥尔齐涅，可你这次却不知为什么走，而且，你也知道，有大事在等着你哩。”

“我父亲给了我一个月的考虑时间，我把这时间用在了另一个人的利益上。善行必有好主意。再说，等我回来，我们就又能见面了。”

“什么！”将军关心地问，“这桩婚事你不满意？据说乌尔丽克·阿勒菲尔德非常美丽！告诉我，你见过她吗？”

“我想是见过的，”奥尔齐涅说，“我觉得她的确美丽。”

“怎么啦？”州长又问。

“不怎么，”奥尔齐涅回答，“她不会成为我的妻子的。”

这句冷漠坚定的话给了将军当头一棒。傲慢的伯爵夫人的猜疑又浮现在他的脑子里。

"奥尔齐涅，"他摇着手说，"我本该清醒些的，因为是我犯了错。喏，我真是个老糊涂！奥尔齐涅！那囚犯有个女儿……"

"哦！"年轻人大声说，"将军，我本想跟您说这事的。父亲，我求您保护保护这个受迫害的弱女子。"

"不错，"州长严肃地说，"你的请求很恳切。"

奥尔齐涅稍稍收敛了些。

"为了一个可怜的女囚又怎能不恳切呢？有人想夺去她的生命，而且还要夺取她更宝贵的东西——名誉。"

"生命！名誉！这儿是我在主事，可我竟对这些可耻行为一无所知！你说说明白。"

"我尊贵的父亲，那囚犯及其无力自卫的女儿的生命受到一个恶意的阴谋的威胁。"

"你说的情况很严重。你有什么证据吗？"

"一个有权有势的家族的长子此刻正在孟哥尔摩，他在那儿是为了引诱艾荅尔伯爵小姐。这是他亲口对我说的。"

将军倒退了三步。

"上帝呀，上帝！无依无靠的可怜姑娘！奥尔齐涅，奥尔齐涅！艾荅尔和舒玛赫是在我的保护之下的。那个浑蛋是谁？是哪个家族？"

奥尔齐涅走近将军，握住他的手。

"阿勒菲尔德家族。"

"阿勒菲尔德！"老州长说，"是的，事情是明摆着的，弗烈德里克中尉此刻仍在孟哥尔摩。高尚的奥尔齐涅，大家想让你与这个家族结亲。我想象得出你的厌恶，高尚的奥尔齐涅！"

老人抱住双臂，沉思片刻，然后走近奥尔齐涅，把他搂在怀里。

"年轻人，你可以走。你走后，你保护的人不会没人保护的，有我哩。是的，去吧，你怎么做都是好事。那个恶毒的阿勒菲尔德伯爵夫人在这里，你也许知道吧？”

“尊贵的阿勒菲尔德伯爵夫人到！”掌门官打开门通报说。

奥尔齐涅听到这个名字，本能地退至屋角。伯爵夫人进到屋里，并未发现他。她大声地说：

“将军大人，您的学生在耍我。他根本没去孟哥尔摩。”

“真的！”将军说。

“上帝！我儿子弗烈德里克刚离开州公署，他昨天在要塞值勤，没见到任何人。”

“真的，尊贵的夫人？”将军重复了一遍。

“这样说来，”伯爵夫人带着胜利的微笑继续说，“将军，您别再等您的奥尔齐涅了。”

州长神色严肃而冷峻。

“我确实没再等他了，伯爵夫人。”

“将军，”伯爵夫人扭过头来说，“我还以为就我们两人哩。他是谁？……”

伯爵夫人定睛注视奥尔齐涅；后者鞠躬致意。

“真的，”她继续说，“我只见过他一面……可是……他穿了这么一身，不然该是……将军大人，是总督的公子吧？”

“正是，尊贵的夫人。”奥尔齐涅说着又鞠了一躬。

伯爵夫人嫣然一笑。

“这样的话，请允许一位夫人——而且对您来说，不久就不仅是一位夫人——请教一声，您昨天去哪儿了，伯爵大人？”

“伯爵大人！我认为我还没有不幸地失去我尊贵的父亲，伯爵夫人。”

“我当然不是这个意思。最好是娶个妻子变成伯爵，而别失去父亲。”

“娶妻并不比丧父好，尊贵的夫人。”

伯爵夫人有点儿被噎住，但仍决定一笑了之。

“嗯，大家跟我说的一点儿不错，公子是有点儿古怪。不过，当乌尔丽克·阿勒菲尔德往他脖子上挂上大象骑士团的项链，他就会同夫人们送的礼物亲热起来的。”

“的确是一条地地道道的链子！”奥尔齐涅说。

“勒万将军，您将会看到，”伯爵夫人笑得很尴尬地又说，“您的刺儿头学生也不会愿意从一位女士那儿得到上校的军衔的。”

“您说对了，伯爵夫人，”奥尔齐涅反驳道，“一个佩剑的男人是不该靠裙带关系升官晋级的。”

高贵的夫人脸色完全变了。

“啧！啧！男爵大人究竟是从哪儿来的？难道您昨天真的没去孟哥尔摩？”

“尊贵的夫人，我不总是爱回答所有的问题的……将军，我们会再见的……”

说完，他握住老人的手，向伯爵夫人鞠了一躬，走了出去，把因一无所知而目瞪口呆的伯爵夫人晾在那儿，同因知道了一切而怒不可遏的将军在一起。

12

第一个修道士："多可怕的夜晚！仁慈的上苍啊！至高无上的上帝！你听见这雷声了吗？"

第二个修道士："连死人都该听得见。"

——马图林：《伯特伦》

这是个什么人？叫人好不明白……这颗头、这颗心同我们的一样吗？里面藏着什么与我们的心不同的特别而陌生的东西吗？……当局刚给他指定了住处，他刚住了进去，其他的住户便躲得远远的，直到看不见他的住处为止。他就这么孤孤单单地同自己的女人和孩子离群索居，只有自家人在同他说着人的语言，如果没有了女人和孩子，他可能只会呻吟。

——梅特尔伯爵：《圣·彼得堡之夜》

此刻正坐在他身边同他一块吃面包喝酒、互祝健康的那个人，将是第一个要杀害他的人。

——莎士比亚：《雅典的蒂蒙》

如果读者现在身在那条沿着特隆赫姆湾直到维格拉山庄的狭窄而满是石子的路上，很快就能听见两个行人的脚步声。他们是日落时分从称作斯孔根门的城门出来，正沿着蜿蜒山路，疾步攀登层层山冈，直奔维格拉山庄。

两人都披着大氅。一个步履矫健，腰板笔直，抬首昂胸，佩剑顶端露出大氅，尽管夜色融融，但依然可看见帽子上的一根羽毛饰在迎风摇曳；另一个比他的同伴稍高一些，但略微有些驼背，背上可见一鼓包，想必是大黑氅遮盖着的一个褡裢，大氅的边沿已破烂不堪，说明它已尽心尽力地服务了多年。后者没有兵器，只有一根长棍，用来支撑他那疾速而不稳的步履。

如果说夜色浓重，读者无法分辨此二人的特征，那也许可以从他俩的谈话中认出他们来。默默无语地，因而也是烦闷无聊地走了一小时之后，其中的一人开始说话了。

“主人！我年轻的主人！我们走到的这地方，既能看见维格拉的塔楼，也能看见特隆赫姆了。在我们前方，地平线的那个黑糊糊的一团，便是塔楼；而在我们身后的，是大教堂，它那比夜色更黑的拱扶垛显得像是一只猛犸骨架的肋骨。”

“维格拉离斯孔根远吗？”另一个步行人问。

“我们得穿过奥尔岱，公子；凌晨三点前我们是到不了斯孔根的。”

“现在钟敲几点？”

“公正的上帝！您让我发抖。是的，这是特隆赫姆的钟声，是风把钟声给传送来的。这说明有暴风雨。西北风把乌云刮来了。”

“的确，我们身后的星星全不见了。”

“求求您，尊贵的公子，咱们快走吧。暴风雨来了，也许城里的人已经发现吉尔残缺不全的肢体，发现我逃跑了。快点儿走吧。”

“很好。老人家，您背的东西好像很沉，让我来背，我年轻，比您力气大。”

“不，尊贵的主人，鹰的背上哪能背乌龟壳？我算老几，怎能让您替我背褡裢？”

“可是，老人家，要是它累坏了您呢？它似乎挺沉。里面都装了些什么？您刚才一脚踩空，那里面叮当乱响。”

老者突然离开年轻人。

“里面响了，主人？！哦，不！您听错了。里面什么也没有……只有干粮、衣服。不，这累不着我的，公子。”

年轻人的一番好意看来着实吓着了他的老头同伴；后者在竭力掩饰自己的恐慌。

“好吧，”年轻人没有看出老头害怕，回答说，“如果您不觉得它累人的话，您就背着吧。”

老头踏实了，连忙转换话题。

“夜里匆匆地走这条路太悲惨了，要是白天，公子，边走边看才有意思哩。可以看到左边海湾边上有许多刻有北欧古字母的石头，据说是神明和巨人写下的，大可研究。在我们左边，沿路边的岩石背后，就是那大片的西沃德咸沼地，肯定有什么暗河将它与海连通，因为可以在里面钓海蚯蚓。据您的仆人兼向导发现，这种奇特的鱼以沙为食。就在我们快走到的维格拉塔楼里，不信教的维尔蒙德国王下令用真正的十字架木烧烤了那位光荣的女殉道者圣埃泰尔德拉的双乳。那十字架木是挪威国王夺得的，由奥拉夫三世送来哥本哈根。据说，后来，想把这该死的塔楼改成教堂，但怎么建也没能建成。竖在那儿的十字架一个接一个地被天火给烧掉了。”

正在此时，一道大闪电照亮了海湾、山丘、岩石、塔楼，还没等二人看清点儿什么，就划过去了。他俩一下子站住了。闪电过后，几乎随之跟来一个炸雷，在天空云间滚滚而去，震得地上岩石回响。

他俩抬头望天。所有的星星都隐没了，乱云翻滚，像雪崩似的在他俩头顶上空聚集。卷动这片乌云的狂风未至，树木静止，听不见有雨打树叶之声。暴风雨前的乌云使夜色更加苍茫，只听见空中的闷响和海涛声声。

他俩身边除隆隆声外的这片静寂，突然被一种怒啸打破，吓得老者浑身打战。

“全能的上帝！”他紧紧攥住年轻人的胳膊喊道，“这是魔鬼在暴风雨中的笑声，还是……”

又一道闪电，接着又是一声雷鸣，打断了他的话。随后，暴风雨像正在等着这一号令似的倾泻下来。两个行路人裹紧大氅，以挡住穿云而注的大雨和狂风卷起的还干着的土地上的厚厚的尘土。

“老人家，”年轻人说，“刚才的一道闪电让我看清了我们右边的维格拉的塔楼。咱们离开这儿，找个地方避避雨吧。”

“去凶险的塔楼避雨？！”老者嚷道，“愿圣郝斯庇斯保佑我们！您想想，年轻的主人，这座塔楼空寂无人呀。”

“那正好！老人家，我们就用不着等人开门了。”

“您想想，它受过什么邪恶的玷污吧！”

“好呀！它让我们躲雨，正可使自己纯净。好了，老人家，跟我来吧。老实对您说吧，这样的夜晚，就是贼窟我也想进去躲一躲。”

于是，他不顾老者的劝诫，抓住后者的胳膊，朝那幢建筑物走去。借着不断的闪电，他看见它离得并不远。他俩走近时，发现塔楼的一个枪眼里透着点儿亮光。

“您瞧，”年轻人说，“这塔楼并非空无一人。这下您肯定放心了。”

“上帝！仁慈的上帝！”老者嚷道，“您这是把我往哪儿领，主人？但愿圣郝斯庇斯别怪罪我误入这魔鬼的礼拜堂！”

他俩来到了塔楼下。年轻人用力敲着这座可怕的废墟的一扇新门。

“您放心，老人家，准是哪位虔诚的苦修士住了进去，使这个遭亵渎的处所变得圣洁了。”

“不，”他的同伴说，“我不进去。我敢保证，没哪个苦修士会住在这儿，除非他拿贝尔则布特的七条链子中的一条做念珠。”

正在这时，一道亮光从上到下地闪过一个个枪眼，最后从大门锁孔中漏了出来。

“你这么晚才回来，尼戈尔！”一个尖厉的声音在喊，“中午支完绞架，只需六个小时就可以从斯孔根回到维格拉了。是不是又加什么活儿了？”

话音刚落，门就开了。开门的女人发现是两张陌生面孔，而不是她等着的人，又吓又带着威胁地大叫一声，退后三步。

那女人的模样也让人很不踏实。她身材高大，一只手把一盏铁皮灯高举过头，照亮了她的脸。她面孔铁青，干瘪瘦削，宛如死人，深陷的眼窝里，透出阴森的光，俨如丧事火把。她齐腰穿着一条大红哔叽短裙，露出一双光脚，裙上似乎沾着另一种红色的迹子；胸脯干瘪，半遮着一件同样颜色的男人外衣，袖子齐肘剪去。从开着的门吹进来的风把她那勉强用一根树皮绳结着的灰长发吹竖起来，使她那满脸凶相变得更加粗野。

“好心的太太，”陌生人中的年轻人说，“天下大雨，您有屋子，我们有金子。”

他那年老的同伴扯着他的大氅，悄悄地嚷道：

“哦，主人！您在说些什么呀？这里即使不是凶宅，也是什么强盗的巢穴。我们的金子非但保护不了我们，还会毁了我们的。”

“别啰唆！”年轻人说着，从他上衣里取出一只钱袋，在女主人眼前晃晃，又重复了一遍自己的请求。

女主人惊魂甫定，用野性的目光轮流注视着他俩。

“陌生人！”她终于大声说道，就像没有听见他们的谈话似的，“你们的守护神是不是把你们给抛弃了？你们跑来凶险塔的该诅咒的住户中间寻找什么？陌生人！指点你们来这种废墟躲雨的绝不是人，因为是人就会对你们说：‘电闪雷鸣胜过维格拉塔楼的住户。’唯一能进这里的活人，是不进任何其他活人的住所的，他要离开孤寂，只有到人群中去，他只是为了让人死而活着。他只有遭人们诅咒的份儿，他只是找人报仇，人们犯罪，他才能活。十恶不赦的恶棍在遭到惩罚之时，都把世人的轻蔑全推给他，而且认为有权再给他加上自己的那一份蔑视。外来人！你们是外来人，因为你们的脚尚未厌恶地踏进这塔楼的门槛。别再多打扰母狼及其狼崽儿了。回到其他所有的人都走的道上去吧，而且，如果你们不想让你们的兄弟躲着你们，就别跟他们说，你们的脸被维格拉塔楼的主人用灯照过。”

她说着，指指大门，向两位过路人走来。老者浑身哆嗦，哀求地看着年轻人；后者没明白高个儿女人说的话，因为她说话滔滔不绝，又快又急，他还以为她是个疯子，再说，雨在哗哗地下个不停，他压根儿就没打算回到雨地里去。

“真的，好心的女主人，您刚才为我们描绘了一个怪人，我不想失去结识他的机会。”

“年轻人，认识他很快，结束得也快。如果您的魔星在怂恿您，您就去杀一个活人或者糟践一个死人吧。”

“糟践一个死人！”老者声音颤抖着重复一遍，赶忙躲到同伴的背后。

“我不太明白您的办法，”年轻人说，“您的办法至少是说得不很清楚。更简单不过的是，我们留在这里。除了疯子，谁会在这么个天气里继续赶路呀？”

“在这种地方躲雨，那才是疯到家了哩！”老者喃喃道。

“可怜的人！”女人大声说，“在只会开坟墓的门的人门外，可别敲门。”

“即使坟墓的门真的同您的门一道为我打开，妇人，我也不会因为一句不吉利的话而退缩的。我的佩剑能保证我安然无恙。好了，风大，把大门关上，把这金子拿去。”

“唉！我要您的金子有什么用！”女主人又说，“金子在您手上是个宝，但到了我的手里，比锡还不值钱。好吧，看在这点儿金子的分儿上，您就留下吧。金子可保证人免遭天上的暴风雨，但却不能免受同类的轻蔑。您留下吧。您付的投宿费比付的凶杀费要多。在这儿等我一会儿。把金子给我。是的，一个人手里拿着金子而却没沾满鲜血进到这儿来，这还是第一次。”

于是，她放好灯，闩上门，消失在大厅顶头的一座黑漆漆的楼梯的拱顶下面。

老者身子发颤，口念光辉的圣郝斯庇斯的所有威名，悄悄地在狠劲儿诅咒年轻同伴的冒失，而年轻人则拿起灯来，开始在他们待着的那个圆形大房间里绕了一圈。他走近墙壁时看到的东西让他打了个寒战；用眼睛盯着他的老者则嚷了起来：

“伟大的上帝！主人，是个绞架？”

确实是个大绞架靠在墙上，直达又高又潮的拱顶的拱腹。

“是的，”年轻人说，“这儿还有木锯、铁锯、铁链、枷锁哩。这是个拷问架，上面还挂着大钳烙刑具。”

“天堂里的伟大神明啊！”老者喊道，“我们这是在哪儿呀？”

年轻人声色不动地继续查看。

“这是一卷麻绳；那是炉子和铁锅；这面墙上挂着钳子和解剖刀；这是几条带钢钉的皮鞭、一把斧子、一只大锤。”

“这儿就是地狱的家具贮藏室！”老人被年轻人数着的可怕刑具吓坏了，打断他说。

“这儿是铜虹吸管、青铜齿轮、一盒大钉子、一个千斤顶。”年轻人继续在查看，“一点儿不假，确是一些不祥之物。我死气白赖地让您同我一起来这里，您可能觉得很恼火。”

“正是，您也承认了！”

老者已吓得半死。

“您不用害怕。您在什么地方又有何妨？反正有我同您在一起。”

“多好的保护！”老者喃喃道，他因为另有所怕，所以对他的同伴已不再敬畏了，“一把三十寸[1]的佩剑竟要对付一个三十库代[2]的绞架！”

高个儿红衣女人回来了，拿起铁皮灯，示意二人随她来。他们小心翼翼地登上一座在塔楼厚墙上凿成的又窄又破的楼梯。每遇一个枪眼，一阵风雨都要把铁皮灯的抖动的火苗吹灭，女主人连忙用她那苍白的大手遮挡住。他们不止一次地绊着一些滚动的石头。惶恐不安的老人总以为是踩着了散落在梯级上的人骨头。最后，他们来到了塔楼二层的一个类似底层大厅的圆厅。中间，按照哥特式建筑常规，有一个大炉子在熊熊燃烧，炉烟从天花板上开的一个洞逸出，但仍把大厅内熏得乌漆墨黑。两个过路人途中所见的亮光就是炉火和灯光。插满生肉的一根烤扦在炉火前转动着。老者恐惧地扭过头去。

“真正的十字架木就是在这个万恶的炉子里把一位女圣人的肢体烧尽的。”他对自己的同伴说。

离炉子稍远处，有一张粗糙的桌子。女人请两位过路人在桌前就座。

“陌生人，”她把灯放在他俩面前说，“晚饭马上就好，我丈夫想必在急着往回赶，他怕夜精灵在他走近凶险塔时把他掳了去。”

这时候，奥尔齐涅——读者想必已经猜到那正是他和他的向导本尼纽斯·斯皮亚古德瑞——可以仔细端详斯皮亚古德瑞绞尽脑汁、生怕被人认出来抓了去而弄出来的这身奇特打扮。遁逃的可怜看守脱去了他的驯鹿皮服，换上了一身黑衣服，那是特隆赫姆的一位著名的语法学家从前留在斯普拉德盖斯特的。这位语法学家因未能找到“朱庇特”[3]的所有格为何变成了“约维斯”的原因而绝望，便投水自尽了。他原先的榛木板鞋也换成了一双一

---

① 此为法寸，系法国古长度单位，等于1/12法尺，约合27.07毫寸。

② 法国古长度单位，指从肘部到中指端，约等于半米。

③ 罗马神话中的主神。

位被马踩死的驿车夫的沉重马靴，如果不在里面塞上半靴子干草，他那两条细腿就在靴子里晃荡得厉害，无法走路。秃头上套着一顶大假发，是一位年轻高雅的法国旅行者在特隆赫姆城门口被盗贼杀害之后留下的，在他那一高一低的尖瘦肩膀上飘来荡去。他的一只眼睛贴了一张膏药；苍白深陷的面颊上，因为抹上了从一位因失意而死的老姑娘口袋里找到的胭脂，红得怪诞，经雨水一淋，连下巴也红了。他小心翼翼地把背上背着的褡裢放在身下，裹好大氅，坐了下去。当他吸引了他同伴的全部注意力时，他自己的注意力却像是完全集中在女主人守着的烤肉上，不时地投去不安和恐惧的目光。他嘴里断断续续地吐出这样的话语："人肉！……horrendas epulas[①]！……食人肉者……摩洛[②]的晚餐！……Nec pueros coram populo Medea trucidet[③]……我们这是在哪儿呀？阿特雷[④]……德洛伊教[⑤]女祭司……伊尔曼苏尔……魔鬼劈了利考恩[⑥]了……"

最后，他大声嚷道：

"公正的上苍啊！感谢上帝！我看见一条尾巴！"

奥尔齐涅一直在观察他、注意地听他说话，几乎猜透了他的心思，不禁嫣然一笑。

"这条尾巴并不说明问题。这也许是魔鬼身上的一块肉。"

斯皮亚古德瑞没有听见这句玩笑话，他的目光紧盯着大厅尽头。他浑身哆嗦，凑近奥尔齐涅的耳朵说：

---

① 拉丁文，意为"可怕的食物"。

② 摩洛是《圣经》中提及的一位神明，可能原是一位迦南神，后被以色列尊奉，常烧死孩子来供奉他。

③ 拉丁文，意为"但愿古米提亚别在人前杀死他的孩子"。

④ 蒂埃斯特的兄弟帕洛普之子，他把自己的两个亲生儿子杀了给帕洛普当晚餐。

⑤ 古代克尔特人及高卢人的一种宗教。

⑥ 阿迪卡国王，因为野蛮成性，而被朱庇特变成一只狼。

“主人，您瞧，顶里头，那堆草上，黑影里……”

“怎么啦？”奥尔齐涅问。

“三具裸体，一动不动……三个孩子的尸体！”

“有人在敲大门！”红衣女人蹲在炉边大声说。

的确，越来越大的雷雨声中夹杂着一声，接着又是两声更重的敲门声。

“他总算回来了！是尼戈尔！”

女主人拿起灯，急匆匆地下楼去。

两位过路人尚未继续交谈下去，便听见楼下大厅里有一阵嘈杂的人声，其中有一个人的声调让斯皮亚古德瑞猛地一惊、颤抖不已。

“妇人，住嘴，我们不走了。雷不用人开门就打进来了。”

斯皮亚古德瑞紧紧地贴着奥尔齐涅。

“主人！主人！”他声音微弱地说，“我们遭殃了！”

楼梯上脚步声杂沓，接着两个穿着教士服的人进到大厅，后面跟着魂不附体的女主人。

两人中的一个比较高大，穿着黑衣服，留着路德派神甫的圆形头发；另一个身材矮小，穿了一件隐修士长袍，腰上系着一根绳子，头上的风帽压在脸上，只露出长长的黑胡子，两只手完全藏在宽大的袍袖里。

斯皮亚古德瑞一看是两个平和的人，便感到其中一人刚才那怪声引起的恐惧烟消云散了。

“您别惊慌，亲爱的太太，”神甫对女主人说，“基督教神甫对找他们麻烦的人都乐善好施，还能去伤害帮他们的人吗？我们只想避避雨。如果说陪同我的这位尊敬的学者刚才言语冲撞了您的话，那是他一时糊涂，忘了求人时应语气温和。唉！圣贤也有失误的时候。我从斯孔根到特隆赫姆去，迷了路，既无向导，又加天黑，偏逢大雨，无处藏身。我遇见的这位可敬的教友，同我一样是出远门的，他允诺，我同他一起找到您的门上。他向我夸口说您心善好客，亲爱的太太。毫无疑问，他没有说错。别像坏牧师那样对我们说：‘Advena，cur intras？[①]’留下我们吧，尊敬的太太，上帝将使您的庄稼免遭雷雨之害，上帝将使您的羊群在暴风雨中有一躲避之处，就像您给迷途的行人以躲避之所一样！”

“老头，”女人怒气冲冲地打断他说，“我既无庄稼，也无羊群。”

“那好，如果您是穷人，上帝祝福您由穷变富。您将同您丈夫白头偕老，而且，你们将因你们的品德而非财富受人尊敬。你们的孩子将在世人的敬重中成长，将成为他们父亲一样的人。”

“住嘴！”女主人喊道，“我们仍旧是我们，我们的孩子也将像我们一样在世人的蔑视中从小到老。我们的家族世世代代地受人轻蔑。住嘴，老头！祝福会变成诅咒落到我们的头上。”

“哦，老天！”神甫又说，“你们到底是什么人？你们一生都犯了什么罪过？”

“您称什么是罪过？您叫什么是道德？我们在此享有一种特权；我们既不可能有道德，也不会犯下什么罪过。”

“这女人神经有毛病！”神甫转身对在炉前烘烤粗呢棕袍的矮个儿隐修士说。

“不，神甫！”女人反驳道，“您应知道自己身在何处。我宁可让人讨厌也不愿让人怜悯。我不是个疯子，而是……”

大门上的一声重击，回声不断，下面的话没能听清，令一旁静听谈话的斯皮亚古德瑞和奥尔齐涅大失所望。

“斯孔根的高级民事代表不得好死，”红衣女人喃喃道，“是他把这座挨着大路的塔楼指定给我们住的！也许还不是尼戈尔。”

但她还是拿起了灯。

“不管怎样，即使又是个行路人，那又有何妨？激流都不怕，还怕小溪？”

① 拉丁文，意为：“陌生人，你干吗进来？”

留下的四个行路人借着炉火，互相对视着。斯皮亚古德瑞起先被隐修士的声音吓住了，看见了他的黑胡须心里便踏实了，但他要是看得见后者透过风帽下方直逼他的目光，他也许又要开始发抖了。

众人都不吭声，神甫试着提了个问题：

“修士教友，我猜想您是逃过最后迫害的那些天主教神甫中的一个，我有幸遇见您时，您是正在回您的隐修所去。您能告诉我这是什么地方吗？”

隐修士未及回答，快要倒塌的楼梯的那扇破门打开了。

“女人，一下大雨，就有不少人坐到我们这破桌子前，就来我们这遭人唾骂的屋子里躲雨。”

“尼戈尔，”女人回答，“我未能阻止……”

“这么多人有什么关系，只要他们付钱就行。留宿行人和绞死强盗，都是在很好地挣钱。”

说这话的人在门口站住，四位陌生人可以仔细地打量他。此人身体各部分都很大，像女主人一样，也穿着红哔叽衣服。那颗大脑袋似乎直接压在宽阔的肩膀上，与他妻子那长而细的脖子形成了强烈反差。他低额头，塌鼻子，浓眉毛，眼圈深红的眼睛闪着血红的光芒。脸庞下方刮得一干二净，露出一张深陷的大嘴，笑起来极丑，微微张开两片黑嘴唇，像是无法愈合的伤口的边缘。两绺短而卷曲的胡子，吊在面颊两边，垂及肩头，使他的脸从正面看去，呈正方形。此人戴着一顶灰毡帽，有雨水在往下滴落，见了四位行路人，手都不愿触一触帽檐。

本尼纽斯·斯皮亚古德瑞一看见他，吓得大叫一声；路德教神甫吃惊和憎恶地转过脸去。而屋主人认出了神甫，冲他说道：

“怎么，您来了，神甫大人！说实在的，我可是没想到有此闲情，又能见到您今天这副又惊慌又可怜的德行。”

神甫压住了最初的厌恶心情，他的面容变得严肃而泰然了。

“而我，我的孩子，我很庆幸有此偶然的机会，把牧师领到迷途的羔羊面前，目的当然是为了最终将这只羔羊领回牧羊人的身边。”

“啊！我以阿曼[①]的绞架起誓，”对方哈哈大笑地说，“我这还是头一次听见有人将我比作一只羔羊。相信我，神甫，如果您想讨好秃鹫，就别叫它鸽子。”

“我的孩子，秃鹫通过他而变成鸽子的那人在安慰人，而不讨好人。您以为我怕您，其实我只不过是可怜您。”

“的确，大人，您的恻隐之心一定是太多了。我还以为您今天在那个可怜虫面前用您的十字架挡住我的绞刑架时，已经把您的恻隐之心耗尽了哩。”

“那个不幸的人，”神甫回答，“没有您需要的怜悯，因为他哭了，而您却在笑。在赎罪的时刻，承认人的手臂没有上帝的话语有力的人才是幸福的！”

“说得好，神甫！”男主人以一种既讨厌又挖苦的快活劲儿说，“那个痛哭流涕的人！再说，我们今天的那个人也没犯什么罪，就是太热爱国王了，以致不在小铜牌上刻上陛下的头像就活不了了，而且还要精心地给它镀上一层金，使之与国王的头像相匹配。我们和蔼的国王也并没有不领情，为了奖赏他的忠心爱戴，便赐给他一根漂亮的麻绳。告诉诸位尊敬的客人吧，这根麻绳由我这个绞架勋团大执事，在这位该勋团的大神甫的协助之下，就在今天，在斯孔根公共广场上，转交给了那人。”

“可怜的人！别说了！”神甫打断他说，“惩罚别人的人怎么竟忘了自己也会受到惩罚的？您听这雷声……”

“嗨！雷是什么？是撒旦的笑声。”

“伟大的上帝！他刚看见了死亡，却又在亵渎神明！”

“别说教了，老疯子，”男主人几乎怒不可遏地大吼道，“否则

---

① 《圣经》中的人物，原为神甫，因仇视犹太人被绞死。

您可能就会诅咒魔鬼了，是它使我们在十二个小时之内，两次相聚在同一辆车上，同一间屋子里。学学您的同伴隐修士吧，他默不做声，因为他很想回到他的林拉斯洞中去。谢谢您，修士兄弟，我看见您每天早上路过山丘时，都在为凶险塔祝福。不过，说实在的，在这之前，我一直以为您身体高大，而且，胡子好像也是白的，不是黑胡须。您果真是林拉斯的那位隐修士？特隆赫姆地区唯一的那位隐修士？”

“我的确是唯一的那位。”隐修士用低沉的声音说。

“这么说，咱们是本州的两个仅有的离群索居者了……喂！贝克丽，快点儿把这段羊肉烤好，我饿了。我在布尔洛克村耽搁了，因为那个该死的曼瑞尔医生对那具尸体只肯出十二个阿斯卡林。可别人给特隆赫姆的斯普拉德盖斯特的鬼看守，每具尸体四十个阿斯卡林……喂，戴假发的大人，您怎么啦？您要摔倒了……对了，贝克丽，你把投毒者奥尔基维尤斯、那个有名的魔术师的骨骼弄好了吗？该把它送到卑尔根的古玩陈列室去了。你打发小崽子去勒维格的民事代表家讨回欠债了吗？他欠我八个埃居，因为我煮了一个女巫和两个炼丹术士，还取下了他法庭大梁上的好几根有碍观瞻的链子。他还因我绞死了尊敬的主教指控的那个犹太人伊斯玛努尔·梯凡纳，而欠我二十个阿斯卡林。我还为镇上的石头绞架换了一根新的木支杆，这又欠我一个埃居。”

“工钱还在民事代表手里，”妻子尖声怪气地说，“因为你儿子忘了带木勺去收钱了，而推事的仆人都不愿把钱直接放到他手里。”

丈夫蹙起眉头。

“要是他们的脖子落在我的手里，他们将会看到我是否需要用一只木勺去触摸了。不过，对那位民事代表倒是要客气些。窃贼伊瓦尔的申诉是退回到他那儿去的。伊瓦尔抱怨说审他的不是施刑人而是我，认为他还未经审判，还不该落到我的手里……对了，老婆，别让小家伙玩我的钳烙刑具和老虎钳，他们把我所有的工具都给弄个乱七八糟的，弄得我今天都没法用了……那帮小鬼去哪儿了？”男主人继续说着，走近斯皮亚古德瑞以为看见了三具尸体的那堆干草，“他们在这儿睡着哩，这么闹也能睡得像死鬼似的。”

这恶心的话语同说话人那吓人的平静及幸灾乐祸的样子形成强烈的反差。读者听了这话，也许已经猜到了维格拉塔楼的这位住户是谁了。斯皮亚古德瑞因为常常见到他出现在特隆赫姆广场的丧气的仪式上，所以他一出现，便认出他来了，吓得几乎要晕了过去，特别是他想起了自己昨晚干的那事，就更加害怕这个可怕的行刑人。他凑近奥尔齐涅，声音几乎听不清地对他说：

“他叫尼戈尔·奥路基克斯，特隆赫姆地区的刽子手！”

奥尔齐涅先是厌恶地一惊，随即浑身发颤，后悔走这条路，还遇上了暴风雨。但很快，一种说不清的好奇涌上心头，因此，虽很同情老向导的狼狈和恐惧，但却聚精会神地去听眼前的这个怪人的话语，并仔细观察他的生活习惯，仿佛人们在贪婪地听着从沙漠带到城里来的一条鬣狗的狂吠或一只老虎的啸声似的。可怜的本尼纽斯可没这份闲心去悉心观察。他藏在奥尔齐涅身后，裹缩进大氅里，焦虑不安地用手捂住眼睛上的膏药，他把飘动的假发拉到脸前遮住，一个劲儿地在喘粗气。

这时，女主人已用一只大陶盘把带着让人放心的尾巴的烤羊羔端上了桌。刽子手上前坐在奥尔齐涅和斯皮亚古德瑞对面，两位神甫的中间，而他妻子在桌上放好一罐蜜糖啤酒、一块林德布洛德[1]和两只木碟子之后，便坐在了炉火前，专心一意地磨她丈夫的缺了口的钳子去了。

“我说，尊敬的神甫，”奥路基克斯笑着说，“母羊向您奉献羊羔。而您，戴假发的大人，是风把您的假发吹到脸上的吗？”

“风……大人，暴雨……”颤抖的斯皮亚古德瑞结结巴巴地说。

---

① 挪威穷苦百姓食用的麸皮面包。

“喂，胆子大些，老朋友。您看两位神甫大人和我，我们都是好人。告诉我们，您是谁？您那不吭声的年轻同伴是谁？您开口呀。咱们认识一下。如果您说的话同您的神情完全一样，那您该是个很有趣的人。”

“主人这是在说笑，”老看守咧起嘴，露出牙齿，眨巴着眼睛，想装出笑来说，“我只不过是个可怜的老头。”

“是的，”快活的刽子手打断他说，“是个什么老学者，什么老巫师！”

“哦，大师傅，学者倒是，但不是巫师。”

“真糟糕，要是巫师，倒是补全了我们这快乐的犹太法庭……诸位客官大人，我们敬这位老学者一杯，让他说说话，使我们的晚餐更开心。为今天被绞死的那人干杯，说教者老兄！喂！隐修士，您不喝我的啤酒？”

隐修士确实是从袍子下面掏出一只大葫芦，把里面很清的水倒满他的杯子。

“真的！林拉斯的隐修士，”刽子手大声说，“如果您不尝尝我的啤酒，那我就来尝尝您所偏爱的水。”

“好的！”隐修士回答。

“先摘了您的手套，尊敬的神甫，”刽子手说，“应该光着手倒水让人喝。”

隐修士做了个拒绝的表示说：

“这是个祝愿。”

“那就倒吧！”

奥路基克斯刚把杯子送到嘴边，便突然拿开了，而隐修士则一饮而尽。

“看在这耶稣圣餐杯的分儿上，尊敬的修士，这恶心人的液体是什么玩意儿？自打我从哥本哈根乘船来特隆赫姆差点儿淹死的那天起，我还从未喝过这种玩意儿。说真的，修士，这不是林拉斯的泉水，这是海水。”

“海水！”看见隐修士那手套之后更加吓坏了的斯皮亚古德瑞重复了一句。

“怎么！”刽子手转向他哈哈大笑地说，“这儿的一切都让您担惊受怕，我的老阿布萨隆[①]，连一个苦修圣人的饮料也能吓死您？”

“唉！不，主人。可那海水……只有一个人……”

“行了，您已不知所云了，学者大人。您同我们在一起，心烦意乱，不是心怀鬼胎，就是瞧不起人。”

主人很生气地说了这番话，斯皮亚古德瑞只好故作镇静。为了取悦他那可怕的主人，他搜肠刮肚，聚起自己所剩的那一点点机智。

“瞧不起人？我？瞧不起您，我的大师傅！瞧不起您这位使我们州有了 merum imperium[②]的人！瞧不起您这位刽子手大师傅、世俗法律制裁的执行人、正义之剑、无辜者的盾牌！瞧不起您这位亚里士多德在其《政治学》第六卷最后一章里列为法官的人！瞧不起巴利·德·普托在其《论推事》中把您的薪金定为五个金埃居的人！书中那段话可引以为证：‘Quinqne aureos manivolto。[③]’瞧不起您？您的同行砍了三百人头之后，在克隆斯塔特获得贵族头衔！你们那既可怕又可敬的职能，在弗朗哥尼亚，是由刚完婚的新郎自豪地执行的，在瑞特林格，是由最年轻的参议执行的，在斯特第恩，是由最后定居的那位市民执行的！我的好师傅，我难道不知道，您的同行在法国，对圣拉德尔的每一个病人，对公猪，对

① 大卫之子。据《圣经》记载，他反对父亲，被打败，逃跑途中，因橡树枝剐着头发而被捉住，被约伯处死。

② 拉丁文，意为：“流血的权利，有一个刽子手的权利。”

③ 拉丁文，意为：“给刽子手五个金埃居。”

主显节前夜的糕点，拥有 havadium[①]权？连圣日尔曼·德·勃雷的教士每年都要在圣樊尚节期间献给您一头猪，并让您走在他的仪式队列的前头，我又怎能不对您深表敬意呢？”

看守兴致勃勃地说到这儿的这番宏论，突然被刽子手打断了。

“老实说，我这还是头一次听见这些新鲜事！尊敬的人，您所说的那位博学的教士，到目前为止，窃取了您说得那么迷人的我的所有的那些权利……诸位陌生大人，”他继续说道，“我并不介意这老疯子的这番胡言乱语，但我的行当确实是没有干好。我今天只不过是一个穷州府的可怜的刽子手。喏！当然，我本该比莫斯科的那个有名的刽子手斯梯里森·狄戈伊干得更好的。你们想得到吗，我就是那个二十四年前被指定来执行舒玛赫死刑的人？”

“舒玛赫，格里芬菲尔德伯爵！”奥尔齐涅高声嚷道。

“这让您受惊了，沉默的大人。嗯！是的，正是那个舒玛赫，一个极偶然的机会使他又落到了我的手里，要是国王一高兴，不再缓期执行的话……诸位，咱们喝完这一壶，然后，我来说给你们听听，我开始时是怎么那么风光，最后又那么悲惨的……1676年，我做了哥本哈根王室刽子手卢姆·斯图亚特的仆人，”他继续说道，“判处格里芬菲尔德伯爵死刑的时候，我的主人病倒了，因为我有靠山,便被指定代替他来执行这项光荣的死刑。6月5日——我永远忘不了这一天，——早晨五点起，我便在粗活[②]师傅的帮助下，在城堡广场上搭起了一个大断头台，考虑到被处死者的身份，我们用黑布把它蒙了起来。八点钟,高级护卫便把断头台围了起来，而斯莱斯威格堡的枪骑兵则把拥入广场的人群挡住。谁处在我的位置都会欣喜若狂的！我握着大刀，站在台上等着。所有的目光全都集中到我的身上。此时此刻，我是丹麦－挪威联合王国的最

① 拉丁文，含有“宰”、“切”之意。

② 搭脚手架的木工。

重要的人物了。我心想，我交上好运了，因为如果没有了我，那帮发誓要让首相完蛋的达官显贵们会怎么样呢？我已经觉得自己成了首都的正牌皇家刽子手了，拥有仆人，拥有特权……听！要塞钟敲十点了。死刑犯走出牢房，穿过广场，步履坚定、神色坦然地登上断头台。我想给他把头发扎起来，但他把我推开了，最后一次亲手理好头发……他笑着对圣安德烈修道院院长说：‘我很久没有自己动手梳理头发了。’我要给他系上一条黑布带，但他轻蔑地把它从眼睛上推开了，但并没对我表示不屑。他对我说：‘我的朋友，这也许是头一次最高和最低的司法官吏——大法官和刽子手——相聚在咫尺之间。’这几句话深深地印在我的脑子里。我想在他膝下垫个垫子，也被他拒绝了。他高喊冤枉之后，便拥抱了一下神甫，跪了下去。我依照惯例大声吼道：‘事出有因！’便一锤敲碎了他的盾形纹章。他连忙说道：‘那是国王御赐的，国王可以毁掉。’他把头贴在木砧上，眼睛看着东方，我便双手举起刀来……你们注意！……说时迟那时快，一声吼声传来：‘刀下留人！国王有令，免舒玛赫一死！’我转过身去，只见一名副官，挥动着一卷文件，策马向断头台奔来。伯爵站起身来，神情并不高兴而只是满意而已。他接过赦令，大声说道：‘公平的上帝！终身监禁！他们的恩典比死刑还要狠。’……他像窃贼般垂头丧气地走下断头台，他走上去时可是神色泰然的。对我来说，反正都一样。我没怎么想到，这个人的得救正是我的完蛋。拆除了断头台之后，我回到了我主人的家里，心里充满了希望，尽管因为失去了砍头应领的赏钱——金埃居——而有些惆怅。这还不算完。第二天，我接到了一纸离开首都的命令和担任特隆赫姆地区的州刽子手的任命书！州刽子手！而且还是挪威最差的一个州的刽子手！诸位，请弄明白一些小小的原因是怎么产生大的后果的。伯爵的仇人们为了装出一副宽大为怀的姿态，便精心安排，好让赦令在刚执行完死刑后送达。可就是差了一分钟，他们都怪我迟缓，仿佛不让一位名人在死前消闲片刻反倒合乎情理似的！仿佛一个王室刽子手在砍一个大法官的头时，无需比州刽子手绞死一个犹太人更庄严隆重、按部就班似的！除此之外，还有坏人捣鬼。我曾有一个兄弟，我认为他今天仍是我的兄弟。他改名换姓，进了新首相阿勒菲尔德伯爵的府里。我待在哥本哈根对这家伙不利。我的兄弟蔑视我，因为有一天也许就是我来处死他。”

说到这里，这位口若悬河的叙事者停了下来，等他的快活劲儿过去，才又继续说道：

“亲爱的客官，你们看出来了，我已打定主意了。真的，让雄心见鬼去吧！我在这儿老老实实地干自己的这一行。我出卖尸体，或者贝克丽把尸体弄成骨架，由卑尔根的解剖陈列馆买去。我笑对一切，连这个可怜的女人也不例外，她以前是吉卜赛女人，由于孤寂而变得疯疯癫癫的。我的三个继承人是在惧怕魔鬼、惧怕绞架中长大的，特隆赫姆地区的孩子一听见我的名字就吓得半死。民事代表们提供给我一辆车子和一些红衣服。凶险塔就像主教宫似的为我遮风挡雨。因雷雨大风而躲进我家的老教士们为我布道；学者们对我阿谀奉承。总而言之，我同别人一样的幸福，我吃，我喝，我绞人，我睡觉。”

刽子手滔滔不绝地说着，一边不停地喝着啤酒，纵声大笑。

“他既杀人，又能睡得着！”神甫喃喃道，“可怜的人！”

“这浑蛋真幸福！”隐修士大声说。

“是的，修士兄弟，”刽子手说，“和您一样的浑蛋，但肯定比您更幸福。喏，如果不是有人好像故意从中捞一把，这个行当会是很不错的。我不知道是哪个名人的婚礼给新任命的特隆赫姆地区的布道牧师提供了机会，要求赦免本属于我的十二名死囚的，你们想象得出吗？”

“属于您？”神甫大声嚷道。

“是的，没错，神甫。其中有七个应受鞭笞，两个左脸应烙印记，还有三个应绞死，一共是十二个……是的，十二个埃居三十个阿斯卡林。如果他们受到赦免，我就得不着了。陌生大人们，你们觉得如此这般的占去我的钱财的这个布道牧师怎样？这该死的教士名叫亚大纳西·孟德尔。啊！他要是被我逮着……”

神甫站起身来，语气平和、神色安详地说：

“我的孩子，我就是亚大纳西·孟德尔。”

奥路基克斯闻听，顿时气得青筋暴跳，忽地从座位上蹿起，愤怒的目光紧紧瞪住布道牧师那平静而祥和的目光。随后，他慢慢腾腾地又坐了下去，一声不吭，心慌意乱。

寂静了片刻。奥尔齐涅已从座位上站起，准备保护神甫。他首先打破了沉默。

“尼戈尔·奥路基克斯，”他说，“这是十三个埃居，是赔偿您因赦免了死囚而受到的损失的。”

“唉！”神甫插言道，“谁知道我能否争取到这一赦免？我必须能同总督的公子谈一谈才行，因为这取决于他同首相千金的婚事。”

“布道牧师大人，”年轻人语气坚定地回答，“您定能争取到这一赦免的。您所保护的人的镣铐不砸断，奥尔齐涅·盖尔登留是不会接受结婚戒指的。”

“年轻的陌生人，您是帮不上任何忙的。不过，上帝听见您的话了，您会得到报偿的！”

这时，奥尔齐涅的那十三个埃居平息了神甫引起的争端。尼戈尔怒气全消，重又快活起来。

“喏，尊敬的布道牧师，您是个正直的人，有资格主持圣希拉瑞昂教堂。我刚才那么说您，其实心里并没这么想。您在您的道上一直往前走着，如果说与我的道碰在了一起，那不是您的过错。不过，我所恨的那个人是特隆赫姆的守尸人、那个老巫师、斯普拉德盖斯特的看守。他叫什么来着？斯普利乌格瑞？……斯帕迪格瑞？……告诉我，老学者，您是个万事通，无所不知，您能不能帮我想想您的同行、那个巫师叫什么来着？您大概有时候在巫魔夜会上见过他骑着一把扫帚凌空飞翔吧？”

的确，如果可怜的本尼纽斯此刻能够驾上这类空中坐骑逃之夭夭的话，讲述这个故事的人不会怀疑，老看守会很高兴把自己那副吓坏了的脆弱的老骨头交给这样的坐骑的。自从他的全部器官都感觉到危险迫在眉睫时起，他对生的眷恋就极其强烈。他看到的所有一切都使他魂飞魄散：对凶险塔的回想，红衣女人那惊恐的目光，神秘隐修士的声音、手套和饮料，他年轻同伴那执意冒险，特别是这个刽子手，这个他负罪潜逃误落其巢穴的刽子手，他吓得要死，全身都僵死了。特别是当他发现话题转到他身上来，听见那可怕的奥路基克斯在直呼其名的时候。他不太想模仿神甫那英雄气概，他那僵硬的舌头很久答不上话来。

“怎么样！”刽子手又说，“您知道斯普拉德盖斯特那看守叫什么名字吗？是不是您的假发塞住了您的耳朵了？”

“有点儿，大人……不过，”他终于开了腔，“我发誓，我不知道他叫什么。”

“他不知道？”隐修士那可怕的声音在说，“他不该乱起誓。这个人叫本尼纽斯·斯皮亚古德瑞。”

“我！我！伟大的上帝！”老者吓得大叫。

刽子手朗声大笑。

“谁跟您说是您了？我们说的是那个异教看守。真的，这个学究是什么都害怕。要是他吓成这样确有原因，那是怎么回事呢？这个老疯子绞死时会很有趣的……这么说，尊敬的学者，”被斯皮亚古德瑞恐惧的样子逗乐了的刽子手继续说，“您不认识那个本尼纽斯·斯皮亚古德瑞？”

“不认识，师傅，”老看守因隐姓埋名没有露馅而稍微踏实了些，“我不认识他，我向您保证。既然他不幸地使您不快，师傅，那我要是认识此人，就真的很遗憾了。”

“您呢，隐修士大人？”奥路基克斯又说，“您好像认识他？”

“认识，真的，”隐修士回答，“他是个高个子，年老，干瘦、秃顶……”

斯皮亚古德瑞被他的描述吓得够呛，赶忙把假发按好。

“他的手很长，”隐修士继续在说，“就像一个星期没遇见过路人的窃贼的手一样长。还驼背……”

斯皮亚古德瑞尽量挺直身子。

“此外，如果他的眼睛不那么有神的话，大家会错把他当成他所看守的一具尸体。”

斯皮亚古德瑞用手按住护眼膏药。

“谢谢，神甫，”刽子手对隐修士说，“不管在什么地方，我现在都将能认出那老犹太人了。”

斯皮亚古德瑞是个虔诚的基督徒，听了这句侮辱的话，无法忍受，气愤至极，禁不住喊叫起来：

“什么犹太人，师傅！”

他随即打住，生怕言多有失。

“喏，如果他像人们所说的那样，同魔鬼有来往，是犹太人还是异教徒，又有何妨！”

“如果他不那么胆小，我还真愿意相信他同魔鬼有关系，”隐修士带着他那风帽也未能全掩盖住的恶笑又说，“不过，他又怎么能同撒旦勾结呢？他既懦弱又恶劣。他一害怕，连自己都不认识了。”

隐修士仿佛在掩饰自己的声音似的，慢腾腾地说。而这缓慢的语调使他的话显得很古怪。

“连自己都不认识了！”斯皮亚古德瑞在心里重复了一遍。

“一个恶人竟然懦弱，我很恼火，”刽子手说，“这种人不值得去恨。同蛇必须搏斗，而蜥蜴则踩死即可。”

斯皮亚古德瑞试着说了几句，好为自己辩解。

“不过，二位大人，你们能肯定你们所谈的那位公务人员正如你们所说的那样吗？他有没有名声呀？……”

“名声！”隐修士又说，“恶名满全州！”

斯皮亚古德瑞十分沮丧，转向刽子手。

“大师傅，他做错了什么让您这么恨他？因为我相信您的恨是有根有据的。”

“您这么相信就对了，老头。由于他的生意同我的相仿，所以斯皮亚古德瑞尽一切可能来坑害我。”

“哦！师傅，别相信这个！假使此人果真如此，那是因为他没有像我一样看见您身边有着一位和蔼可亲的妻子和可爱的孩子，没有看见您允许陌生人同您共享天伦之乐。如果他像我们这样享受到您那股勤款待，师傅，那个可怜的人是不会成为您的仇人的。”

斯皮亚古德瑞刚说完这番巧妙的话语，一直沉默着的高个儿女人站了起来，以一种尖厉的声音庄重地说：

“毒蛇的舌头抹上了蜜是最毒不过的。”

她说完又坐了下去，继续去磨她的钳子，那尖而闷的摩擦声在谈话间歇时，传到四个过路人耳朵里，好生难受，宛如希腊悲剧中的唱诗祭礼。

“这女人疯了，真的！”看守悄悄地自言自语，他无法解释自己的一番恭维怎么会产生这么坏的效果。

“贝克丽说得对，金发学者！”刽子手大声说，“如果您继续这么没完没了地为那个斯皮亚古德瑞辩解的话，我就拿您当成毒蛇的舌头。”

“看在上帝的分上，师傅！”斯皮亚古德瑞嚷道，“我绝没有为他辩护的意思。”

“那就好。再说，您并不知道他有多么的无礼。您会相信吗，那个无耻之徒竟敢同我来争冰岛凶汉的所有权？”

“冰岛凶汉！”隐修士突然说。

“正是。您认识这个有名的强盗？”

“是的。”隐修士说。

“那好，任何强盗都归刽子手所有，是不是这样？那该死的斯皮亚古德瑞干了什么？他也要求悬赏凶汉的头！”

“他要求悬赏凶汉的头？”隐修士插言道。

“他有这个胆量，而他之所以这么做只是为了弄到凶汉的尸体，剥夺掉我的所有权。”

“这可够卑鄙的，奥路基克斯师傅，竟敢同您争夺一份明显是属于您的财产。”

他一边说一边诡谲地笑，吓得斯皮亚古德瑞够呛。

“这塔楼太不怎么样了，隐修士，所以我必须处死一个像凶汉这样的人才能摆脱默默无闻的境地，才能获得舒玛赫使我错过的机会，飞黄腾达。”

“真是这样，尼戈尔师傅？”

“是的，修士兄弟，抓获凶汉的那一天，您来看我，我们将宰一头大肥猪庆贺我未来的升迁。”

“好极了，不过，您知道我那一天会有空吗？再说，您刚才已经把您的雄心给了魔鬼了。”

“那倒也是，神甫，我看到了，一个斯皮亚古德瑞和一个悬赏，就足以打破我最有把握的希望。”

“啊！”隐修士怪声怪气地又说，“斯皮亚古德瑞要求悬赏了！”

“这声音对于可怜的看守来说，宛如癞蛤蟆的目光对小鸟一样的可怕。”

“诸位大人，”他说，“为什么这么武断？这事并不可靠，也许是个谣传。”

“谣传！”奥路基克斯嚷道，“这事真得没法再真了。民事代表们的呈情表此刻已在特隆赫姆了，还有斯普拉德盖斯特的看守的签名。只等州长将军阁下的决断了。”

刽子手对情况如此了解，斯皮亚古德瑞也就不敢继续辩解了。

他只是一遍又一遍地在心里诅咒他那年轻的同伴。他突然听见似乎沉思了片刻的隐修士以嘲讽的语调大声说话，真不知如何是好：

“尼戈尔师傅，犯亵渎罪者该受什么酷刑？”

这句话对斯皮亚古德瑞所产生的效果无异于扯去了他的护眼膏药和假发。他焦急地等着听奥路基克斯的回答。后者先把酒杯里的酒喝完。

“这得看是哪一类亵渎。”刽子手回答。

“假如是亵渎了一个死人呢？”

颤抖不已的本尼纽斯立刻觉着他的名字马上就要从这位神秘莫测的隐修士的嘴里说出来了。

“要是在从前，”奥路基克斯冷漠地说，“就把他同被亵渎的尸体一块活埋了。”

“那现在呢？”

“现在就轻得多了。”

“轻得多了！”斯皮亚古德瑞说，他差点儿透不过气来。

“是的，”刽子手像个谈论自己艺术的艺术家似的既得意又不经意地说，“先是在他大腿肥肉上用烙铁烙个S。”

“然后呢？”老看守插问道。这种刑罚似乎很难在他那瘦腿上施行。

“然后，”刽子手说，“把他绞死就得了。”

“天哪！”斯皮亚古德瑞嚷道，“把他绞死！”

“喂，怎么啦？他看着我的神气就像是临刑者看着绞刑架似的。”

“我高兴地看到，”隐修士说，“人们回到了人道的原则。”

此刻，暴风雨已过，外面清亮、断续的号角声清晰地传来。

“尼戈尔，”女主人说，“正在追捕什么坏人，那是警吏的号角。”

“警吏的号角！”交谈者们以各不相同的声调重复说，不过斯皮亚古德瑞的声调充满了恐惧。

他们刚惊叫完，只听见有人在敲大门。

13

只需要一个人，一个信号；革命的各项事宜都准备好了。谁将领头？一旦有一个支点，一切都将摇摇欲坠。

——波拿巴特

您是想说，伯爵的死对我来说是个幸福，是我可能有的最大幸福……假如果真如此，有必要看得这么重吗？世上多一个或少一个伯爵，难道是一件那么了不得的大事？唉，算了！一点儿血算不了事，但必须让……流血的人的血没有白流。

——莱辛：《埃米莉亚·加洛蒂》

勒维格是位于特隆赫姆海湾北岸的一个大镇子，背靠连绵的低丘。丘上无树木，只长着各种各样的植物，宛如天边的一幅幅大镶嵌画。该镇看上去很凄凉，街道狭窄弯曲，比镇子还要长，两边尽是些渔民的草顶木屋和残废矿工们靠积蓄的一点点钱苦度残年的泥土和石头盖起的锥形草屋，还有一些废弃的破屋架，猎羚羊的猎人们给它们铺上草顶，张起兽皮墙，借以栖身。在如今只剩一座大塔楼遗迹的一个广场上，古时候曾矗立着“神箭手”荷尔达修筑的要塞。荷尔达乃勒维格的贵族，是异教徒国王哈尔夫丹的行伍把兄弟。1698 年，要塞被镇民事代表占据，除了那只银白色的鹳，他算得上该镇居住条件最好的人了。那只白鹳每年夏天飞来，栖息在教堂钟楼尖顶上，宛如中国古代官员尖顶冠上的一颗白珍珠。

奥尔齐涅到达特隆赫姆的当天上午，另一个人也隐姓埋名地到了勒维格。他那尽管没有纹章但却金光灿灿的驮轿以及他的四个全副武装的高大仆从，立刻成了闲谈的话题和猎奇的对象。那位大人物下榻的小酒店——“金海鸥”——的店主也神秘兮兮地回答着所有的提问说:“不知道。”但那神气却是在说:“我全都清楚，而你们却一无所知。”高大的仆人们更是守口如瓶，脸比矿井洞口还要阴森。民事代表起先待在塔楼里，拿着架子，等着那陌生人先来拜访，但居民们很快便惊奇地看到他白跑了两趟“金海鸥”，而且晚上还微开着窗户，寻机向那位旅行者致意。长舌妇们由此推断,那人已使民事代表大人了解了自己的显赫身份。她们弄错了。陌生人派出的一个信使来到民事代表处，办理通行证事宜，民事代表因而注意到证件的绿漆大封印上有两只交叉着的象征法律之手，托着一件白鼬皮大氅，上有一伯爵冠，饰有盾形纹章，周围坠着大象骑士团和丹布罗格骑士团的勋章链。民事代表一看便全明白了。他一直强烈地企盼着从首相府获得特隆赫姆地区高级民事代表的职位，但他失去了机会，因为这位高贵的陌生人不愿接见任何人。

这位旅行者来到勒维格的第二天傍晚，店主走进他的房间，深鞠一躬后禀告他说，他等着的使者刚到。

“好，”那位大人说，“让他上来。”

不一会儿，使者进来了，小心翼翼地关好门，然后向半侧着身子对着他的陌生人一躬到地，毕恭毕敬地静候陌生人问话。

“我原指望您今天上午就来的，”陌生人说，“谁把您给留住了？”

“是大人的利益留住了我，伯爵大人。我会为别的事分心吗？”

“艾尔菲格怎么样？弗烈德里克怎么样？”

“他们身体很好。”

“好！好！”主人打断他说，“您没有别的更有趣的事要告诉我了吗？特隆赫姆有什么新闻？”

“没有，只是托尔维克男爵昨天到那里了。”

“是的，我知道他是想就拟议中的婚事征询那个老梅克伦堡人勒万。您知道他同州长晤面后的结果如何吗？”

“今天中午，我走的时候，他还没见过将军。”

“怎么！他昨天就到了的呀！您说的让我吃惊，穆斯孟德。那他见过伯爵夫人了吗？”

“更没见过，大人。”

“是您亲眼见到他的吗？”

“不是，尊贵的主人，再说，我也不认识他。”

“既然谁都没见过他，那您怎么就知道他在特隆赫姆呢？”

“是通过他的仆人。他仆人昨晚去州长府了。”

“那他呢，难道去了别处？”

“他的仆人肯定地说，他一到，就去了斯普拉德盖斯特，随后就乘船去了孟哥尔摩。”

伯爵目光似火。

“去了孟哥尔摩！去了舒玛赫牢房！您敢肯定？我一直在想，那个犟勒万是个叛徒。去了孟哥尔摩！是谁在吸引他去那儿的？他要征询舒玛赫的意见？他要……”

“尊贵的大人，”穆斯孟德打断他说，“并不能肯定他去那儿了。”

“什么！那您刚才是怎么说的？您在耍我？”

“对不起，大人，我刚才是在向伯爵大人重复男爵公子的仆人说的话。弗烈德里克公子昨天在主塔值勤，他根本就没见到过奥尔齐涅男爵。”

“多妙的证明！我儿子并不认识总督的儿子。奥尔齐涅可以改名换姓进入要塞。”

“是呀，大人，但弗烈德里克公子硬说是谁也没见到过。”

伯爵似乎平静了。

“这就另当别论了。我儿子确实是这么说的？”

“他向我这么肯定了三遍。而且，公子在这方面的利害关系同大人的完全一致。”

使者的这番道理使伯爵完全放下心来。

“啊！”他说，“我懂了。男爵到后想在海湾散散步，而他的仆人就以为他是去孟哥尔摩了。的确，他去那儿干什么？我这么大惊小怪的真太蠢了。我女婿懒得去看老勒万，这恰好证明他对他的感情并没有我所担心的那么强烈。您可能都不相信，亲爱的穆斯孟德，”伯爵含着笑继续说，“我原以为奥尔齐涅爱上了艾苔尔·舒玛赫，是去孟哥尔摩与她如此如此的。不过，感谢上帝，奥尔齐涅没有我这么疯……对了，亲爱的，那个落在弗烈德里克手心里的年轻的达那厄[1]怎么样了？”

穆斯孟德在艾苔尔·舒玛赫的问题上，同他的主人一样提心吊胆，虽百般克制，但总也不能轻易地放下心来。现在，看见主人笑了，他也高兴起来，非但不敢去打消他的安全感，而且还要让他更加放心，以便增加大人物对其宠信们的那种极其宝贵的坦然自若。

“尊贵的伯爵，令郎没能征服舒玛赫的女儿，但好像另一个人更幸运。”

“另一个人！哪一个人？”

“嗯！我不知道是哪一个农奴、农夫还是仆从……”

“您说的当真？”伯爵大人说，冷峻阴沉的面孔变得灿然了。

“弗烈德里克公子对我以及对尊贵的伯爵夫人是这么说的。”

伯爵站起来，搓着双手，在房间里踱来踱去。

“穆斯孟德，我亲爱的穆斯孟德，再努把力，我们就达到目的了。树木的根芽枯萎了，我们只需推倒树干便大功告成了……您还有

① 神话传说中的公主，其父根据预言有被外孙杀死之虞，便把她关进一座青铜塔内，后来，爱着她的宙斯，化作金雨，进入塔内，与她生下一子。

什么好消息吗？”

“狄斯波尔森被杀了。”

伯爵的面孔完全绽开了。

“啊！您将会看到，我们将从胜利走向胜利。拿到他的文件了吗？特别是那只铁盒子到手了吗？”

“我不得不禀报大人，谋杀不是我们的人干的。他是在乌尔什塔尔海滩被杀，被抢的，大家都说是冰岛凶汉干的。”

“冰岛凶汉！”主人的脸色又阴沉下来说，“怎么！是我们想让他领头起义的那个大名鼎鼎的强盗！”

“正是他，尊贵的伯爵。根据我听到的，我担心我们很难找到他。不管怎么说，我已物色好了一个将顶着他的名字、能替代他的头头。此人是个粗野的山里人，高大结实得像一棵橡树，凶残胆大得像雪野里的一只狼。这个了不起的巨人不可能不像冰岛凶汉的。”

“那个冰岛凶汉，”伯爵问，“是大高个儿了？”

“大家都这么传说，大人。”

“亲爱的穆斯孟德，我始终欣赏您拟订计划的本领。起义何时开始？”

“哦！快了，大人。也许此时此刻已经开始了。王室监护权长期以来一直压在矿工们的身上。所有的人都高兴地接受起义的想法。大火将从古德布兰夏尔烧起，蔓延到颂德摩尔，最后烧到孔斯贝格。三天之内，有两千名矿工可以起事。起义将以舒玛赫的名义进行。我们的密使就是以舒玛赫的名义煽动矿工的。南方的预备队和特隆赫姆及斯孔根的守军将会动摇。而您将正好在此地把起义镇压下去。在国王眼里，这将是您的新的、卓绝的贡献，而且还使国王摆脱了威胁其王位的那个舒玛赫。尊贵的乌尔丽克小姐和托尔维克男爵的婚事为之增光添彩的那座大厦，就将建造在这一无法摧毁的基础之上。”

两个恶人从来就不会密谋得太长的，因为他们身上的那点儿人味儿很快就被身上的鬼气给吓跑了。两个堕落的灵魂互相赤裸裸地展示其丑恶时，双方共同的丑陋使彼此都感到恶心。罪恶使犯罪的人产生反感。而两个坏蛋在一起极其无耻地密谈他们的情欲、享乐、利益时，各自便成为对方的一面可怕的镜子。他们自身的卑劣通过对方使自己感到羞辱；他们自身的狂妄使自己惶恐不安；他们自身的卑贱使他们感到畏惧。他们物以类聚，无法互相逃避，无法相互责备，因为每一次丑恶的接触，每一次可耻的相聚，每一次卑鄙的相通，都会使他们听到一种永不疲倦的声音在他们那一直是疲惫不堪的耳朵里揭露着。不管他们的谈话有多秘密，总是有着两个难以忍受的见证人：他们看不见的上帝和他们能感觉到的良心。

同穆斯孟德的密谈使伯爵感到奇累无比，因为他总是毫不客气地把自己的主人一同拉进已经犯下或正要犯下的罪恶中去。许多臣子认为最好是干了坏事时，保全主子的面子，把罪责揽在自己身上，甚至经常让主子因似乎反对过一个有利可图的罪恶而聊以自慰，心安理得。极其精明的穆斯孟德则反其道而行之。他很少想显出是个军师，而总是俯首听命。他对主人的灵魂了如指掌，如同他的主人深知他的灵魂一样。因此，他把自己卷进去时，必定把其主子捎带上。伯爵最想看到人头落地的除了舒玛赫，就是穆斯孟德了。他也知道这一点，就像是他的主人跟他说过似的，而且他的主人也明白他知道。

伯爵已经知道了他想知道的事。他很满意。现在该打发走穆斯孟德了。

“穆斯孟德，”他和蔼地笑着说，“您是我仆人中最忠心、最勤恳的一个。一切都挺顺利，这多亏了您的操劳。我提拔您为首相的机要秘书。”

穆斯孟德深深地鞠了一躬。

“不仅如此，”伯爵继续说，“我马上还要第三次替您申请丹布罗格骑士勋章。但我总是担心，您的出身、您的卑微的亲属……”

穆斯孟德的脸红一阵，白一阵，他又鞠了一躬，以掩盖面部的难堪表情。

“去吧，”伯爵说着，伸手让他吻，“机要秘书大人，去写您的申请书吧。它也许会碰到国王情绪好的时候。”

“不管陛下恩准与否，我都对大人的栽培感到惶恐和自豪。”

“您赶紧吧，亲爱的，因为我急着动身。必须更抓紧弄清那个凶汉的情况。”

穆斯孟德第三次鞠躬之后，把门微微打开。

“啊！”伯爵说，“我忘了……您以机要秘书的身份给首相府写封信，要求把勒维格的那个民事代表给撤了，他在镇上对他不认识的外来人干了不少的卑鄙事，有失体统。”

14

夜半朝拜圣物的修道士，
降服一匹战马的骑士，
闻听号角凄厉而死的人，
聆听祈祷那和平之声而死的人，
均是您关怀的对象，
您的关怀同样也施与戴着头盔或是光头秃顶的可怜的人。

——《献给圣昂塞尔姆的颂歌》

“是的，主人，我们确实该去朝拜林拉斯洞。谁会想到我骂他魔鬼的那个隐修士竟会是我们的救命天使？谁会想到那似乎威胁着我们的长矛竟会随时成为我们越过悬崖的桥梁？”

本尼纽斯·斯皮亚古德瑞就是用这些滑稽可笑的话语在奥尔齐涅的耳边絮叨他的欢快，以及他对神秘的隐修士的崇敬和感激的。大家已猜想到，我们的两位旅行者已经出了凶险塔。在我们重新找见他们的时候，他们已经离开维格拉庄挺远的了。正在一条高低起伏的山路上艰难地跋涉哩。那山路满是水坑，或是被暴雨造成的山洪冲到黏湿地上的大石头所阻隔。天还没有亮，只有山路两边岩石上长着的灌木丛像黑色剪纸似的在泛白的天空下显现出来。在这北方晨曦透过清晨冷雾散发出的黯淡而朦胧的弱光中，眼睛可以不同程度地看出一些东西的形状，但却分不出颜色来。

奥尔齐涅沉默着，因为有好一会儿，他一直甜美地迷糊着，只是任随脚步在机械地挪动。他昨晚从斯普拉德盖斯特出来到去孟哥尔摩的那段时间，只是在停靠在特隆赫姆港的一条渔船上休息了有限的几小时，就再也没有睡过。因此，当他的身子在往斯孔根走的时候，他的思绪却飞回到特隆赫姆海湾，飞回到那座阴沉沉的监狱，飞回到关押着他在这个世界上唯一寄托着希望和幸福的那个人的那些阴森的塔楼里。醒着的时候，他脑子里萦绕着对他的艾苔尔的怀念；入睡时，这怀念变成了一种怪诞的幻象，温存着他的梦乡。在睡眠这第二个生命中，只有灵魂存在着，而肉体同所有的物欲全都化为乌有。他在梦中见到了那位亲爱的玉女，虽并不更美，更纯，但却是更加自由，更加幸福，更加倾心于他。只不过，在去斯孔根的路上，并不可能完全达到这种忘却肉体、感官停滞的休眠状态，因为不时地会有一个水洼、一块石头、一根树枝绊着他的脚，使他惊醒，回到现实中来。于是，他抬起头，微微睁开发涩的眼睛，很懊丧从天国神游中复又跌入人间那艰难的旅途，唯一可以欣慰的是那绺秀发紧贴在心口上，只有它在艾苔尔完全属于他之前，在弥补着他那深埋在心底的幻梦。由它而又回想起那美丽奇幻的影像，于是，他重又软绵绵地回到茫然但执著的沉思而非梦境之中。

"主人，"斯皮亚古德瑞更大声地又喊了一声，这喊声加上撞着树干上的声响把奥尔齐涅惊醒了，"您别怕。警吏和隐修士从塔楼往右去了，我们离开他们已经挺远，可以说说话了。真的，我们一直默不做声是对的。"

"说真的，"奥尔齐涅打着哈欠说，"您小心得有点儿过头了。我们离开塔楼和警吏至少有三个小时了。"

"这话不假，公子，不过，小心没大错。喏，在那个该死的班长用沙特恩要吃他的新生婴儿的口气打听谁是本尼纽斯·斯皮亚古德瑞的当儿，假使我自报了家门，而且，在那可怕的当儿，假使我没有谨慎得一声不吭，我现在会在什么地方了，我尊贵的主人？"

"真的，老人家，我相信，那会儿工夫，即使用钳子撬开您的嘴，也甭想从您那儿问出您的名字来。”

“我这么做错了吗，主人？假使我开了口，那个隐修士，愿圣郝斯庇斯和圣犹斯巴德隐士保佑他，就来不及问警吏班长他的班是不是由孟哥尔摩守军士兵组成的了。这个问题并不重要，提出来只是为了争取时间而已。您注意了没有，年轻的主人，在那个愚蠢的警吏做了肯定的答复之后，那个隐修士带着多么奇特的笑容请他跟他一起走的？还对他说他知道潜逃的本尼纽斯·斯皮亚古德瑞躲藏的地方。”

说到这儿，看守停了片刻，像是要振奋一下，因为他突然激动得拖着哭腔又说：

“好心的神甫！德高望重的隐修士！贯彻基督人道和福音善行准则的隐修士！可我却因他那确实挺瘆人的外表而恐惧。可那外表下藏着的是一颗多么美好的灵魂！您还注意到没有，尊贵的主人,他在领走警吏时对我说‘再见’的那口气里有点儿特别的东西？换在别的时刻，这口气会吓我一跳的，但这不是那位虔诚卓绝的隐修士的过错。孤独想必使他的声音变得怪里怪气的,因为我认识，公子，”讲到这儿，本尼纽斯的声音更低了，“我认识另外一个孤独者，那个可怕的活人……不，看在可尊敬的林拉斯的隐修士的分儿上，我不作这种讨厌的比较。戴手套也没有什么特别的，天挺冷，所以戴手套。而他那咸饮料我也不觉得惊奇，天主教隐居士们常常有一些古怪的规矩。主人，就是高加索山的教士、有名的乌伦修斯的诗中所说的那条规矩：

Rivos despiciens, maris undam potat amaram[①].

“我在那该死的维格拉废墟里怎么就没想起这句诗呢？稍有点

① 拉丁文，意为：“他看着海岸，喝着暗黄的海水。”

儿记性，我也就不必吓成那德行了。在那样的一个巢穴里，确实是很难头脑清楚的，是吧，公子？而且又是坐在一个刽子手的饭桌上！刽子手这种人是千人嫌万人恨的家伙，他与杀人犯不同的只是他老杀人，而又老不受惩罚，他的心肠集最凶恶的强盗的残暴冷酷及其至少因罪恶累累而不可能有的怯懦之大成！这种人的手像弹奏乐器似的令可怜虫们的骨骼在拷问架上咔嚓作响。而他正是用这只手给你送上吃的喝的！与一个刽子手呼吸同样的空气！就连最卑贱的乞丐，假如这种肮脏的接触玷污了他，也会厌恶地扔掉抵御严冬、保护病体的最后的遮羞布片的！而大法官，在判决书上盖了印之后，也会把判决书扔到桌下，以示厌恶和诅咒的！在法国，刽子手死了之后，下级司法官吏宁可交四十利弗尔[①]也不愿接替他！在培斯特，死刑犯柯西尔接到免其死罪任命其为刽子手的诏书时，宁愿受死也不当刽子手！尊贵的公子，玛耶斯特里泽的主教图尔梅林让人将刽子手进去过的教堂清洗了一遍，沙俄女皇彼得洛夫娜每次看完行刑回来都要洗洗脸，这些不都是人所共知的吗？您也知道，法国的历届国王为了尊重武士，总是让他们的同伴处罚他们，以便让这些尊贵的人，即使犯了罪过，也不因挨了刽子手的刀而玷辱了名声。最后，这一点是决定性的，那就是在学者梅拉修斯·伊图尔赫姆的那本《圣乔治下地狱》中，卡隆不是让强盗罗宾·任德先刽子手菲利普克拉斯一步吗？……真的，主人，一旦我变得有权有势……这只有上帝知道……我就废除掉刽子手，恢复旧有的规矩和老的处罚税制。杀害一位王公，像1150年那样，罚一千四百四十个双皇室埃居；杀害一个伯爵，罚一千四百四十个普通埃居；杀害一名男爵，罚一千一百四十个低价埃居；杀害一个普通贵族，罚一千四百四十个阿斯卡林；杀害一个市民……”

“我好像听见有一匹马朝我们奔来了？”奥尔齐涅打断他说。

① 法国古代的记账货币，相当于一古斤银的价格。

二人转过头去。当斯皮亚古德瑞在作长篇学术独白时，天早已亮了，他们确实可以看到身后百步之遥，有一黑衣人，一只手朝他们挥动着，另一只手策马奔腾。那是一匹小白马，脏兮兮的，是挪威低矮山地里常见的那种驯过的马或者野马。

“求求您，主人，”胆怯的看守说，“咱们快走吧，我看这黑衣人像个警吏。”

“怎么，老人家，咱们是两个人，见到一个人竟要逃跑！”

“唉！二十只雀鹰见了一只猫头鹰也要逃的。等着一名司法官吏会有什么甜头？”

“谁告诉您那是司法官吏的？”奥尔齐涅眼里毫无惧色地又说，“您放心吧，我的好向导，我认出了这个旅行者是谁了……我们停下吧。”

斯皮亚古德瑞只好让步。不一会儿，骑马人来到他们面前。斯皮亚古德瑞认出了布道牧师亚大纳西·孟德尔的那张严肃而平静的面孔，便不再哆嗦了。

来者笑吟吟地向他俩致意，随即勒住坐骑，气喘吁吁地说：

“亲爱的孩子们，我是为了你们才回来的。我的离去是为了行善，但主肯定不会允许我久久地不在你们的身边，给你们带来损害，因为我的存在是对你们有利的。”

“神甫大人，”奥尔齐涅回答，“我们将很高兴能为您做点儿什么。”

“恰恰相反，尊贵的年轻人，是我想帮助你们。您能否告诉我您此行的目的？”

“尊敬的牧师，我不能。”

“我的孩子，我所希望您的正是不能而非不信任。因为您若不信任，那是我的不幸！那是一个好人只见了一面就怀疑的人的不幸！”

神甫的谦卑和热忱深深地打动了奥尔齐涅。

“我所能告诉您的，神甫，就是我是去看看北部山区。”

“这正是我所猜想的，孩子，因此我才追了来。在这些山区里，有一些矿工和猎人团伙，常常加害行人。”

“怎么啦？”

“喏……我知道，不该劝说要去冒险的高尚的年轻人半途而废……但是，我对您的敬重给了我启发，使我有另一种办法来为您效劳。我昨天把上帝的最后慰藉带给他的那个不幸的伪币制造者是一个矿工。他临死的时候，把这个写着他的名字的文书给了我，说如果我在这些山里旅行的话，这东西能帮助我摆脱任何危险。唉！我是一个可怜的神甫，生和死都同囚犯在一起，再说，inter castra latronum[①]，我只该以上帝的唯一武器——耐心和祈祷——来寻求保护，所以这东西对我又有何用？我之所以没有拒绝接受它，是因为不应用拒绝来伤一个不久即将在世间无所获取也无所给予的人的心。仁慈的上帝启迪了我，使我今天可以把这个文书带了来，让它在你们难以逆料的旅途中陪伴着你们，使临终的人的馈赠成为旅行人的福音。”

奥尔齐涅很感动地收下了老牧师的礼物。

“牧师大人，”他说，“上帝祝愿您的愿望得以实现！谢谢。不过，”他手按剑柄补充说，“我身边已经带着我的通行证了。”

“年轻人，”牧师说，“也许这轻飘飘的文书比您的铁剑更能保护您。苦修士的目光比大天使的利刃都更具威力。别了，我的囚徒们在等着我。但愿您有时候能为他们和我祈祷。”

“神圣的牧师，”奥尔齐涅含着笑又说，“我已经对您说了，您的死刑犯们会得到赦免的。一定能得到的。”

“哦！别说得这么肯定，我的孩子。别考验主。一个人是不了解另一个人的心中事的，而且您也还不清楚总督的儿子将做何决定。也许，唉！他永远也不愿看见一个卑微的牧师待在他的面前。别了，我的孩子。但愿您旅途平安，但愿您有时在您那美好的心灵中记住我这可怜的牧师，但愿您能为可怜的囚犯们祈祷。”

---

① 拉丁文，意为：“在强盗营垒中。”

15

欢迎你，于果。告诉我，你……你可曾见过这么可怕的暴风雨？

——马图林：《伯特伦》

这些可怕的谋杀是怎么干出来的？

——莎士比亚：《罗密欧与朱丽叶》

在紧连特隆赫姆州长房间的一个大厅里，州长阁下的三名秘书刚刚在一张黑桌子前坐定。桌上堆满了文书、证件、印章和文具，桌旁还有一张凳子空着，说明第四位秘书迟迟未来。秘书们已经在那儿沉思了有一会儿了，每个人都在写点儿什么，突然，其中的一人大声说：

“您知道吗，瓦非奈，据说那个可怜的图书管理员佛克斯梯普就要被主教辞退了，因为安格利维尤斯博士写了一封自荐信，您还支持了他的要求哩？”

“您在说什么呢，理查德？”理查德并没有跟他说话的那一个秘书急忙说：“瓦非奈不可能写什么东西支持安格利维尤斯，因为我在念此人的申请给将军听时，将军挺恼火的。”

“这您确实跟我说过，”瓦非奈说，“不过，我在那份申请上看见将军亲自批示了‘tribuatur’[1]。”

“真的？！”另一位大声说。

---

① 拉丁文，意为“同意”。

“真的，亲爱的。而且您跟我谈起过的将军的其他好几个决定的批示也都改了。譬如，在矿工们的请求书上，将军就写了‘negetur’[①]。”

“什么！这我就一点儿也不明白了。将军可是一直害怕这帮矿工的骚动不安的情绪的。”

“他也许是想威慑住他们。我之所以这么想，是因为布道牧师孟德尔为十二名死刑犯提出的赦免申请也被驳回了。”

瓦菲奈与之交谈的那个秘书这时突然站起身来。

“哦，这一回我可不会相信您的。州长心地善良，对这些死刑犯极其怜悯，不会……”

“那好，阿尔蒂尔，”瓦菲奈又说，“您自己看吧。”

阿尔蒂尔接过那份申请书，看到了那倒霉的驳回的签字。

“真的，”他说，“我简直不敢相信自己的眼睛了。我要把这份申请书再次呈送将军。将军阁下是哪一天批示的这些文件的？”

“我想是三天前。”瓦菲奈回答。

“那就是，”理查德低声说，“奥尔齐涅男爵刚一露面又突然神秘地失踪了的那天早上。”

“喏，”瓦菲奈在阿尔蒂尔还没来得及回答便抢先嚷道，“那个本尼纽斯·斯皮亚古德瑞的荒唐可笑的申请上，又是一个‘tribuatur’了！”

理查德放声大笑。

“您是说那个莫名其妙地消失的保管尸体的老看守？”

“是的，”阿尔蒂尔又说，“在他的停尸所里发现了一具肢体残缺的尸体，司法当局正以亵渎罪在追捕他。但当时只有他的帮手、那个矮个儿拉普兰人在场，他同百姓们一样，也认为魔鬼把他当做巫师给抓走了。”

---

① 拉丁文，意为“不同意”。

“这可是个留下美名的人物！”瓦菲奈大笑着说。

他还没笑完，第四位秘书便进来了。

“您真行，古斯塔夫，您今天来得可够晚的，是不是昨天碰巧完婚了？”

“不，”瓦菲奈又说，“他是穿了新大氅，绕远道经过可爱的罗西丽窗下了。”

“瓦菲奈，”新来者说，“要是像您猜的那样就好了。我迟到的原因肯定没那么带劲儿。我怀疑我的新大氅能对我刚拜访过的那些人产生什么效用！”

“那您是打哪儿来呀？”阿尔蒂尔问。

“从斯普拉德盖斯特。”

“上帝可为我作证，”瓦菲奈丢下鹅毛笔大声说，“我们刚才正谈这事哩！不过，随便聊聊，消磨时间还可以，我真想象不出您怎么就进那里去了。”

“更不可思议的是，怎么还在那儿待上一会儿，”理查德说，“亲爱的古斯塔夫，那您究竟看见了什么呢？”

“是呀，”古斯塔夫说，“你们挺好奇的，即使不想去看，但至少却想听听。那惨状你们看了一定会浑身哆嗦的，我要是不给你们描绘一番，那等于是在惩罚你们了。”

三位秘书一个劲儿地催促古斯塔夫；后者在稍稍卖着关子，其实他急于向他们讲述他所看见的事情比他们想知道的心情更加急切。

“喂，瓦菲奈，您可以把我说的再讲给您那位非常爱听可怕故事的小妹妹听了。我是被拥挤的人群拥进斯普拉德盖斯特的。那里刚抬去三名孟哥尔摩守军士兵和两名警吏的尸体。尸体是昨天在离峡谷四法里[1]的卡斯卡迪摩尔悬崖下面发现的。有几名观者肯

① 法国古里，约合四公里。

定地说，这几个不幸的人是三天前派往斯孔根方向追捕潜逃的斯普拉德盖斯特看守的。如果真是这样，我就弄不明白了，这么多带枪的人怎么就被杀了呢？面目全非的尸体似乎证明，他们是被从岩石上推下去的。这真让人毛骨悚然。”

“怎么！古斯塔夫，您看见他们了？”瓦菲奈急切地问。

“现在还历历在目哩。”

“大家猜测这是谁干的呢？”

“有几个人认为可能是一伙矿工干的，而且还肯定地说，昨天在山里，有人听见他们互相联络的号角声哩。”

“真的？”阿尔蒂尔说。

“真的，但有一位老农却推翻了这种说法，说是卡斯卡迪摩尔那边既无矿井也没矿工。”

“那会是谁干的呢？”

“不知道。如果尸体残缺不全，就可以认为是什么猛兽干的，因为尸体上有又深又长的抓痕。前天早上，那场可怕的暴风雨过后，抬进斯普拉德盖斯特的白胡子老头的尸体也是这样。亲爱的列昂德尔·瓦菲奈，就是那场大暴雨使您无法去海湾对岸看望您那拉尔辛山冈的希若①的。”

“好！好！古斯塔夫，”瓦菲奈笑着说，“可那老头是谁呀？”

“瞧他那高身材、长胡须以及两手还紧紧攥着的一条念珠，尽管发现他时全身已被扒光，据说有人认出他是附近的一个什么隐修士，我想大家叫他林拉斯修士来着。很显然，这可怜的人也是被杀害的。但出于什么目的？现在已不再因为宗教信仰而杀人了，而这个老隐修士在这个世界上也只有他的那身粗呢长袍和对世人的仁爱了。”

---

① 希腊神话中达达尼尔海峡北岸的一位美女，海峡南岸的俊俏青年列昂尼德深深地爱着她，每天傍晚顶风战浪过海相会。不幸，在一次渡海中丧生，希若便在其尸体旁投海自尽。

“可您说，”理查德说，“他的尸体同士兵的一样，都像是被一只猛兽爪子撕扯过的。”

“是的，亲爱的。而且，有一个渔夫还肯定地说看见过一名军官的尸体上也有类似爪痕，那尸体是好几天前在乌尔什塔尔海滩附近发现的。”

“这就怪了！”阿尔蒂尔说。

“这真可怕！”理查德说。

“好了。”瓦菲奈又说，“别说了，干活儿吧。我想将军马上就要到了……亲爱的古斯塔夫，我很想去看看这些尸体。如果您愿意的话，今晚走的时候，我们去斯普拉德盖斯特看一看。”

16

曾把他搂在怀里的那个女人……他的母亲，见了他便往后退缩，认不出来他儿子的奇特面容。

——马图林:《伯特伦》

是的，诅咒并结束我那可怕的不祥生命吧！……因为我满怀遗憾而可怕的预感嫁给了他。他那有害的思想以一种潜移默化的魅力毒害了我。在那颂歌中，各种各样的绝望无所不包……慷慨大度些吧！杀了我吧！还我丈夫，还我孩子！还我自身！都说我疯了，可我却清楚地认识你。看着我……我只求一死！由你亲手杀死。你那只手很想赐人以死，可你却不愿赐我一死！

——马图林:《伯特伦》

她本可以轻易地就获得幸福的！在阿尔卑斯山谷里有一座普通小屋，再有点儿家务事，就足以满足她那不高的要求，充实她那温馨的生活。可我，上帝的仇敌，我只有打碎她的心，只有摧毁她的命运，才得以安生。她必须成为地狱的牺牲品。

——歌德:《浮士德》

1675年，也就是说，这个故事发生之前的二十四年，唉！温柔恬静的露茜·贝尔尼尔同英俊魁梧的好青年卡洛尔·斯塔特结婚的那一天，简直成了托克特利全村的一个美好节日。说实在的，他俩已经相爱日久。在两个有情人的强烈愿望，焦虑热盼终于就要变成幸福的日子，全村老少又怎能不同喜同贺呢！他俩生在同一个村，长在同一片田野，孩提时，卡洛尔在两人玩耍之后，又常常在露茜的怀里进入梦乡；而成了少年时，露茜在他俩干完活之后,又常常依偎在卡洛尔的肩头。露茜是当地最腼腆最漂亮的姑娘；卡洛尔则是全区最勇敢最高尚的小伙子。他俩相爱着，可他俩无法回忆得起是从哪一天开始相爱的，就像无法回忆何时开始生活一样的犯难。

然而，他俩的婚事却不像他俩的爱情那样温馨顺当。有家庭利害、世仇、亲属不睦及种种障碍从中作梗。他俩曾被分开整整一年。卡洛尔因远离露茜而悲痛欲绝；露茜则因见不着卡洛尔而以泪洗面，直到喜结良缘的那一天，两人才相逢在一起，可是从此，两人却又一起受苦流泪。

卡洛尔是在把露茜从一个很大的危险中解救出来之后才终于得到她的。有一天，他听见一个树林里有呼救声：是他的露茜遭到一个所有山民都闻风丧胆的强盗的抢掳。卡洛尔勇猛地冲向那个人面妖魔。后者因常发出奇怪的猛兽般的吼叫而被人们唤作“凶汉”。是的，卡洛尔向这个无人敢碰的家伙冲过去。是爱情给了他雄狮般的力量，把他的心上人露茜救了下来，送还她的父亲，于是，她父亲把她许配给了他。

两个恋人结合的那一天，全村都沉浸在欢乐之中。唯有露茜满面愁容。但她还从未像那天那样深情地看过她亲爱的卡洛尔，只是目光里既透着缠绵缱绻又满含忧愁阴郁，在人人皆喜的气氛之中，这倒确实让人惊奇。在她的情人好像越来越幸福的时候，她的眼里却流露出越来越多的痛苦和爱恋。“哦，亲爱的露茜，”卡洛尔在神圣的婚仪之后对她说，“那个强盗的出现虽说是这一带的不幸，但对我来说，却是件好事！”只见露茜在摇头，没有回答。

夜幕降临，众人离去，新草屋中只剩下他俩。村中广场上，为庆祝这对新人百年好合，跳舞耍闹，更加欢腾。

第二天上午，卡洛尔·斯塔特不见了。他亲笔写的字条由科拉山里的一个猎人转交给了露西·贝尔尼尔的父亲。这个猎人是在黎明前遇见他的，他当时正在海滩上徘徊。老威尔·贝尔尼尔便把字条拿去给牧师和民事代表看。就这样，昨晚的喜庆留给露西的只有沮丧绝望悲痛欲绝了。

这场神秘的灾祸使全村人愕然，大家百思不得其解。为卡洛尔的灵魂做的祈祷在教堂里举行；几天前，卡洛尔本人也正是在这座教堂里为自己的幸福唱过感恩歌。谁都不知道是什么使斯塔特寡妇活下来的。九个月的孤独和居丧之后，她生下一个儿子，而就在当天，悬于其上的巨岩塌落，戈林村被砸碎了。

儿子的出生丝毫未能消除母亲的痛楚。吉尔·斯塔特没有任何地方像卡洛尔的。他小时候就爱撒野，这预示着他一生会更加桀骜不驯。有时候，一个野性十足的矮个儿男人——老远见过他的一些山民肯定地说是那个臭名昭著的冰岛凶汉——来到卡洛尔遗孀的那间空寥的小屋，而当时正巧从旁经过的人听见屋里传出女人的叹息和虎啸。那人把小吉尔带走了。几个月过后，他又把他还给了他的母亲，小吉尔比以前更加阴郁，更加吓人了。

斯塔特寡妇对这个孩子既厌恶又疼爱。有时候，她慈爱地把他紧搂在怀里，仿佛他是她维系生命的唯一纽带；有时候，她又恐惧地把他推开，口里呼唤着卡洛尔，她亲爱的卡洛尔。世上无人知晓是什么使她这么心乱如麻。

吉尔年满二十三岁了。他遇见了古特·斯特森，爱她爱得发狂。古特·斯特森有钱，他却很穷。于是，他便去了雷拉斯当矿工挣钱。从此，他母亲就再没有听见他的消息。

一天夜里，她正坐在赖以为生的纺车前纺纱，屋里的油灯快要耗尽，作为她神秘的新婚之夜无言的见证的墙壁也像她一样在孤独愁苦中老朽了。她忧愁地思量着儿子，尽管她深切盼望他的出现，会勾起她的心酸，而且也许还会给她带来更多的痛苦。这位可怜的母亲爱她的儿子，尽管他是个不肖之子。她又怎能不爱他呢？她为他可吃尽了苦头！

她站起身来，去一只旧衣柜顶里面取出已经落满灰尘的生了锈的十字架，用哀求的目光凝视了片刻，然后，突然吓得把它挪开。“祈祷！”她嚷道，“我能祈祷吗？……你只有祈祷下地狱的份儿了，不幸的女人！你是属于地狱的。”

她又陷入忧伤的沉思。这时，有人在敲门。

这可是斯塔特寡妇家的稀罕事，因为，多年以来，由于她生活中的特别事，托克特利全村的人都认为她同鬼魅勾结在一起，因此谁也不敢走进她的小屋。这个世纪这个愚昧的地方真够迷信的！正如斯普拉德盖斯特的看守因懂科学而小有名气一样，她因不幸而得了个巫婆的恶名！

“但愿是我的儿子，是吉尔！”她嚷嚷着冲向门前。

可惜！不是她儿子。是一个身穿棕色粗呢长袍的矮个儿隐修士，风帽压得低低的，只露出黑胡须来。

“圣人，”寡妇问，“您要什么？您不知道您敲的是什么人家的门。”

“当然知道！”隐修士声音沙哑地说，那声音她特别熟悉。

那人扯下手套、黑胡须和风帽，露出一张可怕的脸，一把红胡子和长着令人恶心的指甲的手来。

“哦！”寡妇大叫一声，连忙用手捂住脸。

“怎么！”矮个儿男人说，“都二十四年了，难道你还没习惯看你应该永生永世都欣赏的丈夫吗？”

她惊恐地喃喃道：“永生永世！”

“听着，露西·贝尔尼尔，我给你带来了你儿子的消息。”

“我儿子！他在哪儿？他为什么不来？”

“他无法来。”

“可您有他的消息，我宽恕您了。唉，您竟能给我带来幸福！”

“我给你带来的的确是幸福。”那人低沉地说，“因为你是个弱女人，而且我很惊奇你的肚子能怀上这么个儿子。你就高兴吧。你一直害怕你儿子步我的后尘，现在你就不用再害怕了。”

“什么！”母亲笑逐颜开地喊道，“我儿子，我亲爱的吉尔难道变了？”

隐修士恶笑着看着她那么高兴。

“哦，变了！”他说。

“那他为什么不回到我的怀抱中来？您是在哪儿见着他的？他在干什么？”

“他在睡觉。”

寡妇因欣喜若狂而没有发现矮人那凄厉的目光和可恶的嘲讽神情。

“为什么不叫醒他？为什么不对他说：‘吉尔，同我一起去看你母亲？’”

“他睡得很死。”

“哦，他什么时候回来的？求求您告诉我，我是否很快就能见到他？”

假隐修士从长袍里面掏出一个形状怪异的酒杯来。

“喂，寡妇！”他说，“为你儿子将要归来干杯！”

寡妇吓得大叫一声，那酒杯是人的头盖骨做的。她吓得看也不敢看，一句话也说不出来。

“不，不！”那人突然用可怕的声音吼道，“别扭过脸去，女人。看看，你不是要再见到你儿子吗？我叫你看着！因为这就是他所剩下的一切了。”

他在泛红的灯光下，把她儿子的干而光的头盖骨送到她苍白的嘴唇边。

这颗心灵受到过太多不幸的重创，所以再多一份不幸也压不碎它。她抬起呆滞的眼睛死盯着可恶的隐修士。

“哦，死亡！”她有气无力地说，“死亡！让我死吧。”

“你想死就死吧！……不过，你要记住托克特利的那片树林，露茜·贝尔尼尔；你要记住魔鬼占据了你的身子时，已经把你的灵魂交给了地狱的那一天！我就是魔鬼，露茜，你是我永生永世的妻子！现在，你想死就死吧。”

在这一带信迷信的地方，人们相信鬼魂有时会附在人的身上，过起造孽生灾的生活来。冰岛凶汉臭名昭著，尤以这个可怕的恶名为甚。人们还认为，一个女人因被勾引或被强暴而成为这样一个人面妖魔的受害者，便因不幸而不可挽回地成为他的永世不得翻身的伴侣。

隐修士向寡妇提起的桩桩往事似乎唤醒了她的这些迷信思想。

“唉！”她痛苦地说，“我是在劫难逃了……我到底干了些什么？因为你也知道，亲爱的卡洛尔，我是无辜的。一个姑娘的胳膊是没有魔鬼胳膊的力气大的。”

她继续唠叨着，目光里充满癫狂，而且，她语无伦次，看不见她在说，好像只见她的嘴唇在痉挛地颤动。

“是的，卡洛尔，自那一天起，我就成了不干净但却是无辜的女人。可恶魔竟问我是否记得那可怕的一天！……我的卡洛尔，我根本没有欺骗你，只是你来得太迟了。我先归了他后，才归了你的，唉！……唉！我将永生永世受到惩罚。不，我虽为您而痛哭，却不能去见您。死又有何用？我将同这个恶魔去像他一样可怕的世界，去被天主弃绝者的世界！我究竟干了什么？我活着时遭受的不幸将成为我永生永世的罪孽。”

矮个儿隐修士朝她投去得意而威严的目光。

“啊！”她突然转向他嚷道，“告诉我，您的到来给我带来的是不是什么噩梦？因为您也知道，唉！自从我失身的那一天起，但凡您的魂灵光顾我的不祥之夜，我都要看到一些恶鬼，都要做一些可怕的梦，都要产生一些吓人的幻影。”

“女人，女人，清醒一下吧。真的是我，就像你醒着一样真，就像吉尔已经死了一样真。”

对往日的不幸的回忆仿佛已经在这位母亲的心里磨去了对新的不幸的回忆，但这番话又使她想了起来。

“哦，我的儿子！我的儿子！”她说着，那声音真能让除了听她说话的那个恶人以外的所有的人闻之落泪。

“不，他会回来的，他没有死，我是不会相信他已经死了的。”

“那好！你去问问雷拉斯的岩石吧，是那些岩石把他压死的；去问问特隆赫姆海湾吧，是它把他埋葬的。”

寡妇跪了下去，声嘶力竭地喊道：

“上帝，伟大的上帝！”

“住嘴，地狱的女仆！”

不幸的女人住了嘴。他继续说道：

“别再怀疑了，你儿子确实死了。他犯了他父亲同样的错，因而受到了惩罚。他让他的铁石心肠被女人的媚眼软化了。而我，我虽占有了你，但却从没爱过你。你的卡洛尔的不幸又降临在他的身上……我和你的儿子被他的未婚妻给骗了，被那个他为之而死的女子骗了。”

“死了！”她又说，“死了！这是真的吗？……哦，吉尔，你是因我的不幸而出世的；我在恐惧之中怀上了你，在居丧之中生下了你；你的嘴曾咬破我的乳房；小时候，你就从未回报过我的疼爱，从未像我那样热烈拥抱你那样的拥抱过我；你总是躲着你母亲，推开你母亲，你母亲活在世上是那么的孤独，那么的无人关照！你没有想法让我忘掉往日的痛楚，却反而给我增添新的痛苦。你把我撇下,却去找那个害我生下你而且还守了寡的恶魔。这么多年来，吉尔，你都没有给过我欢乐。可今天，你的死，我的儿子，却让我觉得是最难以忍受的痛苦。今天，回想起你来，我却觉得既快乐又感到安慰。唉！”

她说不下去了，把头蒙在她的黑粗呢头巾下面，只听见她在酸楚地抽泣。

“软弱的女人！”隐修士喃喃道，随即又大声说道，“忍住你的痛苦吧，我就不把自己的痛苦当一回事。听着，露茜·贝尔尼尔，当你还在哭你儿子的时候，我已经开始为他报仇了。他的未婚妻是为了孟哥尔摩守军的一名士兵才欺骗他的。全队官兵都将死在我的手里……你瞧着吧，露茜·贝尔尼尔。”

他捋起长袖子，让寡妇看他那两只沾满血迹的畸形的手。

“是的，”他说着发出虎啸般的吼声，“吉尔的阴魂将在乌尔什塔尔海滩，将在卡斯卡迪摩尔峡谷快活地游荡……喂，女人，你没看见这血迹吗？那该感到安慰了！”

随后，他仿佛突然想起来了似的，转而问道：

“寡妇，有人替我交给你一只铁盒子吗？……怎么！我给你送来了金子，我给你报了仇，可你还哭哭啼啼的！你难道跟我们男人不一样？”

寡妇只顾伤心落泪，没有吭声。

“喂！”他恶笑着说，“你不说不动，难道同其他所有女人不一样，露茜·贝尔尼尔！……”他摇动她的胳膊，让她听他说话，“有没有一个使者给你送来一只封好的铁盒子呀？”

寡妇这时溜了他一眼，摇了摇头，又陷入痛苦的沉思。

“啊！浑蛋！”矮人吼道，“不忠实的浑蛋！斯皮亚古德瑞，这金子要让你付出很大的代价的！”

他随即脱去隐修士的长袍，像只寻找尸体的鬣狗似的嗥叫着冲出茅屋。

17

> 她始终孑然一身，只有一线希望还在支撑着她。她每天都在盼着一封使她得到安慰的信，可是，唉！…
>
> 由于总是孤独一人在俯视大海的小塔里独守青灯，你使自己的精神在恐惧和孤独的阴郁梦幻中恍恍惚惚。
>
> ——《修道院院长》

> 大人，我在梳头，我哭着在梳头，因为您让我孤苦伶仃，因为您去山里了。
>
> ——抒情歌：《属于伯爵的贵妇》

艾苔尔或独自一人在施莱斯威格堡主塔那阴暗的园子里徘徊着，或孤孤单单地在见着她流了那么多的泪水，许了那么多心愿的祈祷室里祈祷，或形影相吊地在长长的走廊里踯躅，有一次竟连午夜钟声都没有听见。她这样已整整地熬了漫长而单调的四天。她的老父有时也陪陪她，但她仍旧感到孤独，因为她真正的终身伴侣没有在她身边。

不幸的姑娘！这颗年轻而纯洁的灵魂究竟干了什么，竟遭受如许的苦难？她被剥夺了交际、名声、钱财，被剥夺了青年人的欢乐，被剥夺了美貌所能带来的辉煌，襁褓之中便已被投进牢房。她伴着成了阶下囚的父亲，自己也成了囚徒，在看着父亲日益衰老中渐渐地长大了。她最痛苦的莫过于尽管她尚未懂得被爱情折磨的滋味，但爱情却叩响了她囚室的门。

只要能有奥尔齐涅在她身旁，自由对她又有何用？她还会知道外面存在着一个世界，她被隔离开了吗？再说，她的世界，她的天空，不就是同她一起存在于这狭小的主塔中吗？不就是布满岗哨的这些塔楼吗？不就是行人仍然投来怜悯的目光的这些塔楼吗？

唉！她的奥尔齐涅又一次离去了。她不能在他的身旁度过那些虽短但却在圣洁的抚爱和纯洁的拥抱中延长的时日了，她只能日日夜夜地为他的离去而哭泣，祈祷他能逢凶化吉，因为一位少女有的只是祈祷和眼泪了。

有时候，她竟嫉羡那些穿过监狱窗口飞来求食的自由燕子的两只翅膀。有时候，她任随思绪飞上疾风吹向北方天空的一片云彩，然后，她突然扭过脸去，遮住双眼，仿佛害怕看见那个巨人般的强盗的出现，害怕看见在其青青的峰巅像纹丝不动的云彩似的驻足天边的一座群山中，开始进行的那场力量悬殊的搏斗。

哦，相爱却又远离爱着的人，这有多残酷啊！很少有人体会到这种无尽的痛楚，因为很少有人爱得如此的深沉。于是，对自己的存在可以说是不闻不问的人，便自寻孤寂忧愁，空寥无着，而为不在身边的那个人，担惊受怕，想象着他身入险境，危机四伏，孤立无援。我们的各种天然官能在变化着消失着，只剩下对所思量的人的无尽眷念，至于周围的一切，都不复存在了。此人在呼吸，在走动，在行动，但却没有思想，仿佛一颗脱离太阳轨迹的游离行星，躯壳在盲目地移动，但灵魂已经出壳。

18

这些凶狠的头领以大盾牌为掩护，用可怕的誓言令地狱闻风丧胆；他们待在刚刚杀死的一头黑公牛旁，全都手沾鲜血，发誓报仇雪恨。

——《底比斯城前的七头领》

挪威海岸边布满狭窄的海湾、小湾、礁石、泻湖和小海岬，简直不计其数，令行人难以记清，令地形学家也失去耐心。根据民间传说，从前，每个地峡都有一个魔鬼出没，每个小海湾都住着一位仙女，每个岬角都有一位圣人保护，因为有种种的迷信传说，所以人人自危。在离北部的瓦尔德霍格岩洞几英里的克尔威尔海滩上的一处地方，据说是唯一一处不受天神地鬼人妖管辖的地方。那是海岸边的一片林间空地，巉岩突兀，岩顶仍可见巨人拉尔夫或拉杜尔夫小古堡的废墟。这片小小的野生草场，西临大海，嵌于覆盖着欧石楠的岩石中间，因其第一位拥有者、那位往日的挪威贵族的英名而得天独厚。有哪位仙女、哪个魔鬼或哪个天使胆敢来到这块往日由巨人拉尔夫占据和保护的领地做客或拿大？

的确，了不起的拉尔夫的名字就足以震慑这些已经是非常蛮荒的地方了。不过，说来说去，回忆毕竟没有鬼魂那么可怕。从未有哪一个受恶劣天气所阻遏的渔夫，把渔船泊在拉尔夫湾时，看见过在岩石高处，有家神在幽灵中间又笑又跳的，也没见过有仙女坐在由萤火虫拉着的磷光闪闪的车上，在欧石楠丛中奔跑，也没见过圣人祈祷完之后便飞升到月亮上去。

不过，要是在那暴风雨过后的夜晚，海浪和狂风把某个迷失方向的水手推到这个好客的小海湾的话，他也许因为看见三个人影而被可怕的迷信吓得魂飞魄散的。那天夜里，那三个人在林中空地中间点了一堆大火，围坐在一起。其中两人严严实实地捂着大毡帽，穿着宽大的皇家矿工的肥长裤。他们手臂一直光到肩头，脚上穿着黄皮靴，系着一条红布腰带，弯刀和长手枪别在腰间。两人都在脖子上挂着一把号角。其中一个年老，一个年轻。老点儿的蓄着密实的胡须，年轻人留着长发，使他俩天生的那严峻冷漠的面容更增添了点儿野性。

这两名矿工的同伴，戴着一顶熊皮软帽，身穿油光锃亮的皮外套，背挎一支火枪，下身穿了一条又短又瘦的短裤，露出膝头，脚穿一双树皮凉鞋，手握一柄冷光闪闪的斧头，一看便知是挪威北部的一个山民。

要是谁老远看见这三个奇怪人影，再加上海风吹动篝火，把忽闪忽闪的红光映在他们身上，也会着实吓一大跳的，即使他不信妖魔鬼怪，他也会相信这是些窃贼，而自己又比诗人稍许阔一点儿。

这三个人常常转过头去看着通向拉尔夫林间空地的林间荒径，而且，从他们偶尔随风飘来的只言片语判断，他们好像在等另外一个人。

“这种时刻，我们要是在旁边的那块草场，在讨厌的土尔比梯贝草场，或者在那边的圣库特贝特小海湾等待格里芬菲尔德伯爵的使者，就不会这么平静安生了，您说是不，肯尼博尔？”

“别那么高声大气的，若纳斯！”山民回答老矿工说，“愿保护我们的巨人拉尔夫永福！但愿老天保佑，别再让我踏足土尔比梯贝林间空地了！有一天，我以为在那儿摘到山楂了，可采摘的竟是曼德拉草，这草开始冒血和吼叫，差点儿把我给吓疯了。”

年轻矿工哈哈大笑。

“的确，肯尼博尔，我也相信那曼德拉草的叫声真的把您那可怜的脑袋吓晕了。”

“你那脑袋才可怜哩！”山民没好气地说，“您瞧，若纳斯，他在笑话曼德拉草，笑得像个在玩死人头颅的疯子。”

“嗯！”若纳斯说，“那就让他去瓦尔德霍格岩洞吧，冰岛凶汉杀掉的那些人的头颅每天夜晚都要去那儿，围着他的干树叶铺的床跳舞，牙齿还咔咔地响，好哄他入睡。”

“这话不假。”山民说。

“可是，”年轻人又说，“我们等候的哈凯特大人不是答应我们说，冰岛凶汉将领头起义吗？”

“他是这么答应的。”肯尼博尔回答，“有了这个凶汉的帮助，我们肯定能战胜特隆赫姆和哥本哈根的所有绿衣兵。”

“那好极了！”老矿工嚷道，“不过，夜间将不是我负责在他身边放哨。”

这时候，欧石楠枯草丛中有脚步声响，三个说话人在注意谛听。他们扭过头去，借助篝火的亮光，认出了新来的人。

“是他！……是哈凯特大人！……您好，哈凯特大人，我们等了您好一会儿了……我们都来了有三刻钟了。”

这位哈凯特大人是个矮胖男子，穿了一身黑，原本开朗的脸上笼罩着一片阴霾。

“很好，朋友们！”他说，“我因为不认识路，加之，还得小心翼翼，所以来迟了……我是今天上午离开舒玛赫伯爵的。这儿有三袋金子，是他让我交给你们的。”

两个老的以这个贫穷挪威的农民所共有的那种贪婪扑向金子，而年轻矿工却把哈凯特递给他的钱袋推了开去。

“留着您的金子吧，使者大人。如果我说我是为了您的舒玛赫伯爵才造反的，那我就是在说瞎话。我之所以造反，是为了让矿工们摆脱皇家监护权，是为了让我母亲床上的被子别再像我们可爱的祖国挪威海岸那样支离破碎的。”

哈凯特大人并没有显得尴尬，反而笑吟吟地回答说：

“那我就把这钱送去给您可怜的母亲吧，亲爱的诺尔比特，让她能有两床新被抵御今冬的寒风。”

年轻人点点头，算是让步了。巧舌如簧的使者连忙补充道：

“不过，千万别再重复您刚才不自觉地说出的话了，别再说什么不是为了格里芬菲尔德伯爵舒玛赫才拿起武器的了。”

“可是……可是，”两个老的喃喃道，“我们只知道矿工受压迫，但并不认识那个伯爵，那个钦犯呀！”

“怎么！”使者激动地说，“你们竟然这么忘恩负义！你们在地下呻吟，没有空气，不见阳光，没有任何财产，成了难以忍受的监护权的奴隶！是谁帮了你们？是谁鼓起了你们的勇气？是谁给了你们金子？难道不是我那卓越的主人，那个比你们更受奴役、更加不幸的尊贵的格里芬菲尔德伯爵？可你们现在，受了他的大恩大德，却不想报答他，去为他赢得自由，同时也为你们自己赢得自由？”

“您说得对。”年轻人插言道，“那就太不仗义了。”

“是呀，哈凯特大人，”两个老头说，“我们将为舒玛赫伯爵而战。”

“勇敢些，朋友们！以他的名义起义吧。把你们的恩人的名字传遍全挪威吧。听着，一切都在支持着你们的正义事业。你们就要摆脱一个可怕的敌人、统治着全州的勒万·德·克努德将军了。由于我尊贵的主人格里芬菲尔德伯爵的秘密力量，这位将军就要被临时召回卑尔根去了。好了，告诉我，肯尼博尔、若纳斯，还有您，我亲爱的诺尔比特，你们的伙伴全都准备好了吗？”

“我古德布兰夏尔的弟兄们，”诺尔比特说，“就等我的信号了。如果您愿意，明天……”

“好，就明天吧。必须让以您为首的年轻矿工首先举起义旗。那您呢，我勇敢的若纳斯？”

“法罗群岛的六百勇士，已经在本那拉格森林吃了三天羚羊肉和熊油了，他们只等着他们的勒维格镇的老队长若纳斯的一声号角了。”

“好极了。那您呢，肯尼博尔？”

“科拉山口的所有那些拿着斧头，攀崖无需护膝的人，只要矿工兄弟们需要他们，便可召之即来。”

“行了。为了增强必胜的信心，告诉你们的伙伴们，”使者提高嗓门说，“冰岛凶汉将是他们的头领。”

“这是真的吗？”三人异口同声地说，语气中既有恐惧又含希冀。

使者回答说：

“再过四天，同一时刻，我将等着你们集合好人马，赶去斯米亚森湖附近的蓝星平原下面的阿普西尔－柯尔赫矿井。冰岛凶汉将陪我一同去。”

“我们会到的。”三个头领齐声说，“但愿上帝别抛弃凶汉将帮助的那些人！”

“上帝方面你们什么也别怕。”哈凯特狞笑着说，“听着，你们将在克拉格废墟中找到一些你们的队伍要用的旗帜……别忘了口号：‘舒玛赫万岁！’‘救出舒玛赫！’……我们得分手了，马上就要天亮了。但先发誓，严守秘密，决不把我们之间的事捅出去。”

三个头领并没回答，只是用刀尖把左臂静脉划开，然后抓住使者的手，各自在他手里滴了几点血。

“您有我们的血了！”他们对他说。

然后，年轻矿工大声说：

“一旦我说出此时此刻在巨人拉尔夫的林间空地上发生的事，那就让我全身的血就像我此刻流出的血那样流淌；让厉鬼像飓风扫小草似的嘲笑我的计划；让我的胳膊在雪耻之时像灌满了铅似的；让蝙蝠栖息我的坟墓；让我活着时鬼魂缠身，死了时受活人亵渎；

让我的眼睛像女人的眼睛一样泪水涟涟。恳请真福圣人们听到我的誓言吧！”

“阿门！”两个老头说。

于是，他们分了手。林间空地上只剩下半明半暗的篝火，微弱的火光不时地映照到巨人拉尔夫的那些孤零零的废塔尖顶上。

19

强盗甲："你快跑吧……这片地方虽大，但没你藏身之处。到处是死亡的危险。"

强盗乙："阿尔多布朗老爷是受其君主委派来追杀你的，整个西西里岛都在捉拿你。"

——马图林：《伯特伦》

泰奥多尔："特里斯唐，咱们从这儿逃吧。"

特里斯唐："这次失宠真怪。"

泰奥多尔："我们会被认出来吗？"

特里斯唐："我不知道，我也挺担心的。"

——洛普·德·维加：《园丁的狗》

本尼纽斯·斯皮亚古德瑞很难想象，是什么原因促使像他的旅伴这样一个健康强壮、似乎还要活很久的年轻人，心甘情愿地去侵犯可怕的冰岛凶汉的。从他俩上路时起，他就经常巧妙地触及这一问题，但年轻的冒险家对他此行的原因讳莫如深。可怜的老头因其古怪伙伴自然而然引起的其他所有疑问也都未能得到满意的答复。有一次，他试着问问他年轻"主人"的家世和姓名。年轻人回答他说："您就叫我奥尔齐涅吧。"他的回答虽不令人满意，但他那口气却不容人再问。那就只好别再问了，因为谁都有自己的秘密，好好先生斯皮亚古德瑞自己不也在他的褡裢和大氅下面深藏着某种神秘的小盒子吗？不是谁要问起他都觉得很不合适很讨厌吗？

他们离开特隆赫姆都四天了，但却并没有走多远。一方面因为大雨，路不好走，另一方面，潜逃的看守认为谨慎起见，多绕点儿小道，避开人烟稠密的去处为好，将近第四天的傍晚，他们把斯孔根甩在右边之后，到了斯帕博湖岸边。

宽阔的湖面映照着夕阳的余晖和夜晚最先升起的星辰，四周矗立着高大的岩石、黑松和大橡树，真乃是一幅阴郁而壮观的图画。

一片湖，晚上从远处看过去，有时会产生一种视觉的奇特幻象，就好像一个巨大的深渊，把地球穿了个透，可以通过地球看见天空似的。

奥尔齐涅驻足观赏着德洛伊教时期的古老森林，它们像头发似的覆盖着高低不平的湖岸；观赏着斯帕博的白垩质小屋，它们像一群各自为政的白羊似的散落在山坡上。他谛听着远远传来的铁匠铺[①]的打铁声，夹杂着神秘的大森林那低沉的啸声，野鸟间断的叫声以及那深沉和谐的海涛声。北边，落日仍映照着的一块巨大的花岗岩石，雄踞于奥埃尔梅小村的上方。岩峰因不堪几座废塔的重负，像被重担压垮的巨人似的弯了下去。

人在忧伤之时，忧伤的景象反倒使他赏心悦目；而他的忧伤又转而使眼前的景色更加凄凉。如果一个不幸的人在日落时分，被扔进蛮荒而高耸的山峦之中，又面临一片阴森的湖泊、一片黑压压的森林，他就可说是透过黑纱巾将看到这种肃穆的场景、这种严峻的大自然。他将感到太阳不是在落山，而是在死亡。

奥尔齐涅默不做声一动不动地在沉思默想。这时，他的同伴大声说道：

“妙极了，公子！在挪威的湖前这么沉思真是太美了，这湖里蝶鱼可是不计其数。”

他的评论及其伴随着的手势，除了一个远离情侣也许再也见

---

① 斯帕博湖的水因适于淬火而闻名。

不着了的情郎之外，谁都会报之以微笑的。博学的看守继续说道：

“不过，请允许我打断您博学的观察，提醒您，太阳落山了，要是想在黄昏前赶到奥埃尔梅村的话，就得赶紧走了。”

他提醒得对。奥尔齐涅又迈开步子；斯皮亚古德瑞紧随其后，一边继续思索同伴不想听的斯帕博湖提供给博物学家们的有关植物学和生理学的现象。

“奥尔齐涅公子，”他说，“如果您相信您忠实的向导的话，您就放弃您那致命的追求吧。是的，公子，您就在这儿，在这那么奇特的湖边住下来，我们可以一起从事一大堆科学研究，譬如，可以研究Stella canora palustris，那是一种奇特的植物，好多学者都认为这是传说中的植物，但恩格利姆主教却硬说他在斯帕博湖边见过它，并听见过它的叫声。此外，我们还可以舒舒服服地住在欧洲的这块土地上，这里蕴藏着大量的石膏，而且特隆赫姆的忒弥斯[①]的刺客们也很少闯到这儿来……这不合您的心意吗，我年轻的主人？好了，放弃您那疯狂的奔波吧。不是我想冒犯您，您的计划既危险又无益处，periculum sine pecunia，也就是说，没有理智，而且是在您本该是考虑别的事情的时候想象出来的。”

奥尔齐涅对可怜的老头的话并不注意，只是像有口才的人那样心不在焉地随便“嗯嗯”地答应着，免得谈话进行不下去。他俩就这样来到了奥埃尔梅村。村中广场上，此刻正发生着一个罕见的情况。

村民们——猎人、渔夫、铁匠——全都走出各自的小屋，奔向一个环形小土台前。土台上已有几个人,其中一人一边吹着号角，一边在头顶上挥动一面黑白相间的小旗。

“这人想必是个什么江湖郎中。”斯皮亚古德瑞说，“am-

① 掌管司法和秩序的希腊女神。

bubaiarum collegia，pharmacopoloe[①]，只会把金子变成铅块，让伤口化脓的可怜虫。瞧瞧去，看他要向这帮可怜的山民兜售什么地狱里的玩意儿？这帮骗子要是只骗骗王公显贵，要是都学学丹麦人波尔克和米兰人波利那两个捉弄得腓特烈三世[②]晕头转向的炼丹术士的话，倒还罢了，可他们既要骗王公们的金银财宝，又不放过农民的小钱。”

斯皮亚古德瑞弄错了。他们走近小土台时，认出一个身穿黑长袍头戴圆而尖的软帽的人是一位民事代表，身边围着几个警吏。吹号角的人是宣读告示的差役。

潜逃的看守惊慌失措，低声喃喃道：

“说真的，奥尔齐涅公子，我进这个镇子时，可没料到会碰上一个民事代表。但愿伟大的圣郝斯庇斯保护我！他要说什么？”

斯皮亚古德瑞很快便明白了：宣读告示的差役那刺耳的声音突然提高，奥埃尔梅村那一小群村民诚惶诚恐地听着。

“特隆赫姆州高级民事代表受州长勒万·德·克努德将军阁下之命，以陛下的名义昭示本州各城镇乡村：

①悬赏冰岛克利普斯塔杜尔出生的杀人犯和纵火犯‘凶汉’的人头，赏金一千皇家埃居。”

听众嗡的一声议论开来。差役继续念道：

“②悬赏缉拿巫师和亵渎犯特隆赫姆斯普拉德盖斯特的前看守本尼纽斯·斯皮亚古德瑞，赏金四皇家埃居。

③本敕令将由各城镇乡村的民事代表在全州公布，以利执行。”

民事代表从差役手里拿过敕令，一副哭腔地庄严地补充道：

---

① 拉丁文，意为“吹笛子卖药者”。

② 腓特烈三世曾受丹麦丹士波尔克的骗，尤其是大上了自称大天使宠儿的米兰江湖郎中波利的当。骗子波利在所谓的斯特拉斯堡和阿姆斯特丹奇迹之后，得意忘形，野心膨胀，胆大包天，竟然骗起王公们来。从汉堡的克里斯汀王后到哥本哈根的腓特烈国王，无不深受其害。

"谁愿意都可以取这二人的性命。"

读者很容易地就可以想象得到，我们那又可怜又倒霉的斯皮亚古德瑞一边听一边紧张。毫无疑问，要是他周围的那群人没有全神贯注地听敕令的第一部分的话，他脸上此刻所流露的恐惧的特别表情势必引起他们的注意。

"悬赏凶汉的头！"拖着湿渔网前来的一位老渔民大声说，"圣乌苏夫作证，他们要是也悬赏贝尔则布特的头也很不错。"

"为了摆平凶汉和贝尔则布特，"一个身穿羚羊皮外套，显然是个猎人的人说，"他们必须出一千五百埃居悬赏缉拿最凶恶的带角魔鬼。"

"荣耀属于圣母！"一个秃脑门在晃悠的老妪，捻着纺锤补充说，"我想看看凶汉的头，看看他的眼睛是不是像大家所说的那样，像两块火炭。"

"对，当然。"另一个老太婆接着说，"他只是看了看特隆赫姆大教堂，那教堂便烧掉了。我可是想看看那妖魔的全身，包括它的蛇尾巴，它的分叉的脚和它的蝙蝠似的大翅膀。"

"这都是谁跟您胡诌的，老妈妈？"猎人神情自负地打断她说，"我可是在梅德西哈特山谷见过那个冰岛凶汉来着。他是同我们一样的人，只不过他身高有如一棵四十年的白杨树。"

"真的？"人群中有一人用古怪的声气说。

这声音吓了斯皮亚古德瑞一跳。声音发自一个矮个儿男人，脸被一顶阔大的矿工毡帽遮着，身上裹着一件灯芯草和海豹毛编的蓑衣。

"说实话，"一个身背大铁锤的铁匠憨笑着说，"不管是用一千或一万皇家埃居悬赏他的人头，也不管他有四只或四十只胳膊那么高，反正我是不会去找他的。"

"我也不去。"渔夫说。

"我也不去，我也不去！"众人都在重复着。

“不过，要是有谁想试试，”那矮人又说，“明天在斯米亚森附近的阿巴尔废墟就能找到冰岛凶汉；后天则可在瓦尔德霍格岩洞找到他。”

“好心人，你能肯定？”

奥尔齐涅和另一个人同时提出这一问题。奥尔齐涅带着除斯皮亚古德瑞之外谁都容易理解的兴趣注视着这一场面；另一个提问的是个比较矮胖的人，穿着一身黑衣服，长着一张喜气的脸，差役的号角刚一吹响，他便从镇上唯一的一家客栈走了出来。

戴大帽子的矮人似乎打量了他俩片刻，然后瓮声瓮气地回答说：

“是的。”

“您凭什么这么肯定呀？”奥尔齐涅问。

“我知道冰岛凶汉所在之处，就像我知道本尼纽斯·斯皮亚古德瑞在哪里一样。他俩此时此刻离这儿都不远。”

可怜的看守吓得魂不附体，几乎不敢看神秘的矮人一眼，总以为他那法国假发遮挡不了自己。他扯了扯奥尔齐涅的大氅悄悄说：

“主人，公子，看在老天的分儿上，求求您，可怜可怜我，咱们走吧，离开这该死的地狱般的镇子吧！”

奥尔齐涅同他一样的惊讶，在注意地审视那矮人；后者背对夕阳，好像故意把脸给挡住。

“那个本尼纽斯·斯皮亚古德瑞，”渔夫嚷道，“我在特隆赫姆的斯普拉德盖斯特见过他。是个高个子……就是只值四埃居的家伙。”

猎手哈哈大笑。

“四埃居！我可不去猎这家伙。一只青狐皮也比他贵。”

这种比较若是换在别的时候，准会让博学的看守冒火的，可这一回却让他心里踏实了。不过，他还是在恳求奥尔齐涅，催他继续赶路，而后者因为已经得知他所必须知道的情况，也想离去，已经在从开始散去的人群中往外走了。

到达奥埃尔梅村时，他们原想在那儿过一夜的，但二人像有了默契似的，匆忙离去，互相间都没有问一下如此急着走的缘由。奥尔齐涅是想早点儿找到那个强盗，而斯皮亚古德瑞则是想尽快地摆脱警吏。

奥尔齐涅为人过于严肃，不会去取笑同伴的倒霉劲儿的。他以一种亲热的口气首先打破沉默。

“老人家，听那个似乎无所不知的矮人的口气，我们明天就能在那个废墟找到冰岛凶汉了。那是什么废墟来着？”

“我不知道……我没有听清楚，尊贵的主人。”斯皮亚古德瑞说。他的确没在撒谎。

“那就只好等到后天到瓦尔德霍格岩洞去找他了？”年轻人继续说。

“瓦尔德霍格岩洞，公子！那的确是冰岛凶汉偏爱的住处。”

“咱们就往那儿去吧。”奥尔齐涅说。

“咱们往左边去，从奥埃尔梅大岩石的后面走，用不了两天工夫就能到达瓦尔德霍格洞穴了。”

“老人家，您认识那个好像非常了解您的古怪的人吗？”奥尔齐涅婉转地问。

随着奥埃尔梅镇的越来越远，斯皮亚古德瑞的恐惧开始减退了，可经这么一问，他又害怕起来。

“不，真的，公子，”他以几近颤抖的声音回答说，“不过，他的声音可真怪！”

奥尔齐涅竭力使他放心。

“您别害怕，老人家。您如果对我尽心尽力，我会很好地保护您的。如果我战胜冰岛凶汉归去，我不仅保证您得到恩典，而且还要把根据法律赏给我的一千皇家埃居送给您。”

诚实的本尼纽斯特别怕死，但他却嗜财如命。奥尔齐涅的许诺好像魔语，不仅祛除了他所有的恐惧，而且激起了他身上的那种饶舌的劲头，于是，他滔滔不绝，手舞足蹈，旁征博引起来。

“奥尔齐涅公子，”他说，“当我将不得不就此问题同奥维－比勒塞勒，也就是说‘饶舌者’辩论时，什么也阻挡不了我坚持认为您是一位理智而可敬的青年。Quid cithara，tuba，vel campana dignius[1]，的确，有什么能比甘冒生命危险去把自己的祖国从一个似乎集魔鬼、强盗和妖怪之大成的恶魔、强徒手中拯救出来更加光荣、更加伟大的呢？……但愿不会有人对我说，有一个卑鄙的目的在驱使着您！尊贵的奥尔齐涅公子把自己拼命换来的赏钱送给他的旅伴，送给将只把他领到离瓦尔德霍格岩洞一英里为止的老头。因为，年轻的主人，您不是答应我让我在苏布村等候您光辉事业的佳音的吗？苏布村就在离瓦尔德霍格的海湾一英里的森林里。当您的辉煌胜利传扬开去的时候，公子，那全挪威都将沉浸在欢乐之中，如同废王威尔孟德从我们现在经过的奥埃尔梅岩石顶上看见他兄弟哈夫丹在孟哥尔摩主塔上点起的表示获救的大火时一样的欢快喜悦。”

奥尔齐涅闻言，立即打断了他：

“什么！从这岩石顶上可以看到孟哥尔摩的主塔？”

“是的，公子，往南十二英里，在我们祖辈称之为‘弗利加矮凳’的群山中间。此时此刻，可以清楚地看见主塔的灯塔。”

“真的！”奥尔齐涅喊道，他激动不已，想再看看他全部幸福所在的那个地方。“老人家，想必有一条道可通向此岩的顶部吧？”

“是的，肯定无疑。那条小道源于我们就要走进的树林，沿一条缓坡而上，直达那光秃的岩顶，然后沿废王威尔孟德的同伴们在岩石上凿就的台阶而上，最后通到废王的城堡。您在月光下能够看到的就是城堡的废墟。”

“那好，老人家，您把那条小路指给我看。我们将在城堡废墟中过夜，在可以看见孟哥尔摩主塔的城堡废墟过夜。”

---

① 拉丁文，意为：“没什么东西比竖琴、小号和铃铛更值得尊敬。”

“您这么想，公子？”本尼纽斯说，“累了一天了……”

“老人家，我将扶您走。我的步子从没这么坚定过。”

“公子，这条小道荒了多年，荆棘丛生，石头也松动了，又是夜晚……”

“我走前头。”

“也许有什么猛兽、什么有毒的动物，或恶魔什么的……”

“我此行不是为避开恶魔的。”

在离奥埃尔梅这么近的地方停留，斯皮亚古德瑞很不高兴；可一想到能看见孟哥尔摩的灯塔，也许还能看到艾苔尔窗前的亮光，奥尔齐涅便精神抖擞，非去不可。

“年轻的主人，”斯皮亚古德瑞说，“相信我，别这么干。我有预感，这会给我们带来不幸的。”

奥尔齐涅主意已定，这请求毫无意义。

“走吧！”他不耐烦地说，“您想想吧，您是保证过为我尽心尽力的。我要您把那条小路指给我看。路在哪儿？”

“我们马上就到了。”看守只好服服帖帖地说。

那条小路的确很快便出现在眼前。他俩上了小路，但斯皮亚古德瑞又惊又怕地发现，高高的野草或倒伏或折断了，废王威尔孟德的那条古道似乎刚刚有人走过。

20

雷奥纳多:“国王宣您。”

昂里克:“怎么回事?”

——洛普·德·维加:《势单力薄》

勒万·德·克努德将军坐在办公桌前，好像在沉思默想。办公桌上散放着几份文件，其中明显有几封刚到的信件。站在他旁边的一个秘书似乎在等候他的命令。将军时而用他的马刺敲敲脚下的豪华地毯，时而漫不经心地摩挲着用勋章链吊在脖子上的大象骑士团勋章。他不时地张嘴想说话，随即又闭上嘴，擦擦脑门，又看一眼满桌子已拆封的急件。

“怎么就!……”他终于嚷道。

这么像下结论似的喊过之后，又是片刻的宁静。

“谁会想到,”他又说,“这帮鬼矿工竟然会这么干?一定是有人暗中煽动他们造反……可您知道吗，瓦菲奈，事态很严重。法罗群岛有五六百浑蛋在一个叫什么若纳斯的老强盗的率领下，已经离开了矿井；一个叫诺尔比特的狂热青年也领着古德布兰夏尔的那些不满分子造反了；在颂德摩尔、胡布法罗和孔斯贝格，那些坏种们只等着一声令下了，也许已经起事了；连山民都卷进去了，由科拉山的最大胆的一只老狐狸肯尼博尔在指挥他们；如果给我写信的民事代表们的话可信的话，据特隆赫姆地区北部的普遍传言，我们悬赏缉拿的那个十恶不赦的坏蛋——冰岛凶汉，在领头造反。这些情况您都知道吗?您对此有何看法，我亲爱的瓦菲奈，嗯?”

“阁下知道采取什么措施……”瓦菲奈说。

“在这不幸的事件中，还有一个情况我弄不明白，据说我们的囚犯舒玛赫成了起义的主谋。这好像谁都不觉得奇怪，可这却是我最最惊奇的。我正直的奥尔齐涅喜欢的人竟然是个叛徒，我觉得很难理解。可是，人们都一口咬定矿工们是以他的名义起事的；他的名字成了他们的口号，成了他们的联络口令；他们甚至把国王剥夺了他的那些头衔又还给了他……这一切似乎都确凿无疑……可是，六天之前，起义最初的真正迹象在矿井中刚刚露头，阿勒菲尔德伯爵夫人怎么就已经知道这所有的细节呢？……其中必有蹊跷……管它呢，必须无所不备。把我的印章拿来，瓦菲奈。”

将军写了三封信，加上封印，交给秘书。

“派人把这几封信送交现正驻防孟哥尔摩的火枪手团上校沃特豪恩男爵，让他的团队火速赶往起事地点……这是一纸命令，是给孟哥尔摩指挥官的，让他加倍监视前首相。我得亲自去巡视并提审那个舒玛赫……还有，把这封信送到斯孔根，给在当地指挥的沃尔赫姆少校，让他带领一部分守军奔赴起义老巢……去吧，瓦菲奈，这些命令，必须迅速执行。”

秘书出去了，留下州长在冥思苦想。

“这一切很令人担忧。”他在寻思，“那边是造反的矿工，这儿是那个诡计多端的首相夫人，还有一个疯子奥尔齐涅……不知他现在何处！……也许他在那帮强盗中间奔波，把阴谋叛国的那个舒玛赫和他的女儿丢在这儿让我保护，为了他女儿的安全，我还好心好意地把奥尔齐涅指控的那个弗烈德里克·阿勒菲尔德所在的连队调走了哩……可我觉得这个连队将完全能够阻遏起义者的先头部队的，它驻防的地点正合适。该连队驻防的瓦尔斯特罗姆就在斯米亚森湖和阿巴尔废墟附近，是起义者必争的地点之一。”

将军想到这儿，突然被开门声打断。

“喂，有什么事，古斯塔夫？”

“将军，有个使者求见阁下。”

“好，又有什么事？准是祸事！……让他进来。”

信使被领进来，把一封信交给州长。

“阁下，”他说，“是总督殿下命我送来的。”

将军连忙拆开信件。

“圣乔治作证。”他猛地一惊，大声地说，“我看他们全都疯了！总督竟请我到卑尔根他那儿去！说是有件急事，是国王的命令……这急事倒是会选时候！……首相‘正在特隆赫姆地区视察，在您不在期间，将代行……’这个代理人我可不怎么信任！……‘主教将辅佐他……’的确，腓特烈真是为这个反叛地区选了两个好管家，两个穿长袍的人：一个首相，一个主教！……好吧，邀请那么急，又是国王的命令，只好去了。不过，我走之前，想见见舒玛赫，审问他一下……我感觉到了，有人想把我拖进乱糟糟的阴谋中去，我有一个从不欺骗我的指南针……那就是我的良心。”

21

好像全都异口同声地指控他有罪。

——悲剧:《该隐》

搅扰有罪的成功时日的这种恐惧来自何方?……为什么血中有一个声音在说话?石头中也有个声音在说话?……

——夏朵布里昂:《基督教真谛》

“是的，伯爵大人，我们今天就能在阿巴尔废墟上见到他。从很多情况来看，我相信这个宝贵情报的真实性，正如我对您说的，那是我昨晚在奥埃尔梅村偶然收集到的。”

“我们离那个阿巴尔废墟还远吗？”

“就在斯米亚森湖畔。”向导保证说，“我们中午前就能赶到。”

两个骑着马裹着大氅的人这么交谈着。在斯米亚森湖和斯帕博湖之间的这片森林中间，有成百上千条蜿蜒狭窄的小路穿插其间，两个骑马人一大清早便踏上了其中的一条。一名山区向导，背着号角、板斧，骑着一匹灰色小马，在头前带路；在他俩身后，是另外四个全副武装的骑手。他俩不时地扭回头去看看这四个骑手，仿佛害怕他们听见他们的谈话似的。

“如果这个冰岛强盗确实待在阿巴尔废墟的话，”两个交谈者中坐骑恭敬地稍稍错后的一个在说，“我们就算先赢了一分，因为难就难在这个抓不到的家伙很难找见。”

“您这么认为，穆斯孟德？要是他不肯接受我们的提议呢？”

“那不可能，阁下！又有金子又不受惩罚，有哪个强盗会拒绝这个的？”

“可您是知道的，这个强盗不是一般的恶棍，所以，别用您的尺度去衡量他。要是他不肯，您又如何实践您前天夜里对那三位起义头领许下的诺言？”

“喏，尊贵的伯爵，如果我们有幸找到我们的那个人，我看就不可能出现这种情况。但如果真的出现这种情况，过两天，一个假的冰岛凶汉将在我们与三个头领约定的时间和地点等我们，也就是在蓝星平原，再说，那地方离阿巴尔废墟不远，阁下难道忘了不成？”

“您说得有理，您总是有理，亲爱的穆斯孟德。”尊贵的伯爵说罢，二人便又都各想各的心事了。

穆斯孟德关心的是让主人情绪好。为了让主人散散心，便向向导提了个问题：

“好汉，那边高处，幼橡树后面矗立的像烂石头十字架的东西是什么玩意儿？”

两眼发呆模样很蠢的向导扭过头去看看，摇了好几下头说：

“哦！主人老爷，那是挪威最古老的绞架，是圣奥拉乌斯国王命人为一名法官建造的，因为该法官与一个强盗相勾结。”

穆斯孟德瞥见他主人听了向导的几句一般的话，脸上流露出一种与他所希望的完全相反的表情。

“这是个很奇特的故事，”向导继续说，“是奥茜大妈讲给我听的。那强盗被责令去绞死那个法官。”

可怜的向导天真幼稚，竟未发现他想借以使他的客人开心的奇遇几乎是对他们的一种侮辱。穆斯孟德没让他再讲下去。

“行了，行了，”他对向导说，“这故事我们知道。”

“狂徒，”伯爵自言自语，“他也知道这段故事！穆斯孟德，你好无耻，我要叫你知道点儿厉害的。”

“阁下在说什么呢？”穆斯孟德一脸讨好相地说。

“我一直在寻思如何才能使您得到丹布罗格骑士团勋章。我女儿乌尔丽克同奥尔齐涅男爵的婚事将是个好机会。”

穆斯孟德一再表示谦逊和感激。

“对了，”伯爵又说，“谈谈咱们的事吧。您认为我们召其临时回来的命令送达那个梅克伦堡人了吗？”

读者也许记得伯爵习惯这么称呼勒万·德·克努德将军。后者的确是梅克伦堡人氏。

“谈咱们的事！”穆斯孟德不高兴地在心中暗想，好像我的事就不是“咱们的事”了！“……伯爵大人，”他大声回答说，“我想总督的信使此刻应该到达特隆赫姆了，因此，勒万将军马上就要动身了。”

伯爵亲热地说道：

“亲爱的，召他回来是您的一个高招，是您设想得最好执行得最妙的计谋之一。”

“这荣誉既属于我也属于阁下。”穆斯孟德反驳道。正如我们已经说过的，此人一心要把伯爵扯进他所有的阴谋诡计中去。

伯爵深知其心腹的这种鬼主意，但他却想装着不知道。他微笑着说：

“我亲爱的机要秘书，您总是这么谦虚，不过，没有什么可以使我无视您的卓绝贡献的。艾尔菲格把守特隆赫姆，而那个梅克伦堡人又不在特隆赫姆，这就保证了我在那儿的胜利。我现在是该州的首脑了，只要冰岛凶汉接受我想亲自授予他的起义指挥权的话，在国王眼里，平息这场令人不安的起义并抓住这可怕的强盗的光荣就将归于我了。”

他俩这么悄悄地谈论着。这时，向导回过头来。

“两位主人老爷，”他说，“在我们左边就是那座小山，正义国王彼奥尔就是在这座山上命人当着全体将士的面砍下‘双舌人’维隆的脑袋的。维隆就是那个叛徒，他支走了真正觐王的人，而把敌人弄进营地，以便显得是他独自一人救驾的。”

古挪威的所有这些故事，穆斯孟德好像都不感兴趣，他突然打断了向导：

“好了，好了，好心人，闭上嘴，继续赶路，别回头了。一些破屋或枯树让您回想起的一些愚蠢的故事与我们有什么相干？您的那些老太婆们说的故事让我主人心烦。”

他说的倒是真的。

22

现在是狮吼之时，是野狼吠月之时，而农夫却在打鼾，他已累得精疲力竭。烧尽的木柴还在炉中闪光；猫头鹰发出凄厉的叫声，唤起躺在痛苦之中的不幸的人们，对一块黑纱的回忆，这是夜阑时分，坟冢悉数启开，鬼纷纷逃出，在坟间小径游荡。

——莎士比亚：《仲夏夜之梦》

他们来到路边松林，占卜了一下吉凶，情况不妙。善良的努格诺－萨利多对此十分忧伤地说："咱们回我们的萨拉城堡去吧。别再走远了，我们的预兆不妙，一只老鹰抓住了一只猫头鹰，猫头鹰在拼命地叫。乌鸦呱呱哀叫，咱们别走远了。"

——《拉拉的七个孩子》

咱们回过头去看看。我们曾经说到奥尔齐涅和斯皮亚古德瑞在月亮升起之时，正挺艰难地攀登奥埃尔梅弯岩的圆顶。这块巨岩的弯处光秃秃的，于是挪威农民便称之为"秃鹫脖"，远远看去，这巨大的花岗岩石还的确挺像那个形状。

随着他俩攀上岩石的光秃部分，森林渐渐变成了欧石楠丛。苔藓替代了野草；犬蔷薇、染料木和枸骨叶冬青代替了橡树和桦树；高山上，植被稀少，说明峰顶在即，也说明人们称之为山梁的土层愈见单薄。

"奥尔齐涅公子，"斯皮亚古德瑞说，他那灵活的头脑仿佛在不停地使他生出各种各样的念头来，“上这山坡挺累人，能跟着您到此，非得忠心耿耿不可……我好像看见右首那边有一朵美丽的convolvulus[①]，我真想能仔细瞧瞧。怎么就不是个大白天呢？您知道吗，对一个像我这样的学者，只出四埃居简直是太不像话了。不错，著名的费德尔是奴隶出身，而伊索，如果我们相信博学者普拉努德的话，也被当成牲口或东西似的在集市上出售。可谁能不因为与伟大的伊索有点儿关系而自豪呢？”

“要是同那有名的凶汉有关系呢？”奥尔齐涅笑吟吟地说。

“看在圣郝斯庇斯的分儿上，”看守回答，“别随便提他的名字。我向您发誓，公子，我可不去作这种比较。不过，他的头颅的赏金会落到他倒霉的伙伴本尼纽斯·斯皮亚古德瑞手里，这难道不是怪事一桩吗？奥尔齐涅公子，您比杰森更高尚，他并没有把金羊毛送给阿尔戈号的船长[②]。当然，您的事业我还不能完全猜出其目的，但它并不比杰森的行动的危险性小。”

“不过，”奥尔齐涅说，“您既然认识冰岛凶汉，那就告诉我一些有关他的情况吧。您已经告诉我说，他不是像大家所普遍认为的那样是个巨人。”

斯皮亚古德瑞打断了他。

“别说了，主人！您没听见我们身后有脚步声响？”

“听见了。”年轻人平静地回答，“您别紧张，那是什么野兽，我们一靠近，便吓跑了，蹭得荆棘丛哗哗地响。”

“您说得对，年轻的恺撒，这些林子里很久没有人迹了！听那沉重的脚步声，那野兽一定挺大的。是头驼鹿或驯鹿什么的。挪威的这一带地方这种动物不少。这里还可见到薮猫。我还看见过哩，

---

① 拉丁文，意为“旋花”。

② 希腊神话故事。杰森的父亲王位被其叔父篡夺。杰森长大成人后，为父报仇，受其叔父刁难，命其取回金羊毛。杰森在众希腊英雄的帮助下，乘阿尔戈号取回金羊毛。

是被带到哥本哈根的一头薮猫，个头大极了。我得给您描绘一番那只凶狠的动物。”

“亲爱的向导，”奥尔齐涅说，“我倒是希望您能给我描绘一番另一头不太凶狠的怪兽——那可恶的凶汉。”

“小声点儿，公子！年轻主人说出这样的一个名字竟如此的随随便便！您不知道……上帝！公子，您听！”

斯皮亚古德瑞边说边靠近奥尔齐涅。后者确实也清楚地听见一种类似某种野兽的吼声。如果读者还记得的话，这种吼声在他们离开特隆赫姆的那个暴风雨之夜，曾经把胆小的看守吓得魂不附体。

“您听见了吗？”看守吓得喘息不定地悄悄问道。

“当然，”奥尔齐涅说，“但我看不出您为什么发抖。这是野兽的叫声，也许就是您刚才说的那种薮猫的叫声。您此时此刻穿过这样的一个地方，还指望您所打扰了的当地主人们会不警告您一下？我敢说，老人家，它们比您还要害怕。”

斯皮亚古德瑞见年轻人仍旧镇定自若，自己也就踏实了一些。

“好，公子，很可能又是您说得对。不过，这叫声太像一个人的声音……恕我直言，公子，您想上威尔孟德城堡的念头差矣。我担心我们在‘秃鹫脖’上遇到不幸。”

“只要是同我在一起，您就一百个放心吧。”奥尔齐涅回答说。

“哦，您真是天不怕地不怕。不过，公子，只有幸运的圣保罗才能捉住毒蛇而不被咬着的……当我们踏上这该死的小道时，您难道没注意到，这条道刚刚有人走过，而且人走过后踩倒的野草还都没来得及立起来哩。”

“说实在的，这一切我并不太惊奇，而且，我情绪的稳定并不取决于一根野草弯多或弯少。我们就要走出灌木丛了，再也听不见脚步声和野兽的叫声了。我的好向导，我不想要您鼓足勇气，而想叫您攒足气力，因为在岩石上开凿的小道想必要比这条道更加难走。”

“公子，那不是因为路不陡，正如博学的旅行家苏克森所说，路上岩石碎块或大石头很多，没法搬开，也不容易通过。特别是我们快走到的那个玛拉埃尔暗道过去不远，就有一块巨大的三角形花岗岩，我一直很想见识见识它。舒宁硬说在它上面发现过三个古北欧原始字母。”

两个旅行者攀登秃岩已经有一会儿了。他俩来到一座倒塌的小塔前，必须穿过塔去。斯皮亚古德瑞让奥尔齐涅注意这座塔。

“这就是玛拉埃尔暗道，公子。这条硬挖出来的路上有好几个稀奇的建筑，显示我们挪威小城堡的古防御工事是个什么样子。这条暗道一直由四名武士把守，是威尔孟德要塞的第二道前沿工事。有关暗门或暗道，僧人乌伦修斯有其独到的见解：‘janua’[①]一词，源自‘janus’[②]，janus 神庙有一些很有名的门，这不就产生了‘janissaire’这个词，也就是说，‘苏丹门卫’的意思吗？历史上最温和的王子的名字要是传给了世界上最凶狠的士兵，那该是挺奇怪的事。”

看守唠叨着他的科学废话。他俩挺艰难地走在滚动的石头和锋利的石子上，还常常踩着岩缝间有时长着的那又短又滑的野草。奥尔齐涅想着又能见着那么远的孟哥尔摩，便喜上眉梢，忘了疲劳。突然间，斯皮亚古德瑞嚷叫起来：

“啊！我看见它了！看上一眼，再累也值了。我看见了，公子，我看见了！”

“看见谁了？”奥尔齐涅问，他此刻正在想他的艾苔尔哩。

“嗨！公子，舒宁说的那个三角形金字塔呗！除了舒宁教授和伊斯莱夫主教，我将是有幸观察它的第三个学者了。不过，真讨厌，

---

① 拉丁文，意为“门”。

② 古意大利的双面神。

只能在月光下看。”

斯皮亚古德瑞走近那块有名的岩石，既痛苦又恐惧地“啊”了一声。奥尔齐涅很惊讶，饶有兴味地询问他为何又激动起来。但这位考古学家看守呆了好一会儿才回答他。

“您原以为这块岩石挡住了道，”奥尔齐涅说，“而恰恰相反，它根本就没有挡道，所以您应该高兴才是。”

“正因为如此我才很失望的！”本尼纽斯惨兮兮地说。

“怎么啦？”

“怎么！公子，”看守又说，“难道您没看见这锥形岩石被挪动地方了吗？您没发现原先压在小道上的底部现在朝天了，而舒宁发现古北欧原始字母的那一面正好倒在了地上了吗？……我真倒霉！”

“的确是倒霉透顶！”年轻人说。

“这还不算，”斯皮亚古德瑞连忙又说，“这块巨岩的被挪动说明这儿有什么非凡的人存在。除非是魔鬼，要不然挪威只有一个人的膂力能够……”

“我可怜的向导，您又惊恐万状了。谁知道呢，也许这石头一个多世纪以来一直是这样的？”

“确实，自最后一个观察者研究过它之后已经一百五十年了，”斯皮亚古德瑞比较平静些了说，“不过，我觉得它是刚被挪动过的，它原先的那地方还湿乎乎的哩。您瞧，公子。”

奥尔齐涅急不可耐地要赶到废墟，便把他的向导从神奇的金字塔旁边拉开，跟他讲了不少道理，才驱散了这个老学者因石头的奇怪挪动而产生的恐惧。

“听着，老人家，等您拿到凶汉人头带来的那一千皇家埃居的时候，您就可以定居在这座湖边，从从容容地去从事您的那些重要研究了。”

“您说得对，尊贵的公子，不过，别说得这么轻巧，胜利与否还在两可之间哩。我得给您提个忠告，以便您能更容易地战胜那个妖魔。”

“忠告！什么忠告？”

“那强盗，”看守不安地四周看看后悄悄地说，“那强盗腰里别着一颗头盖骨，他习惯用它来喝水。那是他儿子的头盖骨，他儿子的尸体就是我因此而受到追捕的那具尸体。”

“大声点儿说，别害怕，我听不清楚。什么！那头盖骨？……”

“就是那头盖骨。”斯皮亚古德瑞俯在年轻人耳朵边说，“您必须把它夺过来。那妖魔对它不知有什么迷信想法。当他儿子的头盖骨到了您的手里，那您就可以爱拿他怎样就怎样了。”

“这倒挺好，老实人，不过怎么才能把那头盖骨夺过来呢？”

“智取，公子。等那魔鬼睡着了，也许就……”

奥尔齐涅打断了他。

“够了。您的忠告帮不了我。我不要知道敌人是不是睡着了。我只凭我的剑去搏斗。”

“公子，公子！没有谁能证明大天使米歇尔不是运用智谋打败撒旦的。”

说到这里，斯皮亚古德瑞突然打住，两只手向前伸出，声音微弱地喊道：

“哦，天哪！哦，老天！前边的那是什么呀？您看呀，主人，是不是一个矮人在我们前面这同一条路上走呀？”

“真的？”奥尔齐涅抬眼望过去说，“我什么也看不见。”

“什么也看不见，公子？……的确，小路转弯了，他消失在这块大岩石后面了……我求您了，公子，咱们别再往前走了。”

“其实，如果那个所谓的人这么快就无影无踪了，这就说明他并不想等着我们，而如果他溜了，那我们不能因此也得溜掉。”

“圣郝斯庇斯，保佑保佑我们吧！”斯皮亚古德瑞说。他凡是遇到危险情况，都要想起他所崇奉的主保圣人。

“您肯定是把一只惊起的猫头鹰的影子当成了人。”奥尔齐涅补充说。

“可我认为确确实实是看见了一个矮人。的确，月光常常产生一些古怪的幻影。梅尔纳格的老爷巴尔丹就是在月光下错把他的白床幔当成了他母亲的影子的，这便促使他第二天去向克里斯提亚尼亚的法官承认自己犯了弑母罪，这帮法官当时正要宣判死者的无辜侍从的死刑。因此，可以说是月光救了这个侍从的性命。”

谁都不像斯皮亚古德瑞那样只想到过去而忘了现在。他那浩瀚的记忆中的每件事都能驱散他对眼前事物的一切印象。因此，巴尔丹的故事消除了他的恐惧。他又以一种平静的口吻在说：

“可能这月光也使我看错了。”

这时候，他俩已经到了“秃鹫脖”的顶上，又开始看见废墟的顶端了，而他们往上爬时，因为弯曲的岩石挡住，未能看见。

如果说我们在挪威的山顶常可看到废墟的话，读者大可不必惊奇。但凡到过欧洲山区的人，都能常常看到一些要塞和古堡的残垣，宛如废旧的秃鹫巢或其他猛禽窝似的吊在高耸入云的悬崖峭壁顶上。特别在挪威，在我们所说的那个世纪，这类凌空建筑既多种多样又不计其数，令人惊叹。时而是一些毁坏了的长墙，宛如腰带绕着一处山岩；时而是一些尖细的小塔，似皇冠一般兀立在峭壁顶上；时而是一群巨塔围着一个主塔，耸立在一座高山的白雪皑皑的顶上，老远望去，好似一顶罗马教皇古老的三重冕。在一座哥特式隐修院的一些细瘦的尖形拱廊近旁，可以看到撒克逊教堂的埃及式的粗大廊柱；在一个异教头领的方塔城堡附近，有着一位基督教老爷的带雉堞的要塞；在一座年久失修的山寨旁边，可以发现毁于战火的修道院。混杂着式样独特、今已失传的建筑的所有这些建筑，大胆地建于看上去高不可攀的地方，留下来的只是一些残垣断壁，以资证明人类的既强大无比又微不足道。也许在这些墙垣之中，发生过比今天世上所流传的故事更加可歌可泣的事情，但是，往事已然消逝，目击者的眼睛也已闭上，传说也随着年深日久而像留不住的火一样熄灭了，还有谁会去探究那古代的秘密呢?

我们的两位旅行者此刻到达的那座废王威尔孟德的城堡正是迷信传说中惊奇故事，神奇冒险最多的城堡之一。这些湮没在已变得比石头还硬的水泥中的石子墙，使人一看便知该城堡始建于公元五六世纪前后。五座塔楼中只有一座还高高耸立着；其他的四座都或多或少地毁坏了，碎石断砖落满岩顶，其间有一些残垣相连，依稀可见城堡内墙中的院落往日的界线。这内墙被石块、大片岩石和各种小灌木所堵塞，很难进到里面去。那些灌木长满各个废墟，攀到倒塌的墙垣之上，或把它们的那些柔软的枝条垂在悬崖下面。据说，月光下，常有一些蓝盈盈的魂灵揪着这一根根的枝条荡来荡去，那都是自己投进斯帕博湖的人的有罪的魂灵，而湖精则把云彩绕在枝条上，待太阳出来时，把这些魂灵带走。这都是一些可怕的传说，但一些渔夫趁海狗[①]入睡，大胆地把渔船划到奥埃尔梅巨岩下时，曾不止一次地亲眼见到过。那巨岩在黑暗之中，在渔夫们的头顶上越变越大，仿佛一座大桥折断了的桥拱。

我们的两位冒险家不无艰辛地从一处裂缝钻进城堡墙内，因为原先的大门被废墟填没。我们所说的那唯一立着的塔楼，在巨岩的顶端。斯皮亚古德瑞对奥尔齐涅说，从这塔楼顶端就可以看见孟哥尔摩灯塔。尽管此刻漆黑一片，他们还是朝那儿走去。月亮已完全被一大片乌云给遮住了。他俩正要翻过另一堵墙的缺口，以便进到城堡的第二座塔内，这时，本尼纽斯一下子站住不走了，他一把抓住奥尔齐涅的胳膊，手抖得十分厉害，连年轻人也跟着颤抖起来。

“怎么啦？……”奥尔齐涅惊奇地问。

---

① 渔夫们害怕海狗，因为海狗会吓跑鱼群。

本尼纽斯没有回答，只是更加使劲地捏着奥尔齐涅的胳膊，仿佛在叫他不要出声。

“可是……”年轻人又说。

本尼纽斯又捏了他一把，不禁深深地叹了一声。年轻人决定耐心地等他的恐惧过去再说。

斯皮亚古德瑞终于压着嗓门说话了：

“怎么样！主人，您看是不是？”

“什么呀？”奥尔齐涅问。

“是吧，公子，”对方用同样的口气继续说，“您现在很后悔上这儿来了吧！”

“不，真的，我的好向导，我真希望还往上爬哩。您为什么要我感到后悔？”

“怎么，公子，您难道一点儿也没有看出来？……”

“看出来什么？”

“您什么也没看出来？”老实的看守重复道，声音是越来越颤抖。

“真的是没有呀！”奥尔齐涅不耐烦地回答，“我什么也没看见，我只听见您吓得牙齿直磕碰的声音。”

“怎么！那边，那堵墙后面，黑影里面，像彗星一样亮的两只眼睛，在死盯着我们哩。您一点儿也没看见？”

“真的没有看见。”

“您没看见它们在移来动去，忽上忽下，最后消失在废墟中间？”

“我不知道您想说什么？再说，那又有什么关系？”

“怎么！奥尔齐涅公子，您知道吗，在挪威，只有一个人的眼睛像这样在黑暗中闪亮的？”

“行了，管它哩！这个长着两只猫眼的人是谁？是不是您的那个可怕的冰岛凶汉？要是他在这儿，就太好了！省得我们往瓦尔德霍格跑了。”

这声“太好了”，斯皮亚古德瑞听着很别扭，他情不自禁地惊叹一声，道出了他内心的秘密：

“啊！公子，您答应过我，让我留在离搏斗地点一英里的苏布村的。”

善良而高尚的奥尔齐涅明白了，微笑着说：

“您说得对，老人家，让您搅和到我的危险中来不公平。不过，您什么也别怕了，因为您到处都看得见这个冰岛凶汉。难道在这些废墟中就不可能有什么野猫，眼睛同那人的眼睛一样闪亮的？”

斯皮亚古德瑞第五次放下心来，或者是因为他觉得奥尔齐涅的解释确实合情合理，或者是因为他年轻同伴的镇定多少感染了他。

“啊！公子，要是没有您，我在攀登这些岩石时可能死了不下十次了……说真的，没有您，我也不会冒这个险。”

月亮钻出了云层，他们看见了最高的那座塔楼的入口；他们已到了入口的下面。他们掀起一层厚厚的藤蔓，钻了进去，落了一身睡着了的壁虎和一窝窝不祥之鸟。看守拾起两块石头子，击出火花，点着奥尔齐涅捡来的一堆枯叶和干枝。霎时腾起了一股熊熊火光，驱走了他俩周围的黑暗，使他们看清了塔楼里面的情况。

塔楼里只剩下一堵环形墙，很厚实，长满藤蔓和苔藓。上面四层的楼板都相继坍塌，把底层弄成了一个巨大的瓦砾堆。一座没有扶手的窄楼梯，有好几处都折断了，呈螺旋形盘在墙的内壁上，直通塔顶。火光初起，一大群灰林鸮和白尾海雕便凄厉地叫着，笨重地惊飞了，一些大蝙蝠不时地飞来，灰翅膀掠过火苗。

“这儿的主人并不太欢迎我们，”奥尔齐涅说，“但您也不必再害怕了。”

“我，公子，”斯皮亚古德瑞在火边坐下又说，“我会怕一只猫头鹰或蝙蝠?！我一直同死尸生活在一起，都没怕过吸血鬼。啊！我怕的只是活人！我承认，我不勇敢，但我也不迷信……喏，您如果相信我，公子，咱们别去理会这群黑翅哑嗓的女人了，还是考虑一下晚餐吧。”

奥尔齐涅一心想着的是孟哥尔摩。

“我这儿还有点儿吃的，”斯皮亚古德瑞从大氅里面取出他的褡裢说，“不过，如果您的胃口同我的一样的话，那这块黑面包和哈喇了的奶酪很快就消灭光了。我看得出来，我们将不得不远离法国国王、俊美王菲利普规定的标准：Nemo andeat comedere proeter duo fercula cum potagio[①]。这座塔楼顶上一定有海鸥或野鸡的窝，可是怎么才能上去呢？这楼梯颤颤悠悠的，顶多只能经得起气精[②]。”

“可它必须经得住我才行，”奥尔齐涅说，“因为我一定要到这座塔楼的顶上去。”

“什么！主人，去掏海鸥窝？……求求您了，别这么蛮干。别为了贪嘴而送命。再说，您可能会搞错的，掏的是灰林鸮的窝。”

“我会为您的那鸟窝劳神？您不是告诉我说，从这座塔楼顶上可以看见孟哥尔摩的主塔吗？”

“这是真的，年轻的主人。在南面。我看出来了，您是想为地理学确定这个重要地点的，所以才不顾劳累登上威尔孟德古堡。不过，请您想一想，尊贵的奥尔齐涅公子，一个热心学者的职责有时可能使人不辞劳苦，但绝不是不畏艰险。我求求您了，别冒险登这可恶的破楼梯，连乌鸦都不敢在它上面栖息的。”

本尼纽斯根本不想一个人待在塔楼下面。他站起来抓住奥尔齐涅的手，放在膝头上的褡裢掉在石头上，发出一声脆响。

“褡裢里什么东西这么响？”奥尔齐涅问。

斯皮亚古德瑞极忌讳这个问题，所以他不再劝他年轻同伴别上楼顶了。

---

① 拉丁文，意为：“大家将只吃两餐菜汤。”

② 中世纪高卢和日耳曼神话中的空气中的精灵。

“好了，”他没有回答年轻同伴的问题，只是说，“既然您不顾我的恳求执意要登上楼顶，那就小心点儿楼梯的裂缝吧。”

“可是，”奥尔齐涅又问，“您那褡裢里到底是什么，怎么会有金属的响声？”

这种不识趣的追问令老看守大为不悦，他打心眼儿里诅咒提问的人。

“嗨，尊贵的主人，”他回答道，“一只不值钱的破铁皮盘子碰到了石头发出的响声，又有什么值得您操心的呢？——既然我没能说服您，”他急忙补充一句，“您就快去快回吧，要紧紧攥住墙上的藤蔓啊。您将看到孟哥尔摩的灯塔就在南面的两个‘弗利加矮凳’中间。”

斯皮亚古德瑞这番话说得再巧妙不过了，使年轻人一心只想登上楼顶。奥尔齐涅脱去大氅，奔向楼梯；看守眼睛盯着看他上楼，直到最后，只见年轻人像个模糊的影子似的，在篝火抖动的亮光和月亮那不动的光亮勉强映照到的塔楼顶上，隐隐绰绰地飘移着。

这时候，斯皮亚古德瑞又坐了下去，拾起他的褡裢。

“我亲爱的本尼纽斯·斯皮亚古德瑞，”他说，“趁这个小猞猁看不见您，只有您独自一人的时候，赶紧砸碎这个妨碍您，o-culis et manu[①]，占有其中必定藏有宝贝的不合适的铁皮玩意儿吧。宝贝一旦从这牢房中脱身而出，带着就没那么重了，也更容易隐藏了。”

他已经拿起一块大石头，准备砸开盒盖，正在这时，一道亮光落在盒子的铁封印上，这位古董专家的看守立刻住了手。

“古钱币学家圣威尔布罗德保佑，我没有弄错，”他连忙擦了擦生锈的盒盖大声说，“这正是格里芬菲尔德的纹章。我简直是疯了，差点儿把这印章给砸了。这也许是1676年被刽子手砸碎的那些有名的纹章中所剩下的唯一的纹章了。见鬼！可别动这盒盖。不管

① 拉丁文，意为“用眼睛和用手”。

里面藏的东西有多值钱，除非是完全出乎意料，里面藏着巴尔米拉[1]的钱币或迦太基[2]的勋章，否则，这盒盖肯定更加宝贵。我现在成了格里芬菲尔德现已废去的纹章的唯一拥有者了！……把这宝贝好生藏起来……我也许将能找到打开它的秘密，用不着去破坏文物。格里芬菲尔德的纹章！哦，是的！这个就是象征法律之手，唇形底面上的天平。我交上好运了！”

他每次擦去旧封印上的锈迹，在纹章学上有新的发现时，都要赞叹地大叫一声或满意地欢呼一下。

“要是有溶剂，我就可打开锁而不弄碎封印了。这无疑是前首相的财宝……要是有谁因为那四个普通埃居的引诱而认出我来，把我抓去，我很容易便能赎回自己来……这么说来，这个幸运之盒将能救我的命。”

他这么自言自语着，机械地抬起头来……突然，他那张滑稽的脸表情倏忽间便从狂喜变成了惊呆恐惧。他浑身筛糠，眼睛发直，眉头蹙起，嘴巴张大，声音好似被吹灭的火光堵在喉咙里出不来。

在篝火的另一边，正对着他站着一个矮人，双臂搂抱着。可怜的看守从他那带血的兽皮服，他的石斧，他的红胡须以及他那虎视眈眈地逼视着自己的目光，一眼便认出来那可怕的人就是他在特隆赫姆的斯普拉德盖斯特最后一次接待的那人。

“是我！”矮人神色可怕地说，“这盒子将能救你的命！”他吓人地嘲笑着补充说，“斯皮亚古德瑞！这是去托克特利的路吗？”

倒霉的老头想说点儿什么。

“托克特利！……老爷……我的主人老爷……我正要去那儿……”

“你是在往瓦尔德霍格去！”对方声若响雷般地说。

---

① 叙利亚中部著名的古城名。

② 古代著名的奴隶制国家，位于今突尼斯北部地区。

斯皮亚古德瑞吓坏了，鼓足了全部勇气才否定地摇了摇头。

“你给我领来一个敌人。谢谢！又将要少一个活人了。你别怕，忠心的向导，他是会跟你走的。”

不幸的看守真想大吼一声，但却只是模糊不清地哼唧了一下。

“你为什么害怕见我？你一直在寻找我的呀！……听着，别出声，不然就要你的命。”

矮人在看守头上挥了一下石斧，然后声音像激流涌出山洞似的从胸中迸出，继续说道：

“你背叛了我。”

“没有，大人，没有，阁下……”本尼纽斯好不容易吐出了这几句哀求的话。

对方发出低沉的咆哮声：

“啊！你还想骗我！甭想……听着，当你在同那个疯子订条约时，我正在斯普拉德盖斯特的屋顶上。你两次听见的声音，都是我。你在暴风雨途中听见的也是我；你在维格拉塔楼见到的也是我；跟你说‘再见’的还是我！”

吓掉了魂的看守茫然地朝四周看了看，好像在求援似的。矮人继续说道：

“我当时不想放过那几个追踪你的士兵。他们是孟哥尔摩团的……可你，我当时还不能毁了你……斯皮亚古德瑞，你在奥埃尔梅村再次见到的那个戴矿工毡帽的还是我。你在爬这些废墟时听见的脚步声和叫声，你看到的眼睛，也都是我！”

唉！倒霉的看守对此已深信不疑了。他扑倒在地，跪在可怕的法官面前，憋足了嗓子，撕心裂肺地高喊：“饶命啊！”

矮人始终搂抱着双臂，眼睛血红，比篝火更加炽烈地定睛望着他。

“求你期待的这个盒子救你一命呀！”矮人嘲笑地说。

“饶了我吧，老爷！饶了我！”已无人气的斯皮亚古德瑞重复着。

“我曾叫你老实点儿，别说出去，可你并不老实；我敢断言你今后一定能守口如瓶了。”

看守听出了这几句话可怕的弦外之音，长长地叹了口气。

“你用不着害怕。”矮人说，“我不会让你同你的财宝分开的。”

说完，他解下腰带，穿进盒子的环扣里，就这样把盒子挂在斯皮亚古德瑞的脖子上，把他的头压弯下来。

“好了，”对方又说，“你想把你的灵魂交给哪一个魔鬼？赶快喊它吧，免得另一个你不喜欢的魔鬼抢在它的前面把你的灵魂夺了去。”

绝望的老头一句话也说不出来，跪在矮人面前百般地表示哀告和害怕。

“不，不！”矮人说，“听着，忠实的斯皮亚古德瑞，别因为就这么撇下你年轻同伴独自一人而难过。我答应你，你去哪儿，他将到哪儿。如果你跟着我，你只要给他指指道儿就行了……走吧！”

说完，他用两只铁臂将可怜的看守掳出塔楼，好似猛虎抓走一条长长的水蛇。不一会儿，废墟里响起一声大叫，随即爆发出一阵可怕的笑声。

23

是的，我们完全可以从忠实的情郎那泪眼中看出他离别他的心上人后所留下的哀伤。可是，唉！那期待、那分手的场面，那思念、那温馨而辛酸的回忆，那爱着的人的甜美梦想，有谁能归还给他呢？

——马图林：《伯特伦》

与此同时，爱冒险的奥尔齐涅在危险地往上爬的时候，一次次地差点儿摔下去，最后，终于爬到塔楼那厚实的圆墙顶上。他的突如其来，一下子惊动了废墟里的一些百年的黑猫头鹰，一只只斜着飞逃了出去，还扭过头来紧盯着他。被他的脚踢着的一些石头滚动着，掉下深渊，碰着突岩，弹跳着，发出低沉而空远的声响。

换在别的时候，奥尔齐涅本会久久地任随自己的目光和思绪在那因夜色浓重而更加深不见底的深渊中游移。他的目光在注视着天边那朦朦胧胧的月色微微显现的大片的阴影时，本会久久地在云烟缥缈的悬崖和山峦中搜寻；他本会把月光下显得更加巍峨、更加怪诞的夜雾笼罩的突兀群山想象得更加栩栩如生；他本会以其智慧用言语来表达在夜深人静时大自然赋予所有这一切没有生命的声音。但是，尽管这场景不知不觉地在触动他的身心，可他心里却装满着其他一些思绪。他的脚刚一踏上墙头，眼睛便转向南面天际，当他瞥见那两座山脚那边，像一颗红星似的在天边闪烁着一个亮光时，有着一种说不出的快乐在激动着他……那是孟哥尔摩的灯塔。

不会品尝生活的真正欢乐的人将不会明白年轻人所感受到的

幸福。他的心充满幸福，在激烈地跳动着，仿佛呼吸都快停止了。他一动不动，两眼直视着那颗充满慰藉和希望的星辰。他觉得，这个亮光，在夜色苍茫之中，来自他全部幸福之所在，给他带来了他的艾苔尔的什么东西。啊！无需怀疑，人有时会穿过时空，灵犀相通的。现实世界即使在两个相爱的人中间筑起壁垒也属枉然；他们生活在理想之中，分离时心心相印，死去时重又聚首。对于两颗用同样的思想和共同的愿望紧紧地连在一起的心灵来说，肉体的分离、有形的距离又能怎样呢？……真正的爱情可能经受磨难，但绝不会死亡。

谁没在雨夜成百次地徘徊在透着微光的窗下？谁没有在某人门前踱来踱去？谁没有绕着一户人家痴迷地踯躅？谁没有在夜晚突然转身追到寂寥的小街窄巷，去盯着一个在阴影处一下子认出的穿着薄裙戴着白纱的女子？凡是没有这么激动过的人可以声称自己从未爱过。

奥尔齐涅面对远方孟哥尔摩的灯塔在沉思默想。最初的喜悦之后，随之而来的是一种聊以自慰的凄凉之感，万千情思涌上了心头，心乱如麻……他心想："是呀，人必须久经艰难跋涉，最终方能在茫茫黑夜之中看到幸福之所在……她就在那儿！她睡了，她入了梦乡，她也许在想念我！……可是，有谁会告诉她，她的奥尔齐涅此刻正忧愁孤独，立于深渊上的黑暗之中？她的奥尔齐涅只是怀里揣着她的一缕秀发，只是看见天边的一个模糊的亮点！……"然后，他溜了一眼从墙隙中漏出来的楼下那堆熊熊篝火的红光，喃喃道："也许她正从牢房的一个窗口漫不经心地朝远处的这堆火光瞥了一眼。"

突然间，一声大叫和一阵大笑仿佛从他脚下的深渊里传了上来，他忽地扭过身去，看到塔楼内已空无一人。他立即担心起老看守来，急匆匆地奔下楼去。但他刚走下几级楼梯，只听见一声闷响，仿佛一个沉重的身体落在深深的湖水里似的。

24

萨尔达纳的老爷桑索·迪亚兹伯爵，在狱中洒下痛苦的泪水。他颓丧绝望，孤寂无奈地抱怨阿尔丰斯国王。“哦，凄凉时刻，白发使我想起我在这座可怕的监牢里度过了多少年月！”

——西班牙恋歌

为了激发她的心灵，我枉费了心机，在这块冰冷的心田上，我思想之花不会绚丽可人。

——席勒:《堂·卡洛斯》

“你是谁？”

“你没看出来？是一个被幸运从轮子高处推下来，跌跪在你面前的人……可你呢，负责监视我的士兵，你是谁呀？……你哪儿弄成的这副模样？……”

——洛普·德·维加:《势单力薄》

敌人的凶残使我意志坚定，不可动摇，但朋友对我的责备则使我担心害怕。

——阿拉伯诗人阿布塔伊伯

夕阳西下，天际的余晖在舒玛赫的呢袍上，在艾苔尔的绉纱裙子上，投下了窗栏的黑影。他俩坐在尖顶拱形的高窗旁，老人坐在一张大的哥特式扶手椅里，姑娘坐在他跟前的一只小凳上。老囚犯好像以他喜爱的姿势坐着，在忧愁地沉思默想。他双手捂着他那皱纹密布的秃脑门儿，只能看见他那杂乱地垂于胸前的白胡须。

“父亲，”想尽办法使他宽心的艾苔尔说，“我的父亲大人，我昨晚做了一个梦，梦见将来幸福美满……您看，您抬起头来，我尊贵的父亲，您看那美丽的天空。”

“我只从牢房窗口看天，”老人回答，“如同我通过自身的不幸来看您的未来一样，艾苔尔。”

他那刚抬起片刻的头随即又垂在手中，二人便都不做声了。

“我的父亲大人，”姑娘一会儿后又怯生生地说，“您是不是在想奥尔齐涅公子？”

“奥尔齐涅……”老人仿佛在思索她在说谁似的说，“啊！我知道您想说谁了。怎么啦？”

“您认为他很快就会回来吗？他走了已经很久了。已经是第四天了。”

老人忧伤地摇了摇头。

“我想，当他走后，我们盼到第四个年头时，他回来的日子就将同今天一样的近了。”

艾苔尔面色苍白。

“上帝！难道您认为他不会回来了？”

舒玛赫没有回答。姑娘以哀求和不安的语调追问了一遍。

“他不是答应过会回来的吗？”老囚犯突然说。

“是的，确实，父亲！”艾苔尔急忙回答。

“就是呀！您怎能指望他会回来呢？他不是男人？我相信，秃鹫将会回到死尸身边来的，但我不相信垂暮之年会春回大地。”

艾苔尔见父亲又伤心起来，反倒放心了。在她少女的童心中，有一个声音在有力地驳斥着老人那忧伤的哲理。

“父亲，”她铿锵有力地说，“奥尔齐涅公子会回来的，他不像其他的男人。”

“您怎么知道，女儿？”

“因为您自己也很清楚这一点，我的父亲大人。”

“我什么都不知道。”老人说，“我听见一个男人说了一些神明才会去做的大话。”

随后，他又苦笑着补充说：

“我对此考虑过，我看到这事太高尚了，难以置信。”

“可我，父亲大人，正是因为它是高尚的，我却相信。”

“啊！女儿，如果您是您本该是的那个人，童斯贝格伯爵小姐和渥琳公主，您的身边就会围着一群英俊的小人和见利忘义的追求者，那么，您的这种轻信对您就会是个很大的危险。”

“我的父亲大人，这不叫轻信，而是信心。”

“不难看出，艾苔尔，您有法国血统。”

这么一想，老人不知不觉地回忆起一些往事，所以他挺高兴地继续说道：

“因为那些把您父亲一撸到底的人无法阻止您是塔朗特公主莎洛特的女儿，无法阻止您的一位叔伯祖母是弗朗德勒伯爵夫人阿岱尔，或称艾苔尔，您也叫她的名字。”

艾苔尔在想别的心事。

“父亲，您把尊贵的奥尔齐涅看扁了。”

“尊贵的！女儿，您对这个词是怎么理解的？我曾把那些小人造就成了尊贵的人。”

“父亲，我并不是说他因出身高贵而尊贵。”

“您难道知道他出身一位 jarl 或 hersa[①]吗？”

“我同您一样不清楚，父亲。他也许是，”她垂下头去继续说，“农奴或仆从的儿子。唉！马车踏板的天鹅绒上还绘有皇冠和竖琴哩。

① 在格里芬菲尔德创立正规的贵族头衔之前，挪威的贵族们都用 hersa（男爵）或 jarl（伯爵）这两个头衔。

我只不过是想根据您的意思说，尊敬的父亲大人，他心地高尚。”

在艾荅尔所见过的人中，奥尔齐涅是她最了解又最不了解的人。他出现在她的生活中，可以说犹如那些人们第一次见到的天使们，既光彩夺目又神秘莫测。天使们出现的本身便显示了它们的本质，因为人们崇拜它们。因此，奥尔齐涅让艾荅尔看到的是人们深藏不露的东西——他的心。他对人们喜欢吹嘘的东西——他的祖国和他的家庭——守口如瓶；他的目光就足以使得艾荅尔对他的话深信不疑。她爱他，她把生命交给了他，她了解他的心灵，但却不知道他的底细。

“心地高尚！”老人重复道，“心地高尚！这种高尚优于国王钦赐的高尚，那是上帝赋予的。上帝不像国王们那样滥施高尚。”

说到这儿，老囚犯抬眼望着他那被砸碎了的纹章补充说道：

“而且上帝也从不把它收回。”

“因此，父亲，”姑娘说，“凡是保有一种高尚的人即使失去另一种也能聊以自慰。”

这句话使她父亲心头一颤，使他恢复了勇气。他语气坚定地又说：

“您说得对，女儿。但您不知道，世人认为不公平的失宠有时却在我们的良心中被认作是有其道理的。这就是我们可悲的天性。一旦落难，我们心中便升腾起得意时沉默不语的各种各样的声音，来谴责自己的过失和错误。”

“您别这么说，我卓绝的父亲！”艾荅尔深受感动地说，因为从老人那哽咽的声音中，她感觉到他流露出他深藏在心中的一种痛苦。

她抬眼望着父亲，亲吻他那冰凉多皱的手，复又温柔地说：

“您过分严厉地评判了两个尊贵的人，奥尔齐涅和您，我尊敬的父亲。”

“您的断语太轻率了，艾荅尔。好像您并不明白生活是件严肃的事。”

“我还豪爽仗义的奥尔齐涅一个公道，这难道做错了不成，父亲？”

舒玛赫满脸不悦地蹙起眉头。

“女儿，您这样崇拜一个您想必永远再也见不到了的陌生人，我很不赞成。”

“哦！”被这句冷冰冰的话猛击了一下的姑娘说，“别这么认为。我们会再见到他的。他不是为了您而去铤而走险的吗？”

“我承认，我起先像您一样被他的许诺所打动，不过他是绝不会去的，所以他不再会回到我们这儿来了。”

“他会去的，父亲，他会去的！”

姑娘说这句话的口气咄咄逼人。她感到侮辱奥尔齐涅就是侮辱自己。唉，在她的内心深处，她对自己所说的是太有把握了！

老犯人似乎并未激动，他又说：

“好了！即使他去大战那个强盗，即使他甘冒这个危险，反正都是一回事，他也是回不来了。”

可怜的艾苔尔！……一颗忧伤破碎的心上的隐痛有时会被一句无意中说出来的话刺得难以忍受！她低下她那苍白的面庞，不让他父亲那冷峻的目光看见不由自主地从肿胀的眼皮下逸出的两滴泪水。

“哦，父亲！”她喃喃道，“在您这么说的时候，也许那个高尚的不幸之人正在为您而拼死搏斗哩！”

老首相表示怀疑地摇摇头。

“我既不相信也不愿意他这样；再说，我这样何罪之有？我本来要对这个年轻人不义的，就像那么多人对我忘恩负义一样。”

艾苔尔没有回答，只是深深地叹了口气。舒玛赫俯身写字台，继续心不在焉地翻看面前的蒲鲁达克的《名人传》。这本书已有二十多处被撕破了，上面写满了批注。

不一会儿，开门的声音传了过来，舒玛赫没有转身，像往常一样喝令道：

“别进来！走开，我不愿意任何人进来。”

“是州长阁下到！”守卫回答道。

确实，一位老人身穿将军礼服，脖子上戴着大象骑士团、丹布罗格骑士团和金羊毛勋章链，在向舒玛赫走来；后者抬抬屁股，喃喃地重复道：“州长！州长！”将军恭恭敬敬地向艾苔尔致意；姑娘站在父亲身旁，焦虑而胆怯地看着他。

在继续往下说之前，简略地提一提勒万将军前来孟哥尔摩探访的动机也许不无裨益。读者应当没有忘记，在这个真实故事的第二十章里的那些使老州长苦恼不堪的坏消息。将军一听到这些消息，脑子里首先想到的是应该审问一下舒玛赫，但他在这样决定时，心里不免极其厌恶。一想到要去折磨一个已经够苦的而且他曾见其权势显赫的可怜囚犯，要去严酷地窥探其不幸，甚至犯罪的秘密，他那颗善良而豪爽的心里就不是个滋味。可是，为了效忠国王，又不得不去；如果不能从审问这个看上去是矿工起义的煽动者身上获得新的线索，他是不能离开特隆赫姆的。因此，动身前的那天晚上，同阿勒菲尔德伯爵夫人秘密地长谈之后，州长只好去探访这个囚徒了。在去城堡时，他考虑着国家利益，考虑着他的许多仇敌可能诬他疏忽，也许还考虑到首相夫人的那些诡谲的话语，这促使他变得强硬。因此，在他登上施莱斯威格雄狮堡时，已想好了严厉的计划。他决心同谋反者舒玛赫交锋时，就像从不知道他曾是格里芬菲尔德首相似的，一定要把自己过去的一切记忆，甚至自己的性格全部抛弃，像一个铁面无私的法官那样处理这个曾深得圣宠权势显赫的老同僚。

可是，刚一踏进前首相的房间，老人那虽阴郁但可敬的面容便使他激动；艾苔尔那虽高傲却温柔的面庞也使他怜惜。因此，一见这两个囚犯，他的厉害劲儿已去了一半。

他向倒台的首相走过去，本能地伸出手去，没有注意对方对他的礼貌并不答理。他说：

“您好，伯爵格里芬……”从前这么称呼惯了，可他立即意识到了，马上改口道，“舒玛赫大人！”他随即打住，对这么改了口，既感到满意又感到精疲力竭。

他停了一会儿，在脑子里思索用什么比较严厉的话语才能不失身份地对付这开始的僵局。

“这么说，”舒玛赫终于开了口，“您就是特隆赫姆州州长？”

将军没想到被自己要审问的人发问，有点儿惊奇，但还是点了点头。

“这样的话，”老囚犯又说，“我要向您提出控告。”

“控告！控告什么？控告什么？”尊贵的勒万脸上流露出饶有兴趣的表情。

舒玛赫满脸怒气地继续说：

“总督有令，我可以在这所监狱里自由行动，不受打扰。”

“我知道这道命令。”

“州长大人，可有人竟然闯进监狱里来烦我。”

“谁呀？！”将军大声说道，“把这人的名字告诉我，他竟敢……”

“就是您，州长大人。”

这番话口气高傲，刺伤了将军。后者几乎是怒气冲冲地回答道：

“您忘了，凡是有关效忠国王的事，我的权力是不认人的。”

“但应尊重不幸的人，”舒玛赫说，“可有人却不懂得这一点。”

前首相如是说，仿佛是在自言自语，但州长听见了。

“不是不懂，不是不懂！我错了，伯爵格里芬……我是说，舒玛赫大人，我有权势了，应该让您有权生气。”

舒玛赫沉默片刻。

“州长大人，”舒玛赫若有所思地又说，“从您的面容和声音来看，您有点儿像我从前认识的一个人。那是很久以前的事了。只有我还记得起那个时代。我当时正春风得意哩。那人名叫勒万·德·克努德，梅克伦堡人氏。您认识那个疯子吗？”

“我认识他。”将军并不激动地说。

“啊！您想起他来了。我还以为人只有身处逆境时才想得起别人哩。”

“他是不是皇家卫队的一名上尉？”州长继续说。

“是的，一名普通上尉，尽管国王很喜欢他。不过，他只想玩乐而无野心，是个十分古怪的人。怎能想象一个沐浴皇恩之人会如此不思高升呢？”

“可以想象的。”

“我很喜欢这个勒万·德·克努德，因为他不使我感到担心，他并没有因为是国王的朋友而自傲，好像他只是因为个人爱好才喜欢国王的，而绝不是为了飞黄腾达。”

将军想打断舒玛赫，但后者仍执意在说，或许是因为逆反心理，或许是这一回忆确实让他开心。

“您既然认识这个勒万上尉，州长大人，您想必知道他有个儿子，很小的时候就死了。但您知道这孩子出生时出了什么事吗？”

“我对他死的时候所发生的事记得更清楚！”将军用手捂住眼睛，哽咽着说。

“可是，”无动于衷的舒玛赫继续说，“这事很少有人知道，而且这正好说明那个勒万的古怪离奇。国王本想把那孩子放进洗礼盆，可您想得到吗，勒万不干？尤有甚者，他竟选了一个在宫廷门口的老乞丐做了孩子的教父。我始终没弄明白他这个疯癫举动的原因何在。”

“我来告诉您吧。”将军回答，“那个上尉在给他儿子的灵魂选择一个保护人时，一定在想，在上帝面前，一个穷人要比国王更加强大有力。”

舒玛赫想了一下说：

“您说得对。”

州长还想把谈话引到他此行的目的上来，但舒玛赫止住了他。

“求求您，如果那个梅克伦堡的勒万您真的认识的话，那就让我谈谈他吧。在我声名显赫时见过的所有的人中，他是唯一让我回忆起来既不讨厌又不憎恶的人。尽管他特别得意达到了荒唐的程度，但却品德高尚，不失为一个不可多得之人。”

“我可不这样想。这个勒万同其他人没有什么两样的，甚至有很多人都比他强。”

舒玛赫抱着双臂，抬头望天。

“是呀，他们全都是这德行！别人不能在他们面前赞扬一个值得赞扬的人，不然他们立刻就往他脸上抹黑。他们竟然把恰如其分地赞扬人的乐趣都给败坏掉。不过，他确实是个挺难能可贵的人。”

“如果您了解我的话，您就不会指责我是贬损勒万将军……勒万上尉的人了。”

“听我说，听我说，”老囚犯说，“要说忠诚和仗义，再没有第二个人像那个勒万·德·克努德的了。不这么看，那既是贬损他，也是毫无节制地赞颂这可憎的人类！”

“我向您保证，”州长竭力在平息舒玛赫的怒火说，“我对勒万·德·克努德并无丝毫的恶意。”

“别说这个。尽管他疯癫荒唐，但所有其他人都远不如他。他们虚假、无义、嫉妒、谗言。您知道勒万·德·克努德把他的一半收入捐给了哥本哈根的各个医院吗？”

“我不知道您也知道这事。”

“还是呀！”老人得意扬扬地大声说，“希望我不知道那可怜的勒万的义举就好放心大胆地恣意贬损他了！”

“不，不！”

“您以为我不知道，他把国王交给他的团队让给了在决斗中打伤了他勒万·德·克努德的一个军官，因为他说对方比他资格老？”

“我还以为这事没人知道哩。”

“那您告诉我，特隆赫姆州州长大人，是否因此这事就不漂亮了？难道因为勒万隐瞒他的品德，就可以否定他的品德了？哦！人怎么都这个样！竟然把他们自己同高尚的勒万混为一谈。勒万在无法拯救一名被确认想谋杀的士兵之后，把一笔年金赠送给了想杀他的那人的遗孀了。”

“嗨！谁都会这么做的。”

舒玛赫闻言，憋不住了。

“谁？您！我！所有的人，州长大人！因为您穿着漂亮的将军服，胸前挂着一些光荣的牌牌，您就以为自己了不起了？您是将军，可怜的勒万到死也只是个上尉。他的确是个疯子，不考虑自己的升迁。”

“如果说他自己没有想到，那么，仁慈的国王却为他考虑到了。”

“仁慈？不如说是公平！如果还可以说一个国王是公平的话。好吧！国王给了他什么非凡的犒赏了？”

“陛下给予勒万·德·克努德的奖赏超过了他的贡献。”

“好极了！”老首相拍着手大声说，“一个忠诚的上尉，效忠了三十年后，也许刚刚被提升为少校，而这种崇高的奖赏使您不悦了吧，尊贵的将军？有句波斯谚语说得好，夕阳嫉羡初升的月亮。”

“如果您老是打断我……我就无法向您解释……”将军说。

舒玛赫气极了，将军的这番话他听不进去。

“不，不！”舒玛赫继续说，“将军大人，我乍看见您，以为您同善良的勒万有点儿像，其实，一点儿也不像！”

“不过，听我说……”

“听您说！听您跟我说勒万·德·克努德不配受到那点儿可怜的奖赏！”

“我向您发誓，不是……”

“我猜得出你们这种人，您马上就要告诉我说，他同你们一样，也是骗子，伪君子，恶人。”

“真的不是这意思。”

“谁知道呢？也许他背叛了朋友，迫害了恩人，就像你们大家所干的那样？……要不就是毒死了他的父亲，或者杀害了他的母亲？”

“您弄错了……我根本没想……”

“是他促使副首相温德以及审我的三名法官希尔、艾丁和有审判权的拉森，决心不判我死刑的，这您知道吗？可您还想要我冷静地听您污蔑他！是的，他是这么对待我的，可我以前却总是伤害他多于帮助他，因为我像你们一样，既卑鄙又凶恶。”

尊贵的勒万在这场特别的谈话中，感到一种挺怪的激动。他既受到最直接的侮辱，又受到最真诚的赞扬，不知采取何种态度去对待如此难受的恭维，去对待那么多的舒心的辱骂。他既恼怒又动情。他忽而想发作，忽而想感谢舒玛赫。他人在面前却未被认出，因此他喜欢看到气呼呼的舒玛赫通过他并针对他在为一个不在场的朋友辩护。只不过他希望他的辩护者在他的辩护词中少加点儿苦涩和辛辣。不过，在他的内心深处，对勒万上尉的热烈赞扬深深地打动了他，胜过对特隆赫姆州州长的辱骂对他的刺伤。他亲切慈爱地注视着被贬谪的宠臣，决定任凭他把愤怒和感激一吐为快。后者在对人类的无情无义大加痛斥之后，终于由颤抖不已的艾苔尔搂着，筋疲力尽地跌坐在扶手椅里，一边还凄苦地在说：“哦，人哪！我都对你们干了些什么，才使得我认识了你们？”

将军还没能涉及他前来孟哥尔摩的重要话题。用审问来折磨犯人的厌恶之情又浮现出来。除了他的怜悯和感动之外，又增加了两个相当有力的理由：首先，舒玛赫心情激动，不可能希望他令人满意地回答问题；再者，就事情本身而言，自信的勒万觉得他不可能是个阴谋家。可是，没有审问舒玛赫又怎么好离开特隆赫姆呢？作为州长，他身不由己，犹豫不定，所以他尽量使语气变得缓和，开始审问：

“请您不必动气，舒玛赫伯爵。”

好心的州长灵机一动，想出了这个称谓，好像是既考虑到对被贬谪的判决又照顾到他的面子，所以把他的贵族头衔和庶民姓氏连在了一起。州长继续说道：

“我觉得是一种艰难的职责让我前来……”

“首先，”老囚犯打断他说，“请允许我，州长大人，再跟您谈一件事，这比阁下要对我说的一切事都使我感兴趣。您刚才跟我肯定说，那个傻勒万的效忠已经得到报酬了，我倒是很想知道是怎么个报酬。”

“格里芬菲尔德大人，陛下把勒万提升为将军，二十多年来，这个老疯子身居军事要职，享有国王的恩泽，晚年安康。”

舒玛赫低下了头说：

“是的，一辈子当上尉也不在乎的这个傻勒万，老来竟当了将军，而那个本打算当一辈子首相的聪明的舒玛赫到老却成了要犯。”

老囚犯一边这么说，一边用双手捂住脸，从干瘪的胸脯中吐出一声长叹。艾苔尔听不明白他俩的谈话，只知道父亲因此而很伤心，便连忙为他排忧遣愁。

“父亲，您瞧那边，北面，有一点儿亮光在闪烁，可前几天晚上我并没发现有。”

夜色浓重，遥远的天边确有一微弱的亮光，仿佛是从远方的某处山峦上发出来的。但舒玛赫的目光和思绪并不像艾苔尔的那样，老是朝向北方，所以他没有吭声。只有将军为姑娘的这一发现所震惊……他寻思，这也许是反叛者们点起的火。这么一想，他立即想到此行的目的，便冲老囚犯说：

“格里芬菲尔德大人，我很遗憾，得打扰您，但我必须承受……”

“我懂，州长大人，我在这监狱里打发时日，过着屈辱和无着的生活，只能对昔日的显赫权势进行痛苦的回忆，但这还都不够。还必须让您来践踏我的孤寂，窥探我的痛楚，取笑我的不幸。既然您的好多相貌特征使我想起的那个尊贵的勒万·德·克努德同您一样当上了将军，要是把您的职位给了他，那我就太高兴了。因为，州长大人，我向您发誓，他是不会来监狱折磨一个落难之人的。”

在这场奇怪的谈话中，将军不止一次地想挑明自己的真名实姓，好让对方别再这么说下去。但舒玛赫这间接的指责使他无法这么做。这指责与他内心情感是那么的吻合，使他仿佛感到一种羞愧。但他仍然应答着舒玛赫对他的咄咄逼人的指责。真是怪事！仅仅因为性格的迥异，这两个人互换了位置。可以说法官被逼得在被告面前为自己开脱。

“不过，”将军说，“如果职责在身，不得已而为之，请您相信。勒万·德·克努德……”

“我不信，尊贵的州长！”舒玛赫大声说，“您自己才应该相信，他侠肝义胆，一定愤怒地拒绝去窥探并加剧一个不幸的囚徒的苦难的！哼！我比您更了解他，他无论如何也不会充当刽子手的角色的。现在，将军大人，请您说吧。请您履行您所说的职责吧。阁下想要我怎样？”

老首相傲然地注视着州长；后者决心全没了，一开始对此行的厌恶又陡然冒出，而且无法抑制。

“他说得对！”他心里嘀咕，仅仅因为怀疑就跑来折磨一个落难之人！让别人来干吧，别找我！

这么一想，其效甚显，他立刻向惊奇的舒玛赫走去，握了握他的手，然后边走出去边说：

“舒玛赫伯爵，永远保持对勒万·德·克努德的这一评价吧。”

25

狮子："嗷！"

泰赛："吼得好，狮子！"

——莎士比亚：《仲夏夜之梦》

大家都叫我火眼狼；我在孤独中游荡。

——《埃达》

雷金恩说："你挺快活，西古迪尔，而且当你在草丛中擦拭你的格拉姆尔剑时，你因胜利而容光焕发，你杀了我儿子，可一部分原因在于我……坐那儿吧，把法弗尼尔的心移近火旁，我喝了他的血之后要吃他的心。"

雌鹰说："西古迪尔，就在那儿，他坐着，浑身是血。他在用火烧烤法弗尼尔的心……让他砍下这个灰发饶舌者的头，把他打下地狱！"

——《法弗尼尔之歌》

"起来！"他说，"让我像你杀死我儿子那样杀死你。"

——《一千零一夜》第三夜

白雪皑皑的群山像白色腰带似的环绕着斯米亚森湖。当今的旅行家们在绕过它们时，再也看不到17世纪的挪威人称之为阿巴尔废墟的任何遗迹了。诚然，人们可以称呼它为废墟，但却从未有人能够知道它原是什么人建造的，原是个什么样的建筑。从覆盖湖南面的森林走出来，登上到处是残垣断壁和倾塌的塔楼的一段山坡之后，便来到一处贯穿山腰的拱形洞口。这个洞口今天已被坍塌的泥土给封死了，它原是在岩石上硬凿出来的一条穿山隧道的入口。隧道里有拱顶上间隔着的锥形通风口可以透进微弱的光亮，一直通到一个椭圆形大厅。这大厅前一半凿于山崖上，后一半则是一种巨大的砖石结构。大厅四周凿有很深的壁龛，放着一些雕琢粗糙的花岗岩石像。这些神秘偶像有的已从底座上掉下来，胡乱地躺在石板地上，没于烂砖碎瓦之中，长满了杂草和苔藓，壁虎、蜘蛛以及地里和废墟中滋生的各种腻歪人的昆虫混杂其间。

阳光只能从正对隧道口的一道门透进这里。这道门从某个方位看去，呈椭圆形，但做工粗糙，看不出何年何月所造，明显是建筑师的信手之作。这道门尽管是齐地建成，但却可以称之为窗户，因为它朝向一个巨大的深谷。门外有三四级梯子悬空垂在深谷之上，谁也不清楚那是干什么用的。

这个大厅是某种巨大的墙角塔的内部，从深谷方向的远处看去，宛如高山的一个山巅。这个墙角塔孑然兀立，而且，正如方才所说，谁也说不清它属于什么样的建筑。人们只是瞅见，其上方连最大胆的猎人都无法上去的平台上，有一庞然大物，远远望去，犹如一个弯曲的岩石，或一个巨型拱廊的遗迹……农夫们便把这个墙角塔和坍塌的拱廊称之为阿巴尔废墟。但谁也不清楚这名字的由来，正如谁也不知道这建筑的来历一样。

有一个矮人正坐在这个椭圆形大厅中间的一块石头上。此人身穿兽皮，而且我们在这本书中已经有好几次机会遇见过他。他背对阳光，或者说背对着正午烈日透进阴暗墙角塔的朦胧光亮。这道光亮虽说是透进大厅的最强的自然光，但却无法使人看清矮人直起身来，把形似人的头盖骨的杯子送到嘴边，杯子里装满冒着热气的液体，但却看不清是什么颜色，只见他大口大口地喝着。

他忽地站了起来。

"我猜有人进了隧道。是不是联合王国的首相来了？"

他说着便发出一阵吓人的狂笑，最后还似野兽般的咆哮一声。突然，隧道里一声嗥叫在回应他。

"哈哈！哈哈！"阿巴尔废墟的主人又说，"原来不是人，但毕竟仍是个仇敌，是只狼。"

的确，有一只大狼突然从隧道拱顶下蹿了出来，驻足片刻，然后，斜着身子向矮人扑过来，两只似火的眼睛在黑暗中闪闪发光，死死地盯着他。矮人始终站着，双手抱臂，看着它。

"啊！这是那只老灰狼！是斯米亚森的森林中最老的狼……你好，老狼，你眼睛闪亮，你饿极了，尸体的气味把你召来了……你马上就要把所有的饿狼都引了来……欢迎你。斯米亚森老狼，我一直想见见你的。你那么老了，大家都说你不会死的……可明天就没人这么说了。"

老狼以一声可怕的嗥叫回答他，然后往后一跳，再纵身扑向矮人。

矮人一步也没后退。老狼迎面立着，双爪扑在矮人的双肩上，矮人像闪电一般用右臂一把搂住老狼腰腹，再用左手死命掐住狼的喉咙，使它那血盆大口挨不着他的面部。老狼被掐得仰起头，痛得几乎叫不出声来。

"斯米亚森老狼，"矮人得意扬扬地说，"你撕破了我的衣服，我就用你的皮来替换。"

他正夹杂着点儿奇怪的方言得意扬扬地这么说着，垂死的老狼身体猛然一扭，把他弄了个趔趄，被大厅里的乱石给绊着，人和狼一起摔倒，矮人的咆哮声和狼的嗥叫搅和在一起。

矮人摔倒时被迫松开掐着狼喉咙的手，只觉得犀利的狼牙已深深地咬住他的肩膀。这时，人和狼扭成一团，撞在了大厅最暗处的一个毛茸茸的白色庞然大物上。

那是一头酣睡着的熊，被撞醒了，发出吼声。

这个新角色的惺忪睡眼刚刚睁大，看清了这场搏斗，便愤怒地扑了过去。它没扑矮人，而是扑向此时正在占上风的狼，呼的一口咬住狼的腰间，使人面斗士得以脱身。

矮人根本没有感激这救命之恩，他满身是血地又站了起来，向熊扑过去，朝熊的腹部狠狠地踹了一脚，仿佛狗做了错事主人在踢它一样。

“弗利安！谁叫你了？你瞎搅和什么？”

矮人咬牙切齿地断断续续地说了这几句话。

“滚开！”他吼叫着又说。

熊被人踢了一脚，又被狼咬了一口，仿佛在抱怨似的哼了几声，便垂着它那颗沉重的脑袋，丢开了饥饿的狼。那狼又疯狂地扑向矮人。

搏斗在继续，而垂头丧气的熊却回到它睡觉的地方，笨重地坐下去，冷眼旁观那两个愤怒的仇敌在搏斗。它一声不吭，还用两只前爪轮番地摸摸自己的白嘴脸。

这时，矮人趁斯米亚森老狼卷土重来之际，抓住了它那鲜血淋漓的鼻尖，然后，使出浑身解数，终于把狼的整个嘴脸攥在了手里。老狼愤怒痛苦地拼命挣扎，被紧捏住的嘴里流出一股白沫，两只眼睛仿佛因愤恨而鼓胀，要从眼眶中掉下来似的。这两个仇敌中，骨头被尖利的牙齿咬碎，肉被热辣辣的利爪撕破的那一个，不是人，而是一头猛兽；吼叫声犹如野兽满脸怒气的那一个，根本不是野兽，而是人。

最后，这个被老狼的长久抵抗弄得筋疲力尽的人使出最后的一点儿力气，两手拼命攥紧狼的嘴脸。只见血从狼的鼻孔和嘴里涌了出来；狼的两只似火的眼睛没了光泽，微微闭了起来；狼摇晃着身子，瘫软无力地倒在胜利者的面前。只有它那尾巴的微弱而不停的摆动以及全身不时的抽搐说明，它还没全死。

突然，快要咽气的老狼最后抽搐了一下，再也没有活的迹象了。

“你死了，猞猁！”矮人用脚鄙夷地踢了踢老狼说，“你难道以为遇上我之后还总能老不死？你再也不能循着猎物的气味和踪迹悄悄地在雪地上追踪了。你现在自己也成了狼和秃鹫的美味了。在你那贪婪地吃人的漫长的一生中，你吃了无数在斯米亚森一带迷途的行路人。现在，你自己也死了，你再也吃不了人了。真遗憾。”

他抄起一块锋利的石块，蹲在那热乎乎尚在颤动的狼尸旁，弄断它的四肢关节，把狼头割下，把狼腹从上到下地剖开，像脱去一件衣服似的，把狼皮扒下来。转瞬间，可怕的斯米亚森老狼便只剩下一个鲜血淋漓的肉骨架了。矮人把狼皮湿漉漉的光板上满是一条条血筋的那一面冲外，搭在自己被咬成一道道伤口的肩上。

“只能穿兽皮。”他嘟哝道，“人皮太薄，不挡寒。”

矮人披上那件恶心的战利品，显得更加丑陋不堪。在他这么自言自语的时候，白熊想必是因为无所事事而颇觉得厌烦，便悄悄地朝着我们本章开头提到的另一件躺着的玩意儿靠过去。霎时间，大厅的这处黑角里传来撕咬声，夹杂着微弱而痛苦的垂死者的呻吟声。矮人转过身来。

“弗利安！”他满含威胁地吼道，“啊！混账的弗利安！……过来，过这边来！”

他捡起一块大石头，向白熊砸过去。白熊被砸怔住了，慢腾腾地放开它到嘴的美味，舔着红红的嘴唇，气喘吁吁地走过去，蹲坐在矮人面前，缩着脖子抬起头，看着他，好像在求他饶恕它的过错似的。

于是，两只野兽——因为我们完全可以这么称呼阿巴尔废墟的那个住户——之间互相意味深长地吼叫了几声。矮人的吼声表达出权威和愤怒，熊的叫声则表示求饶和驯服。

“喏，”矮人终于用钩状手指指着剥了皮的狼尸说，“这才是你的猎物；别动我的猎物。”

熊闻了闻狼尸后，不高兴地摇摇头，用眼看着像是其主人的矮人。

“我明白，”矮人说，“你觉得它已死透了，而那一个还动弹哩……你可真像个人似的挺挑食的，弗利安。你喜欢活食，撕咬时它还活蹦乱跳的；你喜欢活食在你的撕咬之下死去；人家痛苦你就开心。咱俩可真相像……因为我不是人。弗利安，我比混账人类高明，我是同你一样的猛兽……我真希望你会说话，弗利安伙伴，好告诉我你在吞食人的五脏六腑时，你那发自肺腑的快活劲儿是不是同我的一样。不，我不想听见你说话，免得你的声音使我想起人的声音……对，在我跟前叫吧，用你的叫声使迷途的牧羊人在山里发颤吧。你的叫声像友好的声音让我听了高兴，因为它让牧羊人听了知道遇上了敌人。抬起头来，弗利安，抬起头来看着我。用你那舔了那么多人血的舌头舔舔我的手……你同我一样，牙齿是白的；它们不像新伤口似的那么红，那可不是我们的错。不过，血可以洗去血迹……我不止一次地从黑漆漆的洞穴看到过科拉或奥埃尔梅的姑娘们在激流中洗脚，还一边唱着动听的歌哩，可我不喜欢那悦耳的歌声，也不喜欢她们细嫩的脸庞，我喜欢你那毛茸茸的嘴脸和你那粗哑的吼声，因为它们能吓得住人。”

他这么一边说着，一边坐了下来，听凭白熊亲抚他的手。白熊背朝下蜷缩在他跟前，百般向主人表示亲昵，宛如一只长毛狗在女主人的沙发上大献殷勤。

更加奇怪的是，它那聚精会神的样子，好像是在谛听主人说话。它似乎对主人夹在话里的奇怪的单音节词尤能领会，忽而猛地仰起头来，忽而喉咙里发出点儿含混不清的音响，表示听明白了。

“世人说我躲着他们，”矮人又说，“其实是他们在躲着我。他们因害怕而躲着我，而我则因仇恨在避开他们。不过，你知道，弗利安，当我饿了或渴了的时候，我是很高兴遇上一个人的。”

突然，他发现隧道深处有一点红光在逐渐变大，微微地映红了湿漉漉的残墙。

“正好来了一个，‘说到地狱，撒旦露角’……嗬！弗利安，”他转向白熊说，“嗬，起来！”

白熊立即站了起来。

“好，你挺听话，得好好犒劳你，让你吃个饱。”

矮人一边这么说着，一边弯腰看看躺在地上的那玩意儿。只听见斧子砍断骨头的咔嚓声，而没有夹带着叹息声或呻吟声。

“似乎这阿巴尔的大厅里只剩下咱俩是活的了！”矮人喃喃道，“喏，弗利安好友，吃完你刚才吃了一口的美餐吧。”

他从脚跟前躺着的那玩意儿上面卸下一块，朝我们说过的外面的那道门扔去。白熊极贪婪地扑了上去，连最麻利的人也来不及看清那块东西到底是不是人的手臂，上面是不是残存着一点儿孟哥尔摩火枪手军装上的绿布片。

“人家来了。”矮人说着，眼睛紧盯住越来越亮的火光，“弗利安伙伴，让我单独待一会儿……喂！出去！”

听话的白熊向门口奔去，倒退着下了外面的梯级，嘴里叼着它那恶心的猎物，满意地吼了一声，不见了。

与此同时，一个比较高大的人来到隧道出口，身后那弯弯曲曲的隧道里还亮着一点儿隐隐绰绰的亮光。来人穿着一件褐色大氅，拿着一只昏暗的提灯。他把灯举起照着矮人的脸。

矮人始终坐在石头上，双手搂抱着大声说：

“你不受欢迎！你来这儿不是出于自觉而是另有所图！”

但陌生人并未回答，好像在仔细地打量着矮人。

“看着我。”他仰起头来继续说，“再过一小时，你也许就没有人气，无法吹嘘见过我了。”

来人用提灯朝矮人浑身上下照了一遍，似乎很惊奇而非害怕。

“喂，你惊讶什么？”矮人哈哈大笑，那笑声犹如砸碎脑壳的声音，“我同你一样有胳膊有腿，只不过我的肢体与你的不同，不是用来喂薮猫和乌鸦的。”

“您听我说，我不是作为敌人，而是作为朋友来的。”

“那你为什么不丢掉你的人模狗样？”矮人打断他说。

“我是想来为您效劳的，如果您就是我所要找的那人。”

“也就是说，利用我来效劳。人哪，你找错了。我只为那些对生活厌倦了的人效劳。”

“听您这么一说，”陌生人回答，“我认出来了，您就是我所需要的人，不过，您的身材……冰岛凶汉是个巨人，不可能是您。”

“这还是头一次有人当着我面对此表示怀疑。”

“怎么！真的是您？”陌生人走近矮人，“但大家都说冰岛凶汉身材高大魁梧呀？”

“除了我的身材，再看看我的名声，你就会看到我比赫克拉更高大了。”

“真的！请您回答我，您当真是生在冰岛克利普斯塔杜尔的凶汉？”

“我根本不会用言语来回答这个问题的。”矮人站起身来说，而他那射向冒失的陌生人的目光使后者倒退三步。

“求求您，就用这目光瞪瞪我，不用回答了。”陌生人几乎是低三下四地在恳求，同时朝隧道口瞅了一眼，懊悔跨了进来，“纯粹是为了您的利益我才来的。”

陌生人走进大厅时，只是隐隐约约地看到他与之交谈的人，所以尚能保持镇静，但当阿巴尔废墟的主人站了起来，显出他那张虎脸，短粗的四肢，鲜血淋漓的肩头，勉强遮住肩膀的刚剥下的兽皮，长指甲的一双手以及一双火眼金睛的时候，冒险的陌生人便战栗起来，好像一个无知的旅行者以为是抚摸一条鳗鱼，但却突然感到被毒蛇咬了一口一样。

“我的利益？”凶汉又说，“那你来这儿是要告诉我说，要往什么泉水里下毒，要烧毁某个村子，或者要掐死孟哥尔摩的某个火枪手啦？”

“也许是吧……听我说，挪威的矿工们起事了。您是知道的，一次起义会造成多大的灾难！”

“是的，烧杀奸淫，亵渎抢掳。”

“我把这一切都送给您。”

矮人哈哈大笑。

“我无须你奉送，我自己会这么干。”

矮人说这话时伴之以狞笑，令陌生人又一次战栗不已。但陌生人仍继续说道：

“我以矿工们的名义，建议您领导起义。”

矮人沉默片刻。突然，他那阴沉的面容流露出一种阴险恶毒的表情。

“你真的是以他们的名义这么建议我的吗？”他问。

这个问题似乎令陌生人局促不安，但他深信他的这位可怕的交谈者并不认识他，所以又坦然自若了。

“矿工们为何造反？”矮人问。

“为了摆脱王室监护权的重负。”

“光是为了这个？”矮人以同样嘲讽的口吻又问。

“他们也想搭救孟哥尔摩的那个囚犯。”

“难道这就是这次起义的唯一目的？”矮人以这种使陌生人感到狼狈的口吻继续问。

“我不知道还有什么目的。”陌生人结结巴巴地回答。

“啊！你不知道还有其他什么目的！”

矮人说这些话时，口气始终是嘲讽的；陌生人为了驱散这些话使他感到的尴尬，连忙从大氅里掏出一个大钱袋，扔到凶汉脚跟前。

“这是您领导起义的酬劳。”

矮人用脚踢开钱袋。

“我不要。你难道以为，如果我想要你的金子或你的小命的话，我会等着你的允许才下手吗？”

陌生人做了个惊奇而且几乎是恐惧的表示。

“这是皇家矿工们责成我交给您的一点儿礼物。”

“我跟你说了，我不要。金子对我毫无用处。人肯出卖灵魂，但却不愿出卖性命。只有用武力才能取人的性命。”

“那么，我可以向矿工的头领们宣布，威镇四方的冰岛凶汉只限于接受指挥权了？”

“我不接受指挥权。”

这句话说得简单干脆，令那位自称是起义矿工特使的人震惊不快。

“什么？”陌生人问。

“不接受！”矮人重复一遍。

“您拒绝参加对您有那么多好处的一次征战？”

“我完全可以单枪匹马地焚毁农庄村寨，屠杀农夫或士兵。”

“但您想想，接受了矿工们的提议，您就不会受到惩罚。”

“你难道也是以矿工们的名义保证我不受惩罚吗？”矮人笑着问道。

“实不相瞒，”陌生人神情神秘地回答道，“是以一个关心这次起义的强有力的人物的名义。”

“那这位强有力的人物自己是不是深信不会被绞死呢？”

“您假使认识他，您就不会这样摇头了。”

“啊？……好吧！他到底是谁？”

“这我可不能告诉您。”

矮人走上前来拍拍陌生人的肩膀，仍旧嘲讽地笑着说：

“要不要我来告诉你？”

穿大氅的那人不由得颤了一下，既是因为害怕，也是因为尊严受到伤害。他既没料到恶魔这突然一问，也没料到他会如此粗野无礼。

“我这是在逗逗你。”矮人继续说，“你不知道我什么都清楚。

那个强有力的人物就是丹麦－挪威联合王国的首相，而丹麦－挪威联合王国的首相就是你。”

的确是他。我们曾见到他同穆斯孟德在朝阿巴尔废墟的路上来。他现在到了废墟，想亲自来说服这个强盗，但他万万没有想到，后者认识他，而且在等着他。后来，阿勒菲尔德伯爵尽管精明过人，权势显赫，但总也没能发现冰岛凶汉怎么会消息如此灵通的。难道是穆斯孟德泄露的？的确，暗示尊贵的伯爵亲自去见那个强盗的主意是穆斯孟德出的，但他为什么要出卖他？这对他又有什么好处？那强盗是不是从他的某个受害者身上弄到了有关首相计划的一些文件？可是，除了穆斯孟德之外，只有弗烈德里克·阿勒菲尔德这个大活人知道其父的计划，他就是再轻浮，也不会蠢到把这样的一个秘密给捅出去的。再说，他正在孟哥尔摩驻防，至少他父亲是这么以为的。将继续阅读这个故事的人，而且同阿勒菲尔德一样，也无法解答这一疑问的话，将会看到这最后一个假设的可能性有多大。

阿勒菲尔德伯爵最杰出的特点之一，就是他的机智。当他听到矮人毫不客气地指名道姓的时候，他不禁惊讶地“啊”了一声，但转瞬之间，他那苍白而高傲的面容便由害怕和惊奇变成平静而自信的表情。

“嗯，是的！”他说，“我愿意同您开诚布公，我的确是首相。请您也坦诚相待。”

对方哈哈大笑，打断了他：

“难道我还用得着你请才告诉你我的名字和你的名字吗？”

“请您用同样的真诚告诉我，您是怎么知道我是谁的？”

“难道就没人告诉过你，冰岛凶汉是能看透大山的吗？”

伯爵还想追问，说：

“请您把我看做一位朋友。”

“伸出你的手，阿勒菲尔德伯爵！”矮人粗暴地说，然后，他直视着首相大声说道，“如果咱俩的灵魂此刻从体内飞出，我想，撒旦在决定哪一颗是属于魔鬼的之前，会颇费踌躇的。”

高傲的伯爵大人咬着嘴唇，但是，因为对那强盗又是害怕又需要利用他来作为自己的工具，所以他没有流露出自己的不满来。

“别拿您的利益当儿戏。接受对起义的领导吧，请相信，我会重谢您的。”

“挪威首相，你指望你的事情成功，就像一个老太婆在想着她用偷来的麻线要做一条裙子一样，而猫爪子却在把她纺锤上的麻线弄乱。”

“再说一遍，请您考虑一下再回绝我。”

“再说一遍，我，一个强盗，我要对你，联合王国的首相说：不！”

“在您已经为我做出了卓越贡献之后，我一直在盼着您的是另一种回答。”

“什么贡献？”强盗问。

“狄斯波尔森上尉难道不是您杀的吗？”首相回答。

“这有可能，阿勒菲尔德伯爵，可我不认识他。你同我说的那人是谁？”

“怎么！难道此人身上的铁盒子没有落到您手里？”

这个问题似乎使强盗的记忆定格了。

“等等，”他说，“我确实想起来这个人以及他的铁盒子了。那是在乌尔什塔尔海滩。”

“至少，”首相又说，“假如您能把那只盒子交给我，我会对您感激不尽的。告诉我，那铁盒子怎么样了？它可是在您手里的。”

尊贵的首相如此穷追不舍，强盗好像很是惊讶。

“难道这个铁盒子对于挪威首相大人就那么重要？”

“是的。”

“如果我告诉你在哪儿可以找到它，你将如何谢我？”

“您想要什么有什么，亲爱的冰岛凶汉。”

“嗯！那我就不告诉你了。”

“行了，别开玩笑！想一想，您将帮我很大的忙的。”

“我正在这么想哩。”

“我将保证您得到巨大的财富，我将请求国王赦免您。”

“你不如求我赦免你的好。”强盗说，“听我说，丹麦－挪威联合王国首相，老虎是不吃鬣狗的。我将放你活着从我眼前离开，因为你是个恶人，你的生命的每时每刻，你的灵魂的每个念头都要对世人造成一种不幸，使你犯下一个罪孽。你别再来了，因为我要告诉你，我的仇恨是不放过任何人的，连歹徒恶棍都不放过。至于你说的那个上尉，你别沾沾自喜，我不是为了你才杀了他的。是他的军服送了他的命的，这另一个可怜虫也是一样，我不是为了替你效劳才掐死他的，我向你保证。”

他一边这么说着，一边抓住尊贵伯爵的手，把他拽向躺在黑暗处的尸体。伯爵刚表示完拒绝，昏暗的提灯光便落在了那具尸体上。那是一具被撕裂的尸体，的确还穿着一件孟哥尔摩火枪手的军官服。首相厌恶地走近它。突然，他的目光停在死者那苍白而满是血迹的脸上。死者那微微张开的发青的嘴，竖起的头发，铁青的双颊，无神的双眼未能妨碍他认出他来。他令人毛骨悚然地大叫一声：

“天哪！弗烈德里克！我的儿子！”

毋庸置疑，表面上最冷酷、最无情的心也始终都在其深处隐藏着连自己也不知道的某种爱。这种爱似乎藏匿于情欲和邪恶之中，宛如一个神秘的见证和未来的复仇者。这种爱好像藏在那儿，有朝一日让罪恶饱尝痛苦。它在静静地等着这个时刻。堕落的人把它带在身上却感觉不到，因为平常的任何痛苦都不够大，穿不透裹着它的那个自私和凶恶的硬壳。但是，一生中罕见而真正的痛苦中的一种痛苦意想不到地出现时，它便像一把利刃一样，直插心灵深处。于是，这陌生的爱便向倒霉的恶人露出狰狞面目，越是不曾为人所知，就越是猛烈无比，越是没有被感受，就越是痛苦有加，因为那不幸的利刃必须把那颗心搅个天翻地覆才能刺透它。天性复苏，扔去羁绊，使那个可怜虫尝足从未经受过的痛苦，尝足从未听到过的折磨，使之顷刻之间感觉到，多年来他一直毫不介意的所有的痛苦全都集中到他的身上来了。各种不同的痛楚都一起在撕扯着他。他那颗原本是麻木不仁的心翻腾起来，在痉挛，在滴血。他似乎刚刚隐约看到自己生命中的地狱，仿佛有某种胜过绝望的东西展现在眼前。

阿勒菲尔德伯爵并不知道自己很爱自己的儿子。我们之所以说那是他的儿子，是因为他并不知道他妻子的奸情，认为弗烈德里克是他的儿子，是他的世袭继承人。他一直以为他在孟哥尔摩，根本就没想到在阿巴尔墙角塔内见到他，而且是见到他死了！可他就在那儿，浑身是血，面无人色。这确实是他，没什么可怀疑的了。大家可想而知，当他突然间确实感到自己心中真爱儿子而又确信失去了儿子时，他会是如何的悲痛欲绝。这一两页纸上挂一漏万地描绘的他的所有那些感情像炸雷似的压在了他的心头。他可以说是被惊诧、恐惧和绝望所压垮，猛地向后一退，拧着自己的胳膊，拖着哭腔，一个劲儿地喊：

“我的儿呀！我的儿呀！”

强盗哈哈大笑。听见这笑声夹杂在一位父亲面对儿子的尸体的呻吟声中，简直令人毛骨悚然。

“我的祖先英戈尔夫作证！阿勒菲尔德伯爵，你尽管哭喊吧，你叫不醒他了。”

突然，他那张可怕的脸阴沉下来，凄切地说：

“你哭你的儿子吧，可我是为儿子报仇的。”

隧道里一阵急促的脚步声打断了他。正在他惊奇地扭过头去的当儿，四个身材高大的人，提着佩剑，冲进大厅。紧随四人之后的是一个又矮又胖的人，一手举着火把，一手握着剑，身披一件同首相一样的褐色大氅。

“大人，我们听见了您的喊声，赶来救您！”最后的那人说。

读者想必已经认出了这是伯爵的随从穆斯孟德及其四个带武器的仆人。

当火把的强烈亮光照亮大厅时，五个新来者一下子吓得站住了。眼前的景象着实可怕：一边是老狼血淋淋的肉骨架，另一边是年轻军官那面目全非的尸体，再加上那位两眼迷茫狂叫不已的父亲及其身旁的可怕的强盗。那强盗朝他们扭过一张丑恶的脸，流露出惊诧和不屈来。

伯爵一见这猝然而至的援军，复仇的念头涌上心头，使他从绝望变成为狂怒。

“杀死这强盗！”他边拔剑边喊，“他杀了我儿子！杀死他！杀死他！”

“他杀了弗烈德里克公子？”穆斯孟德说，手里的火把没有照出他脸上有丝毫的痛苦。

“杀死他！杀死他！”怒不可遏的伯爵重复道。

六个人说着便一齐扑向强盗。后者被这突如其来的攻击一震，连忙向后退向通往悬崖的洞口，一边凶猛地咆哮着，表示出的是愤怒而非害怕。

六柄剑一齐指向他；他的眼睛比攻击者们更加冒火，他的面部表情比他们更加咄咄逼人。他抄起石斧，因寡不敌众，被迫招架着。他迅猛异常地抡着石斧，抡圆的石斧像盾牌似的护住了他。斧碰剑尖，火星四溅，叮当作响，但六柄剑都近不了身。可是，因为先前与狼搏斗而疲惫不堪，他不知不觉地便招架不住了，很快便退到朝向深谷的门边。

“朋友们！”伯爵喊道，“勇敢点儿！把这怪物扔下悬崖。”

“我要是掉下去，那星星全都掉光了！”强盗顶撞道。

这时候，攻击者们眼见矮人被逼着踏到悬于深谷上的梯子上，便更加勇猛，更加胆壮了。

“好，冲啊！”首相又说，“必须把他逼掉下去。加油！浑蛋！你这是最后一次犯罪了……勇敢些，伙计们！”

强盗没吭声，一边用右手继续威猛地抡着斧子，一边用左手取下腰间挂着的号角，送到嘴边，吹了好几下，发出一种粗哑而悠长的声音。突然间，深谷中有一声咆哮在回应。

片刻之后，正当伯爵及其部下紧逼着矮人，很高兴逼他下到梯子第二级时，一头白熊的大脑袋露出悬梯末端。进攻者们大惊失色，连忙后退。

白熊笨拙地爬上悬梯，向进攻者们露出它那血盆大口和利齿尖牙。

“谢谢，我勇敢的弗利安！”强盗喊道。

强盗趁进攻者们惊魂未定，跳到白熊背上。白熊便倒退着下去，始终把它那咄咄逼人的头冲向主人的敌人。

伯爵等人惊魂甫定，只看着白熊驮着强盗遁去，想必就像它攀着老树干和突岩上来时一样的下到谷底。他们本想推下大石头砸它，但还没等他们从地上搬起一块沉睡多年的大石头，强盗及其古怪的坐骑便消失在一处洞穴之中了。

26

不，不，咱们别笑了。您看见没有，我觉得极有趣的东西也有它严肃，非常严肃的一面，就像世间万物一样！相信我，“偶然”一词是一种亵渎；阳光之下没有任何东西是偶然而至的。您难道没有看出来这其中有主的意志吗？

——莱辛：《埃米莉亚·加洛蒂》

是的，在世人称之为“偶然”的东西中，常常透着一种很深的道理。在一切事情之中，都仿佛有着一只神秘的手在给它们指明道路和目的地。人们正在为财气多变，为命运多舛而惊叹之时，突然间，从这混沌之中却闪出一道道吓人的光亮或神奇的光芒来。于是，在命运的高深教训面前，人类的智慧便自叹弗如了。

譬如，假使弗烈德里克·阿勒菲尔德在一间豪华的客厅里，在哥本哈根的女士们面前，炫耀他服饰华丽，出身高贵，谈吐不俗时；假使有某个深知未来之事的人前来用严厉的启示搅乱他那肤浅的思想；假使这人对他说这使他骄傲的漂亮衣服有一天会毁了他，对他说一个人面兽会喝他的血，就像他自己贪婪无虑地狂饮法国和波西米亚美酒一样，对他说他那擦多少香水头油都不够的头发会在野兽巢穴当做扫帚来扫灰尘，对他说他那只优雅的让卡洛腾堡的美貌夫人们常挽的手臂将会像啃去一半的狍子骨头似的扔给一头熊，弗烈德里克会如何回答这些不吉利的预言呢？他会放声大笑，把话题岔开。而最可怕的是，所有的有理智的人都会赞同这个失去理智的人。

让我们站得更高一些来观察一下这种天命吧。看到阿勒菲尔德伯爵和伯爵夫人的罪恶报应在自己身上，这难道不是个奇怪的谜吗？他俩对一个囚犯的女儿策划了一个卑鄙的阴谋；而这个落难女子却偶然地遇到一位保护人，后者认为必须把遵其父母之命执行他们卑劣企图的儿子支开。这个儿子，是他们夫妇的唯一希望，却被弄到远离勾引姑娘的地方去了。在他刚到新的地方之后，另一个复仇之神使他遇上了死神。就这样，他们原本要把一个无辜的遭人厌恶的姑娘弄得身败名裂的，可却反把自己那有罪的宝贝儿子给推进了坟墓。这帮浑蛋们正是由于自己的过错才遭到报应的。

27

啊！我们美丽的伯爵夫人来了！……对不起，夫人，我今天无法享有您大驾光临的荣幸了。我正忙着。下一次吧，亲爱的伯爵夫人，下一次吧。可今天，我实在不能多留您。

——《奥尔齐纳的王子》

特隆赫姆州长在私访孟哥尔摩的第二天一大清早，便下令套好他的旅行马车，希望趁阿勒菲尔德伯爵夫人还睡着赶紧走，但我们已经说了，伯爵夫人睡觉很警觉。

将军刚刚在致代行州长职务的主教的最后几份嘱托信上签完名，便穿上裘皮礼服，站起身来，准备出门。这时，掌门官通报尊贵的首相夫人到。

这意外情况令这位老兵张皇失措，因为他习惯于笑对百门大炮的狂轰，而不习惯面对一个女人的诡计多端。不过，在他与歹毒的伯爵夫人道别时，他还是满脸堆笑，只是在看到她神秘兮兮，好像是想显得推心置腹似的凑近他的耳朵时，他才露出几分不快来。

“嗯，尊贵的将军，他对您说了些什么呀？”

“谁呀？波埃尔？他对我说即刻就备好。”

“我是问您孟哥尔摩的囚犯，将军。”

“啊！”

“他是否令您满意地回答了您的审问？”

“可是……是的，的确，伯爵夫人！”州长说。可以猜得出他有多尴尬。

“您弄到他卷进矿工阴谋的证据了吗？”

勒万不觉惊叹一声。

“尊贵的夫人，他是无辜的。”

他立即打住，因为他刚刚表达的是他的心声，而非三思后的看法。

“他是无辜的！”伯爵夫人尽管不信，但还是神情沮丧地重复了一遍，因为她非常害怕舒玛赫真的向将军喊冤，而诬陷他则是与首相利害攸关的。

州长还来得及考虑一下；他用使她放心的口吻回答了首相夫人的追问，因为他看出了她的疑虑和慌乱：

“无辜的……是的……如果您愿意……”

“如果我愿意，将军大人！”

凶狠的女人说完，放声大笑。

这笑声刺伤了州长。

“尊贵的伯爵夫人，”他说，“请原谅，我同前首相的谈话只能向总督汇报。”

说完，他深深地鞠了一躬，下到院子里。马车已备好等着。

“对，”阿勒菲尔德伯爵夫人回到房间后寻思，“你走吧，游侠骑士，你一走，我们的仇人正好少了保护人了。走吧，你一走，我的弗烈德里克就可以回来了……我倒要请问您一下，您怎么竟敢把哥本哈根最漂亮的骑士派往那可怕的山里去！幸亏我现在不难获准召他回来。”

想到此，她便对她的心腹女侍说：

“亲爱的丽丝贝特，您想法从卑尔根弄两打漂亮小伙子们插在头发上的那种小梳子来；您再打听一下著名斯居德丽出的新书；注意叫人每天早晨按时用玫瑰香水给我亲爱的弗烈德里克的长尾猴洗澡。”

“什么！亲爱的主人，”丽丝贝特问，“弗烈德里克公子可以回来了？”

“是的，真的。为了让他见到我感到高兴，必须一切都依着他。我要让他归来时大吃一惊。”

可怜的母亲！

28

……贝尔纳沿着阿尔朗萨河畔跑着。他似一头奔出巢穴的雄狮，在寻找猎人，决心打不败猎人毋宁死。

他走了吗，勇敢而坚定的西班牙人？

他疾步如飞，手握一柄他寄予全部希望的粗大的长矛，沿着阿尔朗萨的废墟奔去。

——《西班牙恋歌》

一位公民：“别跟我提他，他的名字是个凶兆。”

克拉拉：“我！不能说他的名字？……你们在干什么哪，正直的人们？你们是不是神经错乱了？是不是失去了理智？别这么恐惧不安地看着我，别吓得低下头去……”

那公民：“上帝保佑，我们不能多听您说！这会带来不幸的！”

——歌德：《埃格蒙伯爵》

奥尔齐涅从他隐约看见孟哥尔摩灯塔的塔楼上下来，四处寻找他那可怜的向导本尼纽斯·斯皮亚古德瑞，可累了半天也没找见。他不停地喊他，但回答他的只是残垣断壁的回声。他虽对胆小的看守不可思议的失踪感到惊讶，但并没害怕，他以为看守是被什么吓着了，所以他狠狠地责怪自己不该离开他这么一会儿，之后，便决定在奥埃尔梅巨岩上过夜，等着看守回来。他吃了点儿食物，裹住大氅，挨着渐渐熄灭的篝火躺下，亲了艾苔尔的秀发一下，很快就入睡了，因为问心无愧的时候，心里再烦也能睡得着的。

日出时，他起来了，但只见斯皮亚古德瑞的褡裢和大氅留在塔楼内，却不见他的人影，仿佛表明他是仓皇出逃的。因此，他已不抱希望，至少在这奥埃尔梅巨岩上是见不着斯皮亚古德瑞了。他决定不再等他，自个儿走了，因为他第二天必须在瓦尔德霍格找到冰岛凶汉。

在本书的头几章里，我们已经得知奥尔齐涅早就习惯于游荡冒险生活中的疲惫劳顿了。他曾多次踏遍挪威北部，所以无需再要向导。他现在已经知道在哪儿能找到那个强盗了。因此，他朝着西北方向孑然走去，不用再去听本尼纽斯·斯皮亚古德瑞跟他唠叨每个山丘里蕴藏着多少石英或晶石，每座破房子都有什么典故，某个地缝是洪水冲刷而成的还是远古火山爆发所致。

他在这群山峻岭之中整整走了一天。群山犹如动物肋骨，绵亘起伏，从贯穿挪威全境的主山脉起始，延伸开去，山势渐低，直至海中。因此该国所有的海岸均呈岬角和峡湾，而内陆则由山峦和沟谷构成。这种奇特的地貌使人觉得挪威犹如一条鱼的背脊骨。

在该国旅行不是一桩惬意的事。忽而须以干涸激流的多面河床为路；忽而须踩着颤悠悠的树干，越过头一天被激流刚冲刷出来的溪流。

此外，在这荒山僻野里，奥尔齐涅有时还一连几个小时都碰不上一个人影，只是有时可以看见某处山丘上有风车翼在转动，或者听见远处铁匠铺的叮当声，看见冒出来的似黑羽毛一般的袅袅炊烟而已。

他这么走呀走的，偶尔能遇上一个农夫，骑着一头小灰马。小马低着头，模样还不及它的主人粗野；他还碰上一个皮货商，坐在一个两头驯鹿拉着的雪橇里，后面拖了根长绳，上有许多绳结，遇到路上的石头，一弹一跳的，好把野狼吓跑。

这时，如果奥尔齐涅向皮货商打听去瓦尔德霍格洞穴的道儿的话，皮货商便会漫不经心地回答道：“一直朝西北方走，走到赫尔瓦林村。越过多德利萨克斯溪涧，您今晚就能赶到苏布村，离瓦尔德霍格就只有两英里地了。”皮货商是流动商贩，只知道贩卖过程中经过的这些地名和方位而已。

如果奥尔齐涅也这么问农夫的话，后者因满脑子的当地传说和神怪故事，会不停地摇着头，勒住马说：

“瓦尔德霍格！瓦尔德霍格山洞！那里的石头在唱歌，骨头在跳舞，冰岛凶汉就住在里面。阁下要去的想必不是瓦尔德霍格山洞吧？”

“正是要去那儿！”奥尔齐涅回答。

“这么说，阁下是死了母亲，或者火烧了庄园，要不就是邻居偷了您的肥猪？”

“不，真的不是。”年轻人说。

“那么，是巫师在阁下脑子里施了魔法了。”

“老兄，我是在问您去瓦尔德霍格怎么走？”

“我正是在回答您呀，阁下。再见吧。一直朝北！我知道您怎么去，可不知道您怎么回。”

农夫画了个十字走了。

这条路上除了单调乏味、凄凉忧伤之外，就是细雨连绵，把人淋个透湿。这雨将近中午时分就漫天纷飞，更增加了行路的艰难。奥尔齐涅穿着大氅还浑身透凉。空中，一般鸟雀已不敢造次，只有听见了他的脚步声响，突然从一个池塘的芦苇丛中飞起的秃鹫、大隼或鱼鹰在他头顶上方盘旋，爪子上还抓着一条鱼哩。

年轻的行路人穿过背靠多德利萨克斯溪涧的山杨和桦树林之后，到了苏布村。这时，天已全黑下来了。如果读者还记得的话，斯皮亚古德瑞就是想把他的大本营设在苏布村的。煤焦油的气味和煤炭的烟雾告诉奥尔齐涅，他挨近渔民们的居所了。他向黑暗中尚能辨别得出的第一座小屋走去。屋门又矮又窄，按照挪威的习俗，用一张透明的大鱼皮遮挡着。此时，屋里颤动着的红彤彤的炉火正把鱼皮映得通红。他敲着木门框喊道：

“我是过路的！”

“进来，进来！”里面有人在回答。

说着，一只手殷勤地掀起鱼皮，奥尔齐涅被领进挪威沿海渔民的圆锥形住屋。这是一种土木结构的圆形帐篷，中间生着一盆火，泥炭的红光和柏木的白光交相辉映。火旁，渔夫及其妻子和两个孩子，穿着破衣烂衫，坐在一张桌前，上面摆满木勺和土罐。桌子对面，渔网和船桨中间，两头驯鹿躺在树叶和兽皮床上酣睡，空出的地方似乎是留给屋主们和老天开恩迎来的客人睡的。第一眼是无法区别屋内的布局的，因为呛人的浓烟很难从屋顶的通风口逸出，所有的东西全都被一层厚重飘动的烟幕给罩住了。

奥尔齐涅刚跨进门内，渔夫及其妻子便站起身来，神情开朗而亲切地向他还礼。挪威农民很好客，也许既是因为他们的那种极其强烈的好奇心，也是因为他们生来就好客。

“公子，”渔夫说，“您大概又冷又饿了，这儿有火，烤烤您的大氅，还有上等的圆饼，可以充饥。然后，请阁下跟我说说您是谁，从哪里来，到哪里去，您家乡的老婆婆们都讲点儿什么故事。”

“是呀，公子，”女主人插嘴说，“您可以在吃我丈夫老爷说的这上等圆饼时，就上一块美味的鲸油渍咸鳕鱼干……您坐吧，陌生的公子。”

“如果阁下不喜欢圣乌苏夫的饭菜，”渔夫又说，“那就请您稍等片刻，我保证让您吃上一大块美味狍子肉，或者至少是一只可口的野鸡翅。我们在等着闻名三州的那个最好的猎手归来。是吧，我的好梅丝？”

渔夫叫他妻子“梅丝”，其实，在挪威语中，意思是“海鸥”。妻子听了并不觉得反感，或许这原是她的名字，或许这是个爱称。

“最好的猎手！当然是啰。”妻子夸张地回答，“他是我哥哥，有名的肯尼博尔！愿上帝保佑他满载而归！他是来同我们一起住几天的。陌生的公子，您可以同他用这同一个杯子喝上几口好啤酒。他像您一样总是东奔西跑的。”

“非常感谢，好心的女主人！”奥尔齐涅笑吟吟地说，“不过，我只来得及吃上您美味的咸鳕鱼干和一块圆饼。我等不及您的兄长、有名的猎手了。我得马上走。”

好心的梅丝既因陌生人马上要走而不快，又因他夸奖了她咸鳕鱼干和她的哥哥而沾沾自喜。她大声说道：

“您真好，公子。怎么，您这么快就要离开我们？”

“没有法子。”

“这么晚了，天又在下雨，您还敢在山里走？”

“因为有件要紧的事。”

年轻人的回答既激起了主人们的天生的好奇心，又使得他们惊讶不已。

渔夫站起身来说：

“您这是在苏布村的渔夫克利斯多夫·巴杜斯·布洛尔的家里。”

妻子补充道：

“梅丝·肯尼博尔是他的妻子和仆人。”

挪威农民在问一个陌生人的名字时，习惯先通报自己姓氏名谁。

奥尔齐涅回答道：

“我是个游荡之人，对自己的姓氏和所走的路都不甚了了。”

这个奇怪的回答似乎没有满足渔夫布洛尔。

“老戈尔孟的王冠可以作证。”他说，“我原以为现在在挪威只有一个人对自己的姓氏不甚了了。那就是尊贵的托尔维克男爵。大家都说，他马上就要改叫丹斯吉阿德伯爵了，因为他攀上了首相的千金。我的好梅丝，这至少是我从特隆赫姆带回来的最新消息……我祝贺您，陌生的公子，您竟同总督盖尔登留大伯爵的公子一样。”

“既然阁下，”妻子一脸好奇地插言道，“似乎一点儿也不能告诉我们您自己的事，那您能不能告诉我们现在有些什么新鲜事？譬如，我的丈夫老爷听到的那桩大喜事？”

“是呀，”丈夫神情严肃地说，“这是最新鲜的事了。再过不到一个月，总督的公子就要娶首相的千金了。”

“我不信！”奥尔齐涅说。

“您不信，公子！我可以肯定地告诉您，这事确实无疑了。我的消息来源可靠。告诉我这个消息的那人是从尊贵的托尔维克男爵，也就是说尊贵的丹斯吉阿德伯爵的心腹仆人波埃尔老爷那儿听来的。难道说六天以来，雷雨可能把水给搅混了？这两大家族的结合被打破了？”

“我认为是这样。”年轻人笑嘻嘻地说。

“要是这样，公子，那我就错了。网还没网住鱼，就不该先点火准备烤鱼。不过，您这话可确实？您这消息是听谁说的？”

“没人告诉我，”奥尔齐涅说，“是我在脑子里这么给安排的。”

听了这天真的话语，渔夫顾不得挪威式的礼貌，不禁哈哈大笑。

“实在对不起，公子。不过，不难看出您确实是常出门在外的，而且肯定是个外国人。您难道以为事情会按您的性子办吗？难道天阴天晴都照您的意志变吗？”

说到这儿，就像所有的挪威农民那样深谙国家大事的渔夫，开始向奥尔齐涅解释为什么这桩婚事是非办不可的，因为它对阿勒菲尔德家族的利益是必不可少的；国王愿意，总督不好拒绝；再有，大家都在说，未来的小夫妻俩在真心相爱。总而言之，渔夫布洛尔深信这桩婚事非办不可……他真想也能确信第二天定能杀死那条在玛斯特－毕克池塘里作祟的该死的海狗。

奥尔齐涅对同这么厉害的一个政治家讨论政治问题感到很不对劲儿，正好这时来了个人，使他摆脱了尴尬处境。

“是他，是我哥哥！”老梅丝嚷道。

她崇敬无比地听着丈夫的长篇大论，要不是她哥哥的到来，没有什么能干扰她的。

她丈夫在两个孩子吵嚷着搂住舅舅的脖子时，一本正经地把手向来人伸去。

“欢迎你，哥哥。”

然后，他又转向奥尔齐涅说：

“公子，这是我们的哥哥，科拉山里有名的猎手肯尼博尔。”

“衷心地问候大家！”山里人脱去熊皮软帽说，“妹夫，我在你们沿海没猎着什么，就像你们去我们山里什么鱼也捉不到似的。我想，我要是去雾气蒙蒙的玛勃王后森林捉小妖或家神，也会满载而归的。梅丝妹妹，您是我今天能够这么近问好的第一只海鸥。喏，朋友们，愿上帝保佑你们平平安安的！就为了这只讨厌的松鸡，特隆赫姆地区第一猎手在林间空地中一直跑到现在，外加这么个鬼天气！”

他一边这么说着，一边从猎袋中取出一只白松鸡，放在桌上，还硬说这么只瘦鸡不值得打这么一枪。

“不过，”他低声说，“肯尼博尔的忠实火枪，你很快就能猎着更大的猎物了。如果说你打不着穿羚羊袍或驼鹿袍的，那你将击中穿绿上衣和红外套的。”

这些含含糊糊的话语令好奇的梅丝十分惊奇。

“嗨！”她问道，“我的好哥哥，您这是在说些什么呀？”

“我是说女人的舌头底下总有个妖精在跳舞。”

“你说得对，肯尼博尔哥哥，”渔夫大声说，“夏娃的这些闺女们都像她们的母亲一样的好奇……你刚才不是说绿上衣吗？”

“布洛尔妹夫，”猎手神情不悦地抢白道，“我只把我的秘密告诉我的火枪，因为我知道它是不会讲出去的。”

“村里的人都在议论矿工们要起事，”渔夫毫不相让地继续说，“哥哥，这事你知道些什么吗？”

山里人拿起软帽，低低地戴在头上，朝陌生人乜斜了一眼，然后，他俯身向着渔夫，压低嗓音简单说了一句：

“别吱声！”

渔夫的头摇了好几下。

“肯尼博尔哥哥，鱼即使不会说话，也照样落到鱼篓子里去。”

静默了片刻。渔夫和猎手意味深长地对视着；两个孩子在拔放在桌上的松鸡毛；好女人在等着听他们说话；奥尔齐涅则在观察着。

“如果你们今天没有好吃的，”猎手突然开了腔，明显是想转移话题，“那明天就不会是这样了。布洛尔妹夫，你可以捕到最棒的鱼，我一定给你带熊油来当作料。”

“熊油！”梅丝嚷道，“难道有人看见附近有熊了？……帕特里克，雷涅，我的孩子，不许你俩出这个屋子……有熊！”

“您放心，妹妹，您明天就不用再怕它了。是的，我在苏布村附近两英里地的地方确实看到一头熊，一头白熊。它好像还驮着一个人，或者不如说是一个动物……不，它弄走的可能是个牧羊人，因为牧羊人都穿兽皮衣服……毕竟是离得太远，我看不太清。使我惊奇的是，它把猎物驮在背上而不是叼在嘴里。”

“真的，哥哥？”

“真的，那动物一定是死了，因为它丝毫没有挣扎的架势。”

“可是，”渔夫合情合理地问道，“它要是死了，又怎么能在熊背上待得住呢？”

“我没法弄明白的正是这一点。不管怎么说，它将是那头熊的最后一餐了。我进村时刚刚通知了六个好伙伴。明天，梅丝妹妹，我将给您送一张比山里的白雪还要白的漂亮熊皮来。”

“您小心点儿，哥哥，”女人说，“您确实是看见了一些奇怪的东西，这熊也许是魔鬼。”

“您疯了吗？”山里人笑着打断她，“魔鬼变成熊！变成猫、猴，倒还罢了。可是，变成熊！哈哈！驱魔神圣埃尔登作证，您这么迷信，连小孩或老太婆都要可怜您了！”

可怜的女人低下了头。

“哥哥，在我尊敬的丈夫看上我之前，您一直是我的主人，您就照着您的守护神启示您的干吧。”

“可您是在哪个方向遇上那头熊的？”

“在斯米亚森到瓦尔德霍格那个方向。”

“瓦尔德霍格！”奥尔齐涅重复道。

“可是哥哥，”渔夫又说，“该不是你在往那个瓦尔德霍格山洞去吧？”

“我！上帝保佑！是那头熊。”

“您明天是不是要去那儿找它？”梅丝惊恐地插言道。

“不，真的。朋友们，你们是怎么想得出来的，一头熊怎敢拿洞穴当窝？那洞穴……”

他打住话头，其他三人在画十字。

“您说得对，”渔夫说，“动物有一种本能，能知道这些事的。”

“我的好主人们，”奥尔齐涅说，“那个瓦尔德霍格洞里有什么东西那么可怕呀？”

那三人惊呆木然地互相看着，仿佛不明白这种问题似的。

“瓦尔德国王的墓是在那儿吧？”年轻人又问。

“是的，”女人回答，“是座石墓，还会唱歌。”

“还不光是这个哩！”渔夫说。

“是呀，”女人又说，“夜里，还有人看见过骷髅跳舞哩。”

“不光这些！”山里人说。

他们都住了嘴，好像不敢再往下说。

“说呀，”奥尔齐涅问，“到底还有什么不可思议的事呀？”

“年轻人，”山里人一本正经地说，“当您看到像我这样的一只老灰狼都在颤抖的时候，说话可别这么随随便便的呀。”

年轻人温馨地笑着回答说：

“可我是想知道那个瓦尔德霍格洞里所发生的一切奇闻妙事，

因为我正要往那儿去。”

这句话把三个听者给吓傻了。

“去瓦尔德霍格？天哪！您要去瓦尔德霍格？”

“他说这句话就像人们说‘我要去勒维格卖鳕鱼’或者‘去拉尔夫林边捕鲱鱼’似的……去瓦尔德霍格，上帝！”

“不幸的年轻人！”女人大声说，“您生下来时没有天使庇护吧？天上的神明没有一位是您的保护神？唉！肯定是这样的了，因为您好像连自己的姓名都不知道。”

“是什么原因促使阁下去这个可怕的地方？”

“我有点事情要问一个人。”奥尔齐涅回答。

三位主人既惊讶又好奇。

“听着，陌生的公子，您好像不很了解这个地方。阁下无疑是弄错了，您不可能是想去瓦尔德霍格。”

“再说，”山里人补充道，“如果您想问问什么人，您在那儿可谁也找不到的。”

“除非是恶魔！”女人插言道。

“恶魔！什么恶魔？”

“是的，”女人继续说，“就是石墓为之唱歌，骷髅为之跳舞的那个。”

“您不知道，公子，”渔夫压低嗓子，凑近奥尔齐涅说，“您不知道瓦尔德霍格山洞里平常住着……”

女人止住了他说：

“我的丈夫老爷，别说出那个名字，要遭祸的。”

“谁住那儿？”奥尔齐涅问。

“一个再生的贝尔则布特！”肯尼博尔说。

“说实在的，我的好主人们，我不知道你们想说些什么。有人明确地告诉过我，瓦尔德霍格住着冰岛凶汉。”

小屋里同时响起三声惊叫。

“怎么！……您早已知道了！……正是那个恶魔！”

女人拉低粗呢头巾，恳请诸神作证，不是她说出这个名字的。

渔夫惊魂甫定，凝视着奥尔齐涅，仿佛这个年轻人身上有点儿什么他无法理解的东西。

“过路的公子，我一直认为，即使我可以比我那活到一百二十岁才死的父亲活得还要长，我也决不会告诉一个有理智信上帝的人去瓦尔德霍格怎么走。”

“那当然，”梅丝大声说，“不过，阁下可别去那个该死的山洞，因为要进去，必须甘愿同魔鬼签订条约！”

“我要去，我的好主人们，而你们能帮我的最大的忙就是，给我指一条近道。”

“您想去的那地方的最近的道，”渔夫说，“就是把您从最近的岩顶上推到最近的激流中去。”

“宁可无谓地死也不愿作有益的冒险，难道结果是一样吗？”奥尔齐涅语气平和地问。

布洛尔摇摇头，而其内兄则凝视着年轻的冒险家，仔细地打量着他。

“我明白了，”渔夫突然大声嚷道，“您是想挣高级民事代表悬赏冰岛凶汉的一千皇家埃居。”

奥尔齐涅笑了。

“年轻的公子，”渔夫激动不已地继续说道，“相信我，放弃这个打算吧。我又穷又老，可我不会去为了您那一千皇家埃居而送掉我的老命的，哪怕我还有一天活头。”

女主人那哀求而同情的目光窥探着丈夫的请求在年轻公子身上会产生什么效果。奥尔齐涅连忙回答：

“是一个更大的利益在促使我去寻找那个你们称之为恶魔的强盗；是因为别人而不是为了我自己才……”

眼睛一直紧盯着奥尔齐涅的山里人打断他说：

“我现在明白您的意思了，我知道您为什么要寻找冰岛凶汉了。”

“我要逼着他搏斗！”年轻人说。

“正是这样，”肯尼博尔说，“您负有一些重大的使命，是吧？”

“这我刚才已经说了。”

山里人神情诡秘地凑近年轻人，对着他的耳朵悄悄地说了一句话，奥尔齐涅闻之，大惊失色：

“是为了舒玛赫·格里芬菲尔德伯爵，对不对呀？”

“正直的人，”奥尔齐涅嚷道，“您是怎么知道的？……”

确实，他很难理解，这秘密他谁也没告诉，连勒万将军都没透露，一个挪威山民是怎么知道的呢？

肯尼博尔俯身向着他。

“我祝您一切顺利。”他以同样神秘的语气又说，“您这样为受压迫的人效劳，真是个高尚的青年。”

奥尔齐涅惊诧不已，几乎找不到什么话来问一问这个山民，他是怎么得知自己此行的目的的。

“别吱声。”肯尼博尔用食指贴在嘴上说，“我希望您能从瓦尔德霍格的住户身上得到您想得到的东西。我的手臂同您的一样，也是忠于孟哥尔摩的那个囚徒的。”

然后，还没等奥尔齐涅说话，他又提高嗓门说：

“妹夫，梅丝妹妹，把这位可敬的年轻人当成又多了一个兄弟似的好生接待吧。好了，我想晚饭准备好了。”

“怎么！”梅丝插言道，“您想必已说服阁下放弃找那恶魔的打算了吧？”

“妹妹，为他祈祷吧，愿灾祸别降到他的身上。他是一位尊贵而可敬的年轻人。好，正直的公子，同我们一起吃点儿东西，好好休息一下。明天，我将把您要去的路指给您，我们一起去寻找，您找您的魔鬼，我找我的白熊。”

29

有一些不幸大得简直见到仇人才解气。

——卡尔德隆：《孔斯丹王子》

伙计，喂！伙计，你生就是个什么样的伙计？你是什么人的子孙，竟敢如此攻击法夫尼尔？

——《埃达》

初升的太阳的第一道霞光微微映红海边最高的岩尖时，一位日出前便来到瓦尔德霍格山洞对面火枪射程内的海里撒网的渔夫，看见一个裹着大氅或者一块布的人，顺岩石而下，消失在洞穴那巨大的拱顶下面。渔夫吓坏了，祈求圣乌苏夫保佑他的渔船和他的灵魂，连忙跑回家去，对吓坏了的家人叙述自己隐约看到住在冰岛凶汉宫里的一个鬼魂日出之前回到洞穴中去了。

这个后来成了漫漫冬夜的闲谈和恐惧的根源的鬼魂，其实就是挪威总督尊贵的儿子奥尔齐涅。联合王国的人都以为他在其高贵的未婚妻身边卿卿我我，可他却隐姓埋名、单寒羁旅地为了他已把身心和前程都交付于她的女子，为了一个囚犯的女儿而甘冒生命危险。

他旅途忧忧，危机四伏。他刚离开渔夫一家；好梅丝在与他道别时，在门口为他默默地祈祷。山民肯尼博尔及其六名伙伴告诉他如何走之后，在离瓦尔德霍格半英里地处与他分手。这帮不屈不挠的猎手虽笑着去迎战白熊，但却惊恐万状地久久盯着冒险的旅行者在走的小道。

年轻人走进瓦尔德霍格山洞，宛如人们驶入盼望已久的港口一般。一想到就要完成人生的重要使命，也许再过一会儿，就要为他的艾荅尔流尽鲜血了，他便感到一种人间少有的快乐。马上就要攻击一个令全州人惊恐不安的强盗，一个怪物，或许是一个恶魔了，可他脑子里浮现的却并不是那张骇人的面孔，而是无疑正在她监狱的祭坛前为他祈祷的温柔姑娘的倩影。要不是为了她而是为了别的人而献身的话，尽管他毫不在乎，但也会想一想这么远跑来会遇到多大的危险。可是，他那颗年轻的心里充满着耿耿忠心和崇高的爱，此时此刻又怎能容得下其他的考虑呢？

他昂首向前，脚步声在拱顶下发出连绵的回声。他都没有瞧一眼头顶上方，悬挂在圆锥形苔藓、藤蔓和地衣中间的千百年的钟乳石和玄武岩石。这些奇形怪状模糊不清的东西集中在一起，疑神疑鬼迷信透顶的挪威乡民们看了，会以为是一群群妖魔鬼怪或一队队幽灵鬼魂。

他同样若无其事地走过那引起无数瘆人传说的瓦尔德国王墓，除了北风在那阴森的隧道中呼啸之外，他没听见什么别的声音。

他在弯弯曲曲的拱顶下继续往前走着，只有被杂草灌木半堵着的石缝中透点儿亮光进来。他的脚常常踢着一些什么破烂玩意儿，在岩石上滚动，发出空洞的响声，从暗中看去，像是一些破碎的头盖骨或者一排排掉光牙齿露出齿根的白花花的下巴颏儿。

然而，他心里没有丝毫的恐惧。他只是很惊奇，怎么还没见到这可怕洞穴的那个臭名昭著的住户。

他来到某种圆形大厅。那是天然地拦腰凿于大岩石中间的一种大厅。这儿便是他所走的那条道的尽头。大厅四壁没有其他出口，只有一些宽大的裂缝。透过裂缝可以隐约看到外面的山峦和森林。

他很吃惊，竟这么一无所获地踏遍了这个致命的洞穴。他对能否遇到那强盗开始感到绝望了。这时，位于地下大厅中央的一个形状古怪的建筑引起了他的注意。三块又长又大的石头竖立在地上，支撑着另一块宽大正方的石头，仿佛三根支柱在支着屋顶。在这个巨大的三角支架下面，立着一种祭坛，也是由一整块花岗岩做成的，正面中央凿了个圆洞。奥尔齐涅认出了这是德洛伊教时代的巨型建筑，他在挪威漫游时经常看到过，其最令人惊叹不已的样式也许是法国的洛克玛利亚和卡尔纳克纪念碑。这些奇怪的建筑已经很古老了，像临时帐篷似的立在地上，唯因太沉，所以固若金汤。

年轻人陷入沉思，本能地倚在这个祭坛上。石坛的大口变成了褐色，因为它喝了不知多少受害者的鲜血。

突然间，他浑身一颤。一个声音仿佛是从石头中传出来的，震动了他的耳朵：

“年轻人，你是用触着坟墓的脚走到这地方来的。”

他猛地站直了身体，手赶忙握住剑柄，而像死人的声音一样微弱的回声清晰地在洞穴深处回荡着。

“年轻人，你是用触着坟墓的脚走到这地方来的。”

正在这时，一颗可怕的脑袋从德洛伊教祭坛的另一边冒了出来，头上长着红头发，还瘆人地哈哈大笑。

“年轻人，”那颗脑袋又重复道，“是的，你用触着坟墓的脚走到这地方来了。”

“还带着一只握住利剑的手！”年轻人毫不激动地回答。

怪物从祭坛下面钻了出来，露出了又短又粗、青筋暴跳的四肢、带血的兽皮衣服、钩形指甲的手和沉重的石斧。

“我来也！”他发出野兽般的吼声说。

“我来也！”奥尔齐涅回答。

“我一直等着你。”

“我不仅等着你，”不屈不挠的年轻人回敬道，“我还在寻找你。”

那强盗搂抱着双臂。

“你知道我是谁吗？”

“是的。”

“那你一点儿也不害怕？”

“我不再害怕了。”

“这么说，你来这儿的时候很害怕？”恶魔得意扬扬地摇晃着脑袋。

“害怕找不到你。”

“你在冒犯我，可你的脚刚刚绊着了一些人的尸体！”

“明天，也许它们就将绊着你的尸体了。”

矮人气得发抖；奥尔齐涅一动不动，神态始终平静而高傲。

“你小心点儿！”强盗喃喃道，“我要揍扁了你，就像挪威的冰雹打在阳伞上一样。”

“我用不着什么盾牌来抵挡你。”

奥尔齐涅的目光中似乎有点儿什么在镇住恶魔。后者开始用指甲去抓奥尔齐涅的大氅上的毛，仿佛一只猛虎扑向猎物之前在刨草一般。

“你教我懂得什么叫怜悯。”

“可你教我懂得了什么叫蔑视。”

“孩子，你的声音很柔和，你的面孔很鲜亮，仿佛一个姑娘的声音和面孔……你找我不是在找死吗？”

“找你的死。”

矮人大笑。

“你还不知道我是个恶魔，我的思想就是毁灭者英戈尔夫的思想。”

“我知道你是个强盗，你谋财害命。”

“你弄错了，”恶魔打断他说，“我为杀人而杀人。”

“阿勒菲尔德一家不是给了你钱你才杀害狄斯波尔森上尉的吗？”

“你在说些什么呀？你说的那些人都是谁呀？”

“你难道不认识你在乌尔什塔尔海滩杀害的狄斯波尔森上尉？”

“这很有可能，不过我早已忘了，正像我三天之后也会把你忘了一样。”

“你不认识阿勒菲尔德伯爵？是他给你钱让你抢走那个上尉的一只铁盒子的。”

“阿勒菲尔德！等等。是的，我认识他。我昨天还用我儿子的头盖骨喝过他儿子的血哩。”

奥尔齐涅恶心地一颤。

“你是不是因为对报酬不满意？”

“什么报酬？”强盗问。

“听着，看见你我就恶心，该结束了。一个星期之前，你从你的一个受害者、孟哥尔摩的一个军官身上偷走了一只铁盒子吧？”

强盗闻言，浑身发颤。

“孟哥尔摩的一名军官！”他低声说，然后又惊讶地问道，“难道你也是孟哥尔摩的一名军官？”

“不是！”奥尔齐涅说。

“真倒霉！”

强盗的脸阴沉下来。

“听着，”无畏的奥尔齐涅又说，“你偷的那位军官的铁盒子在哪儿？”

矮人好像想了一会儿。

“英戈尔夫作证！一个可恶的铁盒子竟牵动了这么多人。我告诉你吧，如果你的骨头装进棺材，也没这么多人去找它的。”

强盗的这番话说明他是知道奥尔齐涅所说的铁盒子的下落的，这使他增加了夺回它来的希望。

“告诉我你把这铁盒子弄到哪儿去了，是不是在阿勒菲尔德伯爵手里？”

“不在。”

“你撒谎，你在笑哩。”

“你爱怎么想就怎么想，干我屁事！”

恶魔确实是一脸嘲讽的神气，这更使奥尔齐涅疑窦丛生。他看到，没有别的办法，只有让对方发火，或者可能的话，把他镇住。

“听我说，”奥尔齐涅提高嗓门说，“你必须把那只铁盒子给我。”

“你是不是习惯了对牛和熊发号施令？”恶魔仍旧那么笑着回敬道。

“我到地狱里也会对魔鬼发号施令的。”

“过一会儿你就能这么做了。”

奥尔齐涅抽出利剑。利剑在黑暗中发出寒光。

“俯首听命！”

“来吧，”对方挥着石斧说，“你来的时候，我本该敲碎你的骨头，吮吸你的血的，可我忍住了，因为我很想看看小麻雀是怎么扑向大老雕的。”

“浑蛋！”奥尔齐涅吼道，“看招儿！”

“这还是头一次有人对我说这话哩！”强盗咬牙切齿地嘟囔着。

他一边这么说着，一边跃上花岗岩祭坛，蜷起身子，宛如在岩石高处等着猎人，准备出其不意地向他扑去的豹子。

他在那儿用眼睛死死地盯住年轻人，好像在考虑从哪个方向扑向他最好。要是尊贵的奥尔齐涅稍微犹豫一下，那就完了。但他没给强盗考虑的机会，手疾眼快地向强盗扑过去，剑尖逼着对方的面孔。

于是，难以想象的恶斗开始了。矮人像基座上的一尊雕像似的站在祭坛上，俨然是野蛮时代在此处接受无视宗教、亵渎神明的供奉的狰狞偶像。

他身手不凡，无论奥尔齐涅从哪个方向攻击，总是遇到他的正面以及他那石斧的利刃。年轻人要不是幸好想到把大氅卷在左臂上，致使疯狂敌人的大部分斧劈都被这飘动的盾牌挡住了，那他头几招下来，便已粉身碎骨了。他俩如此这般的大战了好几分钟，都想伤及对方，但均未能奏效。矮人那双冒火的灰眼睛突出眼眶。对手看上去如此的柔弱，却使出浑身解数，勇敢地与他大战不休，令他十分惊奇，顿时怒火中烧，收起狂野的狞笑。恶魔紧绷着脸，奥尔齐涅冷静不屈，这与他俩那矫健的身手和凌厉的攻势形成了强烈的对照。

除了兵器的碰击声、年轻人脚步的杂沓声和搏斗双方急促的喘息声之外，听不见其他声音。忽然，矮人发出一声骇人的吼叫，他的石斧刚刚砍进大氅的褶缝里。他顽强地顶住，拼命地抽动手臂，可是竟连斧柄也同斧刃一道卷进大氅里去，而且愈是挣扎，缠得也愈发地紧。

不可一世的强盗看见年轻人的剑顶住了自己的胸膛。

“听着，我再说一遍，”奥尔齐涅胜券在握地说，“你想不想还我被你卑鄙地偷去的那个铁盒子？”

矮人沉默了片刻，然后大吼一声说：

“不还，你个该死的！”

奥尔齐涅仍旧得意扬扬而且咄咄逼人地说：

“想想吧！”

“不，我跟你说了，不还！”强盗重复道。

尊贵的年轻人收回了剑，说：

“好吧！把斧子从大氅褶皱间抽出去，咱们继续搏斗。”

恶魔不屑地纵声大笑说：

“孩子，你装作豪爽，好像我需要似的！”

还没等惊讶不已的奥尔齐涅转过头来，强盗已一脚踏上他那位仗义的胜利者的肩头，一纵身，跳到十二步开外去了。

然后，他又一纵身，扑向奥尔齐涅，整个身子吊在后者身上，仿佛豹子用嘴脸和爪子抓住大雄狮的肋间。他的指甲抠进年轻人的肩膀里去；他的疙疙瘩瘩的膝头夹住后者的腰部；他那可憎的脸正对着奥尔齐涅的面部，张着一张血盆大口，露出准备撕咬的野兽的利齿。他不再说话了，喘息不定的喉咙里没说出一句人的话来，只有那夹杂着粗哑而猛烈的吼叫的低声咆哮在表达他的愤怒。这比野兽还要可憎，比恶魔还要凶猛，这是一个没有了任何人味儿的人。

奥尔齐涅被矮人撞了个趔趄，要不是身后德洛伊教建筑中的一根宽大的支柱挡住他，这猝不及防的一冲准把他撞倒了。他被凶猛的敌人压得向后半仰着身子，喘息不定。如果大家想到刚才所描绘的只是瞬间发生的事的话，就会多少知道此刻的搏斗该是多么的可怕了。

我们已经说了，尊贵的年轻人趔趄了一下，但并没有发抖。霎时间，他想到要跟艾苔尔永别了。这爱的思绪仿佛是一种祷告，给了他力量。他用双臂搂紧恶魔，然后抓住利剑中间，直插对方背脊。强盗被刺中，惨叫一声，猛地一扭曲，使奥尔齐涅站立不稳，趁机挣脱对方铁钳似的手臂，朝后几步摔倒在地，牙齿上还咬着一块他愤怒之中咬下的大氅碎片。

他像一只小羚羊似的灵巧敏捷地站起；搏斗第三次又开始了，比以前更加凶猛可怕。他碰巧是跌在一大堆大岩石旁，里面长满了千百年未曾受到过侵扰的苔藓和荆棘。两个力气平常的人连其中最轻的石头都抬不动的。强盗双手抱起其中的一块，举过头顶，向奥尔齐涅砸过去。此刻，他两眼格外吓人。石块被用力掷出，沉重地越过空间，年轻人刚刚来得及转身闪过。那块大花岗岩在墙根下摔得粉碎，发出一声巨响，在洞穴中引起很久的一片沉闷的回声。

奥尔齐涅惊呆了，几乎都没来得及镇静下来，又一块巨石已经在强盗两手中晃动起来。他眼见自己如此窝囊地被动挨打，顿时火冒三丈，高举着利剑，朝矮人扑了过去，转守为攻。但那巨石像炸雷一般滚滚而来，在洞穴中的凝重黯黑天空中，与迎面而来的出鞘的薄剑相遇，那剑像玻璃似的被击成碎片，四处飞散，只听见恶魔的恶狠狠的笑声在拱顶内回荡。

奥尔齐涅被解除了武装。

“你死前有什么话要对上帝或魔鬼说吗？”恶魔吼叫道。

这时，他两眼冒火，浑身筋肉因愤怒和高兴而绷紧，不耐烦地哼了一声，便扑向落在地上裹在大氅里的石斧……可怜的艾苔尔！

突然，洞外远远传来一阵吼声。恶魔停住了。吼声越来越大；一头熊的哀嚎中夹杂着几个人的嘈杂声。强盗侧耳聆听。痛苦的哀嚎在继续。他一把抄起石斧，冲了过去，但不是朝奥尔齐涅，而是朝我们提到过的透进光亮的一条石缝冲过去。奥尔齐涅见恶魔撇下了他，好生惊奇，便像那恶魔一样朝着这些天然的出口中的一条走去。只见不远处的一片林中空地上，一头大白熊被七位猎手给团团围住。他甚至认为在其中分辨出了那个肯尼博尔。此人昨晚的那番话给他留下了深刻印象。

他转回身来，强盗已不在洞穴中了，只听见外面有一个可怕的声音在喊：

“弗利安！弗利安！我来了！我来了！”

30

好孩子比埃尔掷骰子输了个精光。

——雷尼埃

孟哥尔摩火枪手团正在特隆赫姆和斯孔根之间隘道上行进。他们忽而傍着一条激流而行，只见一长串刺刀像鳞片在阳光下闪闪发光的一字长蛇在沟谷中爬行；忽而盘山而上，宛如周围立着青铜士兵的一根根凯旋柱。

士兵们枪口朝下，大衣敞着，厌烦赌气地走着，因为这些高贵的人只喜欢打仗或者休息。他们昨天还津津有味地开着粗俗的玩笑，说着老掉牙的挖苦话，可今天却没这份闲情逸致了。天气很冷，天空雾气蒙蒙，除非有一位女火头军笨拙地从她的小柏柏尔马上摔下来，或者一口白铁大锅从岩上滚落下去，直到谷底，才会在队伍里引起一阵短暂的哄笑。

正是为了暂时地消除一下这征途上的烦闷，年轻的丹麦男爵兰德梅尔中尉才与临时拉来的老上尉洛瑞攀谈起来。上尉阴沉着脸，一声不响，步伐沉重但有力地走着；中尉身轻体健，抽打着从路边折下的一条荆棘枝条，呼呼生风。

“喂，上尉，您怎么了？您挺忧伤的。”

“一看就知道原因了嘛！”老军官回答说，但没有抬头。

“好了，好了，别忧伤了。您瞧我，我忧愁吗？可我敢说，我至少同您一样有理由发愁。”

“我不相信，兰德梅尔男爵，我失去了我唯一的财产，那是我全部的财富。”

“洛瑞上尉，咱俩的不幸正好一样。不到半个月前，阿尔贝雷克中尉掷骰子赢去了我那漂亮的兰德梅尔城堡及其属地。我破产了。可您看我因此而不快活了吗？”

上尉声音凄切悲凉地回答道：

“中尉，您只失去了您那漂亮的城堡，可我，我失去了爱犬。”

听到这个回答，年轻人那轻佻的脸上流露出哭笑不得的表情。

“上尉，”他说，“想开点儿吧。喏，我失去了城堡……”

对方打断他说：

“那有什么？再说，您还可以赢回另一座城堡嘛。”

“那您也会找到另一条狗的。”

老人摇了摇头。

“我会再找到一条狗的，但却找不回我的可怜的德拉克了。”

他止住话语，大滴的泪水在眼眶中滚动，一滴滴地顺着他那张粗糙坚硬的脸庞流下来。

“我一辈子只爱过它，”上尉继续说，“我没见过父亲和母亲，愿上帝赐予他们安宁，也让我可怜的德拉克好好安息吧！……兰德梅尔中尉，它在波梅拉尼亚战争中曾救过我的命；我之所以叫它德拉克，是为了纪念那位著名的海军上将……这条好狗！它不管我穷或富，一直对我忠心耿耿。奥霍尔芬战斗之后，察克大将军用手抚摸着它对我说：‘您这条狗非常漂亮，洛瑞中士！’……当时我还只不过是个中士。”

“啊！”年轻的男爵抽打着他的荆棘条打断他说，“当一名中士好像挺滑稽的。”

临时拉来的这位老兵没有听见中尉的话，他似乎在自言自语，只能隐隐约约地听见他嘴里喃喃着的只言片语。

“这可怜的德拉克！那么多回都安然无恙地从突破口和战壕中回来，可是却像一只猫似的，在那该死的特隆赫姆海湾淹死了……我可怜的狗呀！我忠实的伙伴！你本该像我一样战死在疆场的。”

“我的好上尉，”中尉嚷道，“您怎能这么忧伤呢？我们也许明天就要投入战斗了。”

“是的，”老上尉鄙夷地回答，“去打一些凶暴的敌人！”

“什么！就那些强盗矿工！那帮鬼山里人！”

“一些石匠，剪径的盗贼！一些都不会布猪头阵或古斯塔夫·阿道夫[①]阵的人！一群十足的浑蛋，竟然同我这样的人对阵！我可是参加过波梅拉尼亚战役和荷尔斯泰因战役的人！我可是经历过查尼亚战斗和达勒卡尔利战斗的人！我可是在伟大的察克将军和英勇的盖尔登留伯爵的麾下打过仗的人！”

“可您并不知道，”兰德梅尔打断他说，“这帮强盗有一个可怕的头领，是一个像哥利亚[②]一样的强大的凶残的巨人，一个只喝人血的强盗，一个集撒旦之大成的恶魔。”

“到底是谁呀？”对方问道。

“嗨，臭名昭著的冰岛凶汉呗！”

“哼，我敢说，这个了不起的将军连快速枪上膛都不会，连给帝式马枪上膛都不会！”

兰德梅尔放声大笑。

“是的，笑吧，”上尉继续说，“宝刀对破镐，高贵的长矛对粪叉，那将确实好笑！这帮人也算得上敌人！我的好德拉克要是在的话，连他们的大腿都不屑去咬的！”

上尉继续尽情地发泄满腔怒火。突然，一名军官上气不接下气地向他俩奔来，打断了上尉的话。

“洛瑞上尉！亲爱的兰德梅尔！”

“怎么啦？”二人异口同声地问。

“朋友们，我吓得浑身冰凉！……阿勒菲尔德！阿勒菲尔德中

---

① 即古斯塔夫二世(1594—1632)，1611年到1632年为瑞典国王。

② 《圣经》中的巨人名。

尉！首相的公子！您知道，我亲爱的兰德梅尔男爵，那个弗烈德里克……那么英俊……那么潇洒！……”

“是的，”年轻的男爵回答，“很英俊！不过，在卡洛腾堡最后那次舞会上，我的化装比他的品位更高……可他到底出什么事了？”

“我知道你们想说谁，”洛瑞插言道，“是说弗烈德里克·阿勒菲尔德，三连的那个中尉，穿蓝翻领的那位。他对服役却很随便的。”

“大家不会再责备他了，洛瑞上尉。”

“怎么啦？”兰德梅尔问。

“他在瓦尔斯特罗姆驻防。”老上尉继续冷冰冰地说。

“正是，”另一位又说，“上校刚刚接到一封信……那个可怜的弗烈德里克！”

“到底怎么回事呀？波拉尔上尉，您在吓唬我们。”

老洛瑞继续说：

“嗨！我们的这位花花公子准是像往常一样误了点名，上尉准是把首相的这位公子送进了监狱。我肯定，就是这个不幸把您吓成这个德行的。”

波拉尔拍拍他的肩膀。

“洛瑞上尉，阿勒菲尔德中尉被活生生地吃了。”

两个上尉互相对视着，而兰德梅尔怔了一下，突然放声大笑起来。

“哈哈！哈哈！波拉尔上尉，我知道，您总爱这么恶作剧。不过，我可告诉您，这一回我可不上您的当了。”

中尉抱住双臂，尽情地大笑不已，还硬说最让他开心的是，洛瑞对波拉尔胡编乱造的玩笑总是深信不疑。他说，这故事真的挺滑稽，想出让那个保养肌肤到了荒唐可笑程度的弗烈德里克给活活吃了的这个主意，可真叫逗乐的。

“兰德梅尔，”波拉尔一本正经地说，“您真是个疯子。我是告诉您说阿勒菲尔德死了。我是从上校那儿知道的……死了！”

“啊，他装得有多像呀！”男爵仍然笑着说，“他真逗！”

波拉尔耸耸肩，转向老洛瑞；后者冷静地问了他一些情况。

“是呀，真的，我亲爱的波拉尔上尉，”止不住笑的男爵又说，“那您给我们讲讲那可怜的家伙是被谁吃掉的吧。他是不是做了狼的午餐，或者熊的晚餐了？”

“上校在行军途中接到一份急件，”波拉尔说，“急件先对他说瓦尔斯特罗姆的驻军面对人数众多的起义军，在向我们这个方向收缩。”

老洛瑞蹙起眉头。

“急件随后说，弗烈德里克·阿勒菲尔德中尉三天前去阿巴尔废墟方向打猎，遇上了一个怪物，被掳进其洞穴中，吃掉了。”

兰德梅尔闻言更加欢叫不已。

“哈哈！哈哈！瞧这好洛瑞多么相信童话故事呀！很好，亲爱的波拉尔，您就老这么一本正经的吧。您可真够逗乐的。您该不会对我们描绘那个像逮小羊羔似的掳走并吃了中尉的怪物、那个食人妖魔、那个吸血鬼是什么模样吧？”

“对您我是不会说的，”波拉尔不耐烦地嘟囔着，“但我会对洛瑞说的，他不是一个讲什么他都不信的人……亲爱的洛瑞，喝弗烈德里克血的那个怪物，就是冰岛凶汉。”

“强盗头儿！”老军官嚷道。

“喏，好洛瑞，”兰德梅尔仍旧挖苦地说，“一个人牙齿练得那么好，还用得着操练帝式枪法吗？”

“兰德梅尔男爵，”波拉尔说，“您同阿勒菲尔德一个脾气，当心别遇到他同样的下场。”

“可以说，”年轻男爵大声说道，“我觉得最有趣的是，波拉尔上尉一直声色不动。”

“可我，”波拉尔反唇相讥，“我觉得最可怕的是，兰德梅尔中尉那永不枯竭的快活劲儿。”

这时候，几个看上去谈得很起劲儿的军官，走近我们的这三位交谈者。

“啊！真的，”兰德梅尔嚷道，“我得用波拉尔的故事逗逗他们……伙伴们！”他向他们迎上去说，“你们不知道吧？那个可怜的弗烈德里克·阿勒菲尔德刚刚被凶恶的冰岛凶汉给活嚼了。”

他说完这话，忍不住哈哈大笑起来，可令他非常吃惊的是，那几位军官听了他的话之后，气愤地吼了起来。

“怎么，您还觉得好笑！……我认为兰德梅尔不该用这种态度对待这样的一个消息……这么大的不幸，还笑得出来！”

“怎么？”兰德梅尔慌乱不已地说，“难道这会是真的？”

“哼！不是您在跟我们叙述这事吗！”众人异口同声地吼道，“难道您对自己说的话都不相信吗？”

“可我还以为这是波拉尔在开玩笑哩。”

一位老军官开了腔：

“要是开玩笑的话，那就够缺德的了，可惜这不是玩笑。我们上校沃特豪恩男爵刚刚得到这个噩耗。”

“太可恶了！太可怕了！”大家都在嚷叫。

“我们将去同一群人面狼或人面熊战斗了！”其中有一个人说。

“我们将受到火枪射击，可又不知子弹从何处飞来。”另一个人说，“我们将像鸟栏中的老野鸡似的被一个个地杀死。”

“阿勒菲尔德的死令人不寒而栗，”波拉尔庄重地说，“我们团很不幸。狄斯波尔森之死、在卡斯卡迪摩尔发现的那些可怜的士兵之死、阿勒菲尔德之死，短短的时间连续发生三桩惨案。”

沉默不语的年轻的兰德梅尔男爵从沉思冥想中醒了过来。

“这事真不可思议，”他说，“那个弗烈德里克舞跳得那么好！”

说完这句深思的话语之后，他又沉默起来。洛瑞上尉说他对年轻中尉的死深感悲痛，然后，他提醒第二火枪手托利克·贝尔法斯特注意，他弹带上的子弹没有平时那么亮。

31

要是他同他们谈得投机呢？要是这一切只不过是一个闹剧呢？要是他不配我想为他做的一切呢？

——莱辛

“嘘！嘘！有个人沿着楼梯从上面下来了。”

……

“啊，是的，是个奸细。”

“老天爷所能赐予我的最大的恩惠，莫过于把……我的生命交付于您。我是您的人了，我求求您告诉我，这支队伍是属于谁的。”

“属于巴塞罗那伯爵。”

“哪个伯爵？”

……

“怎么回事？”

“将军，抓住一名奸细。”

“你从哪儿来的？”

“我来这儿的时候，根本没有考虑到会到得了这儿，没有料到会见到我所看见的一切。”

——洛普·德·维加：《势单力薄》

太阳落山之后，若独自一人在光秃不毛的乡间走，脚踩踏着干草梗，听着单调乏味的蝉鸣，看着大片的乱云像僵尸幽灵似的慢腾腾地没于天边，那景象不免凄厉悲凉。

奥尔齐涅那天晚上与冰岛凶汉交手未果之后，十分丧气，眼前所见的就是这番景象。对手突然不见踪影，他不觉怔了一会儿，首先想到的是追上前去，但他在灌木丛中迷了路，在越来越荒凉不毛的土地上转悠了一整天，也没遇上个人影。日落时分，他来到一片宽阔的平原，四周是茫茫一片环形天际，没有他这个饥渴疲惫的年轻旅行人歇脚的屋宇。

肉体的痛苦本已严重，但他的心却更加愁苦。他这下子可完了！他走到了旅途的尽头，但却未能达到此行的目的。他连原先催促他追踪那个强盗的疯狂希望和幻想全都丧失殆尽。现在，他的心已没有任何支持的力量了，昨天还根本不存在的千百种灰心丧气的念头全都袭上他的心头。这如何是好呢？没能带回拯救艾苔尔的文件，他又怎么回去见舒玛赫呢？夺不回那致命的铁盒子会造成多么可怕的不幸！还有他同乌尔丽克·阿勒菲尔德的婚事！要是他能把他的艾苔尔从那可耻的监狱里搭救出去该有多好！要是他能同她一起逃走，把他的心上人带到某个遥远偏僻之处该有多好！

他裹紧大氅，躺在地上。天空黑漆漆的，暴风雨前的闪电宛如穿过丧事面纱一般，不时地穿透云层，闪现一下，旋即又消失了。寒风在原野上肆虐。年轻人几乎没去考虑即将来临的暴风骤雨的这些先兆，再说，即使他能找到一个躲风避雨、好好休息之处，可又怎能找到逃避不幸、思绪安宁之所呢？

突然间，有说话声传到他的耳朵里。他很惊讶，用肘撑起身子，瞥见离他不远处有几个黑影在黑暗中移动。他注意地看着，只见这伙不速之客中间有火光在闪，随后，奥尔齐涅看见这几个幽灵似的人影相继地钻入地下去了，可想而知，他有多么惊奇……一切全都消失了。

奥尔齐涅不像他同时代的同胞们那么迷信，他思想严肃而成熟，不信这些无谓的迷信，不信那些折磨幼稚的民族、幼稚的人的那些怪诞吓人的传说。可是，在刚才那奇怪的显形之中，有某种超乎自然的东西，使他对自己的理性产生了极大的怀疑，因为谁都不知道鬼魂有时是否会回到人间来。

他站起身来，画了个十字，朝着幻象出现的地方走去。大滴的雨珠开始落下来了；他的大氅像风帆似的鼓了起来，帽子上的羽毛被风吹得直打他的面孔。

他突然站住了……一道闪电划过，他看见脚前是一口宽大的圆井，要不是幸好打了个闪，他非掉下去不可。他靠近深井。吓人的井底有一微光在晃动，在这地心中挖掘出来的巨大圆筒中更低的一端上映出微微红光。这光亮仿佛是地精[1]点燃的魔火，好像反而使得周围更加漆黑一片，眼睛非得透过这茫然一片漆黑才能看到那光亮。

不屈不挠的年轻人俯身深渊，凝神细听。有说话声远远地传了上来。他不再怀疑了，刚才在他眼前奇怪地出现又消失的那些影子就是钻到这个深渊中去的。于是，他便感到有一种不可抵御的欲望袭上心头，因为他无疑是命中注定要随这些影子之后下到深渊的，哪怕是追踪鬼魂到地狱也决不退缩。再说，暴风雨开始疯狂地下起来了，而这深渊正好为他提供了一处避雨的地方。可怎么下去呢？如果他要追踪的不是幽灵，那他们是从哪儿下去的？……又一道闪电帮了他的大忙，使他看见自己脚前正好是直达洞底的梯子的顶端。梯子状如一种垂直的隔栅，每隔一段，横着一根短铁棍，供敢于下去的人脚踏手抓的。

奥尔齐涅没有犹豫。他大胆地攀上这个巨大的梯子，往深渊中下去，甚至都不知道这梯子是否直达洞底，也不考虑能否重见天日。

很快，头顶上方已漆黑一片，只能看见天空中不时地闪过一

① 神话传说中守护地下金银财宝的神。

道淡蓝的闪电。很快，那铺天盖地的倾盆大雨，落到他的身上时已不过是一些细细的雨丝。又过了一会儿，钻进深井中的狂风在他上方变成了呼啸声。他继续往下，再往下，仿佛怎么也到不了洞底似的。他并没有灰心，还在继续往下，只是尽量避免往深处看，免得一不小心摔了下去。

这时，空气越来越稀薄，说话声越来越清晰，淡红的光亮开始映照出深井的圆壁，这一切终于告诉他，离洞底不远了。他又下了几级梯子，眼睛可以清楚地看见梯子下面有个地道入口，被一缕颤动的红光照亮着，这时，他耳朵里传进几句话来，吸引了他的全部注意力。

“肯尼博尔还没到！”有个声音不耐烦地在说。

“谁拴住他了？”片刻之后，这同一个声音又说。

“我们不知道，哈凯特大人！”有人在回答。

“他大概是在苏布村他妹妹梅丝家过夜了？”另一个声音补充说。

“你们都看见了，”第一个声音又说，“我可是信守了我的全部诺言的。我答应把冰岛凶汉带来当头的，我就把他给你们带来了。”

众人对这话窃窃私语了一番，但很难猜出都说了些什么。昨晚就让他非常吃惊的肯尼博尔这个名字本已使奥尔齐涅好奇得很，现在又听见冰岛凶汉的名字，他就愈发地要看个究竟了。

那同一个声音又在说：

“若纳斯，诺尔比特，我的朋友，肯尼博尔即使迟到了，又有什么关系！我们的人已经很多，什么也不用怕了。你们在克拉格废墟找到义旗了吗？”

“找到了，哈凯特大人！”好几个声音在回答。

“那好！举起义旗吧，是时候了！这是金子！这是你们战无不胜的头领。勇敢些！为搭救尊贵的舒玛赫，为搭救落难的格里芬菲尔德伯爵，前进吧！”

“万岁！舒玛赫万岁！”众人一齐高呼，舒玛赫的名字在蜿蜒的地下拱顶中经久不息地回荡着。

奥尔齐涅愈发的好奇，愈发的惊讶，屏声敛气地听着。他对自己所听到的一切简直无法相信，也无法明白。舒玛赫与肯尼博尔，与冰岛凶汉搅和在一起了！他这个没人发现的观众看到的这场戏里搞的都是什么卑鄙的阴谋呀？他们在捍卫谁的生命？他们在拿谁的脑袋开玩笑？

“你们听着，”那同一个声音又在说，“你们都看见我这个尊贵的格里芬菲尔德的朋友、亲信了。”

奥尔齐涅从没听见过这个人的声音，只听见这声音又在继续说道：

“……你们要相信我，就像伯爵信赖我一样。朋友们，一切都对你们有利；你们将顺利地到达特隆赫姆，不会遇上一个敌人的。”

“哈凯特大人，”一个声音打断他说，“咱们走吧。彼得斯跟我说他看见山间隘路中有整个孟哥尔摩团在向我们开过来。”

“他在骗您，”对方威严地回答道，“州政府还不知道你们要起事，非常笃定，就连拒绝你们正义要求的那个人、你们的压迫者、著名而不幸的舒玛赫的压迫者勒万·德·克努德将军竟离开了特隆赫姆，前往首都参加他的学生奥尔齐涅·盖尔登留同乌尔丽克·阿勒菲尔德的名满天下的喜庆大典了。”

可想而知，奥尔齐涅该有多么惊奇。在这片荒凉偏僻的地方，在这个神秘的深洞之中，听到一些陌生人说出所有那些与他有关的名字，甚至包括自己的名字！他心中升起一种极大的疑惑。这是真的吗？他听见的那个说话的人果真是格里芬菲尔德伯爵派来的人吗？什么！舒玛赫这个尊敬长者，他亲爱的艾苔尔的尊贵父亲，竟然造国王陛下的反！竟然联络强盗，点燃内战之火！他这个挪威总督的儿子、勒万将军的学生竟然为了他这个伪君子而葬送前程，牺牲生命！正是为了他舒玛赫，他奥尔齐涅才寻到那个冰岛大盗，并与之搏斗的，可舒玛赫好像在与之相勾结，因为他竟让这个家伙当了这帮强盗的头领！谁知道呢，也许他奥尔齐涅险些为之丧命的那个铁盒子里藏着这个卑鄙阴谋的什么可耻秘密哩！也许孟哥尔摩那个爱报复的囚徒耍了自己？也许他发现了自己的真实姓名？也许——这个想法对高尚的年轻人来说该有多痛苦！——他通过把自己推到这凶多吉少的旅途上来除掉仇敌的儿子？

唉！一个人长期以来对一个落难之人心怀崇敬和爱戴，在他心灵深处，向这个落难之人发誓要永远爱戴不变心，可是，一旦发现对方以怨报德，感到自己行侠仗义的幻想破灭了，必须抛弃这种肝脑涂地的极其纯洁、极其温馨的幸福，那该有多么痛苦啊！顷刻间，他衰老了，晚境凄苦，成了个饱经沧桑的老朽，失去了生活中最美丽的幻想，而这幻想正是他唯一美好的东西。

奥尔齐涅此刻心乱如麻，这些痛苦的思绪全都袭上了心头。尊贵的年轻人真想在此刻了却一生，他觉得生命的全部乐趣全都离他而去。在格里芬菲尔德派来的人的话语之中，他觉得确实有着一些撒谎或可疑之处，但是，这些谎言正是为了蒙骗一些可怜的乡下人的，所以舒玛赫在他看来就更加罪不容恕。可这个舒玛赫竟是他的艾苔尔的父亲！

这种种思绪同时向他袭来，使他心痛难耐。他在踩着的梯子上摇晃了一下，又继续听下去，因为人有时不知道为什么，总是死气白赖地非要知道最怕知道的不幸的事。

"是的，"派来的那人继续说，"你们由大名鼎鼎的冰岛凶汉指挥，谁还敢同你们较量？你们的事业就是你们被可耻地剥削压迫的妻子儿女的事业，就是二十年来被平白无故地投入肮脏监狱的一个尊贵的落难之人的事业。去吧，舒玛赫和自由在等待着你们。向暴君开战！"

"开战！"成百上千个声音在喊，随后，蜿蜒曲折的地下通道里，响起了一阵阵兵器的响声和山里人的低沉的号角声。

“慢着！”奥尔齐涅大吼一声……他迅急地下了最后几级梯子。阻止舒玛赫犯罪并使自己的国家免遭浩劫的念头一下子涌进他的脑海。然而，当他出现在地道口的那一刹那，那种害怕因为自己那冒冒失失的一声吼而毁了艾苔尔的父亲，也许还毁了艾苔尔本人的心情压倒了他心中的任何其他情感，使他在那儿怔住了。他面色苍白，惊奇地看着眼前那奇特的场面。

眼前有如地下城的一个宽阔的广场，边缘一直延伸到一根根支撑拱顶的坑木后面。上千支火把把坑木映照得犹如水晶壁柱般通体透亮。举着火把的人拿着各式各样的武器，散乱无序地待在广场深处。看着这些光亮以及这一张张吓人的面孔在黑暗中晃动着，真以为是古老传说中所说的那种巫魔聚会，举着星星当火炬，照亮夜色中的蛮荒森林和倒塌的城堡。

顷刻间，响起了一阵吼声。

“是个陌生人！杀了他！杀了他！”

成百只手臂已经向他举起。他伸到腰间去摸佩剑……尊贵的年轻人，他一时兴起，竟忘了自己是独自一人，而且还没有了武器。

“慢着！慢着！”奥尔齐涅认出是舒玛赫的代表的那个声音在喊。

此人又矮又胖，穿了一身黑，眼里透着快乐和虚假。他向奥尔齐涅走过来。

“您是谁？”他问奥尔齐涅。

奥尔齐涅没有回答。他被团团围住，胸前被无数支剑尖或枪口顶住。

“你害怕了？”矮个子笑问道。

“如果不是这些剑而是你的手搁在我的心口，”年轻人冷冷地说，“你将会看到我的心并不比你的跳得快，假如你也有一颗心的话。”

“哈哈！哈哈！”矮胖子说，“他还硬充好汉！那好！杀了他。”他说完转过身去。

“杀了我吧，”奥尔齐涅回敬道，“我正想欠你这份情哩。”

“等一等，哈凯特大人，”一位拄着长枪的大胡子老头说，“您是在我这儿，只有我有权送这个基督徒去向死鬼们讲述他在这儿看见的事。”

哈凯特大人哈哈大笑说：

“好吧，若纳斯，随您的便！只要是把这个奸细处死，由您来审判我并不介意。”

老头转向奥尔齐涅：

“喂，告诉我们你是什么人，竟这么大胆，想知道我们是谁？”

奥尔齐涅一声不响。他被他本心甘情愿为之送死的舒玛赫的这帮古怪支持者包围着，此刻他只有一个强烈愿望：尽快死去。

“阁下不想回答，”老头说，“狐狸一旦被捉住，就不叫唤了。杀了他。”

“我的好若纳斯，”哈凯特说，“还是让冰岛凶汉来杀此人，立个头功吧。他就在你们中间。”

“对，对！”众人吼道。

奥尔齐涅很惊奇，但仍视死如归。他用眼睛寻找他当天早上还在与之英勇搏斗的那个冰岛凶汉。他看到一个山里人装束的魁梧男子向他走来，愈发的惊奇。这巨人凶狠愚钝地死盯住奥尔齐涅，叫人拿斧子来。

“你不是冰岛凶汉！”奥尔齐涅气势汹汹地说。

“杀了他！杀了他！”哈凯特怒不可遏地吼道。

奥尔齐涅看到自己非死不可，便把手伸到胸前，想取出他的艾苔尔的秀发，给它最后一个吻。他这么一动，却把腰间的一张纸弄掉下来。

“这是什么？”哈凯特说，“诺尔比特，把它捡起来。”

名叫诺尔比特的是个年轻人，脸色黝黑，棱角分明，表情不俗。他把那张纸捡起，展开。

“上帝，”他嚷道，“这是我可怜的朋友克利斯多菲鲁斯·尼德兰姆的通行证。我那不幸的伙伴一周前在斯孔根公共广场因造假币被处决了。”

“那好！”哈凯特大失所望地说，“你就留着这张破纸吧。我还以为是个重要东西哩。您，亲爱的冰岛凶汉，把这家伙解决了吧。”

年轻的诺尔比特立于奥尔齐涅面前，大声喊道：

“此人受我保护。谁要动他一根毫毛，先把我的头砍了。我不允许谁践踏我朋友克利斯多菲鲁斯·尼德兰姆的通行证。”

奥尔齐涅受到如此奇特的保护，感到羞辱地垂下了头，因为他回想起自己心里曾经多么鄙夷地对待布道牧师亚大纳西·孟德尔那句感人的祝愿：“让临终之人的馈赠有助于旅行者吧！”

“得了！得了！”哈凯特说，“您在说蠢话，我的好诺尔比特。这人是个奸细，必须杀了他。”

“把我的斧头给我！”巨人说。

“不许杀他！”诺尔比特吼道，“否则，被他们可耻地绞死的我那可怜的尼德兰姆的在天之灵将会如何说呢？我告诉你们，不许杀他！因为尼德兰姆不愿他死。”

“的确，”老若纳斯说，“诺尔比特说得好。哈凯特大人，您怎能让人杀死这个陌生人呢？他有克利斯多菲鲁斯·尼德兰姆的通行证。”

“可他是个奸细，是个奸细！”哈凯特又说。

老头站到年轻人身旁，挡住奥尔齐涅。二人严肃地说：

“他有克利斯多菲鲁斯·尼德兰姆的通行证；尼德兰姆是在斯孔根被绞死的。”

哈凯特看到必须让步，因为其他所有人也都开始在窃窃私语，说这个陌生人不能死，因为他带着伪币制造者尼德兰姆的通行证。

“好吧，”哈凯特强压怒火低声说，“那就让他活着吧，反正这是你们的事。”

“他就是魔王，我也决不杀他！”诺尔比特得意扬扬地说。

他边说边转身对着奥尔齐涅继续说道：

“听着，你大概是位好兄弟，因为你带着我可怜的朋友尼德兰姆的通行证。我们是皇家矿工。我们为了摆脱监护权造反了。你看见的哈凯特大人说，我们是为一个什么舒玛赫伯爵而拿起武器的，可我并不认识他。陌生人，我们的事业是正义的。你听好，并像回答你的保护神那样回答我。你愿不愿意同我们一道干？”

奥尔齐涅脑海里闪过一个念头。

“愿意！”他回答说。

诺尔比特给他一把刀，他默默地接了过来。

“兄弟，”年轻头目说，“你要是想背叛我们，你就先杀了我。”

这时，号角声在坑道里响了起来，只听见远处有些人在说：“肯尼博尔来了。”

32

他浮想联翩，欲上九霄。

——《西班牙恋歌》

心灵有时会突然产生灵感，顿觉豁亮，无论怎么去冥思苦想，也无法表达其广度，无法探究其深度，正如上千支火炬的光亮构不成闪电那迅疾而强烈的光亮一样。

所以，我们不准备在这里分析是什么强大而神秘的冲动使得挪威总督的尊贵公子在听了年轻的诺尔比特的建议之后，去与为一个犯人而造反的强盗们为伍的。这其中无疑同时也有着一种不惜任何代价也要把这个吉凶难卜的冒险进行到底的行侠仗义的欲望，夹杂着他对生活的深感厌恶，对前途既绝望又无所谓，也许还有着某种对舒玛赫犯罪表示的怀疑，因为各种各样的可疑、虚假的表面现象使得这位年轻人感到奇怪，而且，还有着一种他自己并未觉察的搞清真相的本能，特别是他对艾苔尔的爱在驱使着他。最后，他心中肯定存有一种想着好的一面的念头，认为在舒玛赫这帮盲目的追随者中，会有一个有远见卓识的朋友来为他释疑解虑的。

33

他就是头头？他的目光令我胆寒，我不敢跟他说话。

——马图林：《伯特伦》

哈凯特听见在喊有名的猎手肯尼博尔来了，赶忙迎上前去，把奥尔齐涅撇下，与那两个头目在一起。

“您总算来了，亲爱的肯尼博尔！让我来替您介绍一下你们了不起的头领冰岛凶汉。”

肯尼博尔面色苍白，气喘吁吁，头发蓬乱，满脸汗水，满手是血地来了，但一听这名字，不觉后退了三步。

“冰岛凶汉！”

“喂，”哈凯特说，“放心吧！他是来帮你们的。您就把他看做一个朋友，一个伙伴好了。”

肯尼博尔没再听他说。

“冰岛凶汉在这儿！”他又说道。

“是呀，”哈凯特说着，强忍住一个不知何故的笑，“您会害怕他？”

“怎么！”猎手第三次打断他说，“您硬说……冰岛凶汉就在这个矿井里！……”

哈凯特转向围在他身边的人：

“我们正直的肯尼博尔是不是疯了？”

然后，他又转向肯尼博尔说：

“我明白了，您因为害怕冰岛凶汉才姗姗来迟的。”

肯尼博尔高举起手说：

“挪威圣烈女艾苔尔德拉作证，哈凯特大人，我向您发誓，不是因为害怕冰岛凶汉，而恰恰是冰岛凶汉本人使我没能早点儿赶到这里的。”

他的话在围着两个交谈者的山民和矿工们中间引起了一阵阵惊讶的窃议，使哈凯特额头上顿起一片阴云，就像刚才奥尔齐涅的出现和获救时一样。

“什么！您说什么？”他压低了声音问。

“我是说，哈凯特大人，要不是您那该死的冰岛凶汉，我在猫头鹰叫头一遍时就已经来到这里了。”

“真的！他怎么您了？”

“哦！别问我这事了。如果有谁在我活着的时候——因为我现在确实是活着哩——撞见我猎白熊的话，我宁愿我的胡子一下子变白，就像鼬鼠毛似的。”

“您是不是差点儿被熊吃了？”

肯尼博尔耸耸肩，表示不屑。

“熊！熊算是可怕的敌人！肯尼博尔被熊吃了！您把我看成什么人了，哈凯特大人？”

“啊！对不起！”哈凯特含着笑说。

“我的好大人，要是您知道我遇上了什么事的话，”老猎手压低嗓门打断他说，“您就不会跟我叨叨说冰岛凶汉在这里了。”

哈凯特似乎又一次感到狼狈不堪。他一把抓住肯尼博尔的胳膊，止住了他，仿佛怕他太靠近可以越过矿工头顶看见那巨人的大脑袋的那地方。

“亲爱的肯尼博尔，”他几乎很是庄重地说，“请您告诉我您为什么迟到的。您知道，在我们现在这个当口上，任何事情都可能是极为重要的。”

“这话不假！”肯尼博尔思索片刻说。

于是，在哈凯特的一再追问下，他向他叙述了今天早上他是怎样在六个同伴的协助之下，把一头白熊追到瓦尔德霍格洞穴附近的，因为追得太急，没有发现自己已极其靠近那可怕的地方了。这时，那头走投无路的熊的叫声引来了一个矮人，一个怪物，一个恶魔，握着一柄石斧，向他们扑过来，搭救了白熊。这个恶魔一定是冰岛凶汉；他一出现，把七个人全都吓僵在那儿。最后，六名同伴被恶魔和白熊弄死了，只有他肯尼博尔因为逃得快、又因为他身轻体健，而冰岛凶汉则已精疲力竭，而且，首先应该感谢好心的猎神圣西尔韦斯特的保佑，才幸免于难。

“您看，哈凯特大人，”他用山民们的夸张，绘声绘色地讲完他那仍让他心有余悸的故事之后说，“您看，如果说我来迟了，那不能怪我，而且，我今天上午才逃过冰岛凶汉和他的熊的，他们正在瓦尔德霍格灌木丛里拼命撕咬我那六个可怜的伙伴哩，所以，冰岛凶汉现在是不可能作为我们的朋友在这个阿普西尔－柯尔赫矿井里同我们相会的。我告诉您吧，这不可能。现在，我认识那个人形恶魔了，因为我见过他了！”

哈凯特一直在注意地听着，此时，用一种严肃的口吻开了腔：

“我的好友肯尼博尔，当您在谈到冰岛凶汉或地狱时，别相信有什么不可能的事。您刚才跟我说的这一切我早就知道了。”

科拉山里的老猎手粗犷的脸上流露出极其惊讶又极为幼稚轻信的表情。

“怎么？”

“……是的，”哈凯特继续说，稍微精点儿的人也许就能发现他的脸上透着某种得意和挖苦的表情，“我早就知道这一切了，只不过不知道您是这次悲惨冒险的英雄。冰岛凶汉来这儿的路上把这一切都跟我说了。”

“真的！”肯尼博尔说着，那注视着哈凯特的目光开始产生一种敬畏的表情。

哈凯特依旧沉着冷静地继续说道：

“当然。不过，现在，您就放心吧，我来领您去见那了不起的冰岛凶汉。”

肯尼博尔吓得大叫一声。

“我跟您说了，您就放心吧，”哈凯特又说，“把他看做你们的头领和伙伴吧。只是千万别跟他提今天早上发生的事，懂吗？”

他只好让步了，然而心里对自己同意让人领着去见那个恶魔不免有着一种强烈的厌恶。他俩朝着奥尔齐涅、若纳斯和诺尔比特走去。

“我的好若纳斯；我亲爱的诺尔比特，”肯尼博尔说，“愿上帝保佑你们！”

“我们正需要哩，肯尼博尔！”若纳斯说。

这时候，肯尼博尔的目光与奥尔齐涅的目光遇到一起。

“啊！您在这儿，年轻人，”他连忙走近他，向他伸去满是皱纹的粗糙的手说，“欢迎您。看来您的大胆行为成功了。”

奥尔齐涅不明白这个山民怎么好像那么了解他，正要问个明白，可诺尔比特却嚷了起来：

“您难道认识这个陌生人，肯尼博尔？”

“我的保护神作证，我怎么会不认识他！我喜欢他并且敬重他。他像我们大家一样忠于我们为了效忠的正义事业。”

于是，他又朝奥尔齐涅会心地看了一眼，后者正准备搭腔，可哈凯特走近他们四人了，他是去找他的巨人的，众强盗见到巨人似乎吓得四处逃窜。哈凯特说：

“我的好猎手肯尼博尔，这就是你们的头领，有名的克利普斯塔杜尔的凶汉！”

肯尼博尔朝这个巨人般的强盗看了一眼，显得十分惊讶而不是害怕，随即俯着哈凯特的耳朵说：

“哈凯特大人，我今天早上逃过的那个冰岛凶汉是个矮人。”

哈凯特悄悄地回答他说：

“您忘了，肯尼博尔！他是个魔鬼！”

“不错，”轻信的猎手说，“他会变形。”

于是，他哆哆嗦嗦地转过身去，匆匆地画了个十字。

34

面具靠近了，正是昂琪罗。滑稽的家伙很会来事，他一定是对自己的事胸有成竹。

——莱辛

在一座浓密的老橡树林里，淡淡的晨曦微微透进，一个矮人走近另一个人，后者只身一人，似乎在等着矮人。二人开始悄声谈了起来。

“让阁下久等，万望原谅！好几件事把我给耽搁了。”

“什么事？”

“山民们的头目肯尼博尔午夜时分才到达约定地点。而且，我们还被一个意想不到的见证人给搅和了。”

“是谁？”

“在我们那古犹太法庭式的聚会达到高潮的时候，突然有个人像疯子似的闯进矿井。我起先以为是个奸细，本想让人宰了他，可他身上带着一张不知是哪一个深受矿工们爱戴的被绞死者的护身符，所以他们便把他给保护下来了。我想来想去，那人想必只是个好奇的行路人，或者一个迂腐的学者。总之，我已对他采取了措施。”

“一切都挺顺利的吧？”

“非常顺利。小诺尔比特和老若纳斯率领的古德布兰夏尔和法罗群岛的矿工以及肯尼博尔领导的科拉山民，此刻大概正在行进途中。他们胡布法罗和颂德摩尔的伙伴将在离蓝星四英里的地方与他们会合。孔斯贝格的起义者和斯米亚森的铁匠队伍，正如尊贵的伯爵知道的那样，已经迫使瓦尔斯特罗姆的守军后撤了，他们将在几英里外等着肯尼博尔他们……最后，亲爱的、尊贵的主人，这几支队伍集合到一起之后，今夜将在离斯孔根两英里的黑柱山谷打尖。”

“您的那个冰岛凶汉，他们是如何对待他的？”

“对他深信不疑。”

“我为何不能找这个恶魔为我死去的儿子报仇！让他从我们手中逃脱了真是天大的不幸！”

“尊贵的大人，先利用冰岛凶汉的名字来找舒玛赫报仇，然后再想办法找冰岛凶汉算账。起义者们今天将行进一整天，晚间在离斯孔根两英里的黑柱山谷打尖过夜。”

“怎么！您让这么一大队人马闯到离斯孔根这么近的地方过夜？……穆斯孟德！……”

“您太过虑了，尊贵的伯爵！恳请阁下立即派一名信使到沃特豪恩上校那儿去，他的团此刻大概已经在斯孔根了。让使者告诉上校，各路起义队伍今晚将放心大胆地在黑柱山谷安营扎寨，那儿好像是天生的打埋伏的地方。”

“我懂您的意思了。不过，亲爱的，为什么要把起义人数弄得这么多呢？”

“起义人马越多，舒玛赫的罪过就越大，而您的功劳，大人，也就越大。再说，重要的是要把他们一网打尽。”

“很好！那为什么要把打尖的地方放在离斯孔根这么近的地方呢？”

“因为在所有的山里，只有这一处是无法防御的。从那儿出来的人注定要被带上法庭的。”

“妙极了！……穆斯孟德，我觉得这事应速战速决。如果说这边一切顺利的话，可那边却不尽如人意。您知道，我们已经让人在哥本哈根偷偷地寻找那些文件，它们可能已经落到那个狄斯波尔森手里了。”

“结果如何，大人？”

“喏，我刚刚得知，那个阴谋家同那个该死的星相学家昆比苏苏姆曾经关系诡秘。”

“就是最近死的那个？”

“是的。而且，那个老巫师临死的时候把一些文件交给了舒玛赫派去的人。”

“该死！他有我的一些信件，还有我们计划的一个说明！”

“你们的计划，穆斯孟德！”

“真是对不起，尊贵的伯爵！可是，阁下您为什么那么相信那个江湖郎中昆比苏苏姆呢？那个老叛徒！”

“听着，穆斯孟德，我不像您那样，是个谁都不相信、什么都怀疑的人……亲爱的，我始终笃信老昆比苏苏姆的巫术，这并不是没有正当理由的。”

“可阁下对他的巫术信任有余，对他是否忠心就怀疑不够了，不是吗？不管怎么说，尊贵的主人，我们不必大惊小怪的，狄斯波尔森已经死了，他的文件也丢了，再过几天，这些文件可能帮助的那些人也完蛋了。”

“总之，能控告我什么呢？”

“或者能控告受阁下保护的我什么呢？”

“哦，对，亲爱的，您当然可以信赖我的了。不过，我请求您，得赶快了结这一切。我马上派人去见上校。您来，我的人在这些荆棘丛后面等着我哩。必须原路赶回特隆赫姆，那个梅克伦堡人想必已经离开那儿了。好了，继续好好为我效劳吧，不管世上有多少昆比苏苏姆和狄斯波尔森，您死活都依靠我好了！”

“请阁下相信……见鬼！”

他俩已经钻进树林，到了弯弯曲曲的路上，他们的说话声渐渐消失了。不一会儿，只听见两匹马远去的蹄声。

35

……擂呀，战鼓！他们来了！

……他们全都发了誓，全是同样的誓言：不救回他们的大人、被囚的伯爵，誓不回卡斯蒂利亚。

他们在一辆马车上放着他的一尊石像，决心决不回头，除非看见石像也回了头。

他们统统举手发誓，谁要是后退一步，便被视作叛徒。

……

他们向着阿朗松挺进，像拉车的黄牛跑得那样快，日落方停。

布尔戈斯很荒凉，只有女人和孩子住在这地方，周围也是一个样。

他们边走边聊马和鹰，互相询问是否应该把卡斯蒂利亚从向雷翁收买的那个部落手中解放出来。

在进入拉瓦拉省之前，他们在边境上遇到……

——《西班牙恋歌》

出现在他们眼前的是那个强壮而勇敢的巨人，他们的将军，他高昂起头颅，耸立在伙伴们之上。

——洛普·德·维加：《被驯服的阿洛克》

当我们刚才听到有人在斯米亚森附近的一片森林中进行这番谈话时，起义者分成三队人马，从通向深山谷的开阔地的主要矿口，走出阿普西尔－柯尔赫铅矿。

奥尔齐涅尽管很想接近肯尼博尔，但偏偏被编在诺尔比特的队伍里。他起先只看见一长串的火把，在晨曦中闪亮，映照出斧头、长叉、十字镐、铁齿大棒、大榔头、鹤嘴镐、撬棍和起义者干活时使用的各种各样的粗糙工具，夹杂着一些其他的正规武器，诸如滑膛枪、长矛、大刀、马枪和火枪，说明这次起义是阴谋策划好的。太阳出来后，火炬只剩下轻烟了，奥尔齐涅对这支奇怪的队伍看得更加清楚了。这支队伍乱糟糟地往前走着，有人在乱唱乱叫，活像一群饿狼扑向一具尸体。人马分成三队，或者说是三堆。打头的是肯尼博尔率领的科拉山民，他们全都同肯尼博尔一样，穿着兽皮衣，面露凶相，杀气腾腾。跟在后面的是诺尔比特的年轻矿工。若纳斯的老矿工压着后阵，一个个头戴大毡帽，身穿肥大长裤，光着胳膊，面孔黝黑，两眼发直地望着太阳。在这群乌合之众的上方，杂乱无章地飘动着一些火红的旗帜，上面写着各种口号："舒玛赫万岁！""释放我们的救星！""还矿工们以自由！""还格里芬菲尔德伯爵以自由！""杀死盖尔登留！""杀死压迫者们！""杀死阿勒菲尔德！"起义者们似乎视这些旗帜为累赘，而非装饰品。当扛旗的人累了，或是想吹一通号角，与伙伴们的唱圣诗声和叫骂声凑凑热闹时，这些旗帜便被传来倒去的。

这支奇怪队伍的后卫队是由十辆驯鹿和大毛驴拉着的大车组成的，无疑是用来驮军需品的。而开路先锋则是哈凯特带来的那个巨人。他一个人独自走着，手里握着一只大锤和一把斧头。肯尼博尔指挥的队伍的头几排，战战兢兢地离他老远。肯尼博尔目不转睛地盯着巨人，仿佛要看看这个魔鬼头领怎么变幻出各种各样的形状来。

反叛者的这股洪流就这样熙熙攘攘地流着，特隆赫姆北部山区的号角声在松林中呜咽着。很快，颂德摩尔、胡布法罗、孔斯贝格的杂色人群以及与前者极其不同的斯米亚森的铁匠队伍也加了进来。铁匠们高大魁梧，拿着铁钳和榔头，系着宽大的皮围裙，举着一支高大的木十字架当做旗帜，一个个正儿八经、很有节奏地走着，比军人还要正规，颇带宗教色彩，嘴里唱着圣诗和圣经的赞美诗作为军歌。他们的头领就是举着十字架的人，此人走在队伍的头里，不带武器。

这一群乌七八糟的起义者一路上没有遇见一个人影。见他们过来，牧羊人便把羊群赶进山洞，而农夫们则逃出村庄，因为平原和山谷中的住户都一样，既害怕强盗的喇叭声，也害怕警吏的号角声。

他们就这样穿过村镇稀少的山丘和森林，走过弯弯曲曲的道路。一路上见到的野兽足印要多于人的脚印。他们绕过泻湖，越过激流、沟壑和沼泽。奥尔齐涅对这些地方都不了解。只有一次，他抬起头时，远远看见天边的一个弯曲巨岩的淡蓝色影子。他凑近一个粗俗的同伴问道："朋友，南边，右首那边的那块岩石是什么地方？"

"那是'秃鹫脖'，是奥埃尔梅岩石。"对方回答。

奥尔齐涅深深地叹了口气。

36

我的女儿，上帝会保佑您，会为您祝福的！

——雷尼埃

长尾猴、鹦鹉、小梳子和饰带，全都准备好了，阿勒菲尔德伯爵夫人就等着弗烈德里克中尉归来了。她还花大价钱让人弄来了著名的斯居德丽最新出版的小说。人家根据她的指令替这本小说装潢了带镀金搭扣的富丽的封面，放在饰有木镶嵌的金脚豪华梳妆台上的一大堆香精瓶和假痣盒中间。她把这张梳妆台放在了她的宝贝儿子弗烈德里克的未来的小客厅里。当她察看了一番这透着母爱的小天地时，暂时地忘了自己的恨，感到自己除了坑害舒玛赫和艾苔尔之外，没有其他的事情可做的了。勒万将军一走，这两个人就只好听任她的摆布了。

近期，孟哥尔摩主塔里发生了一连串的事情，而她却对此不甚了了……那个农奴、仆人或农民是谁？听弗烈德里克那模棱两可、吞吞吐吐的口气，前首相的女儿爱上了这个人？……奥尔齐涅同孟哥尔摩的两个囚犯是什么关系？……联合王国正在操办奥尔齐涅同乌尔丽克·阿勒菲尔德的婚事，然而，他好像不屑一顾，却偏偏在这个时候那么奇怪地不见了，这到底是什么缘故？……还有，勒万·德·克努德和舒玛赫之间究竟是怎么回事？……伯爵夫人百思不得其解。最后，为了弄个水落石出，她决定冒险去孟哥尔摩走一遭，这既是出于女人的好奇，也是出于仇家的利益。

一天晚上，艾苔尔独自一人在主塔的园子里，刚刚第六次用戒指上的钻石在奥尔齐涅出去的暗门黑柱上刻下不知什么神秘的数字，门就开了。艾苔尔浑身一颤。自奥尔齐涅走后，这扇门一直关着，这还是第一次打开。

一个高个子女人，面色苍白，穿了一身白，出现在艾苔尔的面前。她向艾苔尔绽开一个像下了毒的蜜似的甜甜的微笑，可在她那平静祥和的目光中，却透着一种仇恨、气恼和不得不赞赏的表情。

艾苔尔惊诧地、几乎是害怕地看着她。自从在她怀里咽气的老奶奶死了之后，她是艾苔尔在孟哥尔摩这座阴森森的监狱里看见的第一个女人。

“孩子，”陌生女人温和地说，“您是孟哥尔摩囚犯的女儿吧？”

艾苔尔不禁将头扭了过去，她心里有某种与陌生女人格格不入的感觉，觉得那女人的温柔声中吐出的气里含着毒液……艾苔尔回答道：

“我叫艾苔尔·舒玛赫。我父亲说，我在摇篮里的时候，大家都管我叫童斯贝格伯爵小姐和渥琳公主。”

“您父亲对您说这个了！”高个子女人气急败坏地嚷道，但她立即压制住了，又假惺惺地说，“您吃了不少的苦吐！”

“我生下来就落在不幸的禁锢之中，”年轻女囚回答，“我尊贵的父亲说，我只有死了才会摆脱不幸。”

陌生女人嘴角掠过一丝笑意，随即又怜惜地说道：

“您难道不恨把您年纪轻轻地就投进这座监狱中来的人吗？您不诅咒那些使您遭此不幸的人吗？”

“不，我怕我们的诅咒会给他们带来他们让我们忍受的同样的痛苦。”

“那您知道是谁让您受这番折磨的吗？”陌生女人不动声色地问。

艾苔尔思忖片刻后说：

“这都是天意。”

“您父亲从没跟您谈起过国王？”

“国王？他是我一早一晚为之祈祷而却不认识的人。”

艾苔尔不明白陌生女人为什么听了她这句答话后在咬嘴唇。

“您不幸的父亲在他气愤时从没跟您指出他的不共戴天的仇人阿伦斯多夫将军、斯波利森主教、阿勒菲尔德首相？”

“我不知道您跟我说的是谁。”

“您知道勒万·德·克努德这个名字吗？”

前天夜间，特隆赫姆州长和舒玛赫之间出现的那个场面对艾苔尔来说仍历历在目，所以勒万·德·克努德不会不给她留下深刻的印象的。

“勒万·德·克努德？”艾苔尔说，“我觉得我父亲极为尊崇、极为爱戴的就是这个人。”

“什么！”高个子女人嚷道。

“是的，”年轻姑娘说，“我的父亲大人前天针对特隆赫姆州长激烈为之辩护的正是这个勒万·德·克努德。”

这番话使对方更加惊讶不已。

“针对特隆赫姆州长！您别耍弄我，姑娘。是为了您的利益我才来的。您父亲站在勒万·德·克努德将军一边，反对特隆赫姆州长！”

“将军！我觉得是上尉……不，您说得对。”艾苔尔继续说，“我父亲好像对那位勒万·德·克努德感情极深，而对特隆赫姆州长则恨之入骨。”

“这又是个奇怪的谜！”高个儿女人自言自语地说，她面色苍白，好奇心越烧越旺，接着问道，“亲爱的孩子，您父亲和特隆赫姆州长之间发生过什么事情？”

这种询问令可怜的艾苔尔十分疲劳，她定睛望着这个高个儿女人。

“您这样审问我，难道我是罪犯不成？”

陌生女人好像被这简单的一问给问住了，她仿佛感到自己的心计白费了，但她声音微微有点儿激动地又说：

“如果您知道我为什么和为了谁而来的话，您就不会对我这么说话了。”

“什么？”艾苔尔说，“难道是他让您来的？您有没有给我带来他的信？”

艾苔尔血往上涌，满脸绯红；她的心在胸膛里怦怦直跳，充满了焦急和不安。

“谁的信？……”对方问道。

年轻姑娘正要说出那心爱的名字，但却打住了。她看见陌生女人眼里闪过一丝不怀好意的快乐，仿佛是地狱之光。她忧伤地说：

“您不知道我想说的是谁。”

陌生女人那张和蔼的脸上又一次流露出失望的表情。

“可怜的姑娘！”她大声地说，“我能为您做些什么呢？”

艾苔尔没有听见她的话。她的心已飞到北方山峦那边，去追随那个冒险的旅行者了。她把头垂到胸前，双手不由自主地握在了一起。

“您父亲希望走出这座监狱吗？”

陌生女人问了两遍这个问题，艾苔尔才回过神来。

“是的！”她说着，一颗泪珠在眼里滚动着。

陌生女人听见这个回答两眼放光。

“您是说他希望出狱！可怎么出去？用什么办法？什么时候？”

“他希望走出这座监狱，因为他希望离开人世。”

有时候，在一颗单纯的温柔年轻的心中，有着一种威力，在戏弄着一颗老谋深算、狡诈险恶的心。这个想法似乎扰乱了高个子女人的思绪，因为她的脸色突然变了，她用冰凉的手搭在艾苔尔的胳膊上。

“听我说，”她以一种几乎坦率的腔调说，“您父亲的生命又受到了威胁，司法方面正在调查他。他被怀疑在北方矿工中策划反叛，这些您听说了没有？”

“反叛”、“调查”等字眼儿艾苔尔并不很清楚。她抬起她那又黑又大的眼睛看着陌生女人。

“您想说什么？”

“我是说您父亲阴谋反对国家，他的罪行几乎是公开的了，这一罪行要判他死刑。”

“死刑！罪行！……”可怜的孩子嚷道。

“罪行和死刑！”陌生女人严肃地说。

“父亲呀！我尊贵的父亲！”艾苔尔说，“唉！他整天听我读《埃达》和《福音书》的！他会谋反！他到底怎么你们了？”

“别这么看着我。我跟您再说一遍，我绝不是您的仇人。您父亲被怀疑犯了一个大罪，我把这事告诉您。您也许不该这么恨我，而应该感激我才对。”

这个责备触动了艾苔尔。

“哦！对不起，尊贵的夫人！对不起！到目前为止，我们所见到的人有谁不是我们的仇人？我起先是不相信您的。您原谅我了，是吧？”

陌生女人莞尔一笑。

“什么！姑娘！您至今从未见到过一个朋友？”

艾苔尔顿时满脸绯红。她迟疑了片刻。

“是的……上帝了解真相。我们见到过一个朋友，尊贵的夫人。唯一的一个！”

“唯一的一个！”高个子女人连忙说，“求求您，告诉我他叫什么名字。您不晓得这有多么重要。这都是为了救您父亲。这个朋友是谁？”

“我不知道。”艾苔尔说。

陌生女人脸色苍白。

“是不是因为我想帮您一把您反而想耍弄我？好好想想，这关系到您父亲的性命。说，您刚才跟我说起的那个朋友是谁？”

"尊贵的夫人，老天爷知道，我只知道那个人的名字叫奥尔齐涅。"

艾苔尔说这句话真不容易，正如我们在一个不相干的人面前提及能唤起我们全部爱的那个神圣名字一样的艰难。

"奥尔齐涅！奥尔齐涅！"陌生女人极为激动地重复着，两只手还拼命地揉搓她那面纱的白色花边，"他父亲叫什么？"她声音慌乱地问。

"我不知道。"姑娘回答，"他的家庭、他的父亲又有什么相干？尊贵的夫人，那个奥尔齐涅是世上最豪爽的人。"

唉！艾苔尔说这话时的语气让陌生女人看透了她心中的全部秘密。

陌生女人装出平静而一本正经的神气，眼睛始终盯着姑娘问道：

"您听说过没有，总督的公子和现任首相阿勒菲尔德的千金马上就要结婚了？"

必须再重复一遍这个问题，才能使艾苔尔的思绪回到她似乎毫不感兴趣的一些问题上来。

"我想我听说过了。"她只这么回答了一句。

她的平静、她的漠不关心的神态似乎颇使陌生女人感到吃惊。

"那好！您对这桩婚事有什么看法？"

艾苔尔回答时，大眼睛里很难看出有丝毫异样：

"说实在的，没有看法。但愿他俩婚姻幸福！"

"男女双方的家长盖尔登留伯爵和阿勒菲尔德伯爵是您父亲的两大仇人。"

"但愿他们子女的婚姻幸福！"艾苔尔温和地重复了一遍。

"我倒有个主意，"狡诈的陌生女人继续说道，"如果您父亲的生命受到威胁的话，您可以趁这桩重大喜事之机，请求总督伯爵的公子为您父亲求情。"

"尊贵的夫人，神明会补报您对我们的这种种关照的；不过，我的请求怎么才能让总督的公子得知呢？”

这句话说得极其真诚恳切，使陌生女人不禁怔了一下。

“什么！您不认识他？”

“那个有权势的公子！”艾菪尔大声说，“您忘了，我的目光还从未越过这座监狱的高墙哩。”

“这倒不假。”高个子女人悄悄地嘟囔着，“勒万那个疯老头都对我说了些什么呀？她不认识他……不过这不可能呀！”她提高嗓门说，“您应该见过总督的公子的，他来过这里。”

“这有可能，尊贵的夫人；所有来过这里的人中，我只见过他，我的奥尔齐涅。”

“您的奥尔齐涅！”陌生女人打断了她，然后，她似乎并未发现艾菪尔满脸绯红，又继续说道：

“您认识一个年轻人吗？面孔很高贵，身材挺拔，步履坚定有力？他的眼睛既温柔又冷峻，肤色鲜亮得像个姑娘，一头栗色头发？”

“哦！”可怜的艾菪尔大声嚷道，“是他，是我的未婚夫，我心爱的奥尔齐涅！告诉我，尊贵的、亲爱的夫人，您给我带来了他的消息吗？您在哪儿看见他的？他告诉您他很爱我，是吧？他也告诉您我深深地爱着他！唉！一个不幸的女囚在这世上也只有他的爱了。这尊贵的朋友！一个星期前，我还在这同一个地方见过他哩，他穿了一件绿大氅，一颗豪爽的心在大氅里跳动着，还有那根黑羽毛，极其优雅地在他漂亮的额头上晃动着。”

她说个没完。她看见高个子陌生女人在发颤，脸色红一阵白一阵的，突然，一声炸雷似的吼声传到她的耳朵里：

“你这个可怜虫！你竟爱上了奥尔齐涅·盖尔登留，爱上了乌尔丽克·阿勒菲尔德的未婚夫、你父亲的死敌、挪威总督的儿子！”

艾菪尔晕倒过去。

37

戈波利康：“小心地前进，让地球都听不见你们的脚步声……谨慎从事，我的朋友们……如果我们悄悄地赶到，我向你们保证，必胜无疑。”

杜卡佩尔：“夜色浓重，大地笼罩在一片黑暗之中。我们听不见有哨兵游动，我们没看见有奸细！”

兰戈：“前进吧！”

……

杜卡佩尔：“我听见有动静！我们可能被发现了？”

——洛普·德·维加：《被驯服的阿洛克》

“告诉我，盖登留·斯泰培我的老伙伴，你知道不，夜风开始把我毡帽的毛在拼命地往我脸上刮哩？”

说话的是肯尼博尔。他暂时把目光从走在起义者前头的巨人身上移开，侧转过脸去对一阵乱跑偶然来到他身边的一个山民说着。

后者摇摇头，把扛着的旗帜换了换肩，慵倦地深深叹了口气。

“嗯，头儿，我想，这个该死的黑柱山谷，北风呼啸，我们今晚肯定没有木炭上的一丝火光那么暖和的了。”

“必须生上特大的火才能把岩顶破窝里的老猫头鹰给惊醒。在这个可怕的夜晚，我看见了乌布芬仙女了，她就像只猫头鹰。”

“圣希尔韦斯特作证，”盖登留·斯泰培打断了他，把头扭过一边去，“风神在用翅膀拼命地扇我们哩！……如果相信我的话，肯尼博尔队长，就把整座山上的枞树全都点着。再说，大队人马以着火的森林取暖，那才来劲儿哩。”

“千万别，亲爱的盖登留！还有狍子！大隼！野鸡哩！烤野味当然好，但可别把它们烤焦了。”

老盖登留笑了起来。

“头儿，你仍旧还是那个恶魔肯尼博尔，是吃狍子的狼，是吃狼的熊，是吃熊的水牛！”

“咱们离黑柱山谷还远吗？”猎手中有一个人问道。

“伙计，”肯尼博尔回答，“咱们夜幕降临时分将走进山谷。咱们马上就要到‘四十字’了。”

大家沉默了一会儿，只听见脚步的杂沓声、北风的呼啸声以及远处的斯米亚森湖的那帮铁匠的歌声。

“盖登留·斯泰培老友，”肯尼博尔用口哨吹了《猎手罗隆》的曲子之后说，“你刚在特隆赫姆待过几天吧？”

“是的，头儿，我的兄弟乔治·斯泰培渔夫病了，我替他在船上干了一段，免得他万一病死了，他可怜的家人会饿死的。”

“你既然打特隆赫姆来，那你是否有机会见到那个伯爵……那个囚犯……舒玛赫……格勒芬姆……他姓什么来着？总之，就是那个我们以他的名义起事反对皇家监护权的那个人，就是你扛着的这面火红的大旗上想必绣着他的纹章的那个人？”

“这旗太沉了！”盖登留说，“你是说孟哥尔摩要塞的那个囚犯，什么伯爵吗？……管他什么伯爵。我的好头儿，我怎么会见到他呢？”他压低嗓门补充说，“除非我有一双走在我们头里的那恶魔的眼睛——不过，他身后没留下硫黄味——有一双能看穿墙壁的冰岛凶汉的眼睛，或者有能穿过锁孔的玛勃仙女的戒指……我敢肯定，此刻在我们中间，只有一个人见过那伯爵……见过你所说的那个囚犯。”

“只有一个人？啊！哈凯特大人？可那个哈凯特已经不在我们中间了。他今晚已经离开我们回去了。”

“我想说的不是哈凯特大人，头儿。”

“那是谁呀？”

“是那个穿绿大氅、有黑羽毛饰的年轻人，今晚突然来到我们中间的那个。”

“怎么啦？”

“怎么啦！”盖登留靠近肯尼博尔说，“就是他认识那个什么伯爵……反正就是那个著名的伯爵，就像我认识你一样，头儿。”

肯尼博尔看看盖登留，眨眨左眼，咬咬牙齿，拍拍他的肩膀，还得意扬扬地欢叫一声，就像我们对自己的眼力很满意时，因自尊心使然，而惊叫一样：“我早料到了！”

“是的，头儿！”盖登留·斯泰培把火红的旗帜又换回歇过的那只肩膀上去说，“我敢保证，那穿绿大氅的年轻人见过那个……我不知道叫他什么来着的伯爵，就是我们将为之而战的那人……就是在孟哥尔摩主塔见的。那年轻人想进那座监狱的劲头好像大极了，就像你我想进皇家花园一样。”

“这你是怎么知道的，盖登留兄弟？”

老山民抓住肯尼博尔的胳膊，然后，近乎疑神疑鬼地小心谨慎地微微掀开自己那水獭皮衣，说：

“你看！”

“我亲爱的保护神作证，”肯尼博尔嚷道，“这玩意儿像钻石般闪亮！”

确实是一个很大的钻石扣，扣着盖登留·斯泰培那条粗糙的腰带。

“这确确实实是钻石，”后者把皮衣下摆放下说，“就像从月亮到地球要走两天工夫，就像我的腰带是死水牛皮的一样确实不假。”

但肯尼博尔的脸阴沉下来，由惊讶变成严峻。他低下头望着地上，粗暴而庄重地说：

“科拉山乔索尔村的盖登留·斯泰培，你父亲梅德普拉特·斯泰培活到一百二十岁才问心无愧地死去，他虽不小心打死过国王的黄鹿或驼鹿，可那不是什么叛逆之罪……盖登留·斯泰培，你一头灰发，已活了五十七岁，只是与猫头鹰相比你还算得年轻……盖登留·斯泰培，我们的伙伴，如果你这钻石扣来路不正，不像皇家野鸡吃火枪子儿那么合理合法得来的，我可告诉你，我宁可它是小米粒而不是钻石。”

山民头目在这么古怪地训导时，声音里既带威胁又含着热忱。

“完全合理合法，就像我们的肯尼博尔队长是科拉山最勇敢的猎手一样没一点儿假，就像钻石就是钻石一样没有一点儿假。”

“真的！”肯尼博尔以将信将疑的口气又说。

“上帝和我的保护神知道，”盖登留·斯泰培说，“那是在一天晚上，我刚给我们挪威祖国母亲的几个孩子指点了去斯普拉德盖斯特的路，他们正抬着在乌尔什塔尔海滩发现的一具军官尸体……那是大约一个星期前的事……一个年轻人朝我的小船走来，对我说：‘去孟哥尔摩！’我并没怎么担心，头儿，鸟儿是不会甘愿绕着笼子飞的。不过，那年轻公子一脸高傲的神气，还跟着一名仆人，牵着两匹马。他大模大样地跳上我的小船；我抄起双桨……也就是说，我兄弟的桨。真是老天有眼。到了地方，那年轻的乘客对无疑是指挥要塞的中士大人说了几句之后，把钻石扣扔给了我作为船资。上帝在上，头儿，就是我刚才让你看的那个钻石扣，它本属于我兄弟乔治的，而不是属于我，要是老天保佑的那个乘客叫我划船时，我替乔治干的这一天天还没有黑。这全都是实话，肯尼博尔队长。”

“很好。”

山民的头儿那天生阴沉、表情粗犷的脸色渐渐地平和了，他温和地问盖登留道：

“我的老伙计，你能肯定那个年轻人同现在在我们身后与诺尔比特在一起的是同一个人吗？”

“绝对没错。我能从成千张面孔中认出这个让我发财的人的脸来。再说，那大氅、那黑羽毛也都是一样的。”

“我相信你，盖登留。”

“明摆着，他是去看那著名的囚犯的，因为，要不是有什么重大机密，他是绝不会这样犒赏划他去的船夫的，再说，他现在又同我们在一起……”

“你说得对。”

“而且我寻思，头儿，这陌生青年也许比哈凯特大人更深得我们要去搭救的那个伯爵的信任，我心里觉得哈凯特只会像只野猫似的喵喵叫。”

肯尼博尔意味深长地点了点头说：

“伙计，你说了我正要说的。在整个这次行动中，我更希望听从这位年轻公子而不是哈凯特代表。但愿圣希尔韦斯特和圣奥拉夫帮帮我，要是冰岛凶汉指挥我们的话，我认为，盖登留伙计，那全亏了这个陌生人而不是那只絮絮叨叨的乌鸦哈凯特。”

“真的吗，头儿？”盖登留问。

肯尼博尔正张开嘴要回答，只觉得有人在拍他的肩膀，是诺尔比特。

“肯尼博尔，我们被出卖了！高尔孟·威斯特伦从南边来。整整一团火枪手在朝我们开来。施莱斯威格的枪骑兵现在斯帕博；三个连的丹麦龙骑兵在勒维格村等候马匹。他一路之上，看见绿衣兵多如小树丛。咱们赶快赶到斯孔根去，在到那里之前绝不能停留。到了那儿，咱们至少可以防御。还有，高尔孟认为看见沿着黑柱隘道的荆棘丛中有火枪闪亮。”

年轻的头领面色苍白，十分激动，但他的目光和声调却仍表示出他的大胆和决心。

“不可能！”肯尼博尔嚷道。

“是真的！是真的！”诺尔比特说。

“可哈凯特大人……”

“他不是叛徒就是懦夫。相信我说的吧，肯尼博尔伙计……那个哈凯特现在在哪儿？”

这时候，老若纳斯走到这两个头领身边。从他那一脸的悲观绝望，很容易看出他已经得知那不祥的消息了。

若纳斯和肯尼博尔两个老者四目相遇，不约而同地摇起头来。

“怎么办，若纳斯？怎么办，肯尼博尔？”诺尔比特问。

这时候，法罗群岛矿工们的老队长慢腾腾地用手摸了一把他那满布皱纹的额头，低声回答科拉山民的老头领的目光询问：

“是的，这事千真万确，一点儿也不假。是高尔孟·威斯特伦亲眼看见的。”

“事情果真如此，那怎么办？”肯尼博尔说。

“怎么办？”若纳斯反问道。

“我认为，若纳斯伙计，我们最好是停止前进。”

“更聪明的法子是，肯尼博尔兄弟，后撤。”

“停止前进，后撤！”诺尔比特嚷道，“不，必须前进！”

两个老者转向年轻人，冷峻而惊奇地看着他。

“前进！”肯尼博尔说，“有孟哥尔摩的火枪手呀！”

“还有施莱斯威格的枪骑兵！”若纳斯补充说。

“还有丹麦的龙骑兵！”肯尼博尔又说。

诺尔比特用脚跺地。

“那皇家监护权呢？还有我那饥寒交迫的母亲呢？”

“恶魔！皇家监护权！”矿工若纳斯颤巍巍地说。

“管它哩！”山民肯尼博尔说。

若纳斯抓住肯尼博尔的手说：

“猎手伙计，您没有荣幸受到我们伟大的君王克里斯蒂安四世的监护。但愿圣奥拉乌斯国王在天之灵使我们摆脱这个监护权！”

“向你的宝刀要这份恩宠吧！”诺尔比特没好气地说。

“年轻人说大话不费劲儿，诺尔比特伙计！”肯尼博尔说，“可您想想，如果我们再往前走，所有的绿衣兵……”

“我想，即使回到山里去，也是枉然，就像狼群面前的狐狸一样，他们知道我们的名字和造反的事。反正都是一死，我宁可挨火枪子儿，也不愿被绞死。”

若纳斯赞同地点点头。

“见鬼！给咱们兄弟的是监护权！给咱们的是绞架！诺尔比特很可能说得有道理。”

“把手给我，正直的诺尔比特，”肯尼博尔说，“两边都有危险，径直走向深渊也比倒退着掉下去的强。”

“前进！前进吧！”老若纳斯拍响腰刀柄嚷道。

诺尔比特紧紧攥住他俩的手。

“老兄，你们听我说，如果你们像我一样大胆，我将像你们一样的谨慎。我们今天赶到斯孔根再停下。那儿防守薄弱，一攻就破。没有法子，只得穿过黑柱山谷，但绝对不许出声。即使有敌兵把守，也非穿过去不可。”

“我想，火枪手们还没有到达斯孔根前面的奥尔达斯桥。但不管怎么说，不许出声！”

“好，不许出声！”肯尼博尔重复一遍。

“现在，若纳斯，”诺尔比特又说，“咱俩回到自己的岗位上去。尽管有火枪手、枪骑兵、龙骑兵和南方的所有的绿衣兵，我们明天也许就能到达特隆赫姆。”

三位头领分手了。很快‘不许出声’的口令次第传了下去。片刻之前还吵吵嚷嚷的这支造反者的队伍，在这因夜幕降临而黑了下来的荒郊野地里，变成了一支无声的幽灵部队，悄无声息地在一片墓地中的蜿蜒崎岖的小径上游荡。

这时，他们行进的道路越来越狭窄，仿佛渐渐地在往变得越来越陡的两厢峭壁巉岩中深入。淡红的月亮升起，周围的一堆冷云飞速地变幻着，千姿百态。肯尼博尔凑近盖登留·斯泰培说：

“咱们就要进黑柱山谷了，不许出声！”

的确，已经听得见沿着两山中的弯曲路径飞泻的激流声了；而且，还可以看见南边的那块巨大的尖顶长方形花岗岩，在灰暗的天空中和周围雪山中显现,那就是人们称作的“黑柱”；在西边天际，雾霭浓重，可见斯帕博森林的尽头和一长串岩石阶梯，宛如巨人的梯级。

起义者为两山间的这些崎岖狭道所迫，队伍拉得很长，在继续前行着。他们闯进这深深的山谷，没有点火把，没有出声响，就连他们的脚步声也淹没在震耳欲聋的瀑布声和狂风的呼啸声中。那狂风吹得这片德洛伊教时代的森林中的树木弯来倒去，吹得冰雪覆盖的山巅上乱云飞渡。月亮那常被乌云遮住的亮光落到这又深又黑的隘道之中，都照不到起义者们的矛尖，不时地从他们头顶飞过的白鹰也没感觉到此时有这么一大队人马在打扰它们的孤寂与宁静。

有一次，老盖登留·斯泰培用短枪托触触肯尼博尔的肩膀。

“头儿，我的头儿！我看见这丛冬青和染料木后面有什么东西闪亮。”

“我也看见了，”山民头领回答，“那是激流的水映出的云彩。”

他们就这么走了过去。

又有一次，盖登留突然扯住头儿的胳膊。

“你看，”他对他说，“那岩石阴影中不是火枪在闪亮吗？”

肯尼博尔摇摇头，然后，注意地看了一会儿之后说：

“你放心吧，盖登留兄弟，那是一缕月光落在一个冰峰上了。”

周围再没有什么可引起他们惊慌的情况了，各路人马静静地在这蜿蜒的隘道上逶迤前行着，不知不觉地便忘了这地势所藏有的一切危险。

在这树干和巨石阻塞的山道中艰难跋涉了两个小时之后，先头部队走进了黑柱山谷尽头的高低起伏的枞树林中，林子上方高悬着长满苔藓的黑岩。

盖登留·斯泰培靠近肯尼博尔，说是很庆幸，终于就要走出这该死的危险地带了，必须感谢圣希尔韦斯特保佑他们没有让黑柱成为他们的葬身之地。

肯尼博尔笑了起来，赌咒发誓地说他可从未婆婆妈妈地吓得要死，因为对于大多数男人来说，危险过去了，就等于是没有存在危险一样，而且还要信誓旦旦、千方百计地证明自己也许从来就没有表现过的那种勇气。

这时候，两个圆圆的亮光，犹如两个火炭，在浓密的矮树丛中移动，引起了他们的注意。

“愿我们灵魂得救！”他摇摇盖登留的胳膊悄悄说，“这肯定是两只火眼金睛，应该是从未在猎网里叫过的最漂亮的薮猫才有的。”

“你说得对，”老斯泰培回答，“要不是它在我们前面走，我肯定会以为这该死的眼睛是冰岛凶汉……”

“嘘！”肯尼博尔制止他，然后抓起自己的短枪继续说，“说真的，这么漂亮的玩意儿在肯尼博尔眼前溜掉，那是不像话的。”

盖登留·斯泰培没有来得及抓住不谨慎的猎手的胳膊，子弹已经打出去了……回答短枪那砰一声的不是野猫的尖叫，而是一声可怕的虎啸，接着是一阵人的笑声，更加瘆人。

大家没有听见枪声在深山中渐渐消失的回响，因为短枪在黑夜之中只微微地亮了一下，在寂静之中仅仅不祥地微微响了一下，只听见漫山遍野、山谷密林之中，出乎意料地响起一片可怕的吼叫声。起义队伍的前后左右，头顶上方，响彻一片炸雷般的“国王万岁！”的呼声，可怕的火枪子弹从四面八方向他们袭来，使他们在红红的硝烟中看见每块巨大岩石后面都埋伏着一个营的人马，每棵树后都藏着一个士兵。

38

拿起武器！拿起武器！队长！

——E.H.：《奥萨利的囚徒》

希望大家同我们一道回溯刚刚过去的一天，回到斯孔根去。当起义者们走出阿普西尔－柯尔赫铅矿的时候，我们在这个非常真实的故事的第三十章中看见在行进中的火枪手团便进驻该城了。

火枪手团团长沃特豪恩男爵下令安排全团将士宿营之后，正要跨进安排他下榻的靠近城门的宅第，突然感到有一只手随便地按住他的肩头。他扭过头来。

是一个矮人，一顶大柳条帽盖住了面部，只露出密匝匝的红胡须。他裹着一种褶裥式的粗呢灰大氅，从坠着的一顶风帽来看，那像是一种隐修士的长袍，只露出两只戴着大手套的手。

“正直的人。”上校突然问道，“您想干什么？”

“孟哥尔摩火枪手团团长，”那人表情古怪地回答，“请借一步说话，我要给你出个主意。”

男爵听到这个奇怪的邀请，惊奇地沉默了片刻。

“一个重要的主意，团长！”戴着大手套的人说。

沃特豪恩男爵见状，决定跟他走一趟。该州处于危急时刻，加之，他又身负重要使命，所以任何情报都不得忽视。于是他便说道：

“走吧。”

矮人走在头里。待二人出得城来，他便站下来说：

“团长，你是否想一举歼灭所有的反叛者？”

团长笑起来说：

“一打就赢，那太好了。”

“那好！你今天就把你所有的将士埋伏在离城两英里的黑柱山谷；反叛队伍今晚将在那儿宿营。你一看见火光，便带上你的人马向他们扑过去。你轻易地就能大获全胜。”

“正直的人，这主意很好，谢谢您。但您所说的情况您是怎么知道的？”

“如果你认识我的话，团长，您就不会这么问我了。”

“您到底是谁？”

矮人跺跺脚说：

“我来这儿不是跟你说这个的。”

“您别害怕。不管您是谁，您对我们的帮助将会拯救您的。您也许原先也是个反叛者？”

“我拒绝参加了。”

“您既然是国王的忠实臣民，那又为何要隐姓埋名呢？”

“这关您什么事？”

团长还想从这个古怪的送情报者身上掏点儿情况。

“告诉我，那帮强盗是否真的是由那个臭名昭著的冰岛凶汉在指挥？”

“冰岛凶汉！”矮人声音陡变地重复一句。

男爵又问了一遍，得到的回答只是一阵仿佛虎啸般的笑声。他又对矿工的人数和头目提了好几个问题，矮人一个也没回答。

“孟哥尔摩火枪手团团长，我把我要告诉你的全对你说了。你如果今天同你全团士兵一起埋伏在黑柱隘道上，就一定能把那伙人消灭干净。”

“您不告诉我您是谁，那您就得不到国王的奖赏了。不过，尽管如此，沃特豪恩男爵也要感谢您为他提供的帮助。”

团长把钱袋扔到矮人跟前。

“收起你的金子，团长，”矮人说，“我不需要。”接着，他指指他的绳腰带上吊着的一个大口袋补充说，“如果您需要犒赏才肯杀这帮人，团长，那你就杀了他们，我有的是金子来犒赏你的。”

神秘人的这番不可思议的话语令团长惊讶不已，还没等他回过神来，那人就已经不见了。

沃特豪恩男爵慢腾腾地往回走，寻思着是否应该相信此人的话。在他回到宅第的当儿，有人交给他一封盖有首相纹章的信。那的确是阿勒菲尔德伯爵的信，男爵在信中看到的情况和建议与刚才那戴柳条帽和大手套的不可思议的人所说的如出一辙。他那份惊诧是可想而知的了。

39

> 成百面旗帜在勇敢的人头顶上飘动，血流成河，逃跑无望，只好等死。一帮撒克逊人可能称今夜为利剑的节日；老鹰叫着扑向猎物，它们的叫声犹如战场上的厮杀声，比婚庆喜宴的欢乐歌声反倒更加动听。
>
> ——沃尔特·斯科特:《伊凡奥埃》

我们不准备在这里描绘本已是乌合之众的起义队伍，在突然见到这该死的山谷里岩峰山洞里布满了意想不到的敌人时的那份混乱不堪了。很难分辨得出，受到这突如其来的袭击的队伍里发出的成千的人的阵阵喊叫是绝望、恐惧还是愤怒。皇家军队从四面八方钻了出来，向他们射来可怕的子弹，枪声越来越密集，起义者们在肯尼博尔那该死的枪打出来之后，未及射出第二枪，周围已是硝烟弥漫，火光冲天，窒息憋闷，只见死神在飞翔。他们相互间失去联络，只能看清自己，并隐约地瞥见远处模模糊糊地出现在岩前林边，像炉火中的鬼怪似的火枪兵、龙骑兵、枪骑兵。

这一帮人，在崎岖狭窄的小道上，零落散乱地拉得将近一英里长。道路一边是深涧激流，另一边是高高的岩壁，队伍很难收缩，宛如一条被人打断脊背的长蛇，一截截地散开，在吐出的白沫中蠕动，还想聚合在一起。

待惊魂甫定，一种绝处逢生的心情激发着这帮天生粗暴无畏的人。齐心合力，同心同德，他们眼睁睁地看着自己干挨打而无力抵御，便齐声怒吼。霎时间，吼声盖过了敌人胜利的欢呼。他们群龙无首，没有号令，几乎赤手空拳地冒着枪林弹雨，攀登悬崖绝壁，或用牙咬，或用手攥峭壁上的荆棘，挥动着铁锤和铁叉，令装备精良、军容整齐、占据有利地形、尚未损失一兵一卒的那帮士兵见了，不由自主地吓呆了。

有好多次，这帮凶蛮的人或踩着死尸堆，或踏着贴在岩壁充当人梯的同伴的肩头，攀到敌人盘踞的峰顶，但他们刚喊了一声“要自由！”刚举出斧子或多节的大棒，刚露出他们那气歪了的黑脸，便被推了下去，连带着他们抓住荆棘或突岩悬在空中的大胆同伴一起摔进深渊。

试图逃跑或抵抗的那些倒霉者的努力也白费了；隘道的所有出口全部被封死了；但凡可以接近的地方都有士兵把守。这些不幸的造反者中的大部分人在用岩石砸断了双刀斧或菜刀之后，嘴啃着路上的沙子咽了气。有些人抱住双臂，眼睛盯着地上，在路边的石头上坐下来，静静地，一动不动地等着一粒子弹把他们射下激流。他们中的那些由哈凯特事先配备了劣质火枪的人，胡乱地冲着不断地向他们扫来密集弹雨的岩顶和洞穴回上几枪。在枪声大作之中，可以听见起义头领们的愤怒吼叫和军官们镇静的喝令声。吼声、叫声、枪声混成一片，只见一片血雾腾腾升起，在这屠宰场上空飘过，给山峦映上了一大片颤动着的亮光，而像敌人似的在这两支敌对的队伍中间流过的激流，翻着白沫，把落进其中的尸体卷带而去。

行动，或者不如说是屠杀一开始，损失最为惨重的是正直而冒失的肯尼博尔指挥的科拉山民。我们记得，他们是造反者队伍的先锋队，深入隘道尽头的那座松树林里。倒霉的肯尼博尔刚举起火枪，魔术般的一下子布满敌人射手的这座树林中的敌军使用交叉火力把他们封锁住了，而孟哥尔摩团的一个整营组成三角形，从一个宛如瞭望台的高耸岩石上，向他们疯狂扫射。那瞭望台由几大块倾斜的岩石笼罩，居高临下。在这极其危急的形势之下，惊慌失措的肯尼博尔抬头向那神秘的巨人望去，盼着能有像冰岛凶汉那样的超然能力前来相救。但他并没有看见那了不起的恶魔突然张开巨大的双翼，飞到他们头上，向火枪手们喷出火焰和霹雳，没有看见他转瞬之间长高长大，直入云霄，把一座山推倒，压在敌军身上，或者是用脚跺出个深渊，把埋伏的那营敌兵统统埋葬。那个大名鼎鼎的冰岛凶汉和他一样，第一批火枪子弹扫来，便赶忙退却，表情几乎惊恐不安地跑到他的面前，问他要一支短枪，说是这种时候，他的斧头同老太婆的纺锤一样的不中用。

肯尼博尔十分惊讶，但仍旧轻信不疑，把自己的火枪战战兢兢地给了巨人，几乎忘了害怕射到身边的密集的枪弹。他始终盼望出现奇迹，还等着看到自己那把致命的火枪能在冰岛凶汉手中变得如大炮一样粗，或者变成一条带翼的龙，从眼睛、鼻子、嘴里往出喷火。可是根本没有。可怜的猎手看见那恶魔同自己一样往枪里上普通的火药和铅弹，同自己一样端枪瞄准，随便放了一枪，还没有自己瞄得准哩，他简直惊得目瞪口呆了，他又气又惊地看着那恶魔重复了好几次这机械的动作，终于明白不能幻想出现奇迹了，只好想着如何用常人的办法使自己及同伴摆脱所处的危险境地。他可怜的老伙计盖登留·斯泰培身中无数子弹，已经倒在了自己的身边；被团团包围、无处可逃的所有山民，吓得失魂落魄，挤成一团，哭天抢地，都没想到去抵抗。肯尼博尔清楚明白地看到这么挤在一起，成了敌人的好靶子，一排子弹过来，便夺走了他二十来个伙伴的性命。他喝令不幸的伙伴们散开，钻进路边的矮树丛中去，那儿要算是黑柱山谷最宽阔的地方；他命令他们藏在荆棘丛中，尽可能地回击那营士兵的越来越具杀伤力的射击。山民们因为都是猎手，大部分人都有武器，因此便服服帖帖地在执行头儿的命令，要是形势没有这么危急，他们也许不会这么乖乖地听他的话。因为人在面对危险时，一般都不知所措，总是比较甘愿听从沉着镇静、主动为大家出谋划策的人的指挥。

可是，这个明智的措施远没有使他们转败为胜，连使他们得救都没有。倒下不能战斗的山民比站着的要多，而且，尽管他们的头儿和巨人以身作则、鼓舞士气，但其中有好多人仍旧拄着无用的火枪或躺在受伤者的身旁，横下一条心来等死，不愿还击。人们也许会奇怪，这些人在冰雪之中追踪凶猛的野兽，成天面对死亡，都习以为常，怎么一下子全泄了气？不过，大家可别弄错了，在常人的心里，勇敢是视情况而定的。有的人能笑对枪林弹雨，但却害怕黑暗或深渊；有的人可以每天与野兽搏斗，可以纵身越过深涧，可是见了枪炮就跑。常出现这样的情况：大无畏只不过是一种习惯，而且，尽管不再害怕这样或那样的死亡，但并不因此就不怕死了。

肯尼博尔置身一大堆垂死的兄弟之间，自己也开始沮丧绝望，尽管他只不过左胳膊受了点儿轻伤，而且还看见那恶魔巨人仍在一个劲儿沉着地放着他的枪。突然间，他隐约看到居高临下的那要命的一营士兵中，一阵大乱，那肯定不是他的山民们的那极其薄弱的火力造成的损失所引起的。他听见一声声惨叫、垂死士兵的咒骂和吓坏了的说话声从得胜的士兵队伍中传来。很快，射击稀疏了，硝烟散去，他可以清楚地看到大块大块的花岗岩从俯临孟哥尔摩火枪手所盘踞的高处的岩石上滚下来，砸在火枪手们的身上。这些巨石以飞快的速度砸了下来，互相碰撞着，发出巨响，碎片落在士兵群中，引起大乱。士兵们抱头鼠窜，蹦下高处，四处奔逃。

一见这意外的救援，肯尼博尔扭过头去……可巨人仍旧在那儿！他呆住了，因为他原以为冰岛凶汉终于飞升而去，盘旋在那块巨岩之上，居高临下地消灭敌人。他抬眼向着巨石滚落的峰顶望去，但什么也没看见。他认为不可能有一部分起义者爬到了那个要塞位置，因为看不见刀光剑影，也听不见有胜利的欢呼。

这时候，高处的枪声已完全停息。由于浓密的树木遮挡，已看不见想必是聚集在高岩底下躲藏起来的残兵败将了。狙击手的枪声也变得稀疏了。肯尼博尔是个机智的头领，他利用了这个天赐良机，鼓舞同伴们的士气，让他们借着映照着这场大屠杀的那点儿暗红色光亮，看看高地上那继续滚落的大石头中堆积着的尸体。于是，山民们在敌人的呻吟声中发出了自己的胜利欢呼。他们重新整好队伍，尽管仍有散兵游勇从荆棘丛中向他们射击，但他们仿佛重新鼓足了勇气，决心从这死亡谷里突围出去。

重新整好的队伍就要出发了。肯尼博尔在“要自由！要自由！不要监护权！”的一片吼声之中，正在用他的号角发出命令，这时，前面突然传来冲锋的鼓角，得到增援的高地上的那个营的残余士兵，从短枪射程内的一条路的拐角冲了出来，在山民们面前摆开了阵势，梭镖和刺刀林立，阵后排着一队队的士兵，不计其数，望不到底。敌军如此出其不意地来到肯尼博尔的队伍前面，停止了前进，好像在指挥他们的那个人挥动着一面小白旗，由一名号手陪同，向山民们走过来。

这支队伍的突然出现丝毫没有使肯尼博尔惊慌失措。在危急关头，有时是不可能惊奇和害怕的。科拉山的老狐狸一听见鼓角声响，便立即命令同伴们停止前进。在敌军排头兵一字排开时，他命令大家枪上膛，两人一排，以减少敌军火力的杀伤面。他本人立于队前，站在巨人身旁。在战斗激烈时，他同巨人几乎开始变得热络了。他已经敢于看对方的眼睛，发现它们并不完全像铁匠炉火那么亮，而且他那所谓的钩爪也不像人们所说的与常人的指甲大不一样。

当肯尼博尔看见皇家火枪手的指挥官投降似的向他走过来时，狙击手们的枪声也完全停止了，只是他们的喊声还在四面回荡，说明林中尚有伏兵，于是他便暂时停止自卫的准备。

这时候，举着白旗的军官已经到了两军中间，停了下来，陪同他的号手吹了三声警告号。于是，那军官便扯起嗓门喊了起来，尽管他们身后的山谷中喊杀声连天，但山民仍能清晰地听见军官的喊话。

“我以国王的名义宣布，凡是放下武器并交出其头目以接受陛下最高审判的反叛者，将得到赦免！”

谈判军官话音刚落，附近树丛中便响了一枪。军官中弹，摇晃了几下，举着旗帜走了几步，摔倒下去喊道：“背叛！”

谁也不知道这致命的一枪是谁放的。

“背叛！懦夫！”火枪兵营的人气得发抖，怒吼道。

接着，一排密集的火枪子弹向山民们射来。

“背叛！”山民们看见自己的兄弟倒在身边，也吼叫起来。

随即，众枪齐鸣，回击了皇家士兵的突然开火。

“朝他们打，伙伴们！射死这帮懦夫！杀死他们！”火枪兵营的军官们怒吼着。

“杀死他们！杀死他们！”山民们也在喊。

于是，双方的斗士们举着刀，几乎在不幸的军官的尸体上肉搏开来，可怕的兵器击打声和喊杀声连成一片。

双方混战起来。起义头领、皇家军官、士兵、山民，全都混杂交织在一起，撕扯着，搂抱着，宛如两群饿虎相遇在旷野蛮荒之中。长梭镖、短刺刀、长矛施展不开，只有大刀和斧头在人头上闪动着，而且，有好多肉搏在一起的交战者其他武器用不上，只好用匕首捅、牙齿咬。

山民和火枪手个个都义愤填膺，怒不可遏，人人嘴里都在喊“背叛！报仇！”混战残酷凶恶，人人心里都想着宁死也要让不认识的敌人送命，他们冷漠地踏着伤者和死者的躯体冲呀杀呀，踩得垂死者一时苏醒过来，用牙齿咬踩他的人。

就在这时候，一个矮人怪笑着、高兴地吼叫着冲入屠杀场。起先，好几个交战者透过硝烟和血雾，看见他那身兽皮衣，还以为他是一头猛兽哩。谁都不知道他从哪里来，也不知道他站在哪一边，因为他的斧子不认人，既砍起义者的头，也剖士兵的腹。

不过，他好像更喜欢杀孟哥尔摩的火枪手。他锐不可当，像幽灵似的在混战中左冲右突。鲜血淋漓的斧子抡圆了，断肢碎骨，血肉横飞。他像大家一样吼叫着“报仇！”还说着一些古怪的话语，其中常夹带着吉尔的名字。这个可怕的陌生人在屠杀场里就像是过节一样。

他那双凶光毕露的眼睛盯住的一个山民，跑去跪倒在肯尼博尔曾寄予厚望但却大为失望的巨人面前，呼喊着：

“冰岛凶汉，救救我！”

“冰岛凶汉！”矮人重复着。

矮人朝巨人走过去说：

“你是冰岛凶汉？”

巨人没有回答，举起了铁斧。矮人向后一闪，铁斧落下，正砍在向巨人求救的那个可怜人的脑壳上。

陌生人哈哈大笑。

“哈哈！哈哈！英戈尔夫作证！我还以为冰岛凶汉身手不凡哩。”

“冰岛凶汉正是这样在救求他的人的！”巨人说。

“你说得对。”

两个凶神恶煞便大战起来。铁斧和石斧相遇，砰的一声，斧刃崩碎，火星四溅。没了武器的矮人迅如闪电地抄起一个垂死者丢在地上的沉甸甸的狼牙棒，躲过弯腰想抓住他胳膊的巨人，双手握棒，猛地朝着巨大对手的阔脑门砸去。

巨人“啊”地叫了一声，倒下了。得胜的矮人好不欢喜，用脚踩着他说：

“那个名字分量太重，你担当不起。”

他随即得意扬扬地舞动着狼牙棒，去寻找其他的受害者了。

巨人并没有死，那猛地一击把他打蒙了，几乎不省人事。现在，他开始在睁开眼睛，微微地动弹几下。这时，一名火枪手在混乱之中发现了他，吼叫着向他扑过去。

“冰岛凶汉抓住了！胜利了！”

“冰岛凶汉抓住了！”众人以胜利或忧伤的声气重复着。

矮人不见了。

山民们寡不敌众，早被打垮了，因为森林中的狙击手，以及陆陆续续地从山谷里赶来的枪骑兵和龙骑兵在与孟哥尔摩火枪手会合。山谷里，主要的起义头领都已投降，厮杀早已停止。正直的肯尼博尔战斗一开始便受了伤,已经被俘了。冰岛凶汉也被俘获，这一下，山民们的勇气便荡然无存了。他们放下了武器。

晨曦映照着尚半隐在黑暗之中的高山雪峰的尖顶时，黑柱山谷中只剩下死一般的宁静。那份寂静十分瘆人，清晨的微风吹过，传出几声微弱的呻吟，天空中，黑压压的一群群乌鸦，从四面八方飞来这惨不忍睹的山谷。几个可怜的牧羊人,黎明时走过岩边时，吓得连忙逃回自己的小屋，硬说是在黑柱山谷里看见一个人面兽坐在死人堆里在喝人血。

40

让这股暗火烧死那些愿被烧死的人吧！

——布朗托姆

“女儿，把这扇窗户打开，窗玻璃太暗，我想见点儿阳光。”

“见点儿阳光，父亲！天都快黑了。”

“海湾边上的山冈上还有阳光。我需要透过监牢的铁栏杆吸点儿自由的空气……天空是那么纯净！”

“父亲，暴风雨要从天边过来了。”

“有暴风雨，艾苔尔？您看见哪儿有啦？”

“因为天空纯净，我才等着暴风雨来临的，父亲。”

老人惊奇地看了姑娘一眼。

“要是我年轻时就想到这一点，现在就不会待在这儿了。”

然后，他语气稍微平和了点儿补充说：

“您所说的是对的，但这不是您这种年岁的人说的话。我弄不明白，您那年轻人的理智怎么竟会与我这老头的经验极其相似。”

艾苔尔仿佛被这句既严肃又简单的话语搅得心神不定似的低下了头。她的两只手痛苦地攥在一起，深深地叹了口气。

“女儿，”老囚犯说，“这几天，您脸色苍白，仿佛生命从未温暖过您血管中的血液似的。都好几个早上了，您来见我时，总是眼皮又红又肿的，两只眼睛显出您哭过，而且彻夜不眠。都好几天了，艾苔尔，我沉默不语，您也不想法把我从对往事的阴郁回忆中唤醒过来。您在我身边比我还要忧伤，可您并不像您父亲我这样，有着整个一生碌碌无为、一事无成的重负在压迫着您。忧愁笼罩着年轻的您，但并不能伤及您的心灵。清晨的云彩很快便会消散。您正值人们在幻境中选择独立于现实的一个未来，不管它是什么样的未来的这样一个时期。您到底怎么啦，女儿？多亏了这单调的囚禁生活，您才逃避了所有意想不到的不幸。您犯了什么过错了？……我无法想象您是为我而悲伤的。您应该习惯我那不可挽回的不幸。说实在的,我的言谈话语中已不再存在希望了，但这并不能成为我看出您眼睛里的绝望的一个原因。”

老囚犯这么说着，严厉的声音渐渐变得柔和，像慈父一般。艾苔尔一言不发地站在他的面前。突然，她的身子猛一抽搐，转过身去，跪倒在石头上，双手捂住脸，仿佛要把心中那喷涌欲出的泪水和抽泣压回去。

不幸的姑娘心里积满了太多的痛楚。她究竟对那要命的陌生女人干了什么，她竟然对自己揭开要毁了她整个一生的秘密？唉！自从她知道了她的奥尔齐涅的真名实姓之后，她的眼睛从未合过，她的心灵从未平静过。夜晚，她只有自由地痛哭，心里才畅快些。一切都完了，在她的全部回忆中，在她的全部痛苦中，在她的全部祈祷中，那个属于她的人，那个她在梦中深信自己是他妻子的人，根本就不属于她。奥尔齐涅那么温存地把她搂在怀里的那个夜晚，在她的脑海里只不过是个幻梦了。确实，这个温馨的幻梦自此之后每天夜晚都把他还给了她。她不由自主地仍旧对那个离别了的朋友所保持的那份柔情是个罪孽！她的奥尔齐涅是另一个女子的未婚夫！谁能够说得出来，当奇怪而陌生的嫉妒感情像毒蛇似的溜进她的心中时，当她想象她的奥尔齐涅也许此时此刻正搂抱着一个比她更加美丽、更加富有、更加高贵的女人，而她却在滚热的床上辗转反侧，长夜难眠时，她那少女的心中是个什么滋味？她寻思：我真是疯了，以为他去为我赴汤蹈火。奥尔齐涅是总督的公子，是一个显贵要人的公子，而我，我只不过是一个可怜的囚徒，一个老囚犯的一钱不值的、没人瞧得起的姑娘。他走了，他可自由了！而且无疑是去娶他美丽的未婚妻，去娶首相的千金、要人的千金、高傲伯爵的千金！……难道我的奥尔齐涅欺骗了我？哦，上帝！谁能说他会欺骗我！

不幸的艾苔尔哭了又哭，她看见她的奥尔齐涅就在眼前。就是他，她把他当成她全部身心的不为人知的上帝。就是这个奥尔齐涅，正在喜庆之中，高贵显赫地走向祭坛，向着另一个女子绽开从前属于她的欢乐的那个微笑。

可是，在她那难以言表的痛苦之中，她一刻也没忘了尽一个女儿的孝道。这个纤弱姑娘做出了巨大的努力，强忍住自己的悲痛，不让不幸的父亲看出来。强忍悲痛，不让宣泄，是一切痛苦之中最大的痛苦；咽进肚里的泪水比流出的泪水更加苦涩。只是好多天之后，沉默不语的老人才发现他的艾苔尔的变化，而他刚才的那番慈爱的问话终于使她那长期憋在心里的泪水一下子喷涌而出。

父亲摇着头，苦笑着看着女儿哭了一阵。

"艾苔尔，"他终于说道，"你并没生活在男人堆里，为什么要哭呀？"

他这话刚一说完，高贵而温柔的姑娘便站起来了。她不知用什么力量止住了眼眶中的泪水，用头巾擦了擦。

"父亲，"她用力地说，"我的父亲大人，原谅我吧，这是一时的软弱。"

然后，她望着父亲，竭力露出笑容。

她走到房间的顶头，找来《埃达》，坐回到沉默不语的父亲身旁，随手把书翻开。于是，她稳定一下激动的声音，开始读起来，但她白读了，老人并没在听，她自己也不知道在念些什么。

老人以手示意说：

"行了，行了，女儿。"

她把书合上。

"艾苔尔，"舒玛赫接着说道，"您是否有时还在思念奥尔齐涅？"

年轻姑娘不觉一怔，呆住了。

“是呀，”舒玛赫继续说，“思念那个奥尔齐涅，他去了……”

“我的父亲大人，”艾苔尔打断他，“咱们干吗管他？我同您一样认为，他去了就不会回来了。”

“不会回来了，女儿？我可没这么说。恰恰相反，我不知怎么搞的，总有一种预感，觉得他会回来的。”

“这不是您的真实想法，我尊贵的父亲，您对我谈起这个年轻人时是那么的怀疑。”

“我谈起他时怀疑过吗？”

“是的，父亲，而且在这一点上我与您有同感。我认为他欺骗了我们。”

“他欺骗了我们，女儿？如果我是这么认为他的，那我就像所有的人一样冤枉他了。我从那个奥尔齐涅那儿见到的是忠心耿耿。”

“尊贵的父亲，那您知道他的诚挚的话语是否藏着杀机？”

“一般来说，人们是不会对不幸和失意的人表示亲热的。如果那个奥尔齐涅对我根本没有感情的话，那他是不会这样毫无目的地跑到我的牢房中来的。”

“您能肯定他来这儿没有任何目的吗？”艾苔尔声音微弱地说。

“有什么目的呀？”老人急切地问。

艾苔尔没有吱声。

对她来说，继续谴责她心爱的奥尔齐涅简直太难了，她以前一直是在她父亲面前为他辩护的。

“我已经不再是格里芬菲尔德伯爵了，”老人继续说，“我已经不再是丹麦－挪威联合王国的首相了，不再是国王陛下的宠臣了，不再是权大势大的权贵了。我是个可怜的钦犯，一个被贬谪的人，一个政治瘟神，他在同所有那些靠我而飞黄腾达的人谈起我时，毫不嫌恶，这已经很了不起了；他既非狱卒也非刽子手，却能跨进我的牢房，这就够忠诚的了；他跨进牢房，自称是我的朋友，女儿，这就够英勇的了……不，我决不会像世人那样忘恩负义，这个年轻人值得我感谢，哪怕他只是向我露出了一张笑脸，让我听见了一种慰藉的声音。”

艾苔尔心酸地听着这番话语，要是早几天，那个奥尔齐涅在她心目中仍旧是她的奥尔齐涅的话，这番话本会让她笑逐颜开的。老人停顿片刻之后，庄重地说：

“听我说，女儿，我要对您说的话很严重。我感到自己慢慢地不行了，我的日子过一天少一天了，是的，女儿，我离死不远了。”

艾苔尔压抑的呻吟声打断了他。

“啊，上帝，父亲，别这么说！求求您，可怜可怜您的苦命的女儿吧！唉！难道您也想抛弃她吗？没有了您的保护，她一个人活在世上，会落个什么下场呢？”

“一个被贬谪之人能保护什么！”父亲摇着头说，“不过，不管怎么说，我刚才想的也正是这事。是呀，您未来的幸福比我往日的不幸更使我操心……听我说吧，别再打断我了。您不该那么苛刻地判断那个奥尔齐涅，女儿，而且在这之前，我并没想到您这样的恨他。他外表坦诚而高尚，说实在的，这并不能说明什么问题，但应该说，我觉得他也许并不是个没有道德的人，尽管他只要有一颗人的灵魂就可以蕴藏所有邪恶、所有罪恶的胚芽了。人无完人嘛。”

老人又一次停住了，然后定睛看着女儿又说：

“我心里明白自己不久于人世了，因此我考虑过他和您，艾苔尔。如果他像我所希望的那样回来了……我同意他做您的保护人和丈夫。”

艾苔尔脸色苍白，浑身颤抖。正当她幸福的梦幻刚刚永逝之时，她父亲竟在想法实现它。一想到“我本来会幸福的！”她好生悲苦，她本已绝望，这么一想，真是雪上加霜。她呆了片刻，说不出话来，生怕眼眶中滚动着的热泪滴落下来。

父亲在等着。

“什么！”她终于有气无力地说了，“我的父亲大人，您既不了解他的出身、家世，也不知道他的真名实姓，就早已把我许配给他了？”

“并不是早已，而是现在把您许配给他，女儿。”

老人的语气几乎是专断的，艾苔尔叹息一声。

“……我说了，我现在把您许配给他。他的身世与我又有什么关系？我无需了解他的家世，因为我了解他这个人。您想想吧，您只有这一点得救的希望了。我想，谢天谢地，他并不像您恨他那样的恨您。”

可怜的姑娘举目望天。

“您听见我说的了吗，艾苔尔？我再说一遍，他的身世与我又有什么关系？他无疑出身卑微，因为没人会教育出身豪门的人去光顾监狱的。一点儿不错。您别显得又高傲又遗憾的了，女儿。别忘了，艾苔尔·舒玛赫已不再是渥淋公主和童斯贝格伯爵小姐了，您已经落到比您父亲起步时更低的地位了。不管这个年轻人是个什么家庭，只要他愿意要您，您就应该高兴。如果他出身卑贱，那更好，女儿。您今后的日子就不会像您父亲那样风风雨雨的了。您将不受世人的嫉羡和仇恨，默默无闻地过着一种与世无争的生活，跟我的一生完全不同，因为它先苦后甜。”

艾苔尔跪倒在父亲面前。

“哦，父亲！求求您啦！”

他惊讶地张开双臂说：

“您这是什么意思呀，女儿？”

“看在老天的分儿上，别给我描绘这种幸福了，我没那个福分！”

“艾苔尔，”老人严肃地说，“您别拿您的一生当儿戏。我曾经拒绝娶一位皇家血统的公主，一位荷尔斯泰因－奥古斯丁堡的公主，您听见我说的了吗？我的傲岸受到了残酷的惩罚。您不愿嫁给一个出身卑微但却是个正直的男子，当心您的傲岸也要受到悲惨的惩罚。”

“他要真是一个出身卑微但却是个正直的男子那就谢天谢地了！”艾苔尔喃喃道。

老人站起来，在牢房里激动地走了几步。

“女儿，”他说，“是您可怜的父亲在求您，在命令您。别让我临终时还为您的前途担忧。答应我，同意嫁给这个陌生人吧。”

“我将永远服从您，父亲，但您别指望他会回来了。”

“我考虑过各种可能性，但从那个奥尔齐涅说到您的名字时的那个口吻，我认为……”

“他爱我！”艾苔尔苦涩地打断他，“哦！不，您别相信这个。”

父亲冷冰冰地回答说：

“我不清楚，照您一个姑娘家的说法，他是否爱您，但我知道他会回来的。”

“丢掉这个想法吧，我尊贵的父亲。再说，如果您了解他，您也许就不愿意他做您的女婿了。”

“艾苔尔，不管他是什么出身，什么家世，他都将是我的女婿。”

“那好！”她说道，“如果您视为安慰者的这个年轻人，如果您想使之成为您女儿的保护人的这个年轻人，我的父亲大人，如果他是您的一个死敌的儿子，是挪威总督的儿子，是盖尔登留伯爵的儿子呢？”

舒玛赫倒退了两步。

“您在说些什么呀，伟大的上帝！奥尔齐涅……这不可能！……”

老人那双黯淡的眼睛里燃起了一种难以描述的仇恨火焰，使艾苔尔那颗颤抖的心感到冰凉，她后悔莫及，不该说出刚才那番不谨慎的话来。

但后悔已经晚了。舒玛赫抱着双臂，一动不动地待了好一会儿。他整个身子在颤抖着，仿佛站在一个烧红的烤架上。两只冒火的眼珠子突出眼眶，两眼盯在石头地上，像是要把它盯穿。最后，两片发青的嘴唇里吐出几句话来，声音低极了，仿佛一个做梦的人的梦呓。

“奥尔齐涅！……对了，是的，奥尔齐涅·盖尔登留！……很好，来吧！舒玛赫，你个老疯子，张开你的臂膀，这个正直的年轻人是来用刀捅你的。”

突然，他用脚跺地，声若雷鸣。

“他们趁我倒台，被囚，把他们家族的所有无耻之徒全都派来羞辱我！我已经见到一个阿勒菲尔德了，我几乎向一个盖尔登留露出了笑容！一群恶魔！谁会想到那个奥尔齐涅会有这样的一颗灵魂，这样的一个姓氏！我真该死！他不得好死！”

他随即沮丧地倒在扶手椅里，长吁短叹；可怜的艾苔尔吓得浑身颤抖，在他面前直哭。

“别哭，女儿，”他声音凄厉地说，“啊！贴住我的心。”

他把她紧紧地搂在怀里。

艾苔尔正不清楚如何理解这种狂怒中的抚爱，老人又说道：

“姑娘，你至少比你的老父眼明心亮。你根本就没被那条眼睛温柔有毒的毒蛇迷惑住。过来，让我感谢你使我看到对这个可恶的奥尔齐涅的仇恨。”

她对这个可惜很不配的赞扬感到颤抖。

“我的父亲大人，”她说，“您平静些！”

“你答应我，”舒玛赫继续说，“你要始终像我一样的仇恨盖尔登留的儿子，你向我起誓。”

“上帝不许起誓的，父亲。”

“你起誓，女儿，”舒玛赫寸步不让地重复道，“你将永远同我一样憎恨那个奥尔齐涅·盖尔登留，不是这样吗？”

艾苔尔回答起来并不犯难。

“永远。”

老人将她搂进怀里。

“好，我的女儿！如果说我没能把他们从我这儿夺走的财富和荣耀留给你的话，让我至少把我对他们的仇恨传给你。听着，他们把你老父的地位和荣耀全夺走了，他们把你老父从断头台拖进监牢，仿佛为了让我受尽所有的侮辱，让我尝遍种种的苦难。那帮浑蛋！他们转而用来反对我的那份权力是我给了他们的！哦！愿老天和地狱能听见我的话，让他们一辈子全都遭到诅咒，让他们的子孙后代也不得好死！”

他沉默了片刻，然后，抱住他那被他的诅咒吓坏了的苦命女儿。

“我的艾苔尔，你是我唯一的荣耀、唯一的财富，告诉我，你的直觉怎么比我的敏锐呢？你是怎么发现这个叛徒有着一个我刻骨铭心的可恶姓氏的？你是怎样识破这个秘密的？”

她鼓足全部勇气正要回答，门却开了。

一个身穿黑衣，手上拿着一根乌木鞭，脖子上戴着一根发亮的钢链的人出现在门口，身旁站着几个也穿黑衣的持戟兵。

“你想干什么？”老囚犯尖刻而惊奇地问。

那人没有答话，也没看他，只是把一长卷文件展开，上面用丝线坠着一个绿蜡印章。他大声念道：

“明主克里斯蒂安国王圣谕：命孟哥尔摩皇家监狱钦犯舒玛赫及其女儿，随持圣谕者……”

舒玛赫重复了一遍自己的问话：

“你想干什么？”

黑衣人始终面无表情，准备再念一遍圣谕。

“够了！”老人说。

于是，他站起身来，示意又惊又怕的艾苔尔同他一起跟这个阴森的押送队走。

41

一个不祥的信号已经发出，一个卑鄙的司法大臣前来敲他的门，通知他有人需要他。

——约瑟夫·德·梅斯特尔

夜幕刚刚降临，寒风在凶险塔周围呼啸着，维格拉废墟的各扇门都在户枢中抖动着，仿佛同一只手同时在摇动着它们。

塔楼里，愤世嫉俗的住户——刽子手一家——聚在二层大厅中央生起的一堆火旁。那火发出晃动着的红光，映照在他们阴郁的脸上和鲜红的衣服上。孩子们的脸上有着某种像他们父亲的笑声一样凶残的东西，有着像他们母亲的目光那样的惶恐，他们的目光同贝克丽的目光全部转向奥路基克斯；后者坐在一只木凳上，似乎在喘气，脚上沾满了尘土，说明他刚刚打老远的地方回来。

“女人，你听着，孩子们，你们听着。我整整两天没在家，不是为了给你们带坏消息回来的。如果再过不到一个月，我当不上皇家刽子手，我宁愿不会打活结，或者不会使斧子。你们就高兴吧，我的小狼崽子们，你们的父亲也许将要把哥本哈根的断头台留给你们当遗产的。”

“尼戈尔，”贝克丽问，“究竟是怎么回事？”

“你呢，我的好波希米亚女人，”尼戈尔傻笑着说，“你也高兴高兴吧！你可以替自己买些蓝玻璃项链来装饰你那死仙鹤脖子了。咱俩的婚约就要到期了，但那没关系的，再过一个月，当你看到我成了联合王国的首席刽子手时，你将不会拒绝同我一起再摔一个瓦罐的[①]。”

“究竟是怎么回事？究竟是怎么回事，父亲？”孩子们在问。老大正在玩一个沾满鲜血的拷问架；老二正在津津有味地活拔一只小鸟的毛，那是他从鸟窝里母鸟怀中夺来的。

“你们问怎么回事？……把这只小鸟弄死，哈斯帕尔，它叫得像拉一把破锯似的，再说，不应该这么残忍。弄死它……怎么回事？没什么事，真的不算什么事，只不过，贝克丽太太，再过不到一星期，孟哥尔摩的那个囚犯、在哥本哈根曾经贴近地看过我的面孔的前首相舒玛赫和臭名昭著的冰岛凶汉、克利普斯塔杜尔的凶汉，也许都得落到我的手里。”

红衣女人迷茫的眼里流露出一种惊讶和好奇。

“舒玛赫！冰岛凶汉！这是怎么回事，尼戈尔？”

“就这么回事。昨天早上，我在去斯孔根的路上，在奥尔达斯桥边遇上了孟哥尔摩全团火枪手，他们一个个正得意扬扬地返回特隆赫姆。我问了一个士兵，他倒是回答了我，因为他想必不清楚我的衣服和马车为什么是红的。我得知火枪手们是从黑柱山谷回来的，他们在那儿粉碎了强盗团伙，也就是说造反的矿工。你该知道，波希米亚女人贝克丽，这些人是为了舒玛赫才造的反，而且是由冰岛凶汉指挥的。你知道，这么一造反，冰岛凶汉就着实地落个犯上罪，舒玛赫则是实实在在的叛国罪。这自然而然地就得让这两个可敬的大人或上绞架，或登断头台。处死这两个大人物，我至少可各得十五个金杜卡托，而且还会让我在联合王国中获得最大的荣耀，除此之外，还要处死几个不算太重要的……”

“什么！”贝克丽打断他说，“冰岛凶汉被捉住了？”

---

① 一个波希米亚女人结婚时，婚礼仪式只是在她愿意成为其伴侣的男人面前摔碎一个瓦罐，瓦罐碎成多少片，她就同这个男人结为夫妻生活多少年。期限满时，夫妻双方可以自由分手，或者再摔碎一个瓦罐。特隆赫姆州的刽子手想必在这里是影射这一古怪的风俗。

“你个该死的女人，干吗要打断你的主人老爷？”刽子手说，“是的，毋庸置疑，那个大名鼎鼎的、那个抓不着的冰岛凶汉，被捉住了，其他几个强盗头子、他的助手也被捉住了，每人的头颅也得让我赚上个十二埃居，还不算他们每个尸身的钱哩。我说了，他被捉住了，而且既然非得满足你们的好奇心不可，我告诉你们吧，我还看见他在火枪手的队伍里走哩。”

女人和孩子们急切地靠近奥路基克斯。

“什么！你看见他了，父亲？”孩子们问。

“住嘴，孩子们。你们嚷得就像硬说自己冤枉的无赖似的。我看见他了。他是个巨人。两只胳膊被反剪在背后，头上扎着绷带，肯定是头部受了伤。不过，他不必担心，我很快就能给他治好这个伤的。”

刽子手边说着吓人的话，边用手恶心地比画着，然后，他又继续说道：

“而且，我还觉得这个可怕的巨人挺沮丧的。在他身后的是他的四个伙伴，也被捉住了，也都受了伤，也是押往特隆赫姆的。他们将在那里同前首相舒玛赫一起受到法庭审判。该法庭是由现任首相主持的，高级民事代表也要参加。”

“父亲，其他几个俘虏是什么模样？”

“头两个是老头，一个戴着矿工毡帽，另一个戴着山民的软帽。两人看上去都很颓丧。另外两个，一个是年轻矿工，昂首挺胸地走着，还吹着口哨，另一个……该死的贝克丽，半个来月前，狂风暴雨的那个夜晚，走进这塔楼的那些过路人你还记得不？”

“就像撒旦记得他堕落的那天一样的记得！”女人回答。

“你注意没有，这帮陌生人中间有个年轻人，陪着一个戴大假发的老疯学究的？我说了，是个年轻人，穿了一件绿大氅，帽子上插了一根黑羽毛的？”

“说真的，我觉得他现在还在我面前，对我说：‘女人，我们有金子。'"

“好！老太婆，如果第四个俘虏不是那个年轻人的话，我宁愿今后只绞死大松鸡。其实，他的脸全被羽毛、帽子、头发和大氅挡住了，而且，他还低着头，但那衣服、那靴子、那架势却完全一样。如果不是同一个人，我宁可一口吞下斯孔根的石头绞架！你觉得这怎么样，贝克丽？这个陌生人从我这儿得到点儿东西维持生命之后，又从我这儿得到点儿什么来缩短生命，而且他在考验了我的好客之后，又要考验我的手艺了，这不是挺逗的吗？”

刽子手凄厉地大笑了好一会儿后又说：

“好，你们大家都高兴高兴吧。咱们来喝一杯。对，贝克丽，给我一杯像锉刀似的辣喉咙的啤酒，我要为我未来的晋升而干杯……来吧，祝未来的皇家行刑人尼戈尔·奥路基克斯大人飞黄腾达，健康长寿！……我得老实承认，老太婆，我去内斯镇悄没声息地绞死鸡鸣狗盗之徒时，心里难过极了。可是，思量再三，我觉得三十二个阿斯卡林还是不能弃之不顾的，而且，先要是砍了尊贵的伯爵、前首相和臭名昭著的冰岛凶汉的头，再去处死这类鸡鸣狗盗之徒，那我这双手才叫丢人现眼哩。因此，我忍了，先把内斯镇的那个可怜虫送上西天，再等着皇家刽子手的委任状的下达。喏，”他从背囊中取出一只皮袋说，“这是我给你带回来的三十二个阿斯卡林，老太婆。”

这时，塔外传来三声不同的号角声。

“老婆，”奥路基克斯边站起身来边喊，“是高级民事代表的警吏。”

他说完便急匆匆地下楼去了。

不一会儿，他又上来了，拿着他已拆开封印的一大卷文件。

“喏，”他对妻子说，“这是高级民事代表捎给我的。你可能会读撒旦的魔书，那你就给我念念这个吧。这也许是我的升迁文书，因为法庭将有一位大首相主持，而且还有一位大首相受到审判，执行法庭判决的刽子手当然是个皇家刽子手才行。”

女人接过文件，浏览一会儿之后，高声念了起来，而孩子们则傻呆呆地看着她。

“特隆赫姆州高级民事代表特令州刽子手尼戈尔·奥路基克斯带上荣誉的斧头、木砧和黑帷幔，立即赶往特隆赫姆城。”

“就这些？”刽子手语露不悦地说。

“就这些！”贝克丽回答。

“州刽子手！”奥路基克斯喃喃道。

他没好气地看着民事代表的文书，呆了一会儿。

“好吧，”他终于说道，“只好遵命上路了。不过，还是叫我带上荣誉的斧头和黑帷幔了……贝克丽，你要仔细地擦去我斧头的锈点儿，再看看帷幔上污迹多不多。总而言之，不必气馁，他们也许想等那个重大的行刑过后，再提升我，以资奖励。这帮死囚，活该没福气死在一个皇家行刑人手中。”

42

> 埃勒维尔：可怜的桑什怎么样了？他根本没在城里露面？
>
> 努诺：桑什肯定是隐姓埋名了。
>
> ——洛普·德·维加：《最好的治安法官就是王》

阿勒菲尔德伯爵拖着一件宽大的衬有白鼬皮的黑缎华丽长袍，一个法官的宽阔假发遮住了他的头和肩，胸前挂了好几枚星形奖章和勋章，其中可见皇家大象骑士团和丹布罗格骑士团勋章链。一句话，他穿着丹麦－挪威联合王国大首相的全套行头，神情焦虑地在阿勒菲尔德伯爵夫人的房里踱着。此刻，只有她一人同他在一起。

“嗨，九点了，就要开庭了。绝不能耽搁，因为必须今夜作出判决，以便最迟明晨执行。高级民事代表向我保证，刽子手黎明前赶到这里……艾尔菲格！您命令人准备船只载我去孟哥尔摩了吗？”

“老爷，船已备好起码半小时了！”伯爵夫人在扶手椅里微微抬抬身子回答说。

“驮轿准备好了吗？”

“是的，老爷。”

“好！……您是说，艾尔菲格，”伯爵拍拍脑门补充说，“奥尔齐涅·盖尔登留同舒玛赫的女儿私通？”

“我发誓，两人打得火热！”伯爵夫人又气愤又不屑地笑答道。

“谁会想得到呢？……不过，不是吹的，我早就料到了。”

“我也是，”伯爵夫人说，“这是那该死的勒万玩我们的一手。”

“这个梅克伦堡的老浑蛋！”首相嘟囔着，“好，我将把你介绍给阿伦斯多夫……我要是能让你失宠的话！……嗨，听着，艾尔菲格，有苗头了。”

“怎么呢？”

“您知道，我们就要审判的孟哥尔摩城堡里的人一共六个：舒玛赫，我希望明天这个时候我就不再害怕他了。那个高大的山民、我们的假冰岛凶汉，他发誓把这一角色假扮到底，希望已给了他不少钱的穆斯孟德让他越狱……这个穆斯孟德真是鬼主意不少！……另四名被告是三个反叛头领和一个不知怎么待在阿普西尔－柯尔赫集合地点的家伙，多亏穆斯孟德小心戒备，才使他落到我们手中的。穆斯孟德认为，这个人是勒万·德·克努德的奸细。而且，确实，他被抓到这里来时，第一句话就是打听将军，当得知那个梅克伦堡人不在这里时，他好像很颓丧。此外，他对穆斯孟德提的问题一概不肯回答。”

“亲爱的老爷，”伯爵夫人打断他说，“您为什么不亲自审问一下他呢？”

“说实在的，艾尔菲格，我来此之后，各种事情缠身，忙得不亦乐乎，又怎么去审问他呢？我把这事交给了穆斯孟德，他对此同我一样关心。再说，亲爱的，这个人本身并不重要，是个可怜的浪荡汉。只有把他弄成勒万·德·克努德的代表，我们才能从中得益。由于他是在反叛者中被抓获的，这就可以证明梅克伦堡人和舒玛赫在进行罪恶的勾结，光这一点，如果不能治那该死的勒万的罪的话，至少可以让他失宠。”

伯爵夫人好像沉思了片刻。

“您说得对，老爷。不过，托尔维克男爵对艾苔尔·舒玛赫的那份要命的激情……”

首相又拍拍脑门，然后，突然耸耸肩说：

"听着，艾尔菲格，咱俩都已不是涉世不深的年轻人了，可是我们都不了解人！当舒玛赫再一次受到叛国罪的指控，当他被推上断头台受辱，当他女儿又落入社会底层，永远公开地受到她父亲耻辱的牵连，艾尔菲格，您认为这时候，奥尔齐涅·盖尔登留还会记得一星半点儿这种儿戏恋情，也就是您根据一个年轻的疯女囚的狂热自白所说的激情吗？他会在一个可怜的罪人的身败名裂的女儿和一位伟大首相的光彩照人的千金之间，有丝毫的犹豫吗？应该按照自己的想法去判断别人，亲爱的。您在什么地方见过有那样的人？"

"但愿又让您说对了……我要求民事代表让舒玛赫的女儿参加对他父亲的审判，并让她跟我坐在同一个看台上，您不会觉得我这样做没用，对吧？我很想研究研究这个小女子。"

"凡是能让我们搞清这事的一切都是极有用的，"首相冷冷地说，"不过，告诉我，有人知道那个奥尔齐涅现在在哪里吗？"

"谁都不知道。他的确是那老勒万的得意门生，同他一样的游侠骑士。我认为他此刻正在探访瓦尔德胡斯。"

"好，好，我们的乌尔丽克会收住他的心的。嗨，我忘了，还等着我开庭哩。"

伯爵夫人拦住首相。

"还有一句话，老爷……我昨天跟您谈过了，但您另有心思，没能得到您的答复。我的弗烈德里克在哪儿？"

"弗烈德里克！"伯爵表情阴郁，捂住脸说。

"是的，回答我，我的弗烈德里克呢！他的团已回到特隆赫姆了，可他没回来。您起誓，弗烈德里克未曾在那可怕的黑柱山谷。怎么一提到弗烈德里克您的脸色就那么难看？我担心得要死。"

首相恢复了他那冷漠的面容。

"艾尔菲格，您就放心吧。我发誓，他没在黑柱山谷。再说，在这场交战中受伤或阵亡的军官名单已经公布了。”

“对，”平静下来的伯爵夫人说，“您这么说我就放心了。只有两名军官阵亡了，洛瑞上尉和年轻的兰德梅尔男爵。这男爵同我可怜的弗烈德里克在哥本哈根的那些舞会上干了不少的蠢事！哦！说真的，那名单我看了一遍又一遍。不过，您告诉我，老爷，这么说，我儿子留在瓦尔斯特罗姆了？”

“他留在那儿了！”伯爵回答。

“那好，亲爱的朋友，”伯爵夫人竭力装出温柔的笑来说，“我只求您一件事，就是让我的弗烈德里克尽快从那可怕的地方回来。”

首相费劲乏力地从哀求他的伯爵夫人手里挣脱开来。

“夫人，”他说，“还等着我开庭哩。再见，您请求的事不取决于我。”

他说完便赶忙走了出去。

伯爵夫人阴郁忧愁，若有所思。

“不取决于他，”她在嘀咕，“他只要说句话就可以把儿子还给我了！……我一直认为，这人实在太坏。”

43

难道就这样对待一个指控我的人？难道人们就这样失去对司法应有的尊敬？

——卡尔德隆：《加利西亚的路易·佩雷斯》

看守在施莱斯威格主塔出口把艾苔尔同她父亲分开。艾苔尔浑身颤抖，被押着穿过她此前一直没来过的黑漆漆的过道，来到一处阴暗的牢房。待她进去之后，牢房门随即关上了。与牢房门相对的一面，有一个大的栅栏门，从里面透进火把和蜡烛的光亮。栅栏门前有一长凳，一个戴着面纱、身穿黑衣的女人坐在上面，示意艾苔尔在她身旁坐下。艾苔尔默然呆滞地坐下了。

她抬眼从栅栏门看过去，看到的是一幅阴森肃然的场面。

一间大厅张着黑幔，吊在拱顶上的几盏铜灯，散发着微弱的光亮。大厅顶头，摆了一张马蹄铁形的黑台子。七名法官身着黑袍坐在台前，其中有一人居于中间高一点儿的座位上，胸前戴着几条钻石和金片项链，在闪闪发光。坐在此人右首的法官与众不同，系了一条白腰带，穿了一件白鼬皮大氅，表明他是该州高级民事代表。黑台子右边是一个小台子，罩着一顶华盖，坐着一位老者，身穿主教服；台左是一张桌子，摆满文件，桌后立着一个身材矮小的人，戴着一顶大假发，穿着一件多褶裥的黑长袍。

面对法官放着一张木长凳，由一些手持火把的卫兵围着；火把的光亮透过林立的梭镖、火枪和长矛，朦朦胧胧地照着挤在隔着审判台的铁栅栏前的一群观众。

艾苔尔观看着这个场面，仿佛醒着在观梦景，但她深深感到眼前即将发生的事与自己利害相关。她听见心中有一个亲切的声音在告诫她注意去听，因为她正面临一生之中最危急的一个关头。她的心同时被两种迥然不同的焦虑困扰着，她既想立即知道她与她所观看的场面到底有什么关系，但又永远不想知道。好多天以来，认为她的奥尔齐涅为了她而毁了自己的念头使她绝望地想着干脆死了算了，盼着能看一眼自己的生死簿上到底是怎么写的。因此，她知道自己已进入了命运的关键时刻，便怀着一种焦急忧郁多于厌恶的心情，仔细地审视出现在眼前的场面。

她看见首席法官站起来，以国王的名义宣布审判开始。

她听见位于审判席左侧的那个黑衣矮人在用又低又快的声音宣读一篇长文，里面常提到她父亲的名字，并与“阴谋”、“矿工造反”、“叛国”等词连在一起。这时，她想起了那个不祥的陌生女人在主塔园子里跟她说过的她父亲所受到的指控。当她听见穿黑袍的那人最后极其清晰地念道“死刑”二字时，她猛地一颤。

她吓得魂不附体，连忙向戴面纱的女人扭过头去。她说不出为什么，总觉得这女人让她害怕。

“我们这是在哪儿？这一切是怎么回事？”她怯生生地问。

那位神秘的女人示意她别出声，注意听。她重又把目光移向审判大厅。

穿主教服的可敬老人刚刚站起身来；他说话清晰，艾苔尔全听见了：

“我，潘菲·厄勒泰尔，特隆赫姆皇城和特隆赫姆皇州的主教，我以全能而仁慈的上帝的名义，向代表国王进行审判的尊敬的法庭致敬。

鉴于被带到本法庭来的犯人是人，是基督教徒，而且又都没有诉讼代理人，我向尊敬的法官们宣布，我愿为上苍使之落到这步田地的他们尽我绵薄之力。

祈求上帝肯于恩赐力量于我们这些衰弱无力之人，恩赐光明于我们这些全盲的人。

因此，我，本皇家教区的主教，我向尊敬而公正的法庭深致敬意。”

主教这么说了之后，走下主教台，来到为被告而设的木长凳上坐下。这时，人群中响起一阵阵赞同的私语声。

首席法官站起来，生硬地说：

“卫兵们，让大家肃静！……主教大人，本法庭代表犯人感谢您的发言……特隆赫姆州的居民们，请尊重国王的最高审判权。本法庭即将作出终审判决。警吏们，传被告到庭。”

听众中笼罩着一片等候和畏惧的肃穆，只见脑袋在黑暗之中晃动着，犹如电闪雷鸣正要袭来的暴风雨来临前的黑漆漆的海涛。

不一会儿，艾苔尔便听见在她下方的大厅阴森通道里传来一阵嗡嗡的嘈杂声和一阵不同寻常的骚动声。随后，听众们焦急而好奇地排好。接着又是一阵杂沓的脚步声，只见长矛和火枪闪亮，六个被绑着的光着头的人，由看守押着，走进审判庭内。艾苔尔只看见了六个犯人中的头一个人，那是一位白胡子老人，穿着一件黑长袍——是她父亲。

她身子发软，倚在长椅前的石栏杆上，眼前的物件像是在乱云中滚动，只觉得她的那颗心像是在耳边跳动。她有气无力地说：

“哦，上帝，救救我吧！”

戴面纱的女人凑近她，让她吸了吸嗅盐，使她从麻木中清醒过来。

“尊贵的夫人，”她缓过气来说，“求求您，说句话，让我相信我在这里并不是地狱幽灵的玩偶。”

然而，陌生女人对她的请求置若罔闻，已经把头转向审判席了。可怜的艾苔尔恢复了点儿气力，强忍着，像陌生女人一样静静地听着。

首席法官站起身来，用缓慢而庄严的声音说：

“犯人们听着，把你们带到我们面前是为了仔细审查你们是否犯了叛国罪、谋反罪、武装暴动反对我们至高无上的国王的权威罪。你们现在要好好地想一想，因为你们第一大罪状是犯上，那是要杀头的。”

这时候，一缕光线落在六个被告中的一人脸上，那是个年轻人，头垂在胸前，像是在用垂着的长卷发遮住面部。艾苔尔浑身一颤，冒出一身冷汗，她认为认出……不，这是一个残酷的幻觉；大厅灯火昏暗，人像影子似的在晃动；仅仅只能看清置于首席法官坐椅上方的那尊大的乌木耶稣像。

不过，这年轻人穿了一件大氅，远远看去像是绿的，乱蓬蓬的头发映着栗色的光，而突然落下的光亮照出他的面容……不，不是的，不可能是的！那是一个可怕的幻觉。

犯人们在主教坐着的长凳上坐下。舒玛赫坐在凳子的一端，他与那栗发青年被他的另四名不幸同伴隔着；后者全都穿着粗布衣服，其中有一个像巨人似的。主教坐在长凳的另一头。

艾苔尔看见首席法官转向他父亲。

“老头，”他声色俱厉地说，“告诉我们您的姓名，您是谁。”

老者微微抬起他那高贵的头。

“从前，”他定睛望着首席法官说，“大家都称呼我格里芬菲尔德和童斯贝格伯爵、渥淋亲王、神圣帝国亲王、皇家大象骑士团骑士、皇家丹布罗格勋团骑士、德国金羊毛勋团骑士、英国嘉德勋团骑士、首相、大学总督学、丹麦-挪威联合王国首……”

首席法官打断他说：

“被告，本法庭并未问您大家曾经怎么称呼您，也没问您曾经是什么人，而是问您现在姓什么叫什么，现在是什么人？”

“好，”老人激动地说，“我现在叫让·舒玛赫，现年六十九岁，阿勒菲尔德首相，我除了是您以前的恩人之外，现在什么都不是。”

首席法官似乎呆住了。

“我认出您来了，伯爵大人，”前首相继续说道，“而且，我觉察得出来，您并没有认出我来，所以我冒昧地提醒大人，我们是老相识了。”

“舒玛赫，”首席法官声音里满含怒火地说，“别浪费法庭时间。”

老囚犯又打断他说：

“我们调换了角色，尊贵的首相，从前是我直呼您的名字‘阿勒菲尔德’，而您都称呼我为‘伯爵大人’。”

“被告，”首席法官驳斥道，“您提及您过去受到的耻辱判决，是对您目前的案子不利的。”

“如果说那次判决对某人是耻辱的话，阿勒菲尔德伯爵，对我则不然。”

老人铿锵有力地说这句话时，半抬起身子。首席法官伸手指着他说：

“坐下。在法庭上，在审判您的法官面前，在委派这些审您的法官的国王面前，不得无礼。要记住，陛下曾开恩饶了您一命，您现在在这里只可为自己辩护。”

舒玛赫没有回答，只是耸了耸肩。

“对于您受指控的重大罪行，”首席法官问道，“您有什么要向法庭供认的吗？”

见舒玛赫沉默不语，首席法官又重复了一遍问话。

“您是在同我说话？”前首相说，“我还以为您是在对自己这么说呢，尊贵的阿勒菲尔德伯爵。您跟我说的是什么罪行？难道我曾经给朋友以伊斯卡利阿特之吻了[①]？难道我曾经拘押、判决、玷辱过恩人？难道我曾把对我恩重如山的人弄得一败涂地？说实在的，现任首相大人，我不知道为什么把我带到这儿来？想必是

---

① 伊斯卡利阿特是《福音书》中犹大的绰号，意为“叛徒”。“伊斯卡利阿特之吻”喻“虚伪的友好表示”。

想通过使一些无辜者的人头落地来判断自己的能耐吧。我的确很想看看您是否像毁损我一样棒地毁掉王国，看看您是否能只用一个逗点就置我于死地，如同您只用一个字母就挑起了同瑞典的战争那样。[①]”

他刚尖酸刻薄地挖苦了一通，坐在审判席左侧桌前的那人便站了起来。

“首席法官大人，”他深深地鞠了一躬说，“各位法官大人，如果让·舒玛赫继续这样侮辱可尊敬的法庭的首席法官阁下的话，我要求禁止他发言。”

只听见主教那平静的声音在说：

“机要秘书大人，不可以禁止被告发言的。”

“您说得对，尊敬的主教，”首席法官急忙大声说道，“我们的本意是让被告有充分的自由为自己辩护……我只是要请被告注意言辞，如果他明白自己的真正利害的话。”

舒玛赫摇摇头，冷冷地说：

“好像阿勒菲尔德伯爵对自己的事比1677年更胸有成竹。”

“住嘴！”首席法官说完，立即转问老人身旁的犯人的姓名。

此人是一个身材高大的山民，额头上缠着绷带，他站起来说：

“我是出生在克利普斯塔杜尔的冰岛凶汉。”

人群一阵惊慌骚动；舒玛赫抬起已经垂于胸前若有所思的头来，突然看了一眼自己那可怕的邻座。其他几个被告都离着此人远远的。

“冰岛凶汉，”当人群恢复平静，首席法官问道，“您有什么要

---

① 丹麦和瑞典确曾发生过严重的纷争，因为阿勒菲尔德伯爵在一次谈判中，曾要求两国间的一个条约给予丹麦国王以 rex Gothorum 的头衔，这似乎把瑞典的哥德州的统治权授予了丹麦国王。而瑞典只愿意给他以 rex Gotorum 头衔，即哥德王的称号，但这并无实际意义，所以，就因“h”这个字母，引起了两国间的长期争吵。舒玛赫无疑在影射这件事。

对本法庭说的吗？”

艾苔尔同所有的听众一样，对著名强盗的在场十分震惊；长期以来，他让她感到恐惧。她胆怯而贪婪地看着这个巨人，也许她的奥尔齐涅同他搏斗过，说不定他已死在了这个巨人的手下。这么一想，她心痛欲裂。因此，她完全被肝肠寸断的痛楚折磨着，没有听清这个冰岛凶汉用粗俗、尴尬的言语回首席法官的话，她把他几乎看成了杀害她的奥尔齐涅的凶手了。她只听见这个强盗自称是造反者的头领。

“是您自己还是经他人唆使您才担任反叛者的指挥的？”首席法官问。

强盗回答说：

“不是我自己。”

“那是谁鼓动您犯这个罪的？”

“是一个叫哈凯特的人。”

“这个哈凯特是个什么人？”

“是舒玛赫的代表。他还称舒玛赫为格里芬菲尔德伯爵。”

首席法官转问舒玛赫：

“舒玛赫，您认识那个哈凯特吗？”

“您抢先我一步了，我正要问您这个问题呢，阿勒菲尔德伯爵。”老人反诘道。

“让·舒玛赫，”首席法官说，“您因为仇恨而胡搅蛮缠。本法庭赞赏您的辩护方式。”

主教转身向着像是充当记录和指控人的矮个儿男人开言道：

“机要秘书大人，这个哈凯特是否在我的当事人中间？”

“不，大人！”秘书回答道。

“知道他的下落吗？”

“没能抓到他，让他溜掉了。”

机要秘书大人说这话时仿佛在故意伪装声调。

“我倒认为他是消失了！”舒玛赫说。

主教继续问：

“秘书大人，派人追捕这个哈凯特了吗？知道他的相貌特征吗？”

没等机要秘书回答，犯人中的一个站了起来：是一位面孔粗犷而傲气的年轻矿工。

“很容易抓到他的，”他铿锵有力地说，“舒玛赫派来的这个浑蛋哈凯特是个身材矮小的男人，有一张开朗的面孔，但开朗得很像地狱张开的大口……喏，主教大人，他的声音很像那位在桌上写字的大人的声音，我想就是大人您称他为‘机要秘书’的那位。而且，如果这个大厅再亮一些，而这位机要秘书大人头发少点儿，别把脸全挡住了的话，我几乎可以肯定，他的相貌有点儿像那个阴险的哈凯特。”

“我们的这位兄弟说得对！”年轻矿工身旁的两个犯人嚷道。

“是真的！”舒玛赫得意地喃喃道。

这时候，秘书不由自主地动弹了一下，或许是因为害怕，或许是因为生气，竟拿他与那个哈凯特作比较。首席法官也好像有点儿慌乱，赶忙提高嗓门说：

“犯人，别忘了，只有法庭问到你们时，才能说话。特别是不许可乱比较，污辱司法官员。”

“不过，首席法官大人，”主教说，“这只不过是个相貌特征的问题。如果罪人哈凯特有点儿像秘书的话，这可能很有用处的。”

首席法官打断了他。

“冰岛凶汉，您同哈凯特有过很多接触，为了满足主教大人，您告诉我们，那个人是否确实像我们尊敬的机要秘书？”

“根本不像，大人！”巨人毫不犹豫地回答。

“您看，主教大人！”首席法官补充说。

主教点点头，表示满意。于是，首席法官转向另一名被告，提出例行问题：

"您叫什么名字？"

"维尔弗雷德·肯尼博尔，科拉山人氏。"

"您参加造反了吗？"

"是的，大人。诚实胜过生命。我是在该死的黑柱山谷被捕的。我是山民们的头头。"

"是谁怂恿您造反的？"

"我们的矿工兄弟不满皇家监护权，这很容易理解，是吧，阁下？您就是只有一间泥巴屋、两张烂狐皮，您也想成为它们的主人的。政府不听他们的请求。于是，大人，他们就想到了起事，并请求我们帮他们一把。兄弟之间，又都是共念同样的祷词，停工共敬的又是同样的神明，这么点儿小忙总是要帮的。就这么回事。"

"没有谁煽动、鼓励和领导你们造反吗？"

"是一位叫哈凯特的大人，他对我们说要解救孟哥尔摩的一个伯爵犯人，他说自己是那犯人派来的。因此，我们便答应他了，因为多一个人获得自由并不费我们什么事。"

"那个伯爵是不是叫舒玛赫或格里芬菲尔德？"

"正是，阁下。"

"您从未见过他？"

"没有，大人。不过，如果就是刚才向您提到那么多名字的这位老人的话，我不得不承认……"

"承认什么？"首席法官打断了他。

"承认他有一把漂亮的白胡须，大人，几乎同我妹妹梅丝的丈夫的父亲的胡须一样漂亮，那老人是苏布镇人，一直活到一百二十岁。"

大厅里很暗，看不清首席法官是否对这个山民的天真回答感到张皇失措。他命令警吏把几面火红颜色的旗帜放在审判席前。

"维尔弗雷德·肯尼博尔，"他说，"您认识这些旗帜吗？"

"认识，阁下。是哈凯特代表舒玛赫给我们的。伯爵还让人分发一些武器给矿工。而我们山里人不需要，因为我们是靠短枪和猎袋生活的。我嘛，大人，正如您所看到的，像只就要被烧烤的可怜母鸡给绑在这儿，可我曾多次在我们山谷深处，射中过老鹰的，它们飞高了，就像云雀或斑鸠那么大点儿。”

“肯尼博尔，”首席法官说，“您再没有什么要说的了吗？”

“没有了，阁下，只是我想说我不该判死罪。我只是作为好兄弟，帮矿工们点儿忙，我敢对诸位阁下说，尽管我是个老猎手，但我短枪的铅弹从未打过国王的黄鹿。”

首席法官没听他的这番辩解，转问肯尼博尔的另两个伙伴。自称若纳斯的那个老的，他换了些词，重复了肯尼博尔坦白的事。另一个就是眼睛很尖，看出机要秘书同卑鄙的哈凯特十分相像的那个年轻人，他说他叫诺尔比特，很自豪地承认自己参加了造反，但拒绝说出任何与哈凯特及舒玛赫有关的事。他说他发过誓，要守口如瓶，而且自己只记得这个誓言了。首席法官又是威胁又是许愿的，但都无济于事，固执的年轻人就是不肯就范。而且，他还硬说根本不是为舒玛赫而造反的，只不过是因为他的老母饥寒交迫所致。他毫不否认自己也许该当死罪，但他却说，判他死罪就太不公平了，因为杀了他，也就杀了他可怜的母亲，而他母亲是不该判死罪的。

诺尔比特说完之后，机要秘书简要地概述了被告们的严重罪行，特别是舒玛赫的罪行。他念了几个写在旗帜上的煽动性口号，特别突出了同伙们涉嫌前首相的一致供词，包括诺尔比特因受制于狂热誓言而保持的沉默……最后，他补充说道：“只剩下一个被告需要审问的了，我们有充分的理由认为，他是对特隆赫姆州的治安管理不善负有责任的当权者的密使。这个当权者如果不是由于罪恶的勾结，至少是因为致命的渎职，推动了谋反的爆发，这将要毁了在座的所有不幸者，而且将要把曾因国王的洪恩浩荡而免其一死的舒玛赫送回断头台。”

艾苔尔从对奥尔齐涅的担忧中恢复过来，可又痛苦不堪地回到对其父的担心上来。她听了上述不祥的话语，不觉一颤，眼泪夺眶而出。这时，她看见父亲站起身来，声音平静地说：

“阿勒菲尔德首相，我很赞赏这一切。您是否有远见已派人召来刽子手了？”

不幸的艾苔尔此刻觉得自己已经痛苦到了极点，然而，她错了。

第六名被告刚刚站起来。他高贵傲然地掠了掠挡住面孔的头发，大声坚定地回答首席法官的问题：

“我是奥尔齐涅·盖尔登留、托尔维克男爵、丹布罗格勋团骑士。”

秘书不禁失口惊叫：

“总督的公子！”

“总督的公子！”众人一起重复道，仿佛大厅里此刻有上千人的声音在回荡。

首席法官倒靠在椅子上；审判席上的其他法官原先一直正襟危坐，此刻也互相交头接耳，仿佛树木一样，被风吹得倒来倒去的。听众们骚动得更加厉害，他们或爬到石壁饰上，或踩在铁栏杆上，全都在吵吵嚷嚷的，连卫兵们也忘了喝令肃静，跟着惊讶地议论开来。

就是再习惯突然激动的人也难以想象得出此刻艾苔尔的心情。谁能描绘得出这苦中有乐、乐中带苦的闻所未闻的情感交织？谁能体味那份既担忧又希冀，但同时又不担忧也不希冀的等待呢？……他就在她的面前，可她却没在他的面前！她看见了他，可他却看不见她！他就是她心爱的奥尔齐涅，她的奥尔齐涅，她以为他已经死了，以为他为她而完了，他是一个曾欺骗了她，而她又仿佛以一种全新的崇敬崇拜着的朋友。他就在那里，是的，他就在那儿。那不是捉弄她的一种空空的幻想。哦，真的是他，是那个奥尔齐涅，唉，她梦见比看见要多的那个奥尔齐涅……不过，他是作为一个救命天使还是一个索命妖魔出现在这肃然的场合呢？她应该对他抱有希望还是因他而发抖呢？……她脑子里塞满了千百种假设，像太多的燃料要压灭火苗似的使她窒息。当挪威总督之子报出自己家门时，我们以上所说的各种念头、各种感受在她脑海里只不过是像闪电般这么一闪而过。在她首先认出他来，而其他人还没把他认出来时，她就晕了过去。

亏了她那位神秘的邻座，她很快便第二次恢复了知觉。她脸色苍白，重新睁开眼睛，眼里的泪水突然干了。她贪婪地瞅着那个在一片嘈杂声中始终平静地站着的年轻人，那目光能将一个人看个透彻。审判席上和人群中的混乱已经停止，可奥尔齐涅·盖尔登留这个名字还在她的耳边回响。她痛苦焦虑地发现，他的一只胳膊扎着绷带，手上戴着镣铐。她还发现他的大氅有好几处撕破了，而且他那柄忠实的剑没再挂在腰间。什么也没逃过她的细微观察，因为情人的眼睛如同母亲的目光一样。她用自己全部的心灵去拥抱那个她无法用身体去拥抱的人，而且，不问是爱情的耻辱还是光荣，都必须指出，在这个有她父亲及迫害其父的人在场的大厅里，艾菪尔只看见一个人。

渐渐地恢复了肃静。首席法官开始在审问总督的公子了。

“男爵公子……”他声音颤抖地说。

“我在这儿不叫什么‘男爵公子’，”奥尔齐涅声音坚定地回答，“我叫奥尔齐涅·盖尔登留，就像以前是格里芬菲尔德伯爵的这一位，叫让·舒玛赫一样。”

首席法官仿佛怔了片刻。

“那好吧！”首席法官说，“奥尔齐涅·盖尔登留，您想必是因为一个不幸的偶然才被带到我们面前来的。反叛者们在您旅行途中捉到了您，强迫您跟着他们，所以，想必您就这样在他们队伍中间被发现了。”

秘书站起来说：

“各位尊贵的法官，光是总督公子这个名分就足以为他辩护了。

奥尔齐涅·盖尔登留男爵不可能是个谋反者。我们卓越的首席法官对他之所以跟反叛者一起被捕这一不快事件已经做出了完美的解释。这位尊贵犯人的唯一过错就是没有早点儿道出他的姓氏来。我们请求立即释放他，撤除对他的一切指控，很遗憾让他坐在被罪恶的舒玛赫及其同谋们玷辱了的席位上。”

“您在干什么？”奥尔齐涅大声说。

“机要秘书撤回了对您的一切指控！”首席法官说。

“他错了，”奥尔齐涅声高气朗地反驳道，“我在这里应该是唯一的被告，唯一应受审判、应判死罪的人……”他停顿片刻，然后，用不太坚定的语气又说，“因为我是唯一有罪的人。”

“唯一有罪的人！”首席法官大声说。

“唯一有罪的人！”机要秘书重复道。

听众中又是一番惊讶。可怜的艾苔尔在颤抖，她没有去想她情人的这个声明能救她的父亲，她脑子里浮现的是她的奥尔齐涅的死。

“卫兵们，让大家肃静！”首席法官说，他也许趁这份乱劲儿集中了思想，恢复了常态……“奥尔齐涅·盖尔登留，您说明白些。”

年轻人沉思片刻，然后狠狠地叹了口气，声音平静而无奈地说道：

“是的，我知道等着我的是丢人现眼的死。我知道生活对我来说本会是美好而荣耀的。但上帝将会了解我的心思！说实在的，只有上帝才了解！……我将完成我生命的首要义务，我要为之洒下我的热血，也许还要抛却我的荣誉，但是我感到，我将死而无怨，死而无悔。你们别为我的话而吃惊，诸位法官大人。在人的心灵和命运之中，有着一些你们无法了解而只有上苍才能评判的秘密。请你们听我说。你们凭你们的良知处置我好了……是的，我是有罪的人，尊贵的法官们，唯一有罪的人。舒玛赫是无辜的；其他几位不幸的人只是走上了歧途而已。矿工谋反的主谋是我。”

“是您！”首席法官和机要秘书同时嚷道。

“是我！请别再打断我，两位大人。我急于说完，因为我指控自己也就证明这些不幸的人是无罪的。是我以舒玛赫的名义煽动矿工们造反的；是我让人把旗帜分发给造反者们的；是我以孟哥尔摩的囚犯的名义给他们送去金子和武器的。哈凯特是我派去的。”

一听“哈凯特”这个名字，机要秘书怔了一下。奥尔齐涅继续说道：

“我不想浪费你们的时间，各位大人。我是在我鼓动造反的矿工队伍里被抓住的。现在你们就审判吧。如果说我证明了自己有罪，那我也就证明了舒玛赫和你们认为是他的同谋的这些可怜人是清白无辜的。”

年轻人眼睛望着天，这么说着。几乎没了生气的艾芭尔呼吸微弱。她只觉得奥尔齐涅在为她父亲辩护的同时，也在痛苦不堪地提及她的名字。年轻人的这番话尽管她并不懂，但却令她吃惊、害怕。在所有刺激她的感官的东西中，她清楚地看到的只是不幸。

一种同样的情感好像也在使首席法官惴惴不安，似乎他无法相信他所听到的话，但他还是向总督的公子说：

“如果您果真是这次谋反的主谋的话，那您是出于什么目的呢？”

“我不能说。”

艾芭尔听见首席法官几乎怒不可遏地反诘时，她不禁浑身发颤。

“您同舒玛赫的女儿没有任何瓜葛吗？”

被铐住的奥尔齐涅往审判席走上一步，愤怒地吼道：

“阿勒菲尔德首相，我把性命交给了您，您就满足了吧。请尊重一位尊贵而无辜的姑娘吧。别想再一次地去玷辱她了。”

可怜的艾芭尔只觉得血在往脸上涌，不明白她的辩护者竭力强调的“再一次”这话是什么意思，但从首席法官那满面怒容来看，可以说，首席法官是明白其中含义的。

“奥尔齐涅·盖尔登留，您自己别忘了应该尊重国王的法庭及其高级官员。我是代表法庭在警告您……现在，我再次命令您说出您是出于什么目的犯下了您自己承认的这个罪行的？”

“我再跟您说一遍，我不能对您说。”

“是不是想搭救舒玛赫？”秘书插问道。

奥尔齐涅沉默不语。

“被告奥尔齐涅，不许默不做声，”首席法官说，“有证据表明您与舒玛赫相勾结，您承认有罪非但不能开脱，反而更证明孟哥尔摩的这个囚犯有罪。您常去孟哥尔摩，很显然，您绝不是单单出于好奇才去的。这个钻石扣就是证明。”

首席法官在桌子上拿起放在那儿的一只闪亮的扣子，给奥尔齐涅看。

“您认得出来这是您的吗？”

“是的。怎么会……”

“喏！一个造反者临终之前把它交给了我们的机要秘书，声称他把您从特隆赫姆港载到孟哥尔摩要塞，您作为船资付给他的。因此，各位法官大人，请问付给一个普通船夫这么贵重的酬劳，这难道不正说明被告奥尔齐涅·盖尔登留对去关押舒玛赫的那座监狱是多么急切吗？”

“啊！”被告肯尼博尔大声说，“阁下说的不假，我认出这只扣儿了。那是我可怜的兄弟盖登留·斯泰培碰上的事。”

“肃静，”首席法官说，“让奥尔齐涅·盖尔登留回答。”

“我并不隐讳我想去看舒玛赫，”奥尔齐涅回答道，“但这个扣儿并不说明什么。人们是不可以带钻石进要塞的。那个船夫在渡我去要塞时抱怨他很穷，我就把这个我不能带在身上的钻石扣儿扔给了他。”

“对不起，阁下，”机要秘书插言道，“按规定，总督的公子是不受这个限制的。您完全可以……”

“我不想表明自己的身份。”

“为什么？”首席法官问。

“这个我不能说。”

“您与舒玛赫父女串通一气，这证明您的目的是想搭救他们。”

舒玛赫一直没在意，只是偶尔表示不屑地耸耸肩，这时，他站起来说：

“搭救我！这个卑鄙阴谋的目的就是想嫁祸于我，毁了我，就像现在这样。如果奥尔齐涅·盖尔登留不是同造反者一起被抓住，你们以为他会承认参加了这个罪恶阴谋吗？哦！我看得出，他继承了他父亲对我的仇恨。至于你们所谓的他与我们父女串通一气嘛，但愿这个可恶的盖尔登留知道，我女儿也继承了我对他，对盖尔登留和阿勒菲尔德这个家族的仇恨！”

奥尔齐涅深深地叹了口气，而艾苔尔则在心里反驳自己的父亲。舒玛赫又在长凳上坐下，仍旧气呼呼的。

“法庭将进行判决！”首席法官说。

奥尔齐涅听了舒玛赫的话后，垂下了头，默不做声，这时，好像惊醒过来说：

“哦！各位尊贵的法官，你们就要听凭良心办事了，请别忘了只有奥尔齐涅·盖尔登留一个人是有罪的，舒玛赫是无辜的。其他这几个被告是受了哈凯特的骗，而哈凯特是我派去的。其他的事都是我一人所为。”

肯尼博尔打断他说：

“阁下说得对，各位法官大人，因为是他负责把臭名昭著的冰岛凶汉给我带了来的。但愿提到这个名字别给我带来灾祸。我知道，是这位年轻公子大着胆子去瓦尔德霍格山洞找他，劝他做我们的头领的。这位公子在苏布村我妹夫布洛尔家把他的行动秘密告诉了我。至于其他的事情，年轻公子说的也是事实；我们是受了那个该死的哈凯特的骗了，所以我们不该判死罪。”

“机要秘书大人，”首席法官说，“辩论到此为止。您的看法如何？”

秘书站起身来，向审判席鞠了好几个躬，用手抚弄了一会儿花边领巾的褶裥，眼睛一刻也没离开首席法官的眼睛。最后，他以低沉的声音拖着哭腔说道：

“首席法官大人，各位尊敬的法官！指控完全成立。奥尔齐涅·盖尔登留永远玷辱了自己光耀的门庭，他只能够证明自己有罪，而并未能证明前首相舒玛赫及其同谋冰岛凶汉、维尔弗雷德·肯尼博尔、若纳斯和诺尔比特是无辜的……我请求法庭判六名被告犯有叛国罪，首先是犯上罪。”

人群中响起一片嗡嗡的私语声。首席法官正要宣布休庭时，主教要求听他讲几句。

“各位博学的法官，应该最后听一听对被告们的辩护。但愿我的辩护说得响亮些，因为我年老体弱，除了上帝给予我的力量之外，我身上已无其他力量了……我对机要秘书的严厉要求颇为惊讶。到目前为止，没有什么可以证明我的当事人舒玛赫有罪的。无法指控他直接参与了矿工们的暴动。而且，既然我的另一位当事人奥尔齐涅·盖尔登留声称滥用了舒玛赫的名义，并且还声称自己是这场可谴责的谋反的唯一主谋，那么有关舒玛赫的所有推测便不攻自破了，因此，你们就该对他免予起诉。我还请求你们对其他几名被告施与基督的仁爱，他们只是上当受骗，就像好牧羊人的羔羊一样，就连这位年轻的奥尔齐涅·盖尔登留也一样，他至少很了不起，在主的面前表现高尚，交代了自己的罪状。各位法官大人，请想一想，他还年轻，容易失足堕落，但上帝也会拉他一把，或帮他重新爬起来的。奥尔齐涅·盖尔登留只承受着我几乎全部承受的生命的四分之一的重负。请你们在作出判决时考虑一下他的年幼无知，别夺去上帝刚刚给了他的那个生命吧。”

老人说完，坐到含着微笑的奥尔齐涅身边。这时，在首席法官相邀之下，众法官从审判席上站起来，静默地跨进可怕的合议厅。

在几个人正在那骇人的合议厅里，决定六个人的命运的时候，被告们静静地坐在两排卫兵看守着的长凳上。舒玛赫脑袋垂及胸前，好像进入了深沉的梦乡；巨人用那双愚蠢而放心的眼睛左顾右盼；若纳斯和肯尼博尔双手合在一起，在默默地祈祷，而他们的同伴诺尔比特则不时地用脚跺地，或抽搐地抖动着镣铐；奥尔齐涅坐在诺尔比特和尊敬的主教中间，抱住双臂，抬头望天。

在他们身后，人群看见法官们走出去之后，一下子议论开来。所有人的思想、言谈、目光全集中在孟哥尔摩的那位大名鼎鼎的囚徒身上，集中在那个可怕的冰岛凶汉身上，特别是总督的儿子身上。人群中夹杂着叹息声、笑声和叫声的嘈杂声忽高忽低，仿佛被风吹动的火焰。

好几个小时的等待就这样过去了，等待是那样的长，每个人都怀疑这是不是在同一天的夜晚。人们不时地朝裁判所看上一眼，但什么动静都没有，只见两个士兵拿着亮闪闪的长矛，像两个无言幽灵似的在那致命的门前走来走去。

终于，火把和灯光开始黯淡，黎明的几缕曙光透过大厅狭窄的窗户，那可怕的门打开了。人群的嘈杂声仿佛魔术般的消失了，一片肃静，只有急迫的呼吸声和等待见分晓的人群听不见的微微骚动。

法官们徐步走出合议厅，首席法官领头在审判席上重新就座。

在法官们离去之后，似乎一直陷入沉思的机要秘书，鞠了一躬说：

“首席法官大人，法庭代表国王作出了什么终审判决？我们准备洗耳恭听。”

坐在首席法官右侧的那位法官手里拿着一份文件，站起来说：

“我们光荣伟大的首席法官阁下因审判冗长而颇感疲劳，特责成本人，特隆赫姆州高级民事代表、可敬的法庭之当然主持人，代他宣读以国王的名义作出的判决。我马上就要履行这光荣而艰巨的任务，请各位听众在陛下的公正的法庭面前保持肃静。”

这时，高级民事代表的声音变得庄重而严峻，大家的心都怦怦直跳。

“我们，特隆赫姆州高级法庭法官，谨代表我们至高无上、伟大光荣的克里斯蒂安国王陛下，凭我们的良知对钦犯让·舒玛赫、科拉山民维尔弗雷德·肯尼博尔、皇家矿工诺尔比特、克利普斯塔杜尔的冰岛凶汉以及托尔维克男爵、丹布罗格勋团骑士奥尔齐涅·盖尔登留等进行了审议，所有被告均犯有叛国罪，而且首要的是犯上罪。此外，冰岛凶汉尚犯有谋杀罪、纵火罪和抢劫罪。

现作出判决如下：

①让·舒玛赫无罪；

②维尔弗雷德·肯尼博尔、若纳斯和诺尔比特有罪，但念其误入歧途，法庭从轻发落；

③冰岛凶汉被指控的所有罪行成立；

④奥尔齐涅·盖尔登留犯有叛国罪，首要的是犯上罪。”

他停了片刻，像是要喘口气。奥尔齐涅目光里洋溢着无尽欣喜地看着他。

“让·舒玛赫，”这位法官继续说，“本法庭对您免予起诉，立即送您回监狱。

肯尼博尔、若纳斯和诺尔比特，本法庭免尔等死罪，改判终身监禁，并每人罚款一千皇家埃居。

杀人纵火犯克利普斯塔杜尔的凶汉，您今晚将被押送孟哥尔摩操练场，判处绞刑。

叛徒奥尔齐涅·盖尔登留，法庭当众免去您的各种封号，今晚也将手举火把，被押往同一地点，斩首焚尸，骨灰扔去，头颅装筐示众。

把被告全部押下去。

国王最高法庭宣判完毕。”

高级民事代表刚把这可怕的宣判念毕，只听见大厅里一声尖叫。在场的人听了比可怕的死刑判决书都更加心惊胆战。这声尖叫使被判处死刑的奥尔齐涅那宁静而欣然的面孔一下子变得苍白。

44

是不幸使他们不分彼此。

——夏尔·诺迪埃

总算完了。一切就要结束了，或者不如说是一切已经结束了。他救了他心上人的父亲，为她保留下了父亲这个依靠，也就是救了她本人。年轻人为了救舒玛赫一命而搞的这个高尚的计谋成功了。现在，其他一切都不算什么了，他只有等着死了。

让那些原以为他有罪或疯狂的人现在来评判一下这个慷慨侠义的奥尔齐涅吧，就像他心中在心满意足地评判自己那样。因为他在进入反叛者的行列时就一直在想，如果说他无法阻止舒玛赫实现其罪恶的话，至少可以把罪责揽在自己头上，以阻止对他的惩罚。

"唉！"他寻思，"舒玛赫想必是有罪的，不过，这是长期监禁和不幸使然，他的罪过是可以饶恕的。他只想到自己的获释，他进行了尝试，甚至是通过造反来尝试……再说，如果夺去了她的父亲，我的艾苔尔怎么活呀？如果父亲上了断头台，如果她的生活遭到这新的玷辱，她将无依无靠，孑然一身关在牢中，或者在一个到处是敌人的世界上漂泊，那她会是个什么样的下场啊？"

这个想法促使他决心牺牲自己，而且他早就心甘情愿地有所准备了，因为一个恋中人最大的幸福，莫过于为了所爱之人的一个微笑、一滴眼泪——我不说是为了她的生命——而献身。

因此，他同反叛者一起被抓住了，被带到应该审判舒玛赫的法官们的面前，他撒下了他那侠肝义胆的谎言，他被判处了死刑。

他即将成为刀下之鬼，受尽屈辱地死去，他将留下一个被玷污了的回忆，但是，这对尊贵的年轻人又有何妨？他救了他的艾苔尔的父亲。

眼下，他戴着镣铐坐在一间潮湿的牢房里，只有一点点光线和空气从阴暗的通风口里透进来。放在他身边的是维持他时日无多的食物：一块黑面包、满满一罐水。沉甸甸的铁链套着他的脖颈，手上脚上戴着手铐和铁枷。流逝的每一小时夺取的他的生命超过常人一年所消耗的生命……他沉浸在甜美的梦想之中。

"也许对我的回忆不会随我而消亡，起码有一颗跳动的心是这样的！也许她会为我的死而抛洒下一滴辛酸泪！也许她有时会为那个为她献出生命的人感到遗憾！也许在她那纯洁的梦想之中有时会出现她的朋友的模糊印象！不过，谁能知晓身后之事呢？谁会知道摆脱了躯壳的灵魂是否有时会回来关切所爱的人，同那些仍旧被羁绊着的温馨灵魂灵犀相通？是否会给它们偷偷地带来某种天使的美德和上天的欢乐？"

然而，这番欣慰的沉思默想中却夹杂着苦涩的情思。舒玛赫就在他做出牺牲的时刻对他所表现出的仇恨紧紧地压在他的心头。在宣读他的死刑判决的同时，他所听到的那声撕心裂肺的尖叫深深地震撼了他，因为只有他一个人听出了听众中的这个声音，懂得这个痛楚。以后他难道再也见不到艾苔尔了吗？他生命的最后时刻也将在关押她的同一座监狱里度过，难道他就不能再一次触摸一下那只纤纤玉手，听听他将为之而死的那个女子的温柔声音了吗？

他就如此这般忧伤地胡思乱想着，正如睡眠对生命是不可或缺的一样，这也是他所必需的。正在这时，生锈的旧木闩的吱咔尖声沉重地击打着他的耳朵；他那耳朵可以说是已经在专注于他即将飞升去的那个世界的仙声妙乐了……牢房那沉重的铁门被打开了，铰链发出咔咔的响声。年轻的死囚平静地，几乎是高兴地站起身来，因为他以为是刽子手前来提他：他已经把生命像一件被他踩踏的大氅似的置之度外。

他想错了。一个浑身缟素的倩影出现在他的牢房门口，宛如一片光彩照人的影像。奥尔齐涅怀疑自己的眼睛，心里纳闷是不是已经进了天国。是她，是他的艾苔尔！

年轻姑娘扑到他那戴着手铐的双臂中，奥尔齐涅的双手上洒满了她的热泪，被她那又黑又长的散乱的秀发擦去。她亲吻着死囚的铁镣，用她那纯洁的嘴唇使劲地贴着耻辱的枷锁。她没有说话，但她的心仿佛正等着随那抽泣中吐出的第一句话倾泻而出。

而他却感受到有生以来从未感受到的最绝妙的快乐。他把他的艾苔尔温柔地搂在怀里，即使世上和地狱里的全部力量聚集在一起，此刻也掰不开他搂着姑娘的那两只胳膊。死亡将至的感觉夹杂着某种庄严溶于他的陶醉之中，他搂着他的艾苔尔，宛如他早已永生永世拥有了她。

他没有问这位天使是怎么得以来到他的身边的。她就在眼前，他还会去想其他什么吗？再说，他对此并不感到惊奇。他也没在寻思，这么一个身单力薄的被囚姑娘如何能够冲破三重铁门、三道卫兵，打开自己及其情人的牢门的。他觉得这很简单，他心里深藏着爱的威力。

当人们可以用心交流时，又何必用语言来交谈呢？为什么不任随身心静静地去谛听那精神的神秘语言呢？……他俩都默然无语，因为有些激动只能用默不做声来表达。

然而，姑娘终于把依偎在年轻人怦怦跳着的心口上的头微微地抬了起来。

“奥尔齐涅，”她说，“我是来救你的。”

她说这句怀有希望的话语时，带着一种痛苦和焦虑。

奥尔齐涅含着笑，摇摇头说：

“来救我，艾苔尔！你错了，逃跑是不可能的。”

“唉！这我太清楚了。这个城堡布满了士兵，为了来这儿而必须穿过的各道门都有警吏和狱卒把守着，他们都没有睡大觉。”她有力地补充道，“可我给你带来了另一个获救的办法。”

“算了，你的想法是徒劳的。别抱有幻想了，艾苔尔，再过几小时，一斧子就残酷地把你的幻想砍没了。”

“哦！别说了！奥尔齐涅！你不会死的。哦！别让我想到那可怕的情景吧，或者你干脆把那全部的可怖的情景都说给我听听，好使我有勇气牺牲自己，救出你来。”

姑娘的口气中有着一种说不清楚的感情。奥尔齐涅含情脉脉地看着她。

“牺牲自己，你这是什么意思？”

她用手捂住脸，抽泣着哽咽地说：

“哦，上帝！”

这份颓丧转瞬即逝。她又抬起头来，两眼放光，嘴角含笑。她美如从地狱飞升天国的天仙。

“听我说，我的奥尔齐涅，您的断头台搭不起来。为了能活下去，您只需答应娶乌尔丽克·阿勒菲尔德。”

“乌尔丽克·阿勒菲尔德！从你嘴里竟然说出这个名字来，我的艾苔尔！”

“别打断我，”她以一个承受自己最后酷刑的殉道者的那种平静继续说，“我是受阿勒菲尔德伯爵夫人的委派来这儿的。如果您作为交换，同意娶首相的女儿，他们就答应为您请求国王恩典。我来此是要得到您同意娶乌尔丽克，并同她一起生活的保证的。他们之所以选我做信使，是因为他们认为我的话对您有一定的影响。”

“艾苔尔，”死刑犯冷冰冰地说，“永别了。您走出牢房之后，告诉他们派刽子手来吧。”

她站直身子，在他面前呆站了一会儿，面色苍白，浑身颤抖。然后，她两腿发软，双手合在一起，跪在石头上。

“我怎么他了？”她有气无力地喃喃道。

奥尔齐涅默不做声，定睛望着那石头。

“公子，”她跪着挪到他面前说，“您不回答我？您难道再也不愿意同我说话了？……那我只有一死了。”

年轻人的眼里滚动着泪珠。

“艾苔尔，您不再爱我了？”

“哦，上帝！”可怜的姑娘双手紧搂住囚犯的两腿，嚷叫道，“我不再爱您了！你在说我不再爱你了，我的奥尔齐涅。你真的会说出这种话来吗？”

“既然您蔑视我，您就是不再爱我了。”

他这句残酷的话刚一出口，就立刻感到懊悔不迭，因为当艾苔尔用她那双慧腕搂住他的脖子，含着眼泪悲怆地呼喊时，那声音真是撕心裂肺：

“原谅我，我亲爱的奥尔齐涅，原谅我，就像我原谅你一样。我！蔑视你？伟大的上帝啊！你难道不是我的财宝、我的骄傲、我的偶像吗？……告诉我，在我的话里，难道除了深深的爱之外，除了对你的炽热的崇敬之外，还有其他什么东西吗？唉！我前来救你，我心爱的奥尔齐涅，我牺牲全部自我来救你，可你那狠心的话可真伤人啊！”

“好吧，”年轻人用亲吻擦去艾苔尔的泪水，口气变温柔了说，“你劝我抛弃我的艾苔尔，卑鄙地忘掉自己的誓言，牺牲掉自己的爱，以赎回自己的性命，这不是小瞧我吗？”随即，他又定睛望着艾苔尔补充道，“那份爱是我今天为之洒下我全部鲜血的爱呀。”

艾苔尔回答之前，深深地叹了口气。

“你再听我说一下，我的奥尔齐涅，别这么快就指责我。我的勇气也许比一个可怜的女人通常所有的勇气要大……从我们主塔上面可以看见在操练场上正在搭建为你准备的断头台。奥尔齐涅！你不明白，看见那个将把我的生命一块带走的那个人在慢慢地准备去死，真让人肝肠寸断啊！我在听宣读对你的可怕判决时，坐在我身旁的那个阿勒菲尔德伯爵夫人，跑来我和父亲回到的主塔找我。她问我是否想救你一命，并向我提出刚才那丑恶的办法。我的奥尔齐涅，必须毁掉我的命运，拒绝你，永远失去你，把无依无靠的艾苔尔的全部幸福所系的奥尔齐涅让给另一个女人，要不就让你受尽酷刑。他们让我在我的痛苦和你的死之间做出抉择，我没有犹豫。”

他恭敬地吻了吻这个天使的手。

“我也不犹豫，艾苔尔。如果你知道我怎么会死的，你就不会前来劝我答应娶乌尔丽克·阿勒菲尔德，以换回自己的一条命了。”

“怎么，有什么秘密？……”

“请允许我对你保守一个秘密吧，我亲爱的艾苔尔。我想去死，而又不让你知道你对我的死是应该感激呢还是应该仇恨。”

“你想死！你真的想死！哦，上帝！一点儿不错。此刻正在搭建断头台，没有任何人为的力量可以搭救我那就要死去的奥尔齐涅！告诉我，朝你的奴仆、你的伴侣看上一眼，并且答应我，我亲爱的奥尔齐涅，听我说，别动气。像回答上帝一样的回答你的艾苔尔，你坚信同那个女人、那个乌尔丽克·阿勒菲尔德在一起无法幸福地生活？你坚信这一点吗，奥尔齐涅？她也许，甚至无疑是很美丽、很温柔、很有情操的；她比你为之去死的女子要强……别转过头去，亲爱的朋友，我的奥尔齐涅。你那么高尚，那么年轻，不该上断头台！喏！你去同她一起到某个漂亮城市生活，就不会再想到这个阴森的监狱了。你平平静静地去度你的时光，别再打扰我了。我同意你把我从你的心中，甚至从你的记忆中抹掉，奥尔齐涅。相信我吧，当我知道你在另一个女人的怀抱中时，你将无需为我担忧了，我不会再痛苦多久了。”

她打住了，已经泣不成声。然而，她那痛苦的目光中可以看到一种取得她将为之而死的致命胜利的痛苦欲望。

奥尔齐涅对她说：

“艾苔尔，别再跟我说这些了。让此时此刻我俩嘴里别再提别人的名字，只提你和我。”

“这么说，”她又说，“唉！唉！你打定主意要去死？”

“必须这样。我将为你而高高兴兴地走上断头台；但要是同另外一个女人走向圣坛的话，我会感到憎恶的。别再跟我谈这事了，否则你会让我伤心，惹我生气的。”

她依然边哭边喃喃道：

“他要去死，哦，上帝！而且是耻辱地去死！”

死囚含笑回答道：

“相信我，艾苔尔，我的死并没有比你劝我的那个生丢人。”

这时候，他的目光从哭泣的艾苔尔身上移开，瞥见一个穿着教士服的老人站在牢门矮拱下的阴影中。

“您要干什么？”他突然说。

“公子，我是同阿勒菲尔德伯爵夫人的女信使一道来的。您没有看见我，我一直在默默地等着您的目光落在我的身上。”

确实，奥尔齐涅的眼睛只看见他的艾苔尔，而后者看到奥尔齐涅后，也把她的同伴给忘了。

“我是牧师，”老人继续说，“奉命……”

“我明白，”年轻人说，“我准备好了。”

牧师向他走去。

“上帝也准备好迎接您了，孩子。”

“牧师大人，”奥尔齐涅又说，“您的脸我觉得眼熟。我在什么地方见过您。”

牧师鞠了一躬。

“我也认出了您，孩子。那是在维格拉塔楼里。咱俩那一天都指出人的话是多么的没有准头。您答应我十二名可怜的囚犯可以得到赦免的，而我则根本不相信您的许诺，因为我不可能猜得到您是总督的儿子，而您，公子，您在这么向我保证的时候，是指望您的权势和地位的……”

奥尔齐涅说出了亚大纳西·孟德尔没敢说完的想法：

“我今天未能获得对任何人的赦免，甚至包括我自己在内。您说得对，牧师大人。我太不把未来当一回事了；未来惩罚了我，向我表明它的能量比我的大。”

牧师垂下了头说：

“上帝强大无比。”

然后，他抬起那双仁慈的眼睛看着奥尔齐涅，补充说道：

“上帝是仁慈的。”

奥尔齐涅似乎心事重重，沉默了不长一会儿后大声地说：

“听着，牧师大人，我要信守我在维格拉塔楼对您许下的诺言。等我死了之后，您去卑尔根找我父亲，对他说他儿子求他的最后一个恩典，就是赦免那十二个受您保护的人。我敢肯定，他是会答应您的。”

动情的泪水浸湿了亚大纳西那可敬的面孔。

“孩子，您心中一定装满了崇高的思想，所以才会在这样的时刻勇敢地弃绝对自己的恩典而仁爱地寻求对他人的赦免。因为我刚才听见您拒绝来着，而且，我在谴责人类过度的危险欲望的同时，却深深地被您的激情打动了。现在，我在寻思：undescelus？[①]一个如此接近真正公正的人怎么会被对他判决的那个罪行玷污了呢？”

“神甫，我根本没有把这事告诉这个天使，我也不能告诉您。只是请您相信，我被判决的原因根本就不是因为犯罪。”

“怎么回事？您说明白，我的孩子。”

“别追问我了。”年轻人坚定地说，“让我把我死的秘密带进坟

① 拉丁文，意为：“何罪之有？”

墓吧。”

“这个年轻人不可能有罪！”牧师喃喃道。

于是，他从怀中取出一个黑十字架，放在用一块花岗岩石靠在监狱潮湿的墙上凑合着搭起的祭坛上。他在黑十字架旁放好他随身带来的点燃的一个小铁皮灯和一本打开了的《圣经》。

“孩子，祈祷和思考吧。我过几个小时再来……嗨！”他转向艾苔尔说：“必须离开犯人了。时间到了。”艾苔尔在奥尔齐涅同亚大纳西谈话的过程中，一直在默默地祈祷着。

她平静而欣喜地站了起来，眼睛里闪现着某种神圣的光芒。

“牧师大人，我还不能随您而去。您必须先把艾苔尔·舒玛赫和她的丈夫奥尔齐涅·盖尔登留结合在一起。”

艾苔尔看着奥尔齐涅又说：

“如果你仍有权有势，有自由，有荣耀，我的奥尔齐涅，我会痛哭的，而且我会让自己的不幸命运与你离得老远……可现在你已不再害怕受我的不幸的牵连了，你已同我一样成了囚徒，受到侮辱，遭到压迫，你就要死了，那我要到你的身边去，但愿你至少能够，奥尔齐涅，我的主人，允许我这个不可能成为你生的伴侣的女子随你一起去死，因为你很爱我，从没怀疑过我会与你同时死去的，对吧？”

死刑犯跪倒在她的面前，吻着她衣裙的下摆。

“您，老人家，”她继续说，“您将代替我们双方的家庭和家长；这间牢房就是神殿；这块石头就是圣坛。这是我的戒指，我们跪在上帝和您的面前。为我们祝福吧，诵读使艾苔尔·舒玛赫和她的主人奥尔齐涅·盖尔登留结合起来的圣语吧。”

于是，他俩便跪在了牧师的面前；后者既惊讶又怜悯地注视着他们。

“怎么，孩子们！你们干什么呀？”

“神甫，”姑娘说，“时间紧迫。上帝和死亡都在等着我们。”

人们在生活中有时会碰到一些不可抗拒的力量，碰到一些突然要屈从的意愿，仿佛这种意愿要比人的意愿有着某种更多的东西。神甫叹息着抬起头来。

“如果我的迁就有罪的话，愿主饶恕！你们在相爱，你们在世上只有很短的时间相爱了，我认为让你们的爱合法化并不违背我神圣的职责。”

温馨而可怕的仪式结束了。他俩在神甫最后的祝福声中站了起来，成了夫妻。

死刑犯的脸上苦中带乐，仿佛现在他浅尝生的欢乐之时，开始感到死的痛苦。他的伴侣的面庞上洋溢着伟大与质朴；她仍旧像一个少女一样的清纯，而又有着一种新娘般的骄傲。

“听我说，我的奥尔齐涅，”她说，“既然我们生不能在一起，那么现在我们将幸福地死去，对吧？你不知道我将要做什么，我的朋友……我将立于主塔窗前，看着你登上断头台，以便咱俩的灵魂一起飞上天国。如果我在斧头落在你头上之前死去，那我将等着你，因为我们已是夫妻，我心爱的奥尔齐涅，今晚，这口棺木就将成为咱俩的喜床。”

他把她搂在自己沉重的心口，只说了下面这句反映他整个心声的话：

“艾苔尔，你总算是我的人了！”

“孩子们，”牧师动情地说，“诀别吧，是时候了。”

“唉！”艾苔尔大声叹道。

她恢复了全部的勇气，跪倒在临刑之人的面前说：

“永别了！我心爱的奥尔齐涅。我的主人，祝福我吧。”

年轻人说完了那痛心的祝愿之后，在向尊敬的亚大纳西·孟德尔表示敬意。老人也跪在他的面前。

“您还等什么，神甫？”他惊讶地问道。

老人卑躬而温情地看看他说：

“为我祝福吧，孩子。”

“愿上苍为您祝福，愿上苍赐予您为您的兄弟姐妹们所祈求的所有福祉！”奥尔齐涅激动而庄重地说。

不一会儿，阴森的拱顶下便响起了诀别声和最后的吻别声。随即，沉甸甸的门闩便咔嚓一声插上了，铁门把年轻的夫妇分隔开来；他俩约定在天国相会之后，就要死去。

45

凡是能抓到路易·佩雷斯的，不问死与活，我将付他两千埃居。

——卡尔德隆：《加利西亚的路易·佩雷斯》

当火焰吞噬着那些城堡时，我知道拍手并欢呼了。我把我的双手浸在敌人的鲜血中，并用这血擦抹我的面庞。

——沃尔特·斯科特：《不屈不挠的哈罗德》

我的生命形同枯木，不值得我珍惜。

——考茨布埃：《劳拉之死》

“孟哥尔摩火枪团团长沃特豪恩男爵，您指挥在黑柱山谷作战的士兵中，那个俘虏了冰岛凶汉的士兵是谁？把他的名字告诉本法庭，以便让他领取悬赏的一千皇家埃居。”

法庭的首席法官在对火枪手团团长这么说。法庭尚未解散，因为根据挪威的惯例，宣布终审判决之后，法官们应该留在席位上，要等到他们宣读的判决执行完后才能散去。在法官们面前的是那个巨人，是刚刚带上来的，脖子上套着绳索，过几小时他也将被绞死。

团长坐在机要秘书的桌子旁边。他站起身来，向审判席和回到自己坐席上的主教鞠了一躬。

“各位法官大人，抓住冰岛凶汉的士兵就在审判庭内，他叫托利克·贝尔法斯特，是我团的二等火枪手。”

“那就让他来领赏吧！”首席法官说。

一个年轻士兵，穿着孟哥尔摩火枪手军服，走上前来。

“您就是托利克·贝尔法斯特？”首席法官问。

“是的，阁下。”

“是您俘虏的冰岛凶汉？”

“是的。阁下容禀，是在圣贝尔则布特的庇护之下抓到的。”

有人拿了一只沉甸甸的袋子来到审判席前。

“您认得很清楚此人就是臭名昭著的冰岛凶汉？”首席法官指着戴镣铐的巨人又问。

“与冰岛凶汉的脸相比，我当然更熟悉漂亮的卡蒂的脸啦，但是，我以伟大的圣贝尔菲古尔起誓，我敢肯定，如果冰岛凶汉在什么地方的话，一定是这个大恶魔的模样。”

“上前来，托利克·贝尔法斯特，”首席法官说，“这是高级民事代表悬赏的一千埃居。”

那士兵急忙向审判席走过去，这时，人群中响起了一个声音：

“孟哥尔摩的火枪手，不是你抓住冰岛凶汉的！”

“我凭所有的仁慈的神明起誓，”那士兵扭过头来喊道，“我的财富只剩我的烟斗和我现在说话的时刻了，但如果刚才说这话的人能够证明自己所说的，我答应给他一万金埃居。”

他说完，抱住双臂，胸有成竹地看着听众。

“好！刚才说话的人就站出来吧！”

“是我！”

一个矮个子拨开人群，走到审判庭中间来。

此人穿着灯芯草和海豹皮做的衣服，这是格陵兰人的服装，像一间小屋的尖顶似的披散开来。他一把黑胡须，头发又黑又密，盖住了红褐色的眉毛和整个面孔，露出的部分看上去十分丑陋。看不见他的胳膊和手。

“啊！是你？”那士兵哈哈大笑着说，“那照你看，我俊俏的先生，是谁荣幸地抓住了那个魔鬼巨人呢？”

矮人摇摇头，带着一种诡谲的笑说：

“是我！”

这时候，沃特豪恩男爵认为这个怪人就是在斯孔根告诉他反叛者要来了的那个神秘的人；而阿勒菲尔德首相认出他是阿巴尔废墟的主人；机要秘书则认出他就是奥埃尔梅的一个农民，也穿了这么一件衣服，而且还指给他去冰岛凶汉巢穴的道。但他们三人分开坐着，无法交流各自一瞬间的感觉，而且他们后来发现此人的服装和相貌也有所不同，所以这个感觉很快也就抹去了。

“真的是你！”士兵嘲讽地回答说，“要不是你的这身格陵兰海豹皮服，凭你看我的那目光，我很可能认为你就是半个来月前在斯普拉德盖斯特向我寻衅的另一个丑陋的侏儒哩……就是把矿工吉尔·斯塔特的尸体抬去的那一天。”

“吉尔·斯塔特！”矮人浑身一颤，打断他说。

“是的，吉尔·斯塔特，”士兵无动于衷地说，“就是被一位姑娘蹬掉的那个情人。那姑娘是我们的一个同伴的情妇，他就是为了她而像个傻瓜似的送了命的。”

矮人瓮声瓮气地说：

“你们团的一位军官的尸体是不是也在斯普拉德盖斯特？”

“正是。我一辈子都忘不了那一天。我在斯普拉德盖斯特待得忘了回营的时间，差一点儿被降级。那个军官就是狄斯波尔森上尉。”

机要秘书听见这个名字便站了起来。

“这两个人浪费了法庭的太多时间。我们请求首席法官缩短这无用的谈话。”

“我以我的卡蒂的名誉起誓，我求之不得，”托利克·贝尔法斯特说，“只要各位大人把悬赏缉拿冰岛凶汉的那一千埃居判给我就行，因为是我俘虏了他。”

“你撒谎！”矮人嚷叫道。

士兵伸手到腰间摸刀。

“你真走运，小丑，因为我们这是在法庭上；一名士兵，即使是孟哥尔摩的火枪手，在法庭上也应像一只老公鸡似的被解除武装。”

“赏钱应归我，”矮人冷冷地说，“因为没有我，你就抓不到冰岛凶汉。”

士兵怒气冲冲，赌咒发誓说，冰岛凶汉在战场上倒下后，重新睁开眼睛时，是他抓住了他的。

“那好”，对方说，“可能是你抓到他的，但却是我把他打倒的，没有我，你就不可能俘虏到他，因此，那一千埃居是我的。”

“你胡说，”士兵反驳道，“不是你把他打倒的，是一个穿着兽皮的精灵。”

“那就是我！”

“不是，不是。”

首席法官喝令双方住嘴，然后，又问一遍沃特豪恩团长是否就是托利克·贝尔法斯特把冰岛凶汉抓去交给他的。得到后者的肯定答复之后，他便宣布赏金归那士兵。

矮人咬牙切齿；火枪手贪婪地伸手去接钱袋。

“等等！”矮人吼道，“首席法官先生，根据高级民事代表的告示，这笔钱应归交出冰岛凶汉的人所有。”

“怎么啦？”法官们问。

矮人转向巨人说：

“此人不是冰岛凶汉。”

大厅里响起一阵惊讶的私语声。首席法官和机要秘书如坐针毡。

“不，”矮人用力地说，“这钱不归孟哥尔摩那该死的火枪手所有，因为他抓的根本就不是冰岛凶汉。”

“卫兵，”首席法官说，“把这狂徒带走，他失去了理智。”

主教发话了：

“请尊敬的首席法官允许我提请他注意，拒绝听取此人证词，就可能打破在场的这位死刑犯获救的希望。我倒是想请求允许继续对质。”

“尊敬的主教，法庭将满足您的要求。”首席法官说完，转向巨人问道：“您曾声称是冰岛凶汉，在死之前，您仍旧坚持您的说法吗？”

“我依旧坚持，我就是冰岛凶汉！”死刑犯回答。

“您听见了吗，主教大人？”

首席法官说话时，矮人也同时嚷道：

“你撒谎，科拉山民！你撒谎！你死抱住这个名字，它会压死你的，别忘了它曾经让你倒过大霉。”

“我就是克利普斯塔杜尔的冰岛凶汉！”巨人眼睛盯着机要秘书一再地说。

矮人走近孟哥尔摩的那个士兵；后者同所有的听众一样，在好奇地看着这一场面。

“科拉山民，据说冰岛凶汉喝人血。如果你果真是的话，那就喝吧……这儿就有。”

矮人刚说完这话，便拨开蓑衣，抽出匕首，插入那火枪手的心窝，把尸体扔到巨人面前。

立刻响起一片惊恐骇人的尖叫。看守巨人的士兵连忙后退。矮人迅如闪电地冲向没人保护的山民，又是一刀，把他捅倒在士兵的尸体上。这时，他扔掉灯芯草蓑衣、假发和黑胡须，露出兽皮下面那青筋暴跳的丑陋手脚和一张恶心人的脸。那张脸比他举着的滴着两个死者的血的匕首更加令在场的人胆寒。

“嗨，各位法官，冰岛凶汉在哪儿？”

“卫兵，抓住这个恶魔！”吓得失魂落魄的首席法官吼道。

冰岛凶汉把匕首扔在大厅里。

“如果这里不再有孟哥尔摩的士兵了的话，它对我就没用了。”

他一边这么说，一边势如破竹地扑向像围城似的向他包围过来的卫兵们。大家把恶魔捆在了被告席上，然后，用担架把两名受害者抬走，其中的那个山民还没有咽气。

很难描绘面对这个可怕的场面，听众、卫兵和法官的各种各样的惊讶、愤怒和举动。当冰岛凶汉平静、冷漠地回到致命的座位上时，好奇心压过了其他的感情，人人都注意地在听，厅内恢复了肃静。

尊敬的主教站起来说：

“各位法官大人……”

凶汉打断他说：

“特隆赫姆主教，我就是冰岛凶汉，不必费心劳神地为我辩护了。”

机要秘书站起来说：

“尊贵的首席法官……”

凶汉立即打断了他：

“机要秘书，我就是冰岛凶汉，不必费心指控我了。”

这时，他双脚站在血泊里，用凶恶而大胆的目光扫视审判席、警吏和听众；所有这些人似乎都被这个赤手空拳、形单影只、被锁铐住的人的目光给吓得心怦怦乱跳。

“听着，各位法官，别指望我会多废话。我就是克利普斯塔杜尔的那个凶汉。我的母亲就是那古老的火山之岛——冰岛。它原先只是一座山，可是被一个从天上掉下来撑住山顶的手给压碎了。我无需跟你们谈我自己。我是毁灭神英戈尔夫的后代，我身上有着他的精神。我杀的人和放的火比你们大家一生中所宣读的不公正的判决还要多。我和阿勒菲尔德首相有着共同的秘密……我将津津有味地喝尽你们血管里的血。我的本性是仇恨世人，我的使命是加害他们。孟哥尔摩火枪手团团长，是我告诉你矿工们要经过黑柱山谷的，因为我深信你将在那一带山谷里大开杀戒。是我用大石头砸死了你们团一个营的士兵。我是在为我儿子报仇……现在，各位法官，我儿子已经死了。我是来这儿找死的。英戈尔夫的英灵使我不堪重负，因为我是孤单一人在继承它，而且又不可能传给任何继承人了。我对生活感到厌倦了，因为它不再可能让一个继承人去仿效，去学习。我喝了不少人血。我不渴了。现在，我就在这里，你们可以喝我的血了。”

他停住了；其他所有的人全都因他这番可怕的话语而在低声窃议。

主教问他道：

“我的孩子，您是出于什么动机才犯下这么多罪孽的？”

凶汉哈哈大笑地说：

“说真的，我向你发誓，我不是像你的同行博格伦的主教那样为了发财致富。[①]我心里的某种东西在怂恿着我。”

“并非所有的教士心里都装着上帝，”圣洁的老人谦恭地答道，“您想侮辱我，可我却想为您辩护。”

“主教大人是在浪费自己的时间。你去问问你的另一位同行冰岛察霍特的主教吧。英戈尔夫作证，这可真是怪事，两个主教都关心我的生命，一个是在我的摇篮边，另一个则是在我的坟墓旁……主教，你是个老疯子。”

“我的孩子，您相信上帝吗？”

“为什么不？我愿意有一个可以亵渎的上帝。”

“住嘴，可怜的人！您就要死了，可您还不去吻基督的脚！”

冰岛凶汉耸耸肩说：

“如果我这么做的话，那也是按照茹尔的那个侍卫那样，一边吻国王的脚，一边把他弄倒。”

主教气愤不已地坐了下去。

“喂，各位法官，”冰岛凶汉继续说，“你们还等什么？我要是

---

① 有些史学家认为，1525年，博格伦的一位主教因各种强盗行径而臭名昭著，他还收买了一批海盗在挪威沿海肆虐。

你们，而你们又处于我的位置，我是不会让你们等这么久才宣判你们的死刑的。”

法官们退庭。经过一番短暂的讨论，他们又回到审判庭。首席法官大声地宣读了一份判决书，按照惯例，判处冰岛凶汉“绞索套脖至死”。

“这就很好嘛！”魔王说，“阿勒菲尔德首相，我知道你的不少事，足可以让你也受到同样的判决。不过，你还是活着吧，因为你可以坑害世人……好了，我现在深信自己决不会去尼斯提姆[①]了。”

机要秘书命令卫兵将他暂时先押往施莱斯威格雄狮堡主塔，等着给他准备一间牢房，以便在孟哥尔摩火枪手营区执行绞刑。

“在孟哥尔摩火枪手营区！”凶汉快活地吼道。

① 据民间传说，尼斯提姆乃病死或老死者的地狱。

46

这时候，留在泉水旁的蓬斯的尸体经过风吹日晒已经腐烂，阿尔普萨尔的摩尔人夺了去，抬往格林纳达。

——E.H.：《奥萨利的囚徒》

命运多变，从最不起眼的事业中产生了一些重要的情况，或者是打乱了事物的进程的情况。

——埃克斯坦男爵

话分两头。那天黎明，在孟哥尔摩宣读对奥尔齐涅的判决的同一时刻，特隆赫姆斯普拉德盖斯特的新看守、前中尉和本尼纽斯·斯皮亚古德瑞的现任继承人奥格利匹格拉普，在破床上突然被门外好几下重重的敲门声惊醒。他不无遗憾地下了床，拿了铜灯；微弱的灯光刺痛着他那双惺忪睡眼。然后，一边诅咒着存尸厅里的潮湿，一边前去给这么一大清早就把他吵醒的人开门。

来的是斯帕博湖的几个渔民，抬着一副满是灯芯草、水藻和水莽草的担架，上面是一具在湖水里打捞上来的尸体。

渔民们把尸体放在停尸厅内；奥格利匹格拉普给他们打了一张收据，好让他们去领赏。

停尸所内只剩下他一个人时，他便开始脱去尸体上的衣服。那具尸体又长又瘦。当他揭去盖头布时，首先映入眼帘的东西是一个很大的假发。

“没错，”他心想，“这个形状奇异的假发曾经经过我的手，是那个年轻高雅的法国人的……不过，”他一边继续在脱，一边在想，

“这双大靴子是那个被马踩死的可怜的马车夫格拉姆奈尔的，可是……这到底是怎么回事呀？……这身黑色套服是辛格兰塔克斯教授的，这位老学者最近淹死了呀……这具新尸体穿戴的全都是我熟悉的东西，他究竟是什么人呀？”

他用灯照照死者的脸，但无法看清，腐烂的脸已经看不出形状和肤色了。他在衣服口袋里摸了摸，掏出几张泥污水浸的旧文件。他用自己的布围裙使劲地擦了擦，终于看到其中的一份上有这么一些不连贯的模糊字迹：……茹德贝克。撒克逊语法学家。阿尔格利姆，荷伦的主教……挪威只有拉尔维格和雅尔斯伯格两个伯爵领地和一个男爵领地……只有孔斯贝格有银矿；只有颂德摩尔有磁铁矿；只有古德布兰夏尔有紫晶矿；只有法罗群岛有髓玉、玛瑙、碧玉……在努库希瓦，饥荒年景，男人吃他们的女人和孩子……托尔摩杜斯·托尔菲斯；伊斯莱夫，察霍特的主教，第一位冰岛语法学家……水星和月亮对弈，赢了后者一天中的第七十二盘……玛斯特罗姆，深谷……燕子、水蛭……西塞隆，疣；光荣……学者弗洛德……奥丁[①]向圣贤弥梅尔的脑袋请教……（穆罕默德和他的鸽子，塞尔托里尤斯和他的牝鹿）……土越……含石膏量就越少……

“我简直无法相信自己的眼睛！”他嚷道，文件落在了地上，“这是我从前的主人本尼纽斯·斯皮亚古德瑞的笔迹！”

于是，他又重新检查尸体，认出了那双长手、稀疏的头发以及这不幸者身上的所有熟悉的地方。

“人家指控他犯有亵渎罪和巫术罪，这一点儿也没有冤枉他。”他摇着头寻思着，“魔鬼把他抓了去，扔进斯帕博湖淹死了……这就是我们的下场！谁能想到，斯皮亚古德瑞博士在停尸所看管了那么多年的尸体，有一天自己也打老远来这儿让人看管！”

---

① 日耳曼的主神，主战争、诗歌等。

小拉普兰哲学家抬起尸体，想把它抱到六张花岗岩石床中的一张上去。这时，他发现有什么重物用一根皮带系在可怜的斯皮亚古德瑞的脖子上。

“这想必是魔鬼用来把他扔进湖里的那块石头！”他嘀咕道。

他弄错了；原来是一只小铁盒。他仔细擦过之后，凑上去看了看，发现上面有一带盾形纹章的宽大盒盖。

这盒子里一定有什么妖怪？他心想，这人是亵渎者和巫师。把这只盒子交给主教吧，里面也许藏着一个恶魔。

于是，他把尸体放在停尸厅里，取下铁盒，急匆匆地往主教府走去，一路上还念叨着一些针对身上带着的这只可怕的盒子的驱魔祷词。

47

一个人或一个鬼魂会这么说话吗？折磨你的到底是什么恶魔？让我看看你心中的那个不共戴天的仇敌。

——马图林

冰岛凶汉和舒玛赫现在施莱斯威格堡主塔大厅里。前首相慢步溜达着，眼里满是苦涩的泪水；被判死刑的凶汉则被卫兵围住，对镣铐不屑一顾。

两个囚徒默默地对视良久，仿佛他俩都感到并都认定是世人的仇敌。

"你是谁？"前首相终于开口问强盗。

"我说出名字来会把你吓跑的！"对方说，"我是冰岛凶汉。"

舒玛赫向他走过去说：

"握住我的手！"

"你是不是想让我把它吃掉？"

"冰岛凶汉，"舒玛赫又说，"我喜欢你，因为你仇恨世人。"

"所以我才恨你。"

"听着，我像你一样恨世人，因为我曾经有恩于他们，可他们却恩将仇报。"

"你恨他们跟我不一样。我之所以恨他们，是因为他们有恩于我，而我则以怨报德。"

舒玛赫被恶魔的目光看得发颤。他徒劳地克服自己的本性，他的心灵是无法与此人的灵魂相沟通的。

"是的，"舒玛赫大声说道，"我憎恨世人，因为他们奸诈、无情、凶狠。我一生中的全部不幸皆源于他们。”

“太好了！而我一生的全部幸福则全亏了他们。”

“什么幸福？”

“活肉在我的牙齿下颤抖的幸福；热血在滋润我干渴喉咙的幸福；把活物往岩尖上砸碎的幸福；听着受害者伴着断肢裂骨声的惨叫声的幸福。这就是世人为我提供的欢乐。”

舒玛赫几乎因与对方相像而颇为自豪地走近恶魔，这时吓得在往后倒退。他羞愧难当地用两手捂住自己那可敬的脸，因为他两眼满是愤怒的泪水，并非是冲着人类，而是在恨自己。他那颗高贵伟大的心灵开始对自己长期以来对世人怀有仇恨而感到害怕了，因为冰岛凶汉的心像一面可怕的镜子似的使他看到了这种仇恨。

“怎么样！”恶魔大笑着说，“世人的仇敌，你还敢吹嘘自己像我吗？”

老人哆哆嗦嗦地说：

“哦！上帝！我宁愿爱他们也不愿像你这样恨他们。”

卫兵们过来把凶汉带到一间更加保险的牢房里去。舒玛赫若有所思地独自待在主塔里，但他已不再是世人的仇敌了。

48

人们看到木砧旁，正在准备死亡节，刽子手怀着希望，
胸有成竹地用黑布把木砧蒙上，他给斧头换了一块好铁，
看看它是否卡得牢靠。于果心平气和地看着死亡的来临。

——雅克·勒费弗尔：《巴里齐娜》

……当恶人在窥探我，主啊，您将让我落在他的手中？是他截住我向您走去的路。别惩罚我，我的罪过就是他的罪过。

——维尼：《监狱》

致命的时刻到了。天边，太阳只剩下半个圆盘了。孟哥尔摩要塞的各道门都加了双岗；每道门前都有凶相毕露的哨兵默不做声地走来走去。要塞的各个阴暗塔楼本已异常骚动不安，更兼城里还传来喧嚣嘈杂。只听见各个院子里蒙着黑纱的鼓敲出瘆人的鼓点；矮塔楼上的那门炮间隔着打一发炮弹；主塔上的大钟缓缓地摇动，发出低沉悠远的声响，而港口深处，满载着人的渡船拥挤着划向可怕的孟哥尔摩岩石岛。

孟哥尔摩操练场上，在一方队士兵中间，立着一个蒙着黑布的断头台，急不可耐的人群在它周围越聚越多，密密匝匝。断头台上有一个人在踱步，穿着红哔叽衣服，时而倚在手里拿着的一把斧头上，时而动动木砧和阴森台阶上的木格踏板。断头台旁准备好一堆柴火，前边燃着几支松明火把。断头台和柴火堆之间，立了一根木桩，挂了一块牌子，写着：叛徒奥尔齐涅·盖尔登留……

从操练场望去，可见施莱斯威格堡主塔上飘着一面大黑旗。

正在这时候，临刑的奥尔齐涅来到了审判庭里一直聚而未散的法官们面前。只有主教未在，因为他的辩护人的职能已经终止了。

总督之子穿了一身黑，脖子上戴着丹布罗格勋团的勋章链。他脸色苍白，但一脸自豪，因为在布道牧师亚大纳西·孟德尔回到他的牢房来之前，人们就已经来押他前往刑场了。

奥尔齐涅在心里已经完全牺牲了自己。然而，艾苔尔的丈夫仍旧带着几分苦涩地想念着生存，他也许宁愿另造一个不是坟墓的夜晚来做他的洞房花烛夜。他在牢房里祈祷过，梦想过。现在他已祈祷和梦想完毕，面对着现实，他感到自己获得了上帝和爱情所给予的力量，所以很坚强。

人群比这个临刑人更加激动，目不转睛地注视着他。出身的高贵、命运的悲惨激起了众人对他的羡慕和怜惜。人人都在观看他伏法，然而，却说不清他何罪之有。人的内心深处有着一种奇怪的情感在怂恿着他们去观看行刑，就像是去寻欢作乐一般。他们怀着一种可恶的急切心情，竭力想从将死之人扭曲了的面部捕捉到被毁灭者的思绪，仿佛值此严重时刻，上天或地狱会有某种启示出现在可怜人的眼睛里似的。他们好像要看看一个人没了希望时，笼罩在他头上的死神的翅膀投下的是什么阴影，看看这时候一个人还剩下些什么。这个人精力充沛、身强力壮；他活动着，呼吸着，还活着，但马上就要停止动弹，停止呼吸，停止生活；他周围挤满了同他一样的人，他并没损害过他们，他们都在为他抱屈鸣冤，但却没人来救他；这个并非老死病亡却要死去的可怜人，既屈服于一种物质的力量又受制于一种看不见的威力；这个生命，社会非但未能使之活下去，反而大张旗鼓地把它剥夺掉，还举行正式而威严的行刑仪式，这极大地震撼了人们的想象力。对于我们这些被判了死刑而又不定期缓期执行的人来说，这个明确知晓自己大限时刻的不幸之人使我们产生一种既奇特又痛苦的好奇心。

大家记得，奥尔齐涅在上断头台之前，先要被押到审判庭，褫夺掉他的头衔和荣誉。他刚来到时所引起的骚动刚刚平息，首席法官便让人送来联合王国的纹章登记册和丹布罗格勋章团章程。

于是，他让临刑人单腿跪下，又命观众保持秩序和肃静，然后打开丹布罗格骑士团章程，厉声念道：

“承全能上帝的恩泽仁爱，丹麦－挪威国王、汪达尔－哥特人国王、施莱斯威格公爵、荷尔斯泰因公爵、斯托玛利亚公爵、狄特玛斯公爵、奥尔登堡伯爵、德尔门胡斯特伯爵克利斯蒂安诏示：

根据我国首相格里芬菲尔德伯爵（首席法官把这个名字念得极快，大家都没有听清楚）的建议，现重建我们卓越的祖先圣瓦尔德玛尔创立的丹布罗格皇家骑士团。

鉴于这可敬的骑士团乃是为了纪念上苍为降福于我国而赐的丹布罗格军旗，倘若该团骑士危害神圣国法教义及其荣誉而不受到惩处，则是对本团神圣规章之玷辱。

我们跪请上帝明鉴，本团骑士凡有以叛变不忠、出卖灵魂给魔鬼者，在法官公开审判过后，永远褫夺丹布罗格勋团骑士称号。”

首席法官合起章程。

“托尔维克男爵、丹布罗格勋团骑士奥尔齐涅·盖尔登留，您已经知道自己犯有叛国罪。根据此罪，您将被斩首，尸身将被焚烧，骨灰将被抛撒……叛徒奥尔齐涅·盖尔登留，您已经知道自己不配待在丹布罗格骑士团了。请您忍受住羞辱，我将代表国王公开褫夺您的封号。”

首席法官把手伸向骑士团章程，正准备对平静镇定、纹丝不动的奥尔齐涅宣读命定的词句时，审判席右侧的一道侧门打开了。一位教会执事出现了，宣布特隆赫姆州尊敬的主教驾到。

确实是他。他急匆匆地走进大厅，身边有一教士搀扶着他。

“且慢！首席法官大人，”他以一种与他年岁不相称的洪亮声音喊道，“且慢！……感谢上苍！我来得及时。”

听众们注意力更加集中，知道出现什么新的情况了。

首席法官没好气地转向主教说：

“请大人允许我提请您注意，您已经不必来这儿了。法庭就要褫夺死刑犯的头衔，他马上就要伏法了。”

“此人在主的面前是纯洁的，您不许碰他。该犯是冤枉的。”

除了首席法官和机要秘书的恐惧叫声之外，没有什么可以与听众中响起的一片惊呼相比拟。

“是的，颤抖吧，各位法官！”首席法官尚未恢复镇静，主教又继续说，“颤抖吧！因为你们正要使无辜者的血白流。”

当首席法官的激动平息时，奥尔齐涅已惊诧地站了起来。尊贵的年轻人生怕自己那慷慨的诡计被戳穿了，生怕已经发现了舒玛赫的罪证。

“主教大人，”首席法官说，“在本案中，罪责被推来推去，罪犯似乎逍遥法外。您别相信什么无用的表面现象。如果说奥尔齐涅·盖尔登留清白无辜的话，那罪犯又是谁呢？”

“阁下马上就会知道，”主教回答之后，向法庭指指他身后的一个仆人拿着的一只铁盒，“各位尊贵的大人，你们胡乱地作了判决。这只盒子里装着将驱散迷雾的神奇之光。”

首席法官、机要秘书和奥尔齐涅一看见那只神秘的盒子，似乎同时感到震惊。主教继续说道：

“各位尊贵的法官，请听我说。今天，当我回到自己的宅第，因昨晚太累准备休息一下，并准备为临刑犯们祈祷时，有人给我送来这只密封的铁盒。据说是斯普拉德盖斯特的看守今天早晨送到我的宅第，让转交给我的，硬说是里面一定装有什么撒旦的秘密，因为他是在从斯帕博湖捞上来的亵渎犯本尼纽斯·斯皮亚古德瑞尸体上发现的。”

奥尔齐涅注意力更加集中。听众们也全都鸦雀无声。首席法官和秘书像两个死刑犯似的垂下了头，仿佛他俩都忘掉了自己的奸诈和胆量。恶人的一生中是有失去力量的时刻的。

“在祝福了这只盒子之后，”主教继续说，“我们敲开了封印，如同我们仍能看见的那样，上面刻有格里芬菲尔德被废去的纹章。我们在盒子里的确发现了一个撒旦的秘密。各位尊敬的大人，你们自己去判断吧。请你们先全神贯注地听我说下去，因为这关系到那些人流血的事，而主很看重每一滴血的分量的。”

于是，他打开那神秘的盒子，从中取出一份文件，背面写着下列证词：

> 我，布拉克斯·昆比苏苏姆大夫，在这临终时刻，我宣布将这份文件交给前格里芬菲尔德伯爵在哥本哈根的诉讼代理人狄斯波尔森上尉，该文件全部出自首相阿勒菲尔德伯爵的仆人图里亚夫·穆斯孟德之手。该上尉可随时使用此文件……我祈求上帝饶恕我的罪孽。
>
> 昆比苏苏姆
>
> 1699年1月11日于哥本哈根

机要秘书抽搐似的颤抖着。他想说话但又说不出话来。这时，主教把文件交给脸色苍白、惶恐不安的首席法官。

“这写的是什么呀？”首席法官展开文件嚷道，“‘呈尊贵的阿勒菲尔德伯爵一阅，关于以法律手段除掉舒玛赫之办法……’我发誓，尊敬的主教……”

文件从首席法官手中掉了下去。

“念呀，念呀，大人，”主教继续说，“我并不怀疑您那卑鄙的仆人滥用了您的名义，正如他滥用了不幸的舒玛赫的名义一样。您只要看一看，您对您倒台的前任所怀有的刻骨仇恨产生了什么后果。您的一位属下以您的名义阴谋策划了舒玛赫的倒台，无疑是希望向阁下您邀功请赏。”

了解铁盒里全部内容的主教的这番话向首席法官表明自己的怀疑并不是针对他的，这使他镇定了些。奥尔齐涅心里也踏实了。他开始隐约发现艾苔尔的父亲的冤情和他本人的冤屈将同时得到昭雪。他对这古怪的命运感到极大的惊讶，是它促使他为了这只盒子而去追踪一名可怕的强盗的，而这只盒子却带在他的老向导本尼纽斯·斯皮亚古德瑞的身上，以至于它就在他的身边，可他却在到处寻它。他也在思考着这一些事情的严重教训：这一件件事情使他因这命定的盒子而险些送命，又因这盒子而挽回了性命。

首席法官恢复了镇静，以与全体听众共有的那明显的愤怒念起一份长文；穆斯孟德在文中详细阐明了我们在这个故事中所看到的那个卑鄙的计谋。机要秘书有好几次想站起来为自己辩护，但每一次都被听众的吼声逼坐下去。最后，这篇恶心的长文在一片愤怒的议论声中念完了。

“卫兵，把这个人抓起来！”首席法官指着机要秘书说。

那恶徒浑身乏力、一言不发地从座位上走下来，在众人的一片斥责声中坐在了可耻的被告席上。

“各位法官大人，”主教说，“颤抖吧，高兴吧。在场的我们这位可敬的教友、我们皇城各监狱的布道牧师亚大纳西·孟德尔马上要告诉你们的事情，将进一步证实刚刚启迪了你们良知的这一真相。”

陪着主教的果然是亚大纳西·孟德尔。他向主教和审判席鞠了一躬，在首席法官的示意下，说了下面这段话：

“我要说的全都是实情。如果我在这里说出一句别有用心的话来，愿上苍惩罚我！……今天早上，根据我在总督公子的牢房里所看到的，我就在寻思，这个年轻人根本没有罪，尽管各位大人根据他的交代作出了死刑判决。就在几小时之前，我奉命去给那个可怜的山民做了临终祷告；他就是在你们面前被残酷杀害，也是被各位尊敬的大人当成冰岛凶汉判了死刑的那个山民。这个临终之人对我说：我根本就不是冰岛凶汉；我冒充此人遭到了报应。付给我钱让我装扮这一角色的是首相府的机要秘书，他叫穆斯孟德，他冒名哈凯特策动了整个起义。我认为他是这一切的唯一的罪人。但愿我能拯救无辜，又不致使罪人流血！”

他说完之后，又向主教和各位法官鞠了一躬。

“阁下都看到了，”主教对首席法官说，“我的一位当事人曾指出那个哈凯特同您的机要秘书十分相像，他说的一点儿也没有错。”

“图里亚夫·穆斯孟德，”首席法官审讯新被告说，“您有什么话要说的吗？”

穆斯孟德朝他主人望去，吓了后者一大跳。他立即恢复了自信，沉默片刻之后，回答说：

“没有，大人。”

首席法官有气无力地说：

“那么您承认犯了所指控的罪了？您承认策划了一个既反对国家又反对一个名叫舒玛赫的人的阴谋了？”

“是的，大人！”穆斯孟德回答。

主教起身说道：

“首席法官大人，为了使此案不留任何疑点，请阁下审问被告是否有同谋。”

“同谋！”穆斯孟德重复一句。

他似乎思考了片刻。首席法官脸上流露出一种极大的不安。

“没有，主教大人！”他终于说道。

首席法官放心地看了他一眼，二人目光正好相遇。

“没有，我根本没有同谋，”穆斯孟德更加用力地说，“我策划全部阴谋是出于对我的主人的爱戴，他不知道我这么干是为了搞掉他的仇敌舒玛赫。”

被告和首席法官的目光再次相遇。

“阁下应该感到，”主教说，“既然穆斯孟德根本就没有同谋，那奥尔齐涅·盖尔登留男爵就不可能有罪。”

“如果他没有罪的话，尊敬的主教，那他怎么会承认自己有罪呢？”

“首席法官大人，那个山民明知要掉脑袋，为何一口咬定自己是呢？只有上帝知道人的心里在想些什么。”

奥尔齐涅说话了：

“各位法官大人，现在真正的罪犯已经暴露，我可以说出实情了。是的，我故意承认自己有罪，为的是搭救前首相舒玛赫，因为他一死，他女儿就会孤独无助了。”

首席法官咬紧嘴唇。

“我请求法庭，”主教说，“宣布我的当事人奥尔齐涅无罪。”

首席法官点点头表示同意。然后，在高级民事代表的要求下，检查完了那只可怕的盒子。里面只装有舒玛赫的封号和头衔证件，还有几封这位孟哥尔摩的囚徒写给狄斯波尔森上尉的信，他在信中诉苦，但信中并无罪证，只有阿勒菲尔德首相才会感到害怕。

法官们很快便退庭了，经过简短的讨论之后，当操练场上好奇的观众们在急不可耐地等着看总督之子伏法，刽子手在断头台上漫不经心地踱来踱去时，首席法官用一种几乎听不见的声音宣读对图里亚夫·穆斯孟德的死刑判决，并为奥尔齐涅·盖尔登留恢复名誉，归还他所有的荣誉、封号和特权。

49

是什么可怕的想法使他如此快乐？你的骨架要卖多少钱，我的怪人？名誉攸关，我一个子儿也不给。

——神话：《圣·米歇尔对撒旦的谈话》

孟哥尔摩火枪手团残部回到了自己原先的营房——要塞方形大院中央的一座孤零零的建筑。日暮时分，按照常规，所有士兵回到营房之后，各道大门全都关上，只有分派在各塔楼的哨兵和在背靠营房的军事监狱的守卫队留在外面。这座军事监狱是孟哥尔摩监狱中防备森严、最安全可靠的，里面关着两名第二天早晨要被绞死的死囚——冰岛凶汉和穆斯孟德。

冰岛凶汉独自待在牢房里。他戴着脚镣手铐，躺在地上，头枕着一块石头。一缕微弱的亮光透过门上四方形栅栏小窗洞，照在他的身上。牢门是橡木的，很沉重，把他的牢房同旁边的大厅隔开来。他听见大厅里看守又笑又骂，夹杂着他们喝光的酒瓶的碰撞声和在一只鼓上掷骰子的滚动声。凶汉在黑暗中默默地扭动着，动动胳膊，扭扭腿，咬咬手铐。

突然，他扯着嗓门叫人；一个看守出现在栅栏窗洞前。

“你要什么？”他问凶汉。

冰岛凶汉抬起身子。

“伙计，我冷。石床又硬又潮。给我一捆干草铺铺吧，再笼点儿火烤烤。”

“让一个就要被绞死的可怜虫少许舒服点儿也是对的，即使他是冰岛凶汉。”看守说，“我马上把你要的拿来……你有钱吗？”

“没有。”凶汉回答。

“什么！你这个挪威最赫赫有名的大盗，兜里会没有几个臭金杜卡托？”

“没有。”强盗回答。

“几个皇家小埃居也没有？”

“我跟你说了，没有。”

“连不值钱的阿斯卡林也没有？”

“没有，没有，什么也没有。连买张老鼠皮或一个人的灵魂的钱都没有。”

看守摇摇头说：

“那就不好办了。你没理由抱怨。你这牢房没有你明天要睡的那间凉的，而且，保证床也更硬，你是感觉不到罢了。”

看守说完便走开了。凶汉骂骂咧咧的，又继续在镣铐里扭动着，铁镣不时地发出些微弱的声响，仿佛在被反复猛烈拉扯下慢慢地在断裂。

橡木牢门开了；一个高个儿男人，身穿红哔叽衣服，提着一盏沉甸甸的提灯，走了进来。刚才拒绝了犯人的请求的那个看守陪着他。犯人停止动作。

“冰岛凶汉，”穿红衣服的人说，“我叫尼戈尔·奥路基克斯，特隆赫姆州的刽子手。明天黎明时分，我将有幸绞死阁下。绞架很漂亮，是新做的，就搭在特隆赫姆公共广场。”

“你确实很有把握把我绞死吗？”强盗反诘。

刽子手哈哈大笑着说：

“我希望你像登雅各布的梯子[①]直达天庭一样，明天也满怀信心地踏着尼戈尔·奥路基克斯的梯子登上绞刑架。”

---

① 雅各布是《圣经》中以色列人的始祖，他曾在梦中看到天使们在一架梯子上又上又下的，同时，上帝在为他的子孙后代祝福。

“真的？”凶汉目光诡谲地说。

“我再说一遍，强盗大人，我是本州的刽子手。”

“如果我不是现在这样的话，我倒愿意是你！”强盗说。

“我可不会对你说这话。”刽子手说着，无奈而得意地搓搓手，“我的朋友，你说得对，我们这一行是个很好的行当。啊！我的手能掂量出一颗人头有多重来。”

“你有时喝血吗？”强盗问。

“不，但我经常拷问犯人。”

“你曾经吃过一个还活着的小孩的内脏吗？”

“没有。但我曾让犯人骨头在拷问架的木板中间咯咯直响；我曾在剃去头发的犯人头上锯断过锯齿；我曾用在熊熊炉火中烧红的铁钳夹过活人的肉；我曾用熔化的铅水和滚油浇进犯人剖开的血管去烧他们的血。”

“是呀，”强盗若有所思地说，“你当然也有你的乐趣。”

“总而言之，”刽子手继续说，“你虽然是冰岛凶汉，但我认为，从我手中出窍的灵魂要比从你手中飞走的多，而且还不算你明天将要送掉的灵魂。”

“那要假定我有灵魂……特隆赫姆州刽子手，你难道以为你将能使英戈尔夫的英灵从冰岛凶汉体内离去，而又不把你的灵魂一块带走吗？”

刽子手先纵声大笑一阵，然后才回答道：

“啊，真的！那咱们明天瞧着吧。”

“咱们瞧着吧！”强盗说。

“好了，”刽子手说，“我来这儿不是同你谈论你的精神，而是谈论你的肉体的。你听我说！……你死之后，你的尸体理当归我所有，但按照法律，你有权利把它卖给我。你就开个价吧。”

“就我的尸体开个价？”强盗问。

“是的，但别太心黑。”

冰岛凶汉冲着看守说：

“告诉我，伙计，你卖给我一捆草和一点儿火要多少钱？”

看守想了一下回答说：

“两个金杜卡托。”

“那好，”强盗对刽子手说，“我的尸体卖给你两个金杜卡托。”

“两个金杜卡托！”刽子手嚷道，“这太贵了。一具烂尸首卖两个金杜卡托！不，绝对不行！这价我不干。”

“那么，”凶汉平静地说，“你就得不到它了。”

“那你就将被扔进垃圾堆里，而不会被送到哥本哈根皇家博物馆或卑尔根古玩陈列室去展览了。”

“那对我又有何妨？”

“你死了很久之后，人们会成群结队地来观看你的骷髅，说：‘这就是赫赫有名的冰岛凶汉的骸骨！’人们将仔细地磨光你的骨头，再用铜销钉接好，放在一只大的玻璃罩里。每天都有人来把罩擦干净。你想想，这有多荣耀。如果你不把尸体卖给我的话，那等着你的是什么？你会被扔进什么藏尸所烂掉，既被虫蛀又被鹰叼。”

“好呀！我将像活人似的不断地被小人物啃咬，被大人物吞噬！”

“两个金杜卡托！”刽子手咬着牙说，“也太心黑了！如果你不让点儿价，亲爱的冰岛凶汉，我们就谈不拢了。”

“这是我一生中第一次，可能也是最后一次卖东西，所以我要讨个好价钱。”

“想想吧，我能让你后悔不该这么固执。明天你就听我摆布了。”

“你这么认为？”

他说这话时的表情刽子手没有注意。

“是的，因为扯紧活结的办法不同……如果你晓事的话，我就把你吊得好些。”

“你明天怎么对待我的脖子我并不在乎！”凶汉嘲讽地回答。

“好了，给你两个皇家埃居该满意了吧？你要这钱干什么？”

“问你的伙伴好了，”强盗指指看守说，“他给我点干草和笼点儿火，要我两个金杜卡托。”

“怎么着，”刽子手没好气地斥责看守道，“圣约瑟夫的锯子作证！买点儿草，笼点儿火，竟要金子，竟要两个杜卡托，这也太欺侮人了！”

看守反唇相讥道：

“我没要四个就够好的了！……尼戈尔师傅，您才更精哩，这个可怜的囚犯把自己的尸体卖两个金杜卡托您都不给，可您转卖给什么学者或医生，就能得二十个杜卡托。”

“一具尸体我还从未付过十五个阿斯卡林以上的呢！”刽子手说。

“是呀，”看守又说，“一个小毛贼或是可怜的犹太人，这倒有可能；但谁都知道，您将从冰岛凶汉尸体上想要什么有什么。”

冰岛凶汉点点头。

“您掺和什么？”奥路基克斯厉声说，“您偷犯人的东西，偷他们的衣服、首饰，往他们的稀汤里掺脏水，折磨他们，榨他们的钱，这些我管过吗？……不！我不出两个金杜卡托！”

“不给两个金杜卡托，就甭想我的尸体！”毫不动摇的强盗说。

刽子手沉默一会儿后，用脚跺跺地说：

“好吧，我没有空，别处还等着我哩。”

他从外衣里掏出一个皮袋，慢慢地好像极不情愿地打开来说：

“喏，该死的冰岛凶汉，这是你的两个杜卡托。撒旦肯定不会像我付你尸体这样付你灵魂这么多钱的。”

强盗接过两枚金币，看守立刻伸过手去想要过来。

“等等，伙计，先把我要的东西给我。”

看守出去了。一会儿过后，他又回来了，抱着一捆干净的干草和烧着红红的炭火的火盆，放在死囚的身边。

“这就好了，”强盗说着把两枚杜卡托交给他，“今晚我就暖和了。还有一事，”他声音凄厉地说，“这牢房是不是紧挨着孟哥尔摩火枪手的营房？”

“正是！”看守回答。

“那刮的是什么风？”

“我想是东风。”

“很好！”强盗说。

“你这是想干什么，伙计？”看守问。

“不干什么！”强盗回答。

“再见，伙计，明天一早见。”

“好，明天见。”强盗说。

关上沉重的铁门发出的响声使刽子手及其同伴没能听见他说这话时伴随着的粗野和嘲讽的狞笑。

50

只有恶势力才是盲目的，它虽然很会表明意图和想方设法，但却不知道自己的目的。

——埃克斯坦男爵

你难道想换一种死法吗？

——亚历山大·舒迈

现在，我们来看一看背靠火枪手营房的军事监狱的另一间牢房，那里面关押着我们的老相识图里亚夫·穆斯孟德。

大家听到这个如此奸诈、如此懦弱的穆斯孟德竟那么实诚地向判了他死刑的法庭道出了他犯罪的秘密，而且还那么仗义地隐瞒了他那忘恩负义的主人阿勒菲尔德首相所犯的罪行，或许会很惊讶。不过，大家请放心，穆斯孟德根本就没有改邪归正。他的这种实诚和仗义也许是他从未有过的机智的最大证明。当他看到自己的罪恶阴谋意想不到地被戳穿了，无可辩驳地被证实了的时候，他先是感到惊愕和恐惧，待他惊魂甫定，他那极其准确的判断力使他感觉到，今后已无力毁灭自己设定的受害者们了，所以他只得考虑如何脱身。摆在他面前的有两种选择：要么洗刷自己，把一切都推到极其卑鄙地抛弃他的阿勒菲尔德身上去，要么把他同伯爵共同犯下的全部罪行揽在自己身上。头脑简单的人可能选择前者，而穆斯孟德则选择了后者。首相就是首相，再说，在这些使机要秘书罪责难逃的文件中，没有什么直接累及首相的。而且，首相还和穆斯孟德会心地交换了眼色，这就足以促使后者决心独自承担罪责，深信阿勒菲尔德伯爵会想法帮他越狱的，即使不是为了感激他以往的效忠，也是因为需要他将来为他效力。

因此，他在灯光昏暗的牢房里踱来踱去，坚信夜里牢房就会为他打开。他仔细查看这间旧石牢的形状。这牢房是历史上几乎没有记载的从前的一些国王建造的。他只是很奇怪，牢里铺着木质地板，踩上去发出空响，仿佛下面是什么地窖似的。他发现尖拱顶石上有一个大铁环，上面挂了一截儿旧绳。时间在流逝，他不耐烦地听着主塔的钟在慢慢地敲着钟点，在夜阑人静之中发出凄凉的声响。

牢门外终于传来了脚步声响。他的心充满希望地跳动着。大锁孔响了，挂锁动了，铁链掉了，门开了，他满脸喜气洋洋。

来的是我们刚刚在冰岛凶汉牢房里见到的那个穿红衣服的人。他胳膊下挟着一圈大麻绳索，同他一起来的还有四名卫兵，穿着黑衣服，握着剑和槊。

穆斯孟德仍然穿着法官的长袍，戴着假发。他的这身打扮似乎镇住了红衣人。后者像恭敬惯了似的向穆斯孟德致意。

"大人，"他有点儿迟疑地问囚犯，"我们要找的是阁下吗？"

"是的，是的！"穆斯孟德忙不迭地回答，他看对方一开始就这么有礼貌，坚信越狱有望，却一点儿也没有发现同他说话的人穿的衣服是血红血红的。

"您名叫图里亚夫·穆斯孟德？"来人说，眼睛盯在已经展开的一份文件上。

"正是。朋友们，你们是首相派来的吧？"

"是的，阁下。"

"等你们完成使命之后，别忘了向首相大人转达我的感激之情。"

红衣人用惊诧的眼光看看他说：

"您的……感激之情！……"

"是的，当然是的，朋友们，因为我可能将无法立刻亲自向他表示感激了。”

“这很可能！”来人带着讥讽的表情说。

“你们想想，”穆斯孟德继续说，“他帮了这么大忙，我是不会忘恩负义的。”

“义贼的十字架作证，”来人哈哈大笑地说，“听您这么说来，好像首相为阁下做了什么好事？”

“那当然，他此刻只是恰如其分地还我个公道！”

“恰如其分，好吧！……不过，总之，您同意这是公道的。我操这一行二十六年来，这还是头一次听到这种坦白交代。好了，大人，别光顾说废话了。您准备好了吗？”

“准备好了！”穆斯孟德向牢门迈出一步，高兴地说。

“等等，等一会儿！”红衣人喊道，弯腰把那圈绳索放在地上。

穆斯孟德停下来。

“要这些绳索干什么？”

“阁下问得有道理，我确实带得比所需要的多了。不过，审判一开始，我还以为有好多死刑犯哩。”

红衣人边说边把绳卷展开。

“行了，快点儿吧！”穆斯孟德说。

“阁下倒挺急……阁下难道没有什么要求吗？”

“除了我刚才对您说的，替我谢谢首相大人之 外，我没什么其他要求了……看在上帝的分儿上，赶快点儿吧！”穆斯孟德补充说，“我急着从这儿出去。我们要走很多路吗？”

“走路！”红衣人说着，直起身子，量了好几英寻展开的绳索，“我们剩下要走的路不会太累着阁下的，因为我们足不出户就结束一切了。”

穆斯孟德一激灵：

“您这是什么意思？”

“您自己是什么意思？”对方反问。

“哦，上帝！”穆斯孟德说，他面色惨白，仿佛看见了地狱之光，“您是谁？”

“我是刽子手。”

可怜的穆斯孟德抖得像一片被风吹动的干树叶。

“您难道不是来帮我越狱的？”他有气无力地喃喃道。

刽子手哈哈大笑。

“是来帮您的！帮您逃到鬼魂国。我保证，到了那里，谁都抓不着您了。”

穆斯孟德跪倒在地，磕头求饶。

“饶命！可怜可怜我吧！饶命呀！”

“说真的，”刽子手冷冰冰地说，“这还是头一次有人向我提出这么个请求……您以为我是国王吗？”

倒霉的穆斯孟德跪着爬行，长袍在灰土中拖着，片刻之前还神采奕奕的额头叩击着地板，吻着刽子手的脚，呜咽抽泣地呼号着。

“行了，安静点儿！”刽子手说道，“我还从未见过穿黑袍的在我这穿红衣服的人面前丢人现眼哩。”

他一脚把求饶者踢开。

“伙计，祈求上帝和神明吧。他们会比我更耐心听你的。”

穆斯孟德跪在地上，双手捂住脸，痛哭失声。这时候，刽子手踮起脚尖，把绳索套进拱顶铁环里，直垂到地板上，然后绕了两个圈儿系紧，又在垂及地板的那一头打了个活结。

“我弄完了，”刽子手做完这吓人的准备工作之后问死囚道，“你是不是同生命诀别完了？”

“不，”穆斯孟德站起来说，“不，这不可能！您一定是弄错了。阿勒菲尔德首相根本不会那么卑鄙，竟……他太需要我了。他们派您来找的不会是我。让我逃走，否则小心首相找您算账。”

“你不是跟我们说了，你是图里亚夫·穆斯孟德吗？”刽子手反驳道。

囚犯沉默片刻，突然说道：

“不，不，我根本就不叫穆斯孟德，我叫图里亚夫·奥路基克斯。”

“奥路基克斯！”刽子手嚷道，“奥路基克斯！”

他猛地一把扯去遮挡住死刑犯面孔的假发，不觉失声惊叫：

“我的弟弟！”

“你的弟弟！”死刑犯既羞愧又高兴地惊讶地回答，“你会是？……”

“尼戈尔·奥路基克斯，特隆赫姆州刽子手，愿为你效劳，我的图里亚夫弟弟。”

死囚扑上去搂住刽子手的脖子，不停地叫“哥哥”、“亲爱的哥哥”。即使有人在场，见到这种兄弟相认的场面也不会感到开心的。图里亚夫对尼戈尔亲热有加，面带虚假和胆怯的笑容，而尼戈尔只是阴郁而尴尬地看着他；仿佛一头大象用大脚踩在老虎的喘息不定的肚腹上时，老虎在向大象讨好似的。

“真幸运，尼戈尔哥哥！……又见到你我真开心。”

“可我却为你而忧伤，图里亚夫弟弟。”

死囚假装根本没有听见，还在声音发颤地继续说道：

“你一定有妻子和孩子吧？你要领我去看看我嫂子，亲亲我可爱的侄儿们。”

“魔鬼十字架的征兆！”刽子手喃喃道。

“我愿做他们的义父。听着，哥哥，我有权有势，我有靠山……”

哥哥用凄厉的口气回答说：

“我知道你原先是有靠山！……现在，你就别这么想了，就想想在神明们那儿找靠山吧，你以前想必很会来事的。”

死囚额头上的希望之光全部消失了。

“哦，上帝！这是什么意思呀，亲爱的尼戈尔？我得救了，因为我又见到了你……你想想，我们是一母同胞，同吃一个母亲的奶水，从小一块玩耍。别忘了，尼戈尔，你是我哥哥！”

“在这一刻之前，你就一直忘了这一点！”尼戈尔生气地反驳道。

“不，我不能死在我哥哥的手里！”

“那是你的错，图里亚夫……是你毁了我的生涯，是你阻止了我成为哥本哈根皇家刽子手，是你把我弄成一个州刽子手，发配到这么个鬼地方来。如果你当初没像一个坏弟弟那么干事，你今天也就不会埋怨这讨厌的一切了。我也根本不会待在特隆赫姆，那就是另一个人来办你的事了……我们说得够多的了，弟弟，死是逃不脱了。”

死对恶人来说是可怕的，但对好人来说，却是无可畏惧的。好人恶人同时将死，但好人摆脱躯体宛如逃离监狱，而恶人则像是被从监狱里拖出来似的揪出躯壳。在最后的时刻，恶人梦想万事皆空，但见到的却是地狱，他战战兢兢地敲着死亡的阴森大门，回答他的却并不是虚空。

死囚在地板上打滚，扭绞着胳膊，哀号连声，比恶鬼那永不停息的叫声更加凄厉。

“仁慈的上帝！神圣的天使，如果你们存在的话，就可怜可怜我吧！尼戈尔，好尼戈尔！看在我们亲生母亲的分儿上，让我活下去吧！”

刽子手亮出文书说：

“我没法子，命令写得很明确。”

“这命令跟我无关，”绝望的囚犯嗫嚅道，“它是针对一个叫穆斯孟德的人的，不是我，我叫图里亚夫·奥路基克斯。”

“你在开玩笑，”尼戈尔耸耸肩说，“我很清楚指的是你。再说，”他生硬地补充道，“你昨天，对于你哥哥来说，还根本不会是图里亚夫·奥路基克斯哩；你只是今天对他来说才是图里亚夫·奥路基克斯。”

“好哥哥，好哥哥！”可怜虫又说，“好吧！就等到明天吧！首相是不可能下令杀了我的。这是个可怕的误会。阿勒菲尔德很喜欢我。这我敢对你发誓，亲爱的尼戈尔！……我很快就又能得宠了，我将帮你各种各样的忙……”

“你只能帮我一个忙了，图里亚夫，”刽子手打断他说，“我已经失去了两次行刑的机会了，我对之曾抱着最大的希望，一次是对前首相舒玛赫，一次是对总督的公子。我总是走背字。现在只剩下冰岛凶汉和你了。因为是夜里密裁你，所以我将得到十二个金杜卡托。让我定定心心地干吧，这就是我所希望你帮我的唯一的忙。”

“哦，上帝！”死囚痛苦不堪地说。

“实际上，这是第一个也是最后一个忙。不过，我也答应你，不让你受罪。我像哥哥似的绞死你……你就认命吧。”

穆斯孟德爬了起来。他气得鼻子鼓胀，发绿的嘴唇在颤抖，牙齿咬得咯咯直响，嘴里吐着绝望的白沫。

“魔鬼！……我拼命地救那个阿勒菲尔德！我拼命地拥抱我的哥哥！可他们却要杀了我！而且还必须在深夜里，无人知晓地死在一间牢房里，没人听见我的诅咒，无法让我对他们的怒斥声传遍全国，我的手也不能扯破他们一切罪恶的面纱！我玷辱了我的一生，竟然这么死去！……浑蛋！”他冲着他哥哥又说道，“你难道想成为杀害兄弟的罪人吗？”

“我是刽子手！”尼戈尔冷冷地回答。

“不！”死囚嚷道，随即猛地向刽子手扑过去，眼里冒火，又泪水涟涟，宛如一头被困住的公牛，“不，我不能就这么死！我活着像一条蛇，让人害怕，死时就不能像一只小虫，让人踩死。我临死也要最后咬上一口，咬上致命的一口。”

他这么说着，像仇敌似的勒紧他刚才像兄弟似的拥抱过的那人。亲切殷勤的穆斯孟德此刻原形毕露。绝望搅动了他那污泥似的灵魂深处，在像老虎似的爬行之后，他像猛虎似的蹿了起来。两兄弟在搏斗的这一时刻，很难分清谁最可怕：一个像一头野兽似的愚蠢凶狠，另一个像恶魔似的奸诈愤怒。

不过，一直冷眼旁观的那四名卫兵不再闲着了，他们帮着刽子手，很快，只是愤怒咆哮的穆斯孟德便被制服，松开了手。他扑向墙壁，含混地吼骂着，指甲猛抠着石墙。

“死！地狱的魔鬼们！我的吼声没有穿透拱顶，我的手臂没有推倒这些墙壁，就这么死了！”

他们抓住他，并没觉得他有所反抗。无用的拼命已耗尽了他的力气。他们脱去他的长袍，好捆绑住他。正在这时，一只封好的小包从他衣服里面掉了下来。

“这是什么？”刽子手问。

一丝冷酷的光亮闪现在死囚那茫然的目光中。

“我怎么就忘了它呢？”他喃喃道，“听着，尼戈尔哥哥，”他以一种近乎友好的口吻补充说，“这些文件是首相的。答应我，先把它们交给他，然后你想怎么处置我就怎么处置好了。”

“既然你现在已经平静下来，我答应你，满足你最后的愿望，尽管你刚才像个坏弟弟一样的对待我。我奥路基克斯说话算数，这些文件将会交给首相的。”

“我请你亲自交给他，”死囚微笑着对刽子手说，可后者天生不晓得什么是微笑，“它们将使那位大人感到高兴，这也许会对你有点儿好处。”

“真的，弟弟？”奥路基克斯说，“谢谢你。也许能被委任为皇家行刑人，是吧？好吧，咱们作为好朋友告别吧。我原谅你那么狠狠地抓挠我；你也原谅我将要替你套上绳圈。”

“首相曾答应过给我另一个项圈的！”穆斯孟德回答。

这时，捆绑好的穆斯孟德被带到牢房中间；刽子手把致命的活结套在他的脖子上。

“图里亚夫，你准备好了吗？”

“等一等！等一等！”死囚又恐惧起来说，“求求你，哥哥，我没叫你拉，你可别拉绳子。”

“我用不着拉绳子！”刽子手说。

一分钟过后，他又重复了一遍问话：

“你准备好了吗？”

“再等一等！唉！只好死了！”

“图里亚夫，我没工夫等了。”

奥路基克斯这么说着，让卫兵们离开死囚。

“还有一句话，哥哥！别忘了把小包交给阿勒菲尔德伯爵。”

“放心吧！”刽子手回答后，第三次问了一句，“喂，你准备好了吗？”

倒霉的人张开嘴巴，也许想求求再多活一分钟，但不耐烦的刽子手弯下身子，扭动地板上的一个铜扣。

地板在受刑人脚下敞开了；受刑人掉进一个方形活门里，绳索呼的一声绷紧了，可怕地抖动着，部分是由于死者的最后痉挛所引起的。现在只能看见绳索在阴暗的活门洞里晃动了；从洞里刮上来一阵清凉的风，还能听见流水的哗哗声响。

卫兵们也吓得直往后退。刽子手走近洞口，用手抓住仍在颤动的那根垂在深渊中的绳索，两只脚踩在受刑者的肩头。致命的绳索吱的一声绷紧了，一动不动。洞内传出一声沉闷的叹息。

“挺好，”刽子手上来后说，“永别了，弟弟。”

他从腰间抽出一把刀来。

“去喂海湾里的鱼吧。愿你的躯体被水吞没，你的灵魂被火燃尽。”

他说完便割断绷紧的绳索。剩在铁环上的那一截回抽在拱顶上，这时，只听见又深又黑的水里扑通地响了一声，然后，水依旧往海湾流去。

刽子手像打开时一样把活门关上。当他站起身来时，只见牢房里烟雾腾腾。

“怎么回事？”他问卫兵，“这烟是从哪儿来的？”

他们像他一样，也不知道。他惊讶地打开牢房门；监狱的走道里也灌满了浓重呛人的烟雾。他们警觉起来，从一道秘密出口来到方形大院，一看，全部傻眼了。

一片火光借助强劲的东风，吞没了军事监狱和火枪手营房。火焰旋转着沿着石墙，烧上屋顶，从一个被吞没的窗口再窜上去。孟哥尔摩一座座黑糊糊的塔楼忽而被这不祥之火烧得通红，忽而又被滚滚浓烟笼罩得不见踪影。

一个看守逃到院子里，简单几句告诉他们说，火是在冰岛凶汉的看守们入睡之后，从他的牢房里窜出来的，说是不该给他干草和火盆。

“我倒霉透了！”奥路基克斯听完之后嚷道，“冰岛凶汉这一次肯定又从我手中逃脱了。可怜的家伙一定是被烧死了！我得不着他的尸体了，我还花了两个杜卡托哩！”

与此同时，被这突如其来的死亡惊醒的孟哥尔摩不幸的火枪手们，你推我搡地往被该死地堵住了的大门拥去。在门外，只听见他们焦急惶恐地呼唤；只见他们有的在大火烧着的窗口拼命地用手摇晃，有的没命地往院中的石板上跳，虽未烧死，却被摔死。在其他驻军匆忙赶来之前，熊熊大火已经烧着整幢营房，怎么救也无济于事了。幸好，营房是孤立的一座；大家只能用斧头砍破大门，但已为时晚矣，因为等大门砍开时，营房顶上烧着的大梁吱吱咔咔地压在了不幸的士兵们身上，还顺势把烧着的一层层楼板、墙壁带倒。于是，整幢建筑便没于一片火海烟雾之中，只听见几声微弱的呼号声。

翌日早晨，方形大院中只剩下被熏黑烧热的高墙，围着一大堆尚有余火的瓦砾，宛如斗兽场上的野兽，还在互相吞噬着。当这一大堆灰烬不太烫人时，大家便在里面刨挖。在一层被火烧得变了形的砖头、大梁和铁门下，埋着一大堆烧白了的骨骼和面目全非的尸体。整整一团孟哥尔摩火枪手，只剩下三十来个士兵了，而且大部分都缺胳膊少腿的。

在刨挖监狱瓦砾堆时，渐渐地挖到了大火的策源地，也就是冰岛凶汉关押的那间该死的牢房了。人们在牢房里发现了一具人的残尸，躺在一只铁火盆旁边，身下压着断了的镣铐。大家还发现，尽管只有一具尸体，可是却有两个头盖骨。

51

萨拉丹："好样的，伊布拉罕！你真是一位幸福的使者，谢谢你带来的好消息。"

马穆鲁克骑兵："怎么！光是谢谢而已？"

萨拉丹："那你要什么？"

马穆鲁克骑兵："难道对于一个幸福的使者就没什么别的了？"

——莱辛：《圣贤纳丹》

这么说，所有的罪犯全都得到报酬了！

——埃德蒙·杰罗：

抒情诗《森林中的孩子们》

阿勒菲尔德伯爵面色苍白、神情沮丧地在房里大步地踱来踱去。他手里揉搓着刚浏览过的一沓信件，在用脚踢着光滑的大理石地面和带金穗的地毯。

房间的另一头站着尼戈尔·奥路基克斯，一副毕恭毕敬的模样，穿着讨厌的红衣服，手里拿着毡帽。

"你干得好啊，穆斯孟德！"首相恨得咬牙切齿地喃喃道。

刽子手怯生生地抬起他那木然的眼睛问道：

"阁下满意吧？"

"你想要什么呀？"首相猛然转向他问。

刽子手因为引起首相的注意而感到自豪，满怀希望地笑着说：

"我想要什么吗，阁下？如果阁下因我所带来的消息而肯于奖赏我的话，就把哥本哈根皇家行刑人的位置委给我吧。”

首相叫来房门口的两名卫兵。

“把这家伙抓起来，他竟敢嘲弄我。”

两个卫兵带走尼戈尔；他又惊又怕，还想问一句：

“大人……”

“你不再是特隆赫姆州的刽子手了！我取消你的资格了！”首相说着砰的一声将门关上。

首相又拿起信来，气愤地看了又看，可说是因有损尊严而有些激动，因为这些信是以前伯爵夫人写给穆斯孟德的情书。是艾尔菲格的笔迹。他从信中看出乌尔丽克不是他的亲生女儿，而那么怀念的弗烈德里克可能也不是他的亲生儿子。可怜的伯爵受到高傲自大的惩罚，正是这种高傲自大使他犯下了所有的罪孽。他不单单是看见自己报仇的机会从手中溜掉了，他还看见自己的所有飞黄腾达的美梦都化作了泡影，他的过去已烟消云散，他的未来也如同槁灰。他本想毁灭掉自己的仇敌，但毁掉的竟是自己的声誉、谋士，直至作为丈夫和父亲的权利。

他想至少再看一次背叛他的那个坏女人。他疾步穿过各个大厅，手里摇晃着那些信件，像是握着一个火球似的。他愤怒地推开艾尔菲格的房门，闯了进去……

这个有罪的妻子刚刚从沃特豪恩团长那儿突然得知自己儿子弗烈德里克惨死了。可怜的母亲疯了。

尾　声

我是说的玩笑话，可您却当了真。

——西班牙恋歌：

《阿尔丰斯与贝尔纳的对话》

半个月以来，我们刚刚叙述的这一连串事件成了特隆赫姆市和特隆赫姆州的全部话题，根据不同的情况，做出了各种各样的判断。城里的老百姓本是眼巴巴地等着看接连处死七个人的场面，现在开始不抱这一希望了；眼神不济的老太婆们还在唠叨说，那个火烧军营的悲惨之夜，看见冰岛凶汉飞进熊熊大火之中，哈哈大笑，还用脚把营房烧着的屋顶往孟哥尔摩火枪手们身上踢。

这时候，艾苔尔觉得已经离开她很久的奥尔齐涅又回到施莱斯威格雄狮堡主塔中来，陪他来的有勒万·德·克努德和布道牧师亚大纳西·孟德尔。此刻，舒玛赫在女儿的搀扶下正在园子里散步。小夫妻俩非常难受，没法拥抱在一起，只能以眉目传情。舒玛赫友爱地紧握住奥尔齐涅的手，并和蔼地向两位陌生人致意。

“年轻人，”老囚犯说，“老天有眼，您又回来了！”

“大人，”奥尔齐涅回答，“我回来了。我刚见过我卑尔根的父亲，回来拥抱我特隆赫姆的父亲。”

“您这话是什么意思？”老人惊讶地问。

“愿您把您女儿许配给我，尊贵的大人。”

“我女儿！”老人大声说着，转向满面羞红、浑身颤抖的艾苔尔。

“是的，大人，我爱您的艾苔尔；我把生命献给了她；她现在是我的人了。”

舒玛赫脸色阴沉下来说：

“您是一个尊贵而有为的年轻人，我的孩子。尽管您父亲害得我好苦，但我看在您的面上原谅他，我将很乐意看见你们俩结合在一起。不过，有一个障碍。”

“什么障碍，大人？”奥尔齐涅颇为担忧地问。

“您爱我的女儿，但您肯定她也爱您吗？”

两个情人惊诧地默默对视一眼。

“是呀，”老人继续说，“我很为难，因为我很喜欢您，我真想喊您‘我的儿子’，可我女儿却不会愿意的。她前不久还跟我说她恨您。自您走后，当我跟她谈起您时，她总是默不做声，好像不愿提到您，仿佛一提到您她就不安。死了这份心吧，奥尔齐涅。没关系的，人们能忘掉爱的痛苦的，正像去掉恨一样。”

“大人……”奥尔齐涅惊呆了地说。

“父亲！……”艾苔尔握住双手说。

“女儿，放心吧，”老人打断她说，“这桩婚事我很愿意，但你不喜欢。但我不想伤你的心，艾苔尔。唉，半个月来，我已大变样了。我不会逼你去爱奥尔齐涅的。你自己做主吧。”

亚大纳西·孟德尔莞尔一笑说：

“她做不了主了。”

“您弄错了，尊贵的父亲，”艾苔尔壮着胆子说，“我并不恨奥尔齐涅。”

“什么！”老人嚷道。

“我已是……”艾苔尔欲言又止。

奥尔齐涅跪在老人面前说：

“她已是我的妻子了，父亲！像我卑尔根的父亲那样原谅我吧，并为您的孩子们祝福吧。”

舒玛赫惊讶不已，为跪在他面前的小夫妻俩祝福。

“我一生中老是在诅咒，”他说，“现在，我得不管抓住什么机会都要祝福了。现在，你们说说……”

他们把前后经过细说了一遍。老人因为感动、感激和怜爱哭了起来。

“我一直以为自己是个智者，可我老了，没有懂得一个姑娘的心。”

“我可以改叫盖尔登留了！”艾苔尔像个孩子似的高兴地说。

“奥尔齐涅·盖尔登留，”老舒玛赫说，“您比我强，因为在我得意之时，我肯定不会屈尊低就一个不幸囚徒的穷女儿的。”

将军握住老囚犯的手，交给他一卷文书说：

“伯爵大人，您别这么说。这是您的封号证书，国王早已交由狄斯波尔森，让他转交您了。陛下刚刚下令赦免您，还您自由。这就算是您女儿丹斯吉阿德伯爵夫人的嫁妆了。”

“赦免！自由！”艾苔尔欣喜不已地说。

“丹斯吉阿德伯爵夫人！”老人重复道。

“是的，伯爵！”将军继续说，“您恢复了全部封号，并发还您全部财产。”

“这一切我该感谢谁呢？”幸福的舒玛赫问。

“感谢勒万·德·克努德将军！”奥尔齐涅答道。

“勒万·德·克努德！我早就跟您说了，将军州长，勒万·德·克努德是世上最好的人。可他为什么不亲自把我的幸福给我带了来呢？他现在在哪儿？”

奥尔齐涅惊奇地指指又哭又笑的将军说：

“他就在这儿！”

这两个年轻时势利场上的老伙伴相逢的场面感人至深。舒玛赫终于心花怒放了。认识了冰岛凶汉之后，他就不再仇恨世人了；认识了奥尔齐涅和勒万之后，他便开始爱世人了。

很快，阴暗的牢房里充满了美妙温馨的节日气氛。生活开始在对曾经笑对死亡的年轻夫妇微笑。阿勒菲尔德伯爵看见他们幸福，这是对他最残酷的惩罚。

亚大纳西·孟德尔也感到幸福。他获得了对他的十二名死囚的特赦令，而且，奥尔齐涅还给加上了对他过去的难友肯尼博尔、若纳斯和诺尔比特的赦免。这三个获释者高高兴兴地回去对平定后的矿工们宣布，国王已取消了对他们的监护权。

舒玛赫没能过多地享受艾苔尔和奥尔齐涅结合在一起的幸福。自由和幸福对他的心灵震撼太猛。他的灵魂去享受另一种幸福、另一种自由了。他于1699年当年去世了；这个痛苦对他的孩子们打击很大，仿佛在告诉他们，世界上没有十全十美的事。他被安葬在他女婿在茹特兰拥有的领地上的维尔教堂里，墓碑上刻上了他被囚期间褫夺了的全部封号。奥尔齐涅和艾苔尔结合，使得丹斯吉阿德家族诞生了。

题　解

《冰岛的凶汉》是维克多·雨果原先以笔名发表的第一部小说，于1823年2月由佩尔森出版社出版。作者十八岁开始写这部作品，到1823年二十一岁时出版发行。

在这部长篇小说中，作者感受到了的东西只有一个：男主人公奥尔齐涅的爱；作者观察到了的东西也只有一个：女主人公艾苔尔的爱。其他的全部由想象与推测产生，因为一个十八岁阅历很浅的青年，只能凭空构想，所以有些评论家，如诺蒂埃，认为这本书“很怪”，充满“神秘、恐怖”色彩。奥尔齐涅可视为对作者本人的写照，而艾苔尔则是他于1822年10月12日与之成婚的新婚妻子阿黛尔·傅歇。维尼对该书作过很高的评价，说它“紧张”、“动人”，“我一口气读完了它”，还对每一章节前国内外名家像内容提要似的奇特而神秘的题词大加赞赏。

作者的第一部小说，尽管尚不成熟，但他喜欢对比写法的这一特点已见端倪，浪漫主义色彩也显而易见。在这部明显带有保皇倾向的小说中，虽然把国王写成了一位贤明君主，对造反的矿工宽大为怀，不加追究，但作者对人民的描写带着满腔的热情，使读者可以看出作品是出于一位未来的民主主义作家之手。

图书在版编目（CIP）数据

冰岛的凶汉 /（法）雨果（Hugo, V.）著；陈筱卿译.
—南京：译林出版社，2012.11
（雨果文集）
ISBN 978-7-5447-3230-7

Ⅰ.①冰… Ⅱ.①雨… ②陈… Ⅲ.①长篇小说－法国－近代 Ⅳ.①I565.44

中国版本图书馆CIP数据核字（2012）第208993号

书　　名 冰岛的凶汉
作　　者 〔法国〕维克多·雨果
译　　者 陈筱卿
责任编辑 王振华
特约编辑 史会美
出版发行 凤凰出版传媒集团
凤凰出版传媒股份有限公司
译林出版社
集团地址 南京市湖南路1号A楼，邮编：210009
集团网址 http://www.ppm.cn
出版社地址 南京市湖南路1号A楼，邮编：210009
电子信箱 yilin@yilin.com
出版社网址 http://www.yilin.com
印　　刷 三河市华润印刷有限公司
开　　本 640×960毫米　1/16
印　　张 24.25
字　　数 297千字
版　　次 2012年11月第1版　2012年11月第1次印刷
标准书号 ISBN 978-7-5447-3230-7
定　　价 28.00元